『信、似、译』

卞之琳的文学翻译思想与实践

Faithfulness, Similarity, Translation:
Theories and Practice of Bian Zhilin's
Literary Translation

李敏杰 著

中国社会科学出版社

图书在版编目（CIP）数据

信、似、译：卞之琳的文学翻译思想与实践/李敏杰著 . —北京：
中国社会科学出版社，2018.9
ISBN 978 - 7 - 5203 - 2947 - 7

Ⅰ.①信… Ⅱ.①李… Ⅲ.①文学翻译—文集 Ⅳ.①I046 - 53

中国版本图书馆 CIP 数据核字(2018)第 180640 号

出 版 人 赵剑英
责任编辑 宋燕鹏
责任校对 冯英爽
责任印制 李寡寡

出　　版 中国社会科学出版社
社　　址 北京鼓楼西大街甲 158 号
邮　　编 100720
网　　址 http://www.csspw.cn
发 行 部 010 - 84083685
门 市 部 010 - 84029450
经　　销 新华书店及其他书店

印刷装订 环球东方（北京）印务有限公司
版　　次 2018 年 9 月第 1 版
印　　次 2018 年 9 月第 1 次印刷

开　　本 710×1000　1/16
印　　张 19
插　　页 2
字　　数 312 千字
定　　价 85.00 元

前　言

在我国现代新诗发展史上，卞之琳有着独特的地位。他身兼诗人、翻译家、莎学学者多重身份，在这些领域取得了巨大成就。然而，长期以来，人们更多研究其文学创作（尤其是诗歌创作），较少关注其在翻译领域及莎学研究领域的成就。实际上，他不仅在文学翻译实践方面取得了杰出成绩，在文学翻译理论方面也有独到的见解。卞之琳认为，文学翻译是艺术性翻译，要求译文从内容到形式全面忠实于原文。为再现文学作品的艺术价值，他提出以"信、似、译"为核心的翻译思想，实现了对传统译论的继承和超越，并在诗歌、戏剧、小说和散文等翻译活动中践行这些思想。同时，他的文学翻译和文学创作之间也存在相互影响、相互促进的"互文""相长"关系，使其得以"融欧化古"，创作了独具特色的现代新诗。

本书绪论部分梳理国内外对卞之琳文学创作、文学翻译的相关研究现状，指出现有研究之不足，叙述研究思路和研究内容。

第一章是"信、似、译：卞之琳的文学翻译观"。卞之琳认为，文学翻译是一种"艺术性翻译"，应以"信""似""译"为要求，包括"全面的'信'""以形求神、形神兼备""翻译而非创作"三方面。这一思想，体现了文学翻译的总体目标（"信"）、实践操作方式（"似"）和本质属性（"译"），成为一个完整的理论体系，超越了传统译论中"信达雅"之辨、"形似、神似"之争、"直译、意译"之论，具有较强的理论价值与现实指导意义。

第二章是"诗歌翻译：卞之琳的翻译实践（一）"。为再现原诗的艺术价值，卞之琳提出具体的诗歌翻译主张：以诗译诗，格律译诗，保留原作的艺术形式；格律相当，以顿代步，再现原作的艺术节奏；亦步亦趋，相应伸缩，追求最大化再现原作的艺术效果。在这些原则指导下，他的译作格律有致、节奏有序，以形见神，风格忠实原文，意象生动形象，实现了从内容到形式"全面的'信'"。卞之琳不仅翻译外国诗歌，还将自己创作的部分诗译为英文。这些自译诗，未严格恪守其外国诗歌翻译主张，从而呈现不同的面貌，是诗人多重身份相互协调、相互妥协的结果。

第三章是"莎剧翻译：卞之琳的翻译实践（二）"。作为莎学专家，卞之琳主张深入研究、比较不同底本，以使译本接近原作，还原作品的艺术本貌；吸收莎学研究成果，使译本具有学术型翻译特点；形式方面"等行翻译、以诗译诗""以顿代步"，最大程度保留原作诗体剧的形式与格律。在这些主张指导下，其莎剧译本重视个性化语言的运用，以诗体形式呈现原作风貌，注重意象和修辞格的翻译。

第四章为"小说、散文翻译：卞之琳的翻译实践（三）"。作为一名诗人翻译家，卞之琳对散文、小说的翻译提出要求：以译诗的要求来译。具体而言，他主张选择具有艺术价值的作品进行翻译，认为译文应尽可能保留原文的形式，语言风格上与原文一致。他的这些主张，与其诗歌翻译、莎剧翻译一脉相承。在这些理论指导下，其译文以形传神、形神皆备，准确地再现原作的风格，达到了以"艺术的语言"再现原作"语言的艺术"之目的，成为文学翻译的佳品。

第五章为"卞之琳翻译与创作的相互影响"，探讨了卞之琳文学翻译与文学创作之间的相互影响和相互促进关系。一方面，其文学翻译活动对其文学创作具有较全面、深入的影响，包括创作中的格调与诗风，象征与暗示、戏剧性处境、非个人化等写作技法的借用，意象的借鉴，诗体形式的试验，"欧化句法"的运用等方面。另一方面，其文学创作也影响其文学翻译活动，包括对所译作品艺术价值的重视，有意选择韵律等方面可资借鉴之作进行翻译，追求原作神韵的再现，以及翻译中的艺术性"再创作"。

最后为"结语"，对本研究进行归纳和总结，并指出研究的不足及可拓展方向。

目　　录

下篇 翻译与创作

绪　　论

卞之琳（1910—2000）最早以诗人身份亮相文坛，为我国新诗发展做出了卓越贡献。"在我国现代诗坛上，有一簇亮星在烁烁闪光，卞之琳先生即是其中较亮的一颗。"① 同时，卞之琳又是一位伟大的翻译家、翻译理论家和莎士比亚戏剧研究者。他的译著颇丰，有《西窗集》（1936）、《浪子回家》（1937）、《维多利亚女王传》（1940）、《亨利第三·旗手》（1943）、《阿左林小集》（1943）、《新的粮食》（1943）、《紫罗兰姑娘》（1947）、《窄门》（1947）、《阿道尔夫》（1948）、《英国诗选》（1983）、《莎士比亚悲剧四种》（1988）等十余种。其翻译十分严谨，力求在内容和形式两方面最大限度地接近原文，以传达原文的精神。为使译作保存原作的艺术价值，他提出了"信""似""译"的文学翻译主张，包括"以形求神，形神兼备""以诗译诗""以顿代步"等，为我国文学翻译及翻译研究树立了典范。

然而，长期以来，学界更多关注作为"诗人"的卞之琳，而忽视了作为翻译家兼翻译理论家的卞之琳。"上世纪80年代还没有研究者注意到他在翻译上的成绩，直至90年代初，有关卞之琳翻译方面的文章才不断出现，卞之琳作为翻译家的身份才开始得以确认。"② 这句话不尽属实，因为早在1957年即卞之琳翻译出版《丹麦王子哈姆雷特悲剧》（作家出版社）后第二年，巫宁坤便撰有《卞之琳译〈哈姆雷特〉》一文，对卞译本进行评价。不过，较之围绕其文学创作而开展的大量研究而言，对其翻译思想及

---

① 周发祥：《英语世界里的卞之琳》，《汉学研究通讯》2001年第4期，第43页。
② 盛琥君：《新时期以来卞之琳研究综述》，《云梦学刊》2010年第5期，第25页。

实践的研究则冷清得多。

因此，系统研究卞之琳的翻译思想与翻译活动，探索卞之琳的翻译与创作之间相互影响关系，使学界更全面、深入地理解这位"诗人翻译家"的心路历程及思想，具有重要的意义。

一 国内外研究现状

20 世纪 30 年代，卞之琳从翻译西方诗歌入手，逐渐走上了诗歌创作的道路。他的文学创作和文学翻译活动，如两架并驾齐驱的马车，确立了其诗人和翻译家的双重身份。学界对卞之琳创作和翻译的研究，大体分三个阶段：第一阶段自 30 年代初至 40 年代末，为研究肇始期；第二阶段自 50 年代初至 70 年代末，研究陷入低潮；第三阶段自 80 年代初直至现在，研究进入成熟期，相关研究日益增多。

卞之琳研究的第一阶段，始于 20 世纪 30 年代初卞之琳走上文坛不久。学界研究以其创作为主，兼及所受外来影响，较少论及其译作。

1930 年 11 月，正在北京大学就读二年级的卞之琳以"林子"为笔名，翻译并发表爱尔兰诗人、剧作家沁孤（John Synge）的诗作《冬天》（*Winter*），标志着他正式走上译坛。次年 1 月，他的诗作《夜心里的街心》发表。① 由此可见，卞之琳的文学创作和文学翻译几乎同时起步。伴随卞之琳走上文坛，国内评论家很快便注意到这位青年诗人。陈梦家在主编《新月诗选》时，将卞之琳的诗《望》《黄昏》《魔鬼的夜歌》和《寒夜》四首收录入内。在诗集"序言"中，陈梦家评价卞之琳是一个"很有写诗才能的人"，认为他的诗"常常在平淡中出奇，像一盘沙子看不见底下包容的水量"②。沈从文 1931 年 4 月写作《〈群鸦集〉附记》一文，高度评价这位踏入文坛不久的诗人，表扬他以平常文字表达平常人情感所体现的质朴美，

---

① 《夜心里的街心》并非卞之琳最早发表的诗歌，但一般被视为其正式登上诗坛之作。早在 1926 年，卞之琳就读海门启秀初中二年级，应上海《学生文艺丛刊》征集，以真名发表了三四首小诗。不过这些小诗只是学生习作，题材和手法都显稚嫩，卞之琳本人也早遗忘。如 1926 年发表、作者题名"海门启秀中学卞之琳"的《小诗》："最可爱的那时：/明月下，/澄清的湖边，/独自依着临水的阑干。/一我两影——/日历声的'霍索'，/钟声的'滴搭'，/是爱听的声响么？/黄莺儿在窗外骂我糊涂，/我在床上反恨黄莺儿惊醒我的好梦。//桃花片刊！/你是送春的小船；/你载满了春光，/在水面荡漾不定的，/想送他到那里去呢？"见卞之琳《小诗》，《学生文艺丛刊》1926 年第 3 卷第 5 期，第 14—15 页。

② 陈梦家：《新月诗选》，新月书店 1931 年版，第 9 页。

认为卞之琳的诗有别于胡适、闻一多等人的诗作，"达到了一个另外的高点"①。李健吾则最早发现卞之琳诗歌中的"现代性"。② 在《〈鱼目集〉——卞之琳先生作》和《答〈鱼目集〉作者》两篇长文中，他对卞之琳的诗作了高度评价，认为"从《尝试集》到现在，例如《鱼目集》，不过短短的年月，然而竟有一个绝然的距离"，称赞卞之琳为"少数的前线诗人"之一。③ 朱自清认为《三秋草》是"一本波俏的小书"，认为卞之琳"观察世态颇仔细，有时极小的角落里，他也会追寻进去"，他"用现代人尖锐的眼"，展现"精微的道理"，他的诗作"每一行是一个境界，诗的境界"。他还赞赏卞之琳作诗的技巧，称其诗作"因为联想'出奇'，所以比喻也用得别致"，"书里的比喻不但别致，有时还曲曲折折的"，诗歌中的意象"虽是跳得远，这念头和那念头在笔下还都清清楚楚。"④

卞之琳的诗歌创作，也引起不少评论家的批判。20 世纪 30 年代，"我国左翼文学形成了一股激流"⑤。左翼文学要求文艺大众化、通俗化，要求

---

① 原文为："但弃绝一切新旧词藻摒除一切新旧形式，把诗仍然安置到最先一时期文学革命的主张上，自由的而且用口语写时，写得居然极好，如今却有卞之琳这本新诗。……当我把诗的趣味，放在新诗最初提出那一个方向上去时，我以为之琳有几首诗，达到了一个另外的高点了。运用平常的文字，写出平常人的情感，因为手段的高，写出难言的美。诗的艺术第一条件若说是文字的选择，之琳在这方面十分的细心，他知道选择'适当'的文字，却刷去了那些'空虚'的文字。他从语言里找节奏，却不从长短里找节奏，他明白诗的成立以及存在，不是靠到一件华丽的外衣，他很谨慎，不让他的诗表面过于美丽。从作品上得到一种契合无间的同感，一笔又一笔，风格朴质而且诚实，又并不因文字单纯简略转入晦滞，读集中的《奈何》，读《群鸦》，读《垂死》，皆能酝酿一种淡淡寂寞，这寂寞是青年人各有一分，自己却说不出，读时要忘却也无从忘却的。好的诗不是供给我们一串动人悦耳的字句了事，它不拘用单纯到什么样子的形式，都能给我们心上一点光明。它们常常用另外一种诗意保留到我们的印象里，那不仅仅是音律，那不仅仅是节奏。怎么美，怎么好，不是使我们容易上口背诵得出，却是使我们心上觉得那'说得对'。我们对一幅画，一角风景，一声歌，一个标致美人的眉目口鼻过后所保留印象，大致也是只觉得那'很合式'，却说不出那美的。之琳的诗在我的印象上，便有这种力量。"此文最早发表于 1931 年 5 月 1 日南京《创作月刊》创刊号。参见沈从文《沈从文文集》（第十一卷），湖南人民出版社 2013 年版，第 19—20 页。
② 李健吾曾这样评价："他（指何其芳——引者注）缺乏卞之琳先生的现代性，缺乏李广田先生的朴实，而在气质上，却更其纯粹，更是诗的，更其近于十九世纪初叶。"参见李健吾《李健吾文学评论选》，宁夏人民出版社 1983 年版，第 127 页。
③ 李健吾这样对比卞之琳、何其芳、李广田等年轻的诗人："这群年轻人站住了，立稳了，承受以往过去的事业（光荣的创始者，却不就是光荣的创造者），潜心于感觉酝酿和制作。……他们没有时光等待，他们的生命具有火热的情绪，他们的灵魂具有清醒的理智，而想象做成诗的纯粹。他们不求共同，回到各自的内在，谛听人生谐和的旋律。拙于辞令，耻于交际，他们藏在各自的字句，体会灵魂最后的挣扎。他们无所活动，杂在社会的色相，观感人性的无常。"参见李健吾《李健吾文学评论选》，宁夏人民出版社 1983 年版，第 87—88 页。
④ 朱自清：《秋草清华》，延边人民出版社 1996 年版，第 170 页。
⑤ 卞之琳：《〈雕虫纪历（1930—1958）〉自序》，《新文学史料》1979 年第 3 期，第 222 页。

文学服务于社会斗争需求，强调对社会黑暗的暴露和批判，突出文学的工具性和阶级性。卞之琳含蓄、隐晦的诗作，显然不合当时的时代潮流。左翼诗人蒲风评论《三秋草》时，把卞之琳归入新月派，并给他扣上"格律派""唯美主义"的帽子。一位署名李磊的青年作者写了《〈鱼目集〉和〈孤帆的诗〉》一文，将《鱼目集》与左翼诗人孤帆的诗集《孤帆的诗》对照，认为《孤帆的诗》从正面反映底层人民的痛苦，而《鱼目集》则充满"幻想""色相""睡眼朦胧""孤独""灰心""暮色苍茫""孤泪"等字眼，发出的只是"有微毒的叹息"，实际上否定了《鱼目集》的价值。① 应当说，这些评论指出了卞之琳和其他现代派诗人与时代"疏远"的不足，但也忽视了他们关注现实、关注人生的一面，因而对其艺术价值和艺术意义缺乏公允的评价。史美钧认为，"新月系后期与陈梦家分秋色，而有灿烂光芒的，惟有卞之琳氏。虽然他的诗篇也见瑕疵并未达到完成的境界，可是仅是短期的努力而技巧纯熟，实比同时代的诸诗人已强得多了"，同时也批评卞之琳与社会现实脱离。②

卞之琳的诗歌创作也遭到胡适、梁实秋等人的否定。胡适批判"少年的新诗人"创作的诗歌"叫人看不懂"，他们不懂"平实""含蓄""淡远"的境界，创作的诗是"看不懂而必须注解的诗，都不是好诗，只是笨谜而已"③。梁实秋批判卞之琳等人的新诗"日趋于晦涩"，原因在于"精神生活太贫乏"，认为"这是一种堕落的文学风气"，将导致新诗"走向一条窘迫的路上去"。他提倡"诗人也得说人话"，而"人话以明白清楚为第一要义"④。

评论家在评价卞之琳诗作风格的同时，也注意其所受外来影响。穆旦认为，在现代西方诗坛，艾略特带来的"以机智（wit）来写诗的风气就特别盛行起来"，"诗人们并没有什么可以加速自己血液的激荡，自然不得不

---

① 李磊：《〈鱼目集〉和〈孤帆的诗〉》，王训昭选编《一代诗风：中国诗歌会作品及评论选》，华东师范大学出版社1996年版，第466—469页。

② 原文为："卞氏的思想平淡，且是浸透了闲情的平淡，不否定现实也不与现实同流，对现实乃是游移不关心的逃避态度。他在自己的高楼中，飞跃自己情调的遐想，他缺乏客观社会描写，成了自己的主观的风格。……他对世界仅是单纯的臆测，人生观是消遣性的有闲的感兴。他描写一个闲人，又着手在街路边蹈着柔软的沙尘，印着各色的足印，手里还轧轧地磨着两颗滑亮的小核桃，十分真切。多么悠闲的姿态，不妨说是他自己的写照。"参见史美钧《衍华集》，现代社1948年版，第66—67页。

③ 胡适：《尝试后集》，安徽教育出版社1999年版，第61—68页。

④ 梁实秋：《我也谈谈"胡适之体"的诗》，《自由评论》1936年第12期，第24页。

以锋利的机智，在一片'荒原'上苦苦地垦殖"，而"把同样的种子移植到中国来，第一个值得提起的，自然就是《鱼目集》的作者卞之琳先生。"他肯定了《鱼目集》的文学价值，认为"自五四以来的抒情成分，到《鱼目集》作者的手下才真正消失了"①。同为"汉园三诗人"之一的李广田，分析了《十年诗草》的"章法与句法""格式与韵法""用字与想象"等内容，肯定了卞之琳诗作中"那些多变的形式，那些新鲜的表现方法"。他提到卞之琳诗歌中"Wit－image"（智性化意象），评论客观、准确。② 袁可嘉认为，卞之琳诗艺的成功之处"全在感情借感觉而得淋漓渗透！"③ 他还针对冯至、卞之琳等人诗作最为人诟病的"晦涩"提出了自己的看法："现代诗中晦涩的存在，一方面有它社会的，时代的意义，一方面也确有特殊的艺术价值。"④

　　这一阶段学界较多论及卞之琳的诗作，对其同样取得重要成就的领域——文学翻译则评论较少。较少聊胜于无。最早注意卞之琳文学翻译的是徐志摩，他甚赞卞之琳所译英国作家哈代（Thomas Hardy）作品《倦行人》（*Weary Walker*），认为卞氏"译诗极佳"，自承"哈代一诗我亦曾译过，但，弟译高明得多"⑤。

　　在海外，早在30年代卞之琳开始诗歌创作时，其诗作便引起了学界的注意。1936年，青年学者陈世骧与英裔意大利作家、学者哈罗德·阿克顿（Harold Acton）合作，编译了《中国现代诗选》⑥，选录郭沫若、徐志摩、陈梦家、冯至、卞之琳等15位中国现代诗人96首诗，包括卞之琳的诗作14首，由英国伦敦达克沃斯（Duckworth）公司出版，"是为首次向西方读

---

　　① 穆旦：《〈慰劳信集〉——从〈鱼目集〉说起》，《大公报·综合》（香港版）1940年4月28日第8版。

　　② 李广田：《李广田文集》（第三卷），山东文艺出版社1984年版，第15、52页。

　　③ 袁可嘉如是评价卞诗："卞诗确从感觉出发，却不止于感觉；他的感情的主调，虽极纤细柔弱，但常有辽瀚的宽度及幽冥的深度，而他的诗艺最成功处确不在零碎枝节的意象，文字，节奏的优美表现，而全在感情借感觉而得淋漓渗透！这种情绪渗透原不是卞氏的独创，而为中外古今动人诗篇所共有，只是他凭借感觉成分特多而成为作品特色。"参见袁可嘉《诗与主题》，《大公报·文学副刊》1947年1月21日版，转引自袁可嘉《论新诗现代化》，生活·读书·新知三联书店1988年版，第71页。

　　④ 袁可嘉：《诗与晦涩》，《益世报·文学周刊》1946年11月30日，转引自袁可嘉《论新诗现代化》，生活·读书·新知三联书店1988年版，第100页。

　　⑤ 徐志摩：《徐志摩全集》（第六卷），天津人民出版社2005年版，第4页。

　　⑥ Acton, Harold & Ch'en Shih－hsiang, ed. and trans, *Modern Chinese Poetry*, London：Duckworth, 1936.

者介绍中国新诗"①。同年 10 月，日本《面包》杂志收入矢原礼太郎日译卞之琳诗三首，包括《归》《航海》和《断章》。1947 年，英国作家罗伯特·白英（Robert Payne）编选了《当代中国诗选》。该书共收录徐志摩、何其芳、卞之琳等 9 名诗人 113 首诗的英译，其中卞之琳诗作 16 首。就数量而言，卞之琳的诗收入最多，且均由卞之琳本人翻译。诗后另附卞之琳本人为《距离的组织》《音尘》《鱼化石》《旧元夜遐思》《雨同我》五首诗作的注释（亦由卞之琳本人翻译）。白英的汉语水平有限，无法体味汉语诗歌的精妙之处，只能通过译文得出印象。在该书"导言"中他评价道，"有时觉得艾青遵循中国传统诗歌潮流，而卞之琳更像活在现代的唐朝人"。他认为卞之琳"有独特的声音，这和他读过的外国作品没什么关系，几乎只关涉中国传统"②。这样的评论显然欠准确，卞之琳的诗歌的确带有中国传统诗歌（尤其是晚唐诗）的烙印，但他的诗作更受西方象征主义、现代主义诗歌流派的影响。

卞之琳研究第二阶段，自 20 世纪 50 年代初至 70 年代末。这一时期，卞之琳出版了诗集《翻一个浪头》，发表了《十三陵水库工地杂诗》等诗作。不过，总体上看，由于复杂的政治环境，加之其诗作被批为"晦涩"，卞之琳"在国内外受到毫无道理的忽视"③，相关研究陷入低潮。这一时期，卞之琳把主要精力放在莎剧研究与莎剧翻译方面，出版了《丹麦王子哈姆雷特悲剧》等译作。

由于当时复杂的国内外环境，学界对其创作和翻译的研究、评论也寥寥无几。1956 年，卞译《丹麦王子哈姆雷特悲剧》出版后，巫宁坤撰写评论，将卞译本与朱生豪译本进行对比分析，认为卞译本从内容到形式最大限度忠实于原文，而朱生豪以散文体形式翻译，改变了原文的诗体形式，导致读者对原文认知上的偏差。④ 这篇论文运用翔实的资料进行分析，首开卞之琳翻译研究之先河。巫宁坤的这篇论文，是卞之琳研究第二阶段的重要成果。

值得一提的是，第二阶段卞之琳研究在国内陷入低潮，但在海外及港

---

① 陈子善：《本书说明》，陈世骧《陈世骧文存》，辽宁教育出版社 1998 年版，第 1 页。

② Payne, Robert, *Contemporary Chinese Poetry*, London：George Routledge & Son, 1947, pp. 26，30.

③ 张曼仪：《卞之琳著译研究》，香港大学中文系 1989 年版，第 2 页。

④ 巫宁坤：《卞之琳译〈哈姆雷特〉》，《西方语文》1957 年第 1 期，第 115—119 页。

台地区，人们对其研究兴趣未减。卞之琳在海外和港台地区拥有不少读者，学者们也纷纷撰写文章、发表评论，评价其文学创作与翻译。

1963 年，旅美学者许芥昱（Hsu Kai – yu）编选《20 世纪中国诗》①，总结了新诗自诞生以来至 1963 年的成就，并将诗人以流派划分。该书将卞之琳、冯至归为玄学派。赵毅衡高度赞扬许芥昱这一安排，认为："卞之琳 30 年代中期，他最成功的诗作，除了明显的中国传统（尤其是婉约词派姜夔词的清绮娟秀），对接的是他所称的'艾略特诗路'……许芥昱的现代中国诗集，单列冯至与卞先生为'玄学派'，目光如炬。"② 1976 年，梁增浩发表《抽象诗和卞之琳的"圆宝盒"》一文，指出卞之琳受法国象征主义的影响，"注重感觉和想象"，并分析了卞诗"抽象（形上）诗的特性"，比较了卞之琳与叶慈、艾略特、约翰·多恩、马芙等人的意象运用。③ 1978 年，古苍梧发表《诗人卞之琳谈诗与翻译》一文，以访谈稿的形式探讨卞之琳的诗歌创作和翻译，重点探讨了英诗汉译的格律、音韵问题。④

卞之琳研究的第三阶段自 20 世纪 80 年代初开始，一直延续到现在，是为卞之琳研究的成熟期。

80 年代，改革开放带来国内政治、文化格局上的变化。相对宽松的政治、文化环境，使卞之琳研究逐渐复苏，并在 90 年代达到高峰，出现了大量的研究论文与学术著作。围绕卞之琳的诗歌创作、诗歌理论、中西文学影响、文学翻译思想与实践、莎剧研究等方面，相关研究全面展开。

就数量而言，这些研究以散篇论文为主。学界除承接前期卞之琳诗歌艺术研究外，对卞之琳的翻译主张、翻译实践（尤其是卞译《哈姆雷特》）产生了更大的兴趣。相关研究主要包括三方面：

（1）诗歌技巧及诗歌精神：艾岩（1986）、周棉（1986）、孙玉石（1989）、蓝棣之（1990）、黄维樑（1992）、高恒文（1997）、汪云霞（2014）等对卞之琳的《断章》《无题》《鱼化石》等诗作进行文本解读，探析卞之琳诗歌的技巧与内涵；张桃洲（2002）、王光明（2004）、龙清涛（2004）探讨了卞之琳等现代诗人的新诗格律探索；王泽龙（1996）讨论了

---

① Hsu Kai – yu, *Twentieth Century Chinese Poetry：An Anthology*, New York：Dobleday & Company, Inc., 1963, Ithaca：Cornell University Press, 1970.

② 赵毅衡：《对岸的诱惑：中西文化交流记》，四川文艺出版社 2013 年版，第 72 页。

③ 梁增浩：《抽象诗和卞之琳的"圆宝盒"》，《诗风》（香港）1976 年第 46 期，第 3 页。

④ 古苍梧：《诗人卞之琳谈诗与翻译》，《中国翻译》编辑部编《诗词翻译的艺术》，中国对外翻译出版公司 1987 年版，第 128—142 页。

卞之琳的新型智慧诗特点；罗振亚（2000）探讨了卞诗"反传统"的艺术新质；王毅（2001）、罗小凤（2013，2015）、王泽龙、王晨晨（2013）探讨了卞之琳对中国古典艺术精神的执着；胡辉杰、汪云霞（2004）探讨了卞之琳、冯至、穆旦等现代诗人在50年代的身份焦虑；张林杰（2012）探讨了卞之琳北平时期诗作的复杂色彩；陈卫（2010）探讨了卞之琳30年代诗歌的含混策略；高博涵（2014）探讨了卞之琳1930—1934年间的创作心态；卢锦淑（2015）以"水"意象为题，探讨卞之琳诗歌中体现的儒、道、佛传统思想；

（2）卞诗所受西方诗学影响：李怡（1994）、萧映（1998）、江弱水（2000）、王泽龙（2004，2006）、贺昌盛（2004）、陈希、何海巍（2005）等探讨了卞之琳所受象征主义影响；袁可嘉（1992）、朱徽（1997）、张洁宇（2000）、曹万生（2007）、奚密（2008）、张松建（2014）讨论了卞之琳受艾略特等现代派的影响；刘东（2008）讨论了纪德对卞之琳的影响；王家新（2011）讨论了卞之琳、穆旦等人通过翻译奥登诗而推进现代新诗发展；陈世杰（1999）、北塔（2000）、许霆（2010）等探讨了卞之琳对西方十四行体的移植；王攸欣（2015）从中西诗学的总体视野出发，探讨卞诗的艺术精神和诗学传统；

（3）诗歌翻译及莎剧翻译：孙致礼（1996）、陈本益（1996）、孟宪忠（2001）、蓝仁哲（2005）、许宏、王英姿（2010）、张军（2014）、陈国华、段素萍（2016）探讨了卞之琳"亦步亦趋""以顿代步"的翻译思想与翻译实践；黄觉（2011）从文化翻译角度对比梁实秋、卞之琳的《哈姆雷特》译本；北塔（2006）探讨了卞之琳诗歌的英文自译；汤金霞、梅阳春（2013）探讨了卞之琳"信、似、译"三原则对传统译论的传承与超越；肖曼琼（2011）讨论了卞之琳诗歌翻译中的白话格律体形式及对音乐美、"本色美"的再现；朱宾忠（2007）讨论卞之琳的翻译与诗歌创作之间相互影响、相互补充关系；肖曼琼（2012）探讨了卞之琳诗歌创作和翻译之间"情与理"的协调互补关系。

1990年，为庆祝卞之琳八十华诞，袁可嘉、杜运燮、巫宁坤等主编《卞之琳与诗艺术》论文集。文集收录论文23篇，全面、系统分析了卞之琳在诗歌创作、诗歌翻译、莎剧翻译、文学批评等方面的贡献，并围绕其创作和翻译开展理论探讨。1998年，陈丙莹出版《卞之琳评传》，论述了卞之琳的诗歌创作、理论研究和翻译。值得一提的是，作者专辟一章（第六章）"翻译工作的辉煌成就"，较系统地介绍了卞之琳的翻译理论、译作的类型，并评价部分译作。2000 年，江弱水以其博士学位论文为基础，出版《卞之琳诗艺研究》一书，从意象、句法、肌理、格律和声韵等方面，系统研究卞之琳的新诗创作，并探讨西方现代作家、中国古代诗人和同时代师友对其产生的影响。① 2002 年，海门市政协文史资料编辑部主编的《卞之琳纪念文集》出版。2007 年，刘祥安的《卞之琳：在混乱中寻求秩序》出版，作者在中外文学相互影响的视野中，讨论卞之琳对国外诗路的借鉴和对传统词学的继承，评述卞之琳对"秩序"的不懈追求。②

随着卞之琳诗作和译作的大量印刷，中外文学、文化的交往日益密切，海外更多学者开始研究卞之琳。1983 年，荷兰学者汉乐逸（Lloyd Haft）以其博士学位论文为基础，出版《卞之琳：中国现代诗研究》一书。这是世界上第一部专门研究卞之琳诗歌作品的著作，具有里程碑的意义。该书全面论述了卞之琳的诗歌创作、诗歌理论、所受外来影响、文学翻译等，既有历史的阐述，也有文本的分析。作者认为，"卞之琳创造性地将西方和中国元素结合在一起，成为 20 世纪中国诗坛最持久、最有特点的歌喉之一"③。作者系统研究卞之琳的创作和翻译活动，得出结论："（1）纵观其生，卞之琳更乐意把诗歌看作一种艺术形式（art form），一种对技巧要求很高的技术（或职业），而非表现具体感受和观念的手段；（2）对其影响最大的是法国象征派诗人；（3）卞之琳的诗歌才能，最见于其免受政治压力那段时期，具体而言，就是 1930 到 1937 年之间。"④

1983 年，澳大利亚墨尔本大学 Christine M. Liao 撰写博士论文，对比研究卞之琳与艾青的诗歌创作。⑤ 1985 年，澳大利亚汉学家杜博妮（Bonnie S. Mc Dougall）发表书评，从卞之琳与政治的关系出发分析其被忽视：他既不迎合，也不反对政治。⑥ 1992 年，叶维廉编选并翻译的诗集《防空洞里

①　江弱水：《卞之琳诗艺研究》，安徽教育出版社 2000 年版。
②　刘祥安：《卞之琳：在混乱中寻求秩序》，文津出版社 2007 年版。
③　Haft, Lloyd, *Pien Chih - lin*, *A Study in Modern Chinese Poetry*, Dordrecht, Holland, and Cinnaminson, N. J.：Foris Publications，1983，p. 1.
④　Ibid.，pp. 2 - 3.
⑤　Christine M. Liao, *Bian Zhilin and Ai Qing*：*A Comparative Study with Reference to Topic and Cohesion*, University of Melbourne, 1982.
⑥　Bonnie S. Mc Dougall, "Pien Chih - lin：A Study in Modern Chinese Poetry by Lloyd Haft"，*Modern Chinese Literature*，No. 2，1985，p. 269.

的抒情诗：1930—1950 中国现代诗选》① 出版，选取了艾青、臧克家、卞之琳、冯至等 18 位诗人的作品。1997 年，美国华盛顿大学 Woo‐kwang Jung 撰写博士论文，讨论了汉园三诗人，其中第二章以"卞之琳的诗作"为题，从"内在的节拍——顿""戏剧化描写和跨行技巧""主题与鲜明的意象"等方面探讨了卞之琳《汉园集·数行集》的诗歌艺术。②

　　在港台地区，相较前两个阶段，更多的学者对卞之琳诗作和翻译展开研究，发表了许多独到、深刻的见解。

　　这一时期为卞之琳研究做出最大贡献的港台学者，当属香港大学张曼仪。自 20 世纪 60 年代开始，张曼仪便醉心于研究卞之琳的创作与翻译。70 年代，她开始着手卞之琳专题研究，收集大量珍贵研究材料。1989 年，她历时 8 载完成《卞之琳著译研究》这一著作。这是最早的卞之琳中文研究专著，具有"拓荒"的意义。该书材料丰富，传、论结合，系统研究了卞之琳的创作和翻译，对卞之琳进行了较全面的、高水平的总结，显示了著者深厚的理论功底。值得一提的是，该书单辟一章"创造与再创造——翻译的理论和实践"，专门探讨卞之琳的翻译观点和翻译实践，"注意前人没有注意过的翻译上的成就，使卞之琳既能以著名诗人又能以莎剧翻译家的身份进入文学史③，为卞之琳研究尤其是翻译研究向前迈进做出了重要贡献。书后还附有"卞之琳著译书目""卞之琳新诗系年""卞之琳生平著译年表"等，为卞之琳研究者提供了便利。

　　其他不少港台学者也通过发表论文、评论的形式，发表他们的见解。1980 年 2 月，香港《八方文艺丛刊》第 2 辑出版"卞之琳专辑"，汇总了张曼仪、黄维樑等学者的论文。张曼仪认为，卞之琳作品之所以有"持续的影响"，重要原因是诗人"在写诗的基本功夫上掌握到'戏剧化地描绘一个场面'和'灵活地运用口语'这两种能力"④。黄维樑对《一个和尚》《酸梅汤》等作品逐一进行评析，探讨了卞之琳的"诗艺"。⑤

---

　　①　Yip, Wailim, *Lyrics from Shelters*：*Modern Chinese Poetry*, *1930 – 1950*, New York：Garland Publishing, Inc. , 1992.

　　②　Woo‐kwang Jung, *A Study of "The Han Garden Collection"*：*New Approaches to Modern Chinese Poetry*, *1930 – 1934*, University of Washington，1997.

　　③　古远清：《评张曼仪的〈卞之琳著译研究〉》，《诗探索》1997 年第 3 期，第 167 页。

　　④　张曼仪：《〈当一个年轻人在荒街上沉思〉——试论卞之琳早期新诗（1930—1937）》，《八方文艺丛刊》（香港）1980 年第 2 期，第 155 页。

　　⑤　黄维樑：《雕虫精品——卞之琳诗选析》，《八方文艺丛刊》（香港）1980 年第 2 期，第 187 页。

卞之琳也在这一期上发表了两篇诗作和论文《莎士比亚悲剧〈哈姆雷特〉的汉语翻译及其改编电影的汉语配音》。1981 年，木令耆发表《〈湖光诗色〉——寄怀卞之琳》一文，评价卞之琳诗作："他和梵乐里（即瓦雷里——引者注），不爱用诗来写诗人的灵感活动；但还和梵乐里在构思严谨上相同。这种极度严谨的构思在卞之琳的诗里，便表现为雕塑似的，织锦似的形象和语言的安排。……卞之琳的诗虽然常有水的清澈和流动，却是在思想境界上，文字音律上，精雕细琢极有层次，极有组织的诗。"①

1990 年，香港《诗双月刊》第 5 期出版"卞之琳特辑"，发表卞之琳、唐湜、杜运燮、袁可嘉等人的诗文及周兆祥、张曼仪、江弱水、陈德锦等人的评论。周兆祥以《哈姆雷特》为例，对比了卞之琳、梁实秋和曹未风三人的译本，从"以诗译诗""无韵诗的处理""意象的处理""双关语的处理"等方面对比分析，认为卞之琳使用格律体翻译的莎剧，"成就超出其他译本的平均水平很多"②。张曼仪梳理了卞之琳的创作历程，认为卞"出于'新月'而入于'现代'，却又自成一家，在汉语的特点和传统诗歌的基础上汲取法国象征主义技法，成为我国现代主义诗歌的先行者"③。江弱水论证了卞之琳诗歌"由实入虚、虚实相生的那份亲切与空灵"④ 所蕴含的古典主义精神。陈德锦认为，卞之琳"借鉴西洋诗歌格律，复受现代主义的无我观及客体投射的启示，再糅合中国传统抒情诗的意趣和乡土感性"，通过诗歌"把有距离的事物组织起来"。⑤

随着卞之琳作品艺术价值越来越多地得到认可，海外和港台地区的学者还对卞之琳的作品进行翻译。1992 年，奚密（Michelle Yeh）选编《中国现代诗选》（*Anthology of Modern Chinese Poetry*）一书，收入《古镇的梦》

---

① 木令耆：《〈湖光诗色〉——寄怀卞之琳》，《八方文艺丛刊》（香港）1981 年第 4 期，第 100 页。

② 周兆祥：《诗人传诗剧——卞之琳译〈哈姆雷特〉赏析》，《诗双月刊》（香港）1990 年第 5 期，第 23 页。

③ 张曼仪：《卞之琳论——〈卞之琳《中国现代作家选集》〉编后》，《诗双月刊》（香港）1990 年第 5 期，第 37 页。

④ 江弱水：《一缕凄凉的古香——论卞之琳诗中的古典主义精神》，《诗双月刊》（香港）1990 年第 5 期，第 26 页。

⑤ 陈德锦：《卞之琳抒情诗的距离和组织》，《诗双月刊》（香港）1990 年第 5 期，第 41—47 页。

《秋窗》等十首英译诗。① 同年，日本学者秋吉久纪夫编译了《卞之琳诗集》②，这是第一本在外国出版的单行本卞之琳诗歌专集。2006 年，香港学者 Mary M. Y. Fung 及 David Lunde 完成译作 *The Carving of Insects*③，所译诗大部分出自卞诗合集《雕虫纪历》，另选取了 1982—1996 年的卞诗 9 首。

总之，第三阶段的研究，显示出一定的广度和深度。就广度而言，研究者涉猎了卞之琳几乎所有的创作活动和文学翻译活动，涉及诗歌创作、诗歌理论、小说创作、散文创作、诗歌翻译、戏剧翻译、翻译观念、莎剧研究等方面，取得了丰硕成果；就深度而言，学界不再局限于浅层的文本分析，而将卞之琳置于特定的历史语境中，探讨其所受中外文化、文学影响及其审美追求与艺术特色。

由前面的论述可以看出，自 20 世纪 30 年代以来，国内外卞之琳研究取得了许多重要成果，但也存在以下不足：

（1）总体上看，研究者更多关注卞之琳的文学创作（尤其是诗歌创作），而对其文学翻译，包括其文学翻译主张与文学翻译实践，未给予足够的重视（《丹麦王子哈姆雷特悲剧》算是例外）。在中国现代文学史上，不少作家既从事文学创作活动，也从事翻译活动，如鲁迅、茅盾、郭沫若、林语堂、戴望舒、冯至等。然而，这些人大多从事具体的翻译实践，对翻译有感悟式、片段式理解。卞之琳不仅系统提出了"信、似、译"的文学翻译思想和"以诗译诗""格律译诗""以顿代步"等翻译主张，且在其翻译实践中努力践行、实现这些主张，为我国文学翻译事业做出了巨大贡献。他翻译的西方诗歌，力图保留原文的节奏和音韵特点，对中外文学交流做出了巨大贡献。其后，屠岸、杨德豫、钱春绮、丁鲁、江枫等人沿着卞之琳开辟的方向，"形神兼备"地翻译了大量西方诗歌。卞之琳翻译的莎士比亚戏剧，也成为格律体莎剧翻译的代表作。然而，卞之琳在现代翻译史上的地位并未得到应有的重视，不仅已出版的翻译史著作较少提及，相关研究论文也相对较少。正如江枫所言："卞之琳先生对翻译工作理论认识的贡献，就我国翻译理论和实践的现况而论，完全可以说，做多高的评价也不

---

① Michelle Yeh, *Anthology of Modern Chinese Poetry*, New Haven & London：Yale University Press，1992.

② ［日］秋吉久纪夫：《卞之琳诗集》，土曜美术社 1992 年版。

③ Bian Zhilin, *The Carving of Insects*, Mary M. Y. Fung and David Lunde trans.，Hong Kong：Renditions Books，2006.

为过，但是，这样一种贡献的真实价值却迄今未得到我国相当一部分翻译理论和教学工作者恰当的认识。"①

（2）针对卞之琳翻译的研究，多集中于其诗歌翻译和《哈姆雷特》这一剧本的翻译，且多集中于"格律译诗""以顿代步"等具体技巧层面。实际上，卞之琳提出了系统的翻译理论——以"信""似""译"为核心的"艺术性翻译"，实现了对传统"信、达、雅"辨、"形似、神似"论、"直译、意译"争的超越和突破，理应在我国翻译理论体系中占有一席之地。

（3）卞之琳以诗人、翻译家、学者的身份跻身文坛和译坛，其文学翻译与文学创作之间是否相互影响、如何相互影响，此类问题未得到应有的重视。实际上，卞之琳的创作和翻译之间存在相互促进的共生关系。通过翻译活动，卞之琳借鉴西方文学中的写作技法，同时扎根中国诗歌传统，创作了别具一格的现代新诗。同时，作为一名杰出的诗人，他非常注重所译材料的艺术价值，以诗人的审美标准选择所译材料，并以传达原文艺术为目标。因此，"诗人"的身份，贯穿于其整个翻译活动中。此外，作为一名外国文学研究者，他对作品的品读与阐释比常人更深刻、更透彻，这在一定程度上也影响着其翻译。因此，如何将三种身份整合为一个整体，厘清三者如何相互影响、相互制约以达至平衡，理应成为卞之琳研究的重要内容。

二　研究思路与内容

本书将系统研究卞之琳的文学翻译思想"信、似、译"，探讨这一指导思想在诗歌翻译、莎剧翻译中的具体表现，并厘清其翻译活动与创作活动之间的互动与关联，还卞之琳"诗人"翻译家的地位，揭示他的翻译主张和翻译实践的内在价值。具体而言，研究内容包括以下几个方面。

（1）结合特定的文化语境，研究卞之琳的"信、似、译"翻译思想，认识卞之琳翻译思想的重要价值。中国延续千年的传统译论，始终围绕"信达雅""形似、神似"及"直译、意译"等展开讨论。卞之琳提出的"信、似、译"要求，实现了对传统译论的超越，形成一个完整的体系，对文学翻译有重要的指导意义。

---

① 江枫：《以似致信，形神兼备——卞之琳译诗的理论与实践》，《诗探索》2001 年第 Z1 期，第 203 页。

（2）结合卞之琳的诗歌翻译实践，探讨"信、似、译"翻译思想的具体表现，并结合实例分析卞之琳如何在实践中践行。具体而言，卞之琳对诗歌艺术性的追求，表现为对诗歌形式、艺术节奏、艺术效果的不懈追求。其译诗格律有致，语言地道，意象突出，成为诗歌翻译的典范之作。同时，对卞之琳的诗歌自译进行分析，了解其汉外双向翻译中的不同策略及相互影响。

（3）探讨"信、似、译"翻译思想在莎士比亚戏剧翻译中的体现。为追求译本的艺术性，卞之琳十分重视莎剧翻译的底本选择，其翻译具有学术性翻译特点。译本亦步亦趋，还原了莎士比亚戏剧的诗体剧本来面貌。卞之琳十分重视个性化语言的运用，注重语言的节奏与韵律。这些努力，使其莎剧译作呈现一种别致的风味，有别于早期朱生豪等人的散文体或孙大雨等人不严格的诗体翻译，体现了莎剧原本特色。

（4）探讨"信、似、译"翻译思想在卞之琳散文、小说翻译中的体现。作为一名诗人翻译家，卞之琳对散文、小说的翻译提出严格要求：以译诗的要求来译。他主张选择具有艺术价值的作品进行翻译，主张译文应尽可能保留原文的形式，强调译文风格应与原文风格"相应"。这些主张，与其诗歌翻译、莎剧翻译一脉相承。在这些理论指导下，其译文以形传神、形神皆备，准确地再现原作的风格，达到了以"艺术的语言"再现原作"语言的艺术"之目的，成为文学翻译的佳品。

（5）研究卞之琳的艺术性翻译和艺术性创作之间的"互文"性影响。卞之琳的翻译深刻影响其诗歌创作，使他得以实现"中西诗歌根本处的融汇"，融欧化古，将外国文学形式和本国传统思想有机结合在一起，融入自己的诗歌创作之中。具体而言，外国文学翻译活动，影响着其诗歌创作的格调、技法、意象、形式等。而其诗人身份，也使他十分重视译作的艺术价值，选择那些对诗歌创作可资借鉴之作。其个人在诗歌艺术价值、审美情趣等方面的深刻领悟，也促使他提出"信、似、译"的艺术性翻译思想。总之，他以诗人的标准选择翻译材料、选定翻译策略，译作达到了较高的艺术水平。

上 篇

理论篇

译者与原作合二为一，惟此方可成佳译。二者结合，端赖相互间之迷雾——于译者言乃思想、言说、情感诸方式相异所生之迷雾——能否"排解至纯然透明"而不复见。

——马修·阿诺德《论荷马史诗的翻译》

第尔斯的译文有几处在字面上更严格些。但只要一个译文仅仅只是按字面直译的，那么它就未必是忠实的。只有当译文的词语是话语，是从事情本身的语言而来说话的，译文才是忠实的。

——海德格尔《阿那克西曼德之箴言》

第一章

信、似、译：卞之琳的文学翻译观

在卞之琳的文学生涯中，文学翻译占据了重要地位。具体而言，他的文学翻译包括三大部分：30 年代前期浪漫主义诗歌翻译及稍后开始的法国象征派诗歌翻译；30 年代中后期至 40 年代的小说、传记翻译；50 年代至 80 年代开始的莎士比亚四大悲剧翻译。此外，为应对教学工作需要，1949 年他在北京大学西语系任教期间，将所授诗歌十之七八译为中文①。这一时期的大部分译作，加上 70 年代末 80 年代初的其他一些译作，结集收入 1983 年出版的《英国诗选》。通过实践，卞之琳总结出自己的文学翻译思想——"信""似""译"，并以实践反复检验这一要求。

早在 20 世纪 40 年代初，卞之琳在西南联大讲授英文翻译课时，便结合个人的翻译实践提出自己的翻译思想。他后来回忆道："在班上总是首先，特别就译诗而论，大胆破'信达雅'说、'神似形似'论、'直译意译'辩。我不记得当时如何肆言了，日后想起来，基本精神大约可以概括为三说中只能各保留一个字，即'信'，即'似'，即'译'。"② 在《文学翻译与语言感觉》（1983）、《翻译对于现代中国诗的功过》（1987）、《从〈西窗集〉到〈西窗小书〉》（1994）等文中，卞之琳又多次提及"信、似、译"的翻译思想，足见其在个人翻译思想体系中的重要地位。

卞之琳提出的"信、似、译"，是针对"信达雅"之辨、"神似、形似"之论、"直译、意译"之争而提出的。这些论争，正是中国传统译论的重要组成部分。罗新璋曾系统梳理我国自汉唐以来的翻译理论，将我国传

① 卞之琳：《英国诗选》，商务印书馆 2005 年版，第 2 页。
② 同上书，第 4—5 页。

统译论归结为"案本——求信——神似——化境"①，这一总结具有较强的概括性。具体而言，东晋时期道安提出的"案本"，表现了早期佛经翻译中的直译、意译之争；"求信"，即近代翻译家严复提出的"信达雅"，"可说是'案本'的发展"；而傅雷提出的"神似"标准，"是对'求信'的更高一级的发展，从而把翻译纳入文艺美学的范畴"。钱锺书提出的"化境"，"可视为是'神似'的进一步发展，同时亦把翻译从美学的范畴推向艺术的极致"②。由此，罗新璋认为，"案本——求信——神似——化境"这四个概念"既是各自独立，又是相互联系，渐次发展，构成一个整体的"，而这个整体"当为我国翻译理论体系里的重要组成部分"③。简言之，这四个概念环环相扣、依次渐进，体现了我国传统翻译理论的发展脉络。许渊冲也认为，"20世纪中国文学翻译的主要矛盾，在我看来，是直译与意译，形似与神似，信达雅（或信达优）与信达切的矛盾"④。卞之琳提出的"信、似、译"，既有对传统译论的继承，也包含对后者的突破和超越。我们不妨分述之，以深入了解卞之琳翻译思想的内涵和价值。

第一节 "信"——全面的"信"

"信达雅"翻译标准，由中国近代翻译家严复提出，是我国近代翻译史上流传最广、影响最大的翻译标准，已成为"翻译界的金科玉律，尽人皆知"⑤，"在我国翻译界一直居于主流地位"，"至今还没有其他原则可以取代它"⑥。围绕"信达雅"，国内译界长期存在论争。而卞之琳提出的"信"，实现了对"信达雅"论争的超越和统一。

---

① 罗新璋：《我国自成体系的翻译理论》，罗新璋编《翻译论集》，商务印书馆1984年版，第19页。

② 同上。

③ 同上书，第20页。

④ 许渊冲：《新世纪的新译论》，《中国翻译》2000年第3期，第3页。

⑤ 郁达夫：《读了珰生的译诗而论及于翻译》，罗新璋编《翻译论集》，商务印书馆1984年版，第390页。

⑥ 沈苏儒：《论信达雅：严复翻译理论研究》，商务印书馆1998年版，第5—6页。

一 "信达雅"之论争

1898 年，严复在《天演论》一书"译例言"中提出：

> 译事三难：信、达、雅。求其信，已大难矣！顾信矣不达，虽译
> 犹不译也，则达尚焉。……译文取明深义，故词句之间，时有所颠
> 倒附益，不斤斤于字比句次，而意义则不倍原文。题曰达旨，不云笔
> 译……
>
> 《易》曰："修辞立诚。"子曰："辞达而已。"又曰："言之无文，
> 行之不远。"三者乃文章正轨，亦即为译事楷模。故信达而外，求其
> 尔雅。①

在严复看来，"信"指"意义不倍原文"，即译文应忠实原文的内容，
这是翻译的首要要求。《说文解字》对"信"的解释是："诚也。是从人言
会意。"严复认为，实现翻译中的"信"并非易事。由于源语和目标语在语
言、文化等方面的诸多差异，忠实的译文不易获得，需要译者的不懈努力。
"达"意为通顺、流畅，即译文应符合译入语的语言规范，易为读者理解。
在翻译实践中，由于英语、汉语在结构、语义等方面的不同，若译者机械
地按照原文形式进行翻译，势必导致译文不通。因此，译者在翻译中要
"词句之间，不斤斤于字比句次"而"时有所颠倒附益"，以传达原文的意
义。不过，严复认为这样做"取便发挥，实非正法"，只能算作"达旨"而
不能算作"笔译"，并提醒读者"勿以是书为口实也"。以其翻译《天演
论》经验为基础，严复主张译者"将全文神理，融会于心，则下笔抒词，
自善互备。至原文词理本深，难于共喻，则当前后引衬，以显其义。凡此
经营，皆以为达"②。也就是说，在翻译实践中，译者首先要深入领会原文
的内涵，在必要时须调整原文的语言形式（如语言结构、次序、表达方式
等），或添加"前后引衬"的内容，使译文通达、流畅，这样的译文才能算
"达"。严复认为，"信"和"达"之间不是矛盾的，存在相互统一的辩证
关系。在他看来，只注重"信"而欠通达的译文没有存在的价值，不如不

---

① 严复：《〈天演论〉译例言》，罗新璋编《翻译论集》，商务印书馆 1984 年版，第 136 页。
② 同上。

译。"为达，即所以为信也"①，译者追求译文的通达，也是为了求"信"，二者是你中有我、我中有你、相互依存的共生关系。

"雅"指译文"求其尔雅"，即译文要有文采、雅致。严复引用《左传》载孔子所言"言之无文，行而不远"，以证明文采的重要性。在他看来，原文的精微要义只能用古雅的文字方能传达："此不仅期行远耳，实则精理微言，用汉以前字法句法，则为达易；用近世利俗文字，则求达难"。②由此可见，严复提倡"雅"主要有两个目的：第一是"行远"，即译文为更多的读者接受、喜爱；第二则是"求达"，即译文能顺利地被读者阅读和理解。因此，严复主张使用汉代以前即先秦的古文言（尤其是桐城派古文）进行翻译，并在实践中身体力行。不过，使用先秦文字翻译西方作品，不仅时下普通世人难以阅读，即便当时的士人阶层也难以理解。这也导致"信达雅"三字中"雅"字最为人诟病。吴汝纶在《天演论》序言中指出，严复的译作"骎骎与晚周诸子相上下"，并不无担心地指出，"凡为书必与其时之学者相入，而后其效он。今学者方以时文、公牍、说部为学，而严子乃欲进之以可久之词，与晚周诸子相上下之书，吾惧其傑驰而不相人也"③，委婉地指出了严复在语言使用方面与时代、读者的脱节。梁启超指出，严复译作"文笔太务渊雅，刻意摹仿先秦文体，非多读古书之人，一番殆难索解"，认为"著译之业，将以播文明思想于国民也，非为藏山不朽之名誉也"，指出严复受"文人积习"影响的弊端。④ 陈西滢认为，"雅，在非文学的作品里，根本就用不着。……以诘屈聱牙，或古色斑烂的文字来传述新奇的事理，普通的常识，一般人即使不望而却步，也只能一知半解的囫囵吞枣"。即便对文学翻译而言，"雅"字也"不但是多余，而且是译者的大忌"⑤。王佐良则认为，严复提出的"雅""不是美化，不是把一篇原来不典雅的文章译得很典雅，而是指一种努力，要传达一种比词、句的简单的含义更高更精微的东西：原作者的心智特点，原作的精神光泽"。具体而言，严复力图通过引进西学，为那些掌控时政大局却又保守成性的士大夫阶层灌输新的思想，激励他们彻底革新中国社会，实现其变革图新、

---

① 严复：《〈天演论〉译例言》，罗新璋编《翻译论集》，商务印书馆1984年版，第136页。
② 同上。
③ 吴汝纶：《吴汝纶序》，赫胥黎《天演论》，严复译，商务印书馆1981年版，第vii页。
④ 梁启超：《绍介新著〈原富〉》，牛仰山、孙鸿霓《严复研究资料》，海峡文艺出版社1990年版，第267页。
⑤ 陈西滢：《论翻译》，罗新璋编《翻译论集》，商务印书馆1984年版，第401—402页。

变革图强的目的。不过，严复"认识到这些书对于那些仍在中古的梦乡里酣睡的人是多么难以下咽的苦药，因此他在上面涂了糖衣，这糖衣就是士大夫们所心折的汉以前的古雅文体"。因此，"雅"成为严复的"招徕术"，其目的是以特定的艺术风格吸引目标读者群，传达原文的内容和思想。"严复的'雅'是同他的第一，亦即最重要的一点——'信'——紧密相连的。"①

沈苏儒十分推崇"信达雅"这一标准，撰写专著《论信达雅：严复翻译理论研究》《翻译的最高境界"信达雅"漫谈》予以论述。沈苏儒认为，严复所谓"信"，指译文在内容、语气、风格等方面忠实于原文，"达"指译文"充分地、明白晓畅地"表达原文内容，而"雅"指"译文须用规范化的语言，并达到尽可能完善的文字（语言水平），还要适合译入语使用群体的社会心理和文化背景，以使译作为其受众所便于理解、乐于接受或欣赏"②。这是对"信达雅"三字的精辟分析。值得一提的是，严复的"信达雅"标准提出后，梁启超、吴汝纶、胡适、鲁迅、林语堂、郁达夫、瞿秋白、郭沫若、钱锺书等人均予以评述，或赞成，或反对。《论信达雅：严复翻译理论研究》一书还汇集了百名论家之语，以总结我国学术界难得一见的围绕某一翻译理论展开的百家争鸣。结果显示，所列109家评论中，完全赞成者58家，肯定中带保留意见者27家，持不同意见者24家，足见"信达雅"说之生命力。罗新璋更是断言，"信达雅说，百年不衰，或许因其高度概括，妙在含糊，能推移而会通，阐扬以适合。思无定契，理有恒存；相信只要中国还有翻译，总还会有人念'三字经'！"③

二 "信"——"信达雅"之融合

对于国内影响甚大、俨然译学之圭臬的"信达雅"标准，卞之琳持不同见解。他反对国内译界"众口一辞把严复的'信达雅'说当作天经地义"的做法，认为"信达雅"中只有一字可取，那就是"信"。那么，卞之琳笔下的"信"到底指什么？他是否由此而否认了"达"和"雅"的存

———————

① 王佐良：《严复的用心》，《翻译通讯》编辑部《翻译研究论文集（1949—1983）》，外语教学与研究出版社1984年版，第483页。
② 沈苏儒：《论信达雅：严复翻译理论研究》，商务印书馆1998年版，第8页。
③ 罗新璋：《序》，沈苏儒《论信达雅：严复翻译理论研究》，商务印书馆1998年版，第3页。

在价值呢？卞之琳提出，"信"就是"全面忠于原文"①，"不但要忠于内容，而且要忠于形式"②。表面看，卞之琳提出的"信"，似乎与严复提出的"信"基本一致，实际情况并非如此。

1959 年，由卞之琳与中国社会科学院文学研究所其他同志集体讨论、卞本人负责内容并主笔撰写的《十年来的外国文学翻译和研究工作》③ 长文，较全面地反映了卞之琳对"信"的理解。

首先，卞之琳并不否认"信达雅"标准的价值，所提出的"信"主要针对文学翻译而言，目的在于突出文学翻译的艺术性特征。他指出，"'信、达、雅'标准早已成了我国的传统翻译标准。我们今天也没有否定它的必要。……但是我们今日既然要讲艺术性翻译，我们的要求就超过了这个三字诀标准"④。在他看来，文学翻译是一种艺术性、创造性活动，除语言转换外，还涉及文学、美学、文艺学、哲学等方面的知识，有别于一般意义上的翻译。"信达雅"过于侧重语言内容和语言形式等语言层面，不太适合文学翻译。

在《十年来的外国文学翻译和研究工作》中，卞之琳归纳、总结了中华人民共和国成立后十年外国文学翻译和研究取得的成绩与不足。在他看来，过去十年的外国文学翻译工作，取得了不小的成绩。就数量而言，新中国成立后近十年时间内，翻译出版的外国文学作品达 5356 种，是解放前三十年所译作品总和的两倍半，平均印数也翻了十多倍；就翻译选材而言，可用"满天星斗"来形容，各个国家、各个时代和各个流派的文学作品都有翻译；就翻译质量而言，这些译作大多坚持了正确的方向，且总体而言质量有所提高。⑤ 不过，卞之琳在肯定所取得的成绩时，也提醒广大文艺工作者要坚持不懈地追求译作质量提高。"成就的鉴定，最后一关就在译文质

<hr />

① 卞之琳：《从〈西窗集〉到〈西窗小书〉》，［英］衣修伍德《紫罗兰姑娘》，卞之琳译，中国工人出版社 1994 年版，第 8 页。

② 卞之琳：《卞之琳文集》（中卷），安徽教育出版社 2002 年版，第 503 页。

③ 此文载于《文学评论》1959 年第 5 期，注明："本文写作，曾经得到中国社会科学院文学研究所苏联文学组和西方文学组其他同志的集体协作和参与部分讨论，但文中意见仍由执笔者负责。"参见卞之琳、叶水夫、袁可嘉、陈燊《十年来的外国文学翻译和研究工作》，《文学评论》1959 年第 5 期，第 41 页。此文主要由卞负责，叶水夫、袁可嘉、陈燊等共同执笔，最后由卞统一定稿。一般认为此文的翻译观主要代表卞的观点。

④ 卞之琳、叶水夫、袁可嘉、陈燊：《十年来的外国文学翻译和研究工作》，《文学评论》1959 年第 5 期，第 54 页。

⑤ 同上书，第 45—46 页。

量。"在他看来，提高译文质量，是时代的迫切要求，也是所有从事文学翻译工作者所面临的问题。而如何提高译文质量，"关键所在，就是艺术性翻译问题"①。

文学被称为"语言的艺术"，其基本特性在于其具有独特的审美性、艺术性。童庆炳教授认为，与非文学相比，文学具有四个基本特点：文学的语言富有独特表现力；文学总是要呈现审美形象的世界，这种审美具有想象、虚构和情感等特征；文学传达完整的意义，本身构成一个整体；文学蕴含着似乎特殊而无限的意味。② 文学的这些特点，使文学翻译也有别于非文学翻译：前者以传达原文的审美特征、艺术价值为主要任务，而后者以传达原文基本信息为主要任务。正如本雅明在《译者的任务》中所言，文学作品的核心本质不是表述或传递信息，任何试图行使传递功能的译作除信息外什么也传递不了，而信息是文学作品中非本质的东西。这是拙劣翻译的特点。即便拙劣的译者也承认：文学作品的精髓是信息以外的东西，是那些深不可测、神秘的、诗意的东西。只有译者本人也是诗人才能将其译出。③ 卞之琳破"信达雅"说而提倡"信"，正是提醒外国文学翻译工作者注意文学翻译的特性，注重文学翻译的艺术性。

其次，卞之琳反对人为地将"信""达""雅"隔离开来。自严复提出"信、达、雅"标准后，它已成为评价翻译质量的最重要标准，指导我国的翻译活动。不过，人们谈论"信、达、雅"时，习惯于将三个字拆开论述，并以"信"字为尊。如梁启超认为，"语其体要，则惟先信然后求达，先达然后求雅"④。季羡林也认为，好的译文"首先要'信'，要忠实于原文，然后才能谈'达'和'雅'。如果不'信'，'达'和'雅'都毫无意义。

---

① 卞之琳、叶水夫、袁可嘉、陈燊：《十年来的外国文学翻译和研究工作》，《文学评论》1959 年第 5 期，第 53 页。

② 童庆炳：《文学理论教程》，高等教育出版社 2004 年版，第 55—56 页。

③ 此文原为德文，被学者 Harry Zohn 译为英文，英译文相关文字为：For what does a literary work "say"? What does it communicate? It "tells" very little to those who understand it. Its essential quality is not statement or the imparting of information. Yet any translation which intends to perform a transmitting function cannot transmit anything but information— hence, something inessential. This is the hallmark of bad translations. But do we not generally regard as the essential substance of a literary work what it contains in addition to information—as even a poor translator will admit—the unfathomable, the mysterious, the "poetic", something that a translator can reproduce only if he is also a poet? 参见 Benjamin, Walter, "The Task of the Translator", Lawrence Venuti ed., *The Translation Studies Readers*, London & New York：Routledge, 2000, p. 15.

④ 梁启超：《梁启超全集》（第七册），北京出版社 1999 年版，第 3839 页。

译本大体上可以分为三类：第一类，'信'、'达'、'雅'都合乎标准，这是上等。第二类，能'信'而'达'、'雅'不足，这是中等。第三类，不'信'，不'达'，不'雅'，这是下等。有的译文，'达'、'雅'够，而'信'不足。这勉强可以归入第二类。"① 这也是将"信""达""雅"分割开来并进行排序。卞之琳认为，这是一种错误的认识，容易造成强调某一方面而忽视其他方面的情形。以中华人民共和国成立后十年的文学翻译为例，"一般译本做到了对原著内容忠实，仿佛在实际上解决了'信'的问题，一般译文做到了语言畅达，仿佛在实际上解决了'达'的问题，只待解决的艺术性翻译问题就是'雅'的问题，而要解决这最后一个问题就只是要解决艺术加工的问题。这样看就差了"②。在他看来，产生这些问题的根源，就在于人为地割裂了"信、达、雅"三者之间的关系。这种割裂，造成了文学翻译中的混乱。

在卞之琳看来，"艺术性翻译标准，严格讲起来，只有一个广义的'信'字——从内容到形式（广义的形式，包括语言、风格等等）全面而充分的忠实。这里，'达'既包含在内，'雅'也分不出去，因为形式为内容服务，艺术性不能外加。而内容借形式而表现，翻译文学作品，不忠实于原来的形式，也就不能充分忠实于原有的内容，因为这样也就不能恰好地表达原著的内容"③。显然，卞之琳并未否认"达"和"雅"的存在价值，而是将"信""达""雅"三者视为一个整体。他提出的"信"，是广义上的"信"，将"达""雅"包含在内。"信"指语言内容方面，而"达"和"雅"指语言形式方面。语言形式和内容之间既有区别，又相互依存、不可分割。任何内容都依赖于一定的形式表现出来，而任何形式都是为表达内容服务的，两者间存在着对立、统一的辩证关系。译文若要忠实地传达原文的内容，必须采用合适的语言形式（如通达、流畅的语言，符合原作风格的语言）；而译文的语言形式本身是为传达内容服务的，否则失去了其存在意义。正如钱锺书所言，"译事之信，当包达、雅；达正以尽信，而雅非为饰达。依义旨以传，而能如风格以出，斯之谓信"④。

---

① 季羡林：《季羡林谈翻译》，当代中国出版社 2007 年版，第 23 页。
② 卞之琳、叶水夫、袁可嘉、陈燊：《十年来的外国文学翻译和研究工作》，《文学评论》1959 年第 5 期，第 54 页。
③ 同上。
④ 钱锺书：《管锥篇》（第三册），中华书局 1986 年版，第 1161 页。

卞之琳多次呼吁，文学翻译中的"信"既包括内容也包括形式："形式是否相应忠实（即所谓'信'），不下于内容是否忠实（也是'信'），至关重要。"① "在另一种语言里，全面求'信'，忠实于原著的内容和形式的统一体，做得恰到好处，正是文学翻译的艺术性所在。"②

针对文学翻译中出现的问题，卞之琳做了进一步阐述，从中我们可以了解其对广义上"信"的理解。

第一，文学翻译中的"信"，要求内容和风格等方面忠于原作，"过"或"不及"均不可取。中外翻译界都有这样一种说法：优秀的译作可以超过原作。如西方翻译史上第一位理论家、古罗马哲学家、翻译家西塞罗，便是"主张译作超过原作、译者高于作者的突出代表"③。古罗马修辞学家昆体良也提出，"我所说的翻译……还指在表达同一意思上与原作搏斗、竞争"④。言外之意，翻译是一种创作，这种创作应该力争超过原作。郭沫若也认为，"翻译是一种创造性的工作，好的翻译等于创作，甚至还能超过创作"⑤。许渊冲提出文学翻译"优势竞赛论"，认为翻译是"两种文化的竞赛"，"要争取青出于蓝而胜于蓝"，主张好的译作可以超过原作。⑥ 不过，卞之琳并不认同这种"锦上添花"的译法。在他看来，艺术性翻译"显然也得讲本分，也可以说更需要首先讲本分。"⑦ 实际上，文学翻译活动中的忠实与创造本来就是一对矛盾体。一方面，译作对原作具有依赖性和从属性，其艺术创造的自由度受到原文约束。译者始终应该以原作为归宿，以贴近原作为前提。脱离原作的自由创作是对原作价值的背离，不是真正意义上的翻译；另一方面，文学翻译中的译者也不能完全受制于原作、成为原作的奴隶：他既要以原作为依托，又要发挥其创造性才能，追求一定限度的自由，只有这样才能"再造"出艺术性的作品。这种一定限度的自由，使译作既忠实于原作，又具有一定的创造性，使文学翻译具有"戴着镣铐

---

① 卞之琳：《卞之琳文集》（中卷），安徽教育出版社 2002 年版，第 551 页。

② 卞之琳、叶水夫、袁可嘉、陈燊：《十年来的外国文学翻译和研究工作》，《文学评论》1959 年第 5 期，第 54 页。

③ 谭载喜：《西方翻译简史》，商务印书馆 1991 年版，第 23 页。

④ 同上书，第 26 页。

⑤ 郭沫若：《论文学翻译工作》，《翻译通讯》编辑部编《翻译研究论文集（1949—1983）》，外语教学与研究出版社 1984 年版，第 22 页。

⑥ 许渊冲：《翻译的艺术》（增订本），五洲传播出版社 2006 年版，第 146 页。

⑦ 卞之琳、叶水夫、袁可嘉、陈燊：《十年来的外国文学翻译和研究工作》，《文学评论》1959 年第 5 期，第 54 页。

跳舞"的性质。金圣华曾这样区分作家创作和翻译家翻译："作家创作时，自然能尽兴尽意。任想像力挥洒驰骋，如天马行空，无所局限；但是翻译家翻译时，原文在侧，就像演奏家之与原创者的乐谱，无论自己才情多么高，技法多么好，总不能超越原著的范畴，去随意发挥。因此，文学翻译虽说是一种再创造的过程，其'创作空间'究竟有多大，的确是一个饶有趣味、值得再三省思的问题。"①

第二，由于各种限制条件，翻译中的"信"不是绝对的而是相对的，需要译者的艺术性创造。卞之琳认为，由于作者和译者在个性、个人风格等方面的差异，以及原作和译作在社会、历史背景、风俗习惯、传统等方面的差异，文学翻译中的"信"只能是相对的。"文学翻译不是照相底片的翻印。'增之一分则太长，减之一分则太短'的科学准确性是不能求之于文学翻译的。文学翻译的艺术性所在，不是做到和原书相等，而是做到相当。"② 科学翻译（非文学翻译）和文学翻译有本质的区别：前者以信息传递为主，强调语言转换中的"真"即忠实性；后者以传递原文的艺术价值为主，强调语言转换中的"美"即艺术性。"非文学翻译涉及知识、事实和思想、信息、现实；文学翻译涉及想象中的个人、自然、人类居住的星球；非文学翻译强调的是事实，文学翻译强调的是价值；非文学翻译强调信息的清晰性，文学翻译强调风格。"③ 正是由于这些差异，我们不能苛求文学翻译中译文和原文绝对意义上的"相等"，只能谋求两者之间最大限度地"相当"。这符合文学翻译的艺术创造性特征。"艺术性翻译本身就是创造性翻译。"④ 文学翻译，一方面要再现原文的内容，另一方面也要再现原文的艺术风格。将一部文学作品"移植"到另外一种语言文化中，语言所处社会历史环境、语言的使用者及其生活经验各不相同，势必导致人们对同一种语言表达方式有不同的理解。如汉语中"红杏枝头春意闹"一句，许渊冲将其译为"On pink apricot branches spring is running wild"，译文只能一定程度上再现原文的意境，无法完整传达出诗人内心的热情及孩童般的欢欣，也未能再现原文视觉（红杏）——听觉（闹）之间的转换。语言方面的差

① 金圣华：《译道行》，湖北教育出版社2001年版，第8页。

② 卞之琳、叶水夫、袁可嘉、陈燊：《十年来的外国文学翻译和研究工作》，《文学评论》1959年第5期，第56页。

③ 李长栓：《非文学翻译理论与实践》，中国对外翻译出版公司2004年版，第57页。

④ 卞之琳、叶水夫、袁可嘉、陈燊：《十年来的外国文学翻译和研究工作》，《文学评论》1959年第5期，第56页。

异相对容易解决，而思想、意境等方面的差异则需要译者的艺术性创造。即便如此，原文和译文始终有一道难以跨越的鸿沟。因此，有学者认为，"文学翻译是一门遗憾的艺术，无瑕的美玉几乎不存在"①。

　　第三，文学翻译者要有"志气"，即有信心通过钻研译出原作的"精神"，以期达到"传神达意，处处贴切"的境地。卞之琳认为，"文学翻译要在艺术上严守本分，却不是不需要志气。相反，这正是以很大的志气为前提。"② 译者不仅需要译出原文的内容，还要译出原文的"精神"，即原文蕴含的艺术价值。忠实传达原文的"精神"，不是简单的技术性问题，也不是具有一般语言、艺术素养的译者能够达到的，需要译者三方面的努力：首先，译者应花足够的力气钻研原作。译者既要研究原作的语言特点、作者的创作个性，也需要研究作品产生的时代和社会环境。卞之琳引用高尔基的一段话以证明钻研原作的重要性："就拿一本书来说，即使仔细把它读完，也还不可能对作者全部的复杂的技术手法和用语嗜好、对作者词句之间优美的音节和特征，一句话，即对他的创作的种种手法获得应有的认识。……应该读遍这位作家所写的全部作品，或者至少也得读读这位作家的公认的一切优秀作品。……译者不仅要熟悉文学史，而且也要熟悉作者的创作个性发展的历史。"③ 对原作的钻研，可使译者对原作有更深刻的认识，既洞悉原作的内容，也深入理解原作的艺术形式。其次，为了确保深入透彻地理解原作，译者还需要足够的生活体验，能透过原作体会作者所描写的国家、文化和社会生活。卞之琳引用茅盾在全国翻译工作会议上所做的报告，以证明生活体验的重要性："文学作品是描写生活的，译者和创作者一样，也需要有生活的体验。……译者自己的生活经历与生活体验愈丰富，对于不同国家和不同时代的生活也愈容易体会和了解。"④ 最后，译者需要提高自己的思想素养，以再现原作的"精神"。译者的思想素养"是达到艺术性翻译水平的重要保证"⑤。译者的思想素养，包括他的思想修养、审美能力、文艺理论水平等，是理解原作艺术价值的一把钥匙。李健吾认为，翻译一部文学作品，"就要归结在思想的密契上"。例如，鲁迅的翻译

---

　　① 杨武能：《三叶集：德语文学·文学翻译·比较文学》，巴蜀书社 2005 年版，第 350 页。
　　② 卞之琳、叶水夫、袁可嘉、陈燊：《十年来的外国文学翻译和研究工作》，《文学评论》1959 年第 5 期，第 55 页。
　　③ 同上。
　　④ 同上。
　　⑤ 同上。

之所以取得成功，在于他能在思想上和原作者引起共鸣；赵元任翻译的《阿丽斯漫游奇境》之所以受人欢迎，原因也在于他"有一颗孩子的心"①，读者透过译作能深入原文的童话世界中去。由此可见，译者的文学素养、艺术修养等因素，决定了他多大程度上能与原文作者的思想相契合，从而领悟原作传达的思想精髓、艺术境界，并在译文中忠实地传达这种"精神"。卞之琳认为，译者从这三方面下功夫，才有可能产生"传神达意，处处贴切"的译文，在译文中忠实地传达原作的内容和艺术形式。

第四，卞之琳还批判了当时"语言一般化"和"语言庸俗化"两种不良倾向，认为这两种倾向导致译文在风格方面与原文不一致。文学活动中的风格，指"作家的创作个性在文学作品的有机整体中通过言语结构所显示出来的、能引起读者持久审美享受的艺术独创性"②。依据研究对象和层次的不同，风格包括作家、作品、时代、文学流派风格等，而作家作品风格是文学风格的核心内容。古今中外的文学研究，都十分重视风格的研究。曹丕《典论·论文》中的"气"和"体"，钟嵘《诗品》中的"味"，刘勰《文心雕龙》中的"体性"，便与风格有关。一部作品的风格，反映了作者的创作个性，如鲁迅作品中的冷峻犀利、幽默含蓄，赵树理作品中的诙谐生动、朴实自然，老舍以京味语言所写的作品俗白、凝练、幽默诙谐。风格是文学研究的重要内容，文学翻译过程中的风格传递，同样是翻译研究的重要内容。中外翻译理论，大都将风格传译视为翻译的一部分。尤金·奈达将翻译定义为"翻译指在接受语中以最切近的自然对等语再现原语的信息，首先在意义，其次在风格"③，认为翻译的对象既包括意义也包括风格。王佐良提出，"在译者掌握外语已到一定水平的时候，他所遭遇的困难主要是两个：风格和背景知识。在翻译当中，译者时刻在寻找对等说法（equivalents），但是寻找确切的对等说法不止是寻找相同的意义，还包括寻找相同的情感色彩，相同的分寸和轻重，相同的锋利或含蓄，新鲜或古雅，通俗或书卷气，平铺直叙或形象化等等，——总之，相同的政治的、社会的、美学的效果，而这些正是风格研究中所经常考虑的问题。"④ 由此

① 李健吾：《翻译漫谈》，罗新璋编《翻译论集》，商务印书馆1984年版，第553页。

② 童庆炳：《文学理论教程》，高等教育出版社2004年版，第287页。

③ Nida, Eugene &Taber, Charles, *The Theory and Practice of Translation*, Leiden：E. J. Brill, 1969，p. 12.

④ 王佐良：《英语文体学论文集》，外语教学与研究出版社1980年版，第118页。

可见，风格是翻译（尤其是文学翻译）中的重要内容。

卞之琳认为，"文学翻译工作本身的性质就规定要用本国语言传达原文风格"①。他批判了鲁迅在翻译《死魂灵》时采用的过度直译即"硬译"的做法，认为鲁迅的译本未能解决"本国语言"和"原文风格"之间的矛盾。中华人民共和国成立后，类似的译作还有不少，但总体而言"不像样"的"欧化"硬译现象已不太多见，"目前的毛病主要是在另一方面，而这又表现为两点：一是语言一般化，一是语言庸俗化"②。卞之琳以朱维基翻译的拜伦名作《唐璜》为例，指出译文中"又正当'荣誉'成为稀罕的事物"等语句表现出的"语言一般化"问题，不符合原作的语言风格。"原作中的日常语言在译本中变成了平庸的语言；原作中干净利落、锋利如剑的诗句在译本中成了拖泥带水、暗淡无光的文字。"问题的根源，在于译者"没有创造性地利用我国语言的丰富性和韧性，发挥它的巨大潜力"③。与之相反，则另有一种"语言庸俗化"的倾向，误以为文学翻译就应该用华丽的辞藻，也就是用陈词滥调。以杨熙令所译拜伦《恰尔德·哈洛尔德游记》为例，卞之琳指出译文中"刹那间劳燕分飞""苦杀了这些多情种""相看泪眼"等语句，以"浓厚的脂粉气和旧词曲老套带来的陈腐气"代替原诗"朴素亲切的语言"，在风格、意境、情调等方面都不符合原文，"破坏了整个气氛"，"把全诗节的欢乐气氛一扫而尽"④。以破为立，通过对"语言一般化""语言庸俗化"等问题的剖析，卞之琳证明了好的译作应该在风格方面与原作保持一致。

由以上分析我们可以得出结论：卞之琳反对人为地将"信、达、雅"三者割裂开来。在他看来，文学作品的内容和形式是统一而不可分割的，因而文学翻译中的"信、达、雅"也是不可分割的。他提出的广义上的"信"，包含"达"和"雅"在内。同时他也承认，由于语言、文化等方面的差异，"信"只能是相对的而不是绝对的。卞之琳提出的"信"，是对中国传统译论的继承和创新，具有重要的理论价值。

---

①　卞之琳、叶水夫、袁可嘉、陈燊：《十年来的外国文学翻译和研究工作》，《文学评论》1959 年第 5 期，第 56 页。

②　同上书，第 57 页。

③　同上书，第 58 页。

④　同上书，第 59 页。

第二节 "似"——以形求神，形神皆备

形神关系，是中国哲学、美学、文艺学等历来讨论最多的问题之一，也是翻译研究中讨论最多的问题之一。形神的概念早在先秦典籍中便已形成，当时一些思想家在形而上的层面讨论包括人在内的或虚或实的物象或现象问题。如《易传·系辞》有"拟诸形容，象其物宜"，便涉及符号与对象、外形与内质之间的关系。《荀子·天论》提出"形具而神生，好恶喜怒哀乐藏焉"的命题，认为先有形体后有精神。《庄子·知北游》提出"精神生于道，形本生于精，而万物以形相生"，认为道乃世上万事万物的根本，精神产生于道，形体又生发于精神。庄子主张重神而轻形，认为外貌、生死等形体方面的东西无关紧要，重要的是人的精神能否与道合二为一，达到物我俱化的境界。《淮南子·原道训》提出，"夫形者，生之舍也；气者，生之充也；神者，生之制也。一失位则三者伤也。"认为形、气、神相互统一，构成一个完整的整体，形、神通过气（心）连接在一起。东汉王充《论衡·论死》提出"精神依倚形体……形体坏烂，精神散亡"，认为精神依赖于形体，形体不存精神亦将消亡。由这些表述可以发现，中国古代哲学中的形，主要指人和物的形体、容貌、状态等，而神则指精神、心灵、灵魂等。

《淮南子》后，中国古代的形神论逐渐由哲学扩展到文学艺术领域。魏刘劭在《人物志》中提出品评人物的方法："物生有形，形有神精。能知精神，则穷理尽性"，主张形神统一，由观察人的形貌了解其精神。晋顾恺之主张在绘画中"以形写神"（唐张彦远《历代名画记》卷五），通过正确的描绘性状，使精神变得生动，绘形为手段而写神为绘画目的。宋袁文《论形神》提出"作画形易而神难。形者，其形体也；神者，其神采也"，指出绘画中的形体与神采之间的矛盾问题。

文艺理论研究方面，我国古代文论一向重视"以形写神""形神兼备"。刘勰《文心雕龙·夸饰》提出"神道难摹，精言不能追其极；形器易写，壮辞可以喻其真"，认为创作之难在于传神，形貌描写通过夸饰容易达成。唐张九龄《宋使君写真图赞并序》提出"意得神传，笔精形似"，赞美

了形、神之间的统一。司空图《诗品·形容》提出"俱似大道，妙契同尘，离形得似，庶几斯人"，把"以形传神"观念提高到一个新的阶段："以形传神"体现了"神"对"形"的超越和突破，而"离形得似"则打破了"形"的束缚，提倡自由的艺术创作，体现了"神"的独立。苏轼《书鄢陵王主簿所画折枝》阐明"论画以形似，见于儿童邻"，主张作画、写诗不要停留在形式和字面，好的诗画贵在其精神。

我国古代哲学、文学、艺术中的"形""神"，都只是相对模糊的概念，但大致可以归纳为：形指事物外延方面的内容，是外在的、具体的、表象的、外显的；神是事物内涵方面的内容，是内在的、抽象的、本质的、隐含的。

一　"形似、神似"之论争

翻译中的"形似"，一般指译文保留原文的语言形式，包括词汇、语法、句子结构、修辞格、体裁等；"神似"，一般指必要时舍弃原文的语言形式，在深入理解原文的基础上，以地道的译文再现原文的艺术风貌。求形似还是求神似，在翻译界历来有不少争议。实际上，古代佛经翻译的文质之争，围绕"信、达、雅"的争论，以及直译意译之争，某种程度上都和形似、神似有关。表面看，形似与神似似乎不成问题，求形似应该不是文学翻译的最终目的。但是，形似派认为神存于形，主张先有形似，然后才能有神似，达到"形神皆备"的最佳状态；而神似派认为形似难求，主张舍形似而追求唯一的目标——神似。由此可见，形似派和神似派都以神似作为翻译的最高理想，两者的差异主要产生于着力点的不同。

方平认为，我国的文学翻译界大致可划分成两派，一是以傅雷、杨绛、杨必等译家为代表的"神似派"，一是以卞之琳为代表的"存形求神派"。[①]实际上，最早明确提出形神问题的是茅盾。早在 1921 年，茅盾在《新文学研究者的责任与努力》一文中，提醒当时的外国文学翻译者"一定不能只顾这作品所含的思想"，因为"文学作品最重要的艺术色就是该作品的神韵"。[②] 在同年发表的《译文学书方法的讨论》一文中，他进一步讨论了"神韵"和"形貌"问题。在他看来，由于中西语言的差异，文学翻译中

---

① 方平：《"亦步亦趋"追求更高的艺术境界——谈卞之琳先生的翻译思想》，《外国文学评论》1990 年第 4 期，第 114—116 页。

② 茅盾：《茅盾选集》第五卷《文论》，四川文艺出版社 1985 年版，第 26 页。

"神韵"和"形貌"往往难以同时保留。在面临两难选择时,"与其失'神韵'而留'形貌',还不如'形貌'上有些差异而保留了'神韵'。文学的功用在感人(如使人同情使人慰乐),而感人的力量恐怕还是寓于'神韵'的多而寄在'形貌'的少;译本如不能保留原本的'神韵'难免要失了许多的感人的力量"①。茅盾力图避免主观印象式的说教,将文学翻译比作描绘一幅图画:文章中的"单字"和"句调"类似绘画中的"点线位置"与"色彩","点线位置"和"色彩"的配合可以使图画具有不同的神韵,文学翻译中恰当的"单字"翻译、精神相仿的"句调"亦能传达原作之神韵。朱志瑜十分赞赏茅盾的这种比拟,认为茅盾指出了具体的翻译方法和技术指导,使其"神韵说"具有一定的可操作性,而后来的"神化说"最多只能用于翻译批评,谈不上方法、标准或原则。②

诗人郭沫若提出,"我们相信理想的翻译对于原文的字句,对于原文的意义,自然不许走转,而对于原文的气韵尤其不许走转"③。为传达原文的"气韵",除理解原文基本内容外,译者还需要感受原作者的思想、情感和创作冲动,与原作者产生"共鸣":"译雪莱的诗,是要使我成为雪莱,……我爱雪莱,我能感听得他的心声,我能和他共鸣,……我译他的诗,便如像我自己在创作的一样"④。与现实主义作家茅盾不同,浪漫派诗人郭沫若以"不许走转"作为传达原作"气韵"的基本要求,以与作者产生"共鸣"作为译者应具备的条件,对"神似"的论述一定程度上不够具体,缺乏可操作性。

20世纪20年代末,关于"神似""形似"的讨论,演变为陈西滢和曾虚白之间的一场论战。1929年8月《新月》杂志第二卷第四期,陈西滢发表《论翻译》一文。针对严复提出的"信、达、雅",陈西滢提出,"雅"不但是"多余的",也是"译者的大忌","达"字"也并不是必要的条件"。⑤ 在他看来,唯有"信"字可取。以雕刻和绘画为例,他提出了三种

---

① 茅盾:《译文学书方法的讨论》,罗新璋编《翻译论集》,商务印书馆1984年版,第337页。

② 朱志瑜:《中国传统翻译思想:"神化说"(前期)》,《中国翻译》2001年第2期,第3—8页。

③ 郭沫若:《理想的翻译之我见》,罗新璋编《翻译论集》,商务印书馆1984年版,第331页。

④ 郭沫若:《〈雪莱诗选〉小序》,罗新璋编《翻译论集》,商务印书馆1984年版,第334页。

⑤ 陈西滢:《论翻译》,罗新璋编《翻译论集》,商务印书馆1984年版,第331页。

境界的"信"："神似"最上，"意似"为次，"形似"最下。"形似"的翻译指"字比句次"的翻译，这种译法"最大的成功，便是把原文所有的意思都迻译过来，一分不加，一分不减"。不过，由于忽视了原文的"文笔及风格"，其结果是"连它的内容都不能真实的传达"，这是"形似"翻译的弱点，实不可取。"意似"的翻译，优于直译的"形似"："译者的注意点，不仅仅是原文里面说的是什么，而是原作者怎样的说出他这什么来。他得问原作者的特殊的个性是什么，原文的特殊的风格在哪几点。译者有了这样的认识，便可以把自己的不相容的个性排除在一边，而像透明的玻璃似的，把原作的一切都反映过来。"显然，"意似"的翻译不仅译出原文的内容，还译出了原文的"特殊的个性"和"特殊的风格"，译出了"原作的一切"。不过，这种翻译始终类似临摹，无法获取原文的神韵。而"神似"，正是传达原文神韵的方法。陈西滢引用病夫的话谈何为神韵："神韵是诗人内心里渗透出来的香味。"又引用巴特勒（Samuel Butler）的话谈如何捕捉神韵："你要保存一个作家的精神，你得把他吞下肚去，把他消化了，使他活在你身子里。"不过，神韵是"个性的结晶"，难以体会和捕捉，"只有译者与原文化而为一"，才有可能产生好的译文。他引用乔治·摩尔（George Moore）的话："如要一本书从新产生一次，只有一本书遇到一个与原作者有同样心智的人，才会有这幸运的来临。"① 因此，"神似"的译文是可遇而不可求的，但文学翻译的美妙之处恰在于此。由这些论述看，陈西滢所谓"形似"，是"字比句次""一分不加，一分不减"的翻译，实际是机械式的直译；"意似"的翻译既翻译内容又翻译"文笔及风格"，"把原作的一切都映过来"，实际是模拟式翻译；"神似"的翻译强调"原文从新产生一次"，实际上是再创造式翻译。

针对陈西滢的观点，曾虚白于 1929 年 11 月在《真善美》杂志第五卷第一期发表《翻译中的神韵与达——西滢先生〈论翻译〉的补充》一文作为回应。文中主要对"神似"发表自己的看法，指出陈西滢提出的"神韵"是"一个极缥缈的目标"，"仿佛是能意会而不可言传的一种神秘不可测的东西"。在曾虚白看来，神韵"并不是怎样了不得的东西，只不过是作品给予读者的一种感应。换句话说，是读者心灵的共鸣作用所造成的一种感应"。用法朗士的话说，神韵就是"魔灵的手指拨动了脑纤维的琴弦激出音

---

① 陈西滢：《论翻译》，罗新璋编《翻译论集》，商务印书馆1984年版，第400—408页。

来"。不同的译者有不同的"弦线"，因此每个人弹出的声音都不同，除非原文作者重生。在他看来，"意似"一定程度上可以作为绝对的标准，而"神似"，至多可作为相对的标准。他批驳了陈西滢对"达"的否定，认为"神似"的译文"不独需要着'信'的条件，并且也不可缺少那'达'的手腕。'信'是对作者的，而'达'是对译者自己的。……'信'的能力只能达到'意似'的境界，而'达'的能力却可以把我们所认识的'神韵'，或者说，原书给我们的感应，表现出来"①。由是观之，陈西滢和曾虚白围绕"神韵""神似"的讨论，在"神韵""神似"的界定上本身就有分歧，由此导致他们对翻译方法、翻译标准有不同的看法。不过，这些争论对人们了解文学翻译的特点、规律和艺术属性具有重要的意义。

1951 年 9 月发表的《〈高老头〉重译本序》中，傅雷高举"神似"的旗帜，宣言般地提出了"以效果而论，翻译应当像临画一样，所求的不在形似而在神似"②。在写给罗新璋的书信中，傅雷又提出"重神似不重形似"。③ 傅雷并未对"神似"做出明确的界定。不过，在《〈高老头〉重译本序》中，他五次提到"意（义）"，两次提到"精神"，两次提到"韵味"；在致罗新璋的信中，使用"情趣""气质""思想""感情""气氛""情调"等语；在《致林以亮论翻译书》中，又使用"神气""生气""韵味"等词。这些都可视为傅雷对"神"的理解。对傅雷翻译素有研究的罗新璋认为，傅雷提出的神似，"也即'传神'，顾名思义，就是传原文的精神，透过字面，把字里行间的意蕴曲达以出"④。傅雷区分了形式上的相似与精神上的相似，将原作当中一件艺术品，要求译者在翻译过程中再现原作的艺术价值。这就意味着，翻译不仅仅是文字形式的转换，也是原文神韵的传递。傅雷曾任教于上海美术专科学校，教授美术史及法文。以其早期美术学习和教学经历为背景，他以绘画来比拟翻译，把我国古典美学中的"形神论"引入翻译理论。"把文学翻译纳入文艺美学的范畴，把翻译活

① 曾虚白：《翻译中的神韵与达——西滢先生〈论翻译〉的补充》，罗新璋编《翻译论集》，商务印书馆 1984 年版，第 409—416 页。

② 傅雷：《〈高老头〉重译本序》，罗新璋编《翻译论集》，商务印书馆 1984 年版，第 558 页。

③ 傅雷：《论文学翻译书》，罗新璋编《翻译论集》，商务印书馆 1984 年版，第 694 页。

④ 罗新璋：《我国自成体系的翻译理论》，罗新璋编《翻译论集》，商务印书馆 1984 年版，第 11 页。

动提高到审美的高度来认识"①，突出了翻译中对原作"神韵""意境"等艺术内容的表达。

"神似"不是由傅雷首先提出的，但他"重神似不重形似"的言论，使他成为"神似"派的领军人物。究其原因，一方面是他在法国文学翻译方面取得了卓越成就，尤其是他翻译的巴尔扎克、罗曼·罗兰等人的作品在国内享有盛誉，以其个人实践为基础总结出来的经验更容易让人信服；另一方面，他提出的主张表达有力、观点明确，没有丝毫含糊，给人留下深刻的印象。"重神似不重形似""所求的不在形似而在神似"，以对比的方式一肯定一否定，清晰地指明了神似形似孰轻孰重：神似是文学翻译中首要的、第一性的、最受重视的，而形似是次要的、第二性的、可有可无的。不过，对"神似"的强调，也导致一些争议甚至批判。如孙致礼指出："傅雷的这一主张虽然对我国的文学翻译事业起过一定的推动作用，但是，由于过分强调了矛盾的对立，而忽略了矛盾统一的一面，因而容易在青年译者中产生误导作用，造成重神似轻形似的倾向。"② 实际上，傅雷并非肯定神似而否定形似。在他看来，好的译文固然"必须为纯粹之中文，无生硬拗口之病"③，但在中文不足以表达原文内容时，译者还是可以借鉴原文的语言表达形式。他在致林以亮的书信中提出："我并不是说原文的句法绝对可以不管，在最大限度内我们是要保持原文句法的。"他盛赞老舍"采用西洋长句而仍不失为中文"，认为译者也可以学习这种做法，以便"创造中国语言，加多语法变化"。④ 由此可见，在强调"神似"的同时，傅雷并未放弃对"形似"的追求。理想的译文是"形神皆备"的译文，只是在"形似"和"神似"不可兼得时，取"神似"而舍"形似"，以免因形损义、因形害义。江枫在《傅雷，一位被误读的语言艺术家》一文中，批评了人们对傅雷翻译思想的误读。在他看来，把傅雷看作神似派的代表，是对傅雷的"公然曲解"，"既不认真联系傅雷的翻译实践，也不考虑此言在逻辑上能否成立"。实际上，"傅雷一再称道'传神达意，铢两悉称'，正表明他对形神皆备的向往……'所求在神似'，……只是在形神难以兼备时退而

---

① 郑海凌：《文学翻译学》，文心出版社 2000 年版，第 87 页。
② 孙致礼：《翻译：理论与实践探索》，译林出版社 1999 年版，第 17 页。
③ 傅雷：《论文学翻译书》，罗新璋编《翻译论集》，商务印书馆 1984 年版，第 694 页。
④ 傅雷：《傅雷文集·书信卷》（上、下），安徽文艺出版社 1998 年版，第 148 页。

求其次"。① 这一评价应该是比较中肯的。

二 "似"——"形似""神似"之交融

针对长期以来围绕神似、形似的争论，卞之琳明确表示反对。在他看来，神似、形似中只有一字可取，就是"似"。关于神、形关系以及何为"似"，他未多作理论上的阐释。不过，在《从〈西窗集〉到〈西窗小书〉》一文中他明确提出"神寓于形"②；在该文中，他提出："诗，特别是内容与形式、意义与声音的有机统一体，……'神似'离不开'形似'。翻译对于引进一方语种诗创作的可取或不可取的影响，形式是否相应忠实（即所谓'信'），不下于内容是否忠实（也是'信'），至关重要。"③ 在《文学翻译与语言感觉》一文中又进一步提出"以形见神"④，并提出"文学翻译，貌似微末的尽可能保持原文字句的顺序，也就涉及尽可能保持原文语言节奏，语言韵味，语言风格了"⑤。这些言论为我们理解卞之琳心目中的形、神及两者间的关系提供了条件。在他看来，"形"主要指语言形式，包括语言结构、次序等语言表达方面的东西，而"神"主要指语言内容，包括语言风格、节奏和韵味等。文学作品是内容和形式的统一体，文学翻译中的"形"与"神"之间存在二元对立、相互依存的统一关系：一方面，"形"是"神"赖以存在的物质基础，即"神寓于形"，离开具体的语言形式，文学作品的神韵、艺术价值将成为空谈；另一方面，"神"是"形"的生命所在，文学作品缺少神韵，正如人之缺少灵魂，徒剩空的躯体，只是无意义的语言形式。"形"与"神"之间的关系，实际是语言能指与所指之间的关系。译者的任务，正是"以形见神"，通过最大化保留原文的语言形式再现原文的思想和神韵。不同语言都有其自身的特点，"从语言里我们见到不仅一个民族有一个民族的气派，一个时代有一个时代的风气，一个作家有一个作家的风格，就是一篇作品也自有一篇作品的格调以至节奏，不限于韵文、诗"⑥。

---

① 江枫：《江枫论文学翻译及汉语汉字》，华文出版社 2009 年版，第 74 页。
② ［英］克里斯托弗·衣修伍德：《紫罗兰姑娘》，卞之琳译，中国工人出版社 1994 年版，第 8—9 页。
③ 卞之琳：《卞之琳文集》（中卷），安徽教育出版社 2002 年版，第 551 页。
④ 同上书，第 529 页。
⑤ 同上书，第 531—532 页。
⑥ 同上书，第 529 页。

"形似"是译者的手段，其最终目的是实现"形神兼备"。因此，卞之琳提出的"似"，是既包括"形似"又包括"神似"的"似"，或先有"形似"的而后有"神似"的"似"。理想的文学翻译，理应是"形神兼备"的译作。从这一点来说，卞之琳对"形""神"二元关系的理解，在对中国传统译论继承的基础上有所突破，避免了片面强调"神"或"形"的不足。

卞之琳强调"形似"重要性，不仅因为"神寓于形""以形见神"，还因为这种翻译可以引进新的表达方式，从而"丰富我们的语言"。① 他评价"五四"以来西方诗歌翻译："西方诗，通过模仿与翻译尝试，在'五四'时期促成了白话新诗的产生。在此以后，译诗，以其选题的倾向性和传导的成功率，在一定程度上，更多介入了新诗创作发展中的几重转折。从这些转折里都可以见出创新总不能割断历史，相反，倒往往从传统吸取有生力量和有利因素。这个曲折的过程，当然还会继续下去，但可以断言，总的倾向总会是前进的，不会倒退。"② 的确，"五四"以来的西方诗歌翻译，促进了中国新诗的产生和发展。徐志摩、郭沫若、冯至、卞之琳等人的诗歌翻译，为新诗的发展提供了有益的借鉴，表现在诗的诗体、格律、内容、技法等多个层面。

值得一提的是，在卞之琳看来，无论"神似"还是"形似"，"文学翻译只能相应，'似'不能'即是'"。③ "似"而不同，体现了译文和原文之间的辩证关系：一方面，无论译者付出怎样的艰辛劳动，译作始终和原作有一定的距离，文学翻译始终是一种"遗憾的艺术"；另一方面，译者在翻译时需要发挥其创造性才能，努力再现原作的精神和艺术境界，使译文尽可能"接近"原文。"文学翻译的艺术性所在，不是做到和原书相等，而是做到相当。"④

首先，文学翻译不仅是语言之间的转换，更是译者与作者、译者与读者之间的交流与对话，这种对话受制于译者本身的生活环境、语言能力、审美情趣等因素，因而译文、原文只能相近。正如卞之琳所言："各国社会、历史背景不同，风习、传统不一样，一种语言里的一些字、一些话，

---

① 卞之琳：《卞之琳文集》（中卷），安徽教育出版社 2002 年版，第 532 页。

② 同上书，第 551 页。

③ 卞之琳：《从〈西窗集〉到〈西窗小书〉》，［英］克里斯托弗·衣修伍德《紫罗兰姑娘》，卞之琳译，中国工人出版社 1994 年版，第 8—9 页。

④ 卞之琳、叶水夫、袁可嘉、陈燊：《十年来的外国文学翻译和研究工作》，《文学评论》1959 年第 5 期，第 56 页。

到另一种语言里就不一定能唤起同样的联想，产生同样的效果"①。语言、文化间的差异，作者和译者生活经历、个性风格、艺术修养等方面的差异，使译文和原文之间的"似"只能是相对而非绝对意义上的相近。文学作品的复杂性决定了其翻译的复杂性。"一部文学作品，不是一件简单的东西，而是交织着多层意义和关系的一个极其复杂的组合体。"② 文学作品具有独特的表现力和深层意蕴，需要读者（包括译者）充分调动个人的想象和情感，理解原文传达的意义。从事文学翻译活动的译者，身兼原文读者、译文作者二职：在他阅读、理解原文时，其个人语言能力、生活经历、审美能力、想象能力等因素都制约着他对文本的理解；在他将个人理解的内容以另一种语言表达时，这些因素同样对其有制约力。因此，译者基于个人品读和理解而产生的译作，不可避免地带有译者的痕迹，始终不同于原作本身。

其次，卞之琳提出原文、译文之间的"似"，在承认原文、译文差异的同时也肯定了译者的创造性努力。与科技翻译、商务翻译、公文翻译等日常翻译不同，文学翻译不仅要传达意义、沟通信息，更要"用另一种语言，把原作的艺术意境传达出来，使读者在读译文的时候能够像读原作时一样得到启发、感动和美的感受"③。文学作品是语言创造的艺术，其吸引读者的不仅是文本内容和故事情节，更是作者通过形象思维精心创造，并通过美的语言表现出的艺术意境。对文学作品中的艺术性语言，译者不能满足于完整、忠实地表现原文内容，更要充分调动个人感受力和想象力，体会作者的用心，把握原作的精神意蕴，谋求与作品人物思想、情感上的共鸣，并在另一种语言中再现原作的艺术意境。茅盾认为，创造性的文学翻译，"是把译者和原作者合而为一，好象原作者用另外一国文字写自己的作品。这样的翻译既需要译者发挥工作上的创造性，而又要完全忠实于原作的意图"④。卞之琳也认为，"艺术性翻译本来就是创造性翻译。……肯定了艺术性翻译只能'惟妙惟肖'而不能求'一丝不走'，有足够修养的译者就

① 卞之琳、叶水夫、袁可嘉、陈燊：《十年来的外国文学翻译和研究工作》，《文学评论》1959 年第 5 期，第 55 页。

② ［美］勒内·韦勒克、奥斯汀·沃伦：《文学理论》（修订本），刘象愚等译，江苏教育出版社 2005 年版，第 18 页。

③ 茅盾：《为发展文学翻译事业和提高翻译质量而奋斗》，罗新璋编《翻译论集》，商务印书馆 1984 年版，第 511 页。

④ 同上。

不会去死扣字面，而可以灵活运用本国语言的所有长处，充分利用和发掘它的韧性和潜力。……文学翻译忠于原著、充分传达原著反映现实的艺术风格，也就规定它自己在语言运用上也要有极大的创造性"①。这段话充分体现了卞之琳对原文、译文之间辩证关系的理解。

第三节 "译"——翻译而非创作

直译、意译是两种最基本的翻译方法。一般而言，直译指在译入语许可的范围内，尽可能保留原文的内容和形式；而意译指舍弃原文的形式、结构方面的内容而注重传达原文的意义。② 卞之琳提出的"译"，实现了对传统"直译""意译"争论的超越。在肯定文学翻译创造性的同时也提出了"严守本分"的要求，明确了翻译的基本性质。

一 "直译、意译"之论争

在我国乃至世界翻译史上，长期存在着翻译方法的论争，其中争论时间最久、最激烈的莫过于直译、意译之争。产生这些论争的原因十分复杂，有的将其视为技术层面的操作手段，有的从文化意义上探讨两者优劣，也有的从哲学意义上探讨翻译任务、译者使命等，不一而足。此外，还有一个重要原因，那便是"翻译理论界从来就没有严格定义的直译和意译"，概念上的含混导致"论者认识上的偏差和争论上的偏颇"。③

西方翻译史上的直译意译之争，最早源于西塞罗（Cicero，公元前106—前43）。公元前64年，他在《论演说家》一文中提出了"主张活译，反对直译"的观点。④ 不过，西塞罗批判的直译是"逐词翻译"（word for word translation）。他认为这是"解释员"式的翻译，是缺乏技巧的表现；而意译（sense for sense translation）即为"演说家"式的翻译，译者以符合

---

① 卞之琳、叶水夫、袁可嘉、陈燊：《十年来的外国文学翻译和研究工作》，《文学评论》1959年第5期，第56页。

② Palumbo, Giuseppe, *Key Terms in Translation Studies*, London & New York：Continuum International Publishing Group, 2009, p. 49.

③ 赵彦春：《直译意译本虚妄》，《外语与翻译》2007年第2期，第34页。

④ 谭载喜：《西方翻译简史》，商务印书馆1991年版，第24页。

译入语规范的语言表达原文内容，以吸引读者、打动听众。西塞罗对"解释员"式翻译（"直译"）和"演说家"式翻译（"意译"）的区分，开启了西方直译、意译论争的大门。在他之后，贺拉斯（Quintus Horatius Flaccus，公元前65—前8）、哲罗姆（St. Jerome，347—420）、马丁·路德（Martin Luther，1483—1546）、德莱顿（John Dryden，1631—1700）、泰特勒（Alexander Fraser Tytler，1747—1814）、斯莱尔马赫（Friedrich Daniel Ernst Schleiermacher，1768—1834）等也针对直译、意译发表了自己的主张。这些理论家对直译、意译概念进行了拓展和延伸，如德莱顿区分了逐字译（metaphrase）、意译（phrase）和仿译（imitation），斯莱尔马赫区分了归化（domestication）和异化（foreignization），奈达（Eugene Nida）区分了形式对等（formal equivalence）和动态对等（dynamic equivalence），纽马克提出了语义翻译和交际翻译，豪斯（Julia House）区分了显性翻译（overt translation）和隐性翻译（covert translation），图里（Gideon Toury）提出了可接受性（acceptability）和充分性（adequacy）概念。这些新的提法丰富了西方的翻译理论，帮助人们更好地理解原文和译文的关系，其理论根源则还是早期的直译、意译之争。

值得注意的是，西方译论普遍将直译、意译置于两极，认为两者存在无法调和的二元对立关系。如纽马克认为，"在效果相同的条件下"，应优先考虑直译。[①] 罗宾逊则认为，原文和译文"应以某种方式保持彼此可识别的关系"，认为两者存在两极对立关系，难以实现对等。[②] 纳博科夫认为，"在另一种语言在联想意义、句法规范允许的条件下"，直译"可以尽可能切近地传达原文准确的语境意义"，并将其称为"真实翻译"（true translation）。[③] 本雅明则从哲学的高度看待直译、意译问题，认为不同语言之间存在亲缘关系，语言之间相互补充、相互妥协和交融，共同构成"纯语言"（pure language）这一综合体。译者需要打破自身语言的腐朽障碍，采用直译方式，引入异质语言的意指方式，以便更好地观察语言之间的亲缘关系，

① Newmark, P., *Approaches to Translation*, Oxford: Pergamon, 1981, p. 39.

② Robinson, D., *The Translator's Turn*, Baltimore, MD: Johns Hopkins University Press, 1991, p. 153.

③ Nabokov, Vladimir, "Forward", A. S. Pushkin, *Eugene Onegin*, Nabokov, V. trans., London: Routledge & Kegan Paul, 1964/1975, p. viii.

最终将纯语言从语言的魔咒中释放出来。① 不过，随着对翻译的性质、规律和作用等方面理解的不断加深，人们逐渐意识到直译与意译并非相互隔绝。有些学者开始调和两者之间的关系，如苏联翻译理论家巴尔胡达罗夫提出以翻译单位为出发点调和两者的关系：翻译单位越小，翻译结果越偏于直译；翻译单位越大，结果则越偏于意译。② 目的论学派主张根据文本类型和翻译目的选择翻译策略。

　　我国以文字为表达方式的翻译，始于汉末迄宋初的佛经翻译。佛经翻译家在翻译实践中，总结出不少翻译的规律，也开启了我国长达千年的直译、意译之争。早在三国时期，佛经翻译家支谦在《法句经序》中，记录了当时的"文""质"两派之争，这也是我国最早谈论翻译的文字。文中提到翻译的困难及基本原则："诸佛典皆在天竺。天竺言语，与汉异音……名物不同，传实不易……仆初嫌其辞不雅。维祇难曰：'佛言依其义不用饰，取其法不以严。其传经者，当令易晓，勿失厥义，是则为善。'座中咸曰：老氏称'美言不信，信言不美。……今传胡义，实宜径达。'是以自偈受译人口，因循本旨，不加文饰。"③ 翻译是以一种语言文字替换另一种语言文字，不同语言之间"名物不同，传实不易"，因而译文往往难以传达原文之"实"即内容。支谦提倡"好文"，而维祇难等一众人主张"好质"，支谦最后总结译经经验，认为应当"因循本旨，不加文饰"，实际上是接受直译。东晋时期佛经翻译家道安提出翻译中的"五失本三不易"④，从语序、风格、修辞、时代差异等方面论述了翻译的不易，强调佛经翻译中要克服这些困难以忠实原文，保留原文的质朴风格，实际上是对直译观点的进一

　　① Benjamn, Walter, "The Task of the Translator", Harry Zohn trans, Lawrence Venuti ed., *The Translation Studies Reader*, London & New York：Routledge, 2004, pp. 15 – 26.

　　② Barkhudarov, L., "The Problem of the Unit of Translation", P. Zlateva ed., *Translation as Social Action*, London & New York：Routledge, 1993, pp. 39 – 46.

　　③ 支谦：《法句经序》，罗新璋编《翻译论集》，商务印书馆1984年版，第22页。

　　④ "五失本三不易"见《出三藏记集经序》卷八《摩诃钵罗若波罗蜜经钞序》，"五失本"原文为："译胡为秦，有五失本也：一者，胡语尽倒，而使从秦，一失本也。二者，胡经尚质，秦人好文，传可众心，非文不合，斯二失本也。三者，胡经委悉，至于叹咏，叮咛反复，或三或四，不嫌其烦，而今裁斥，三失本也。四者，胡有义说，正似乱辞，寻说向语，文无以异，或千五百，刈而不存，四失本也。五者，事已全成，将更傍及，反腾前辞，已乃后说而悉除，此五失本也。""三不易"原文为："然《般若经》，三达之心，覆面所演，圣必因时，时俗有易，而删雅古以适今时，一不易也；愚智天隔，圣人叵阶，乃欲以千岁之上微言，传使合百王之下末俗，二不易也；阿难出经，去佛未远，尊者大迦叶令五百六通，迭察迭书，今离千年而以近意量裁，彼阿罗汉乃兢兢若此，此生死人而平平若此，岂将不知法者勇乎？斯三不易也。"参见道安《摩诃钵罗若波罗蜜经钞序》，罗新璋编《翻译论集》，商务印书馆1984年版，第24页。

步拓展。与道安同时代的鸠摩罗什则力主意译而反对直译，认为直译"改梵为秦，失其藻蔚，虽得大意，殊隔文体，有似嚼饭与人，非徒失味，乃令呕秽也。"① 其译本"对于原本，或增或削，务在达旨"②，"曲从方言，而趣不乖本"③，实际上是典型的意译。唐代大翻译家玄奘，"则意译直译，圆满调和，斯道之极轨也"④，即主张"新译"，以直译为主，辅以意译。其译作达到了我国佛经翻译的顶峰，后世无人超越。梁启超总结了我国古代佛经翻译史上的直译、意译之争，认为"翻译文体之问题，则直译意译之得失，实为焦点……新本日出，玉石混淆。于是求真之念骤炽，而尊尚直译之论起。然而矫枉太过，诘鞠为病；复生反动，则意译论转昌。卒乃两者调和，而中外醇化之新文体出焉"⑤。这段话归纳了古代翻译史上直译意译此消彼长、交相为用的辩证过程。

晚清时期的翻译家虽然未展开大规模的直译、意译争论，但大都倾向"意译"。周桂笙、梁启超、包天笑、林纾等人的翻译方式基本属于意译或译述，译者对原文大肆添加、删减或修改。梁启超在翻译凡尔纳小说《十五小豪杰》时，采用所谓"豪杰译"手法，从思想启蒙、政治宣传需要出发，对原文内容、结构和主题等进行大幅修改；戢翼翚根据日译本翻译了普希金作品《俄国情史》，译者为使译文符合当时读者的阅读习惯和趣味，大段删除原作中的景物描写和心理描写，仅保留基本的故事情节；⑥ 林纾与他人合作的述译方式，更使其译文存在大量的漏译、误译和删减，部分作品近于创作。

20 世纪 30 年代，以鲁迅为首的"直译"派与以梁实秋为首的"意译"派展开长达数年的论战，瞿秋白、林语堂、赵景深等参与其中。参与人数之多、论战之激烈、延续时间之久、影响之深远均属罕见。⑦ 针对当时意译风气盛行、不利于中国读者了解外国文学的情况，鲁迅公开提倡"直译"。面对梁实秋、赵景深等人提出的"宁顺而不信"翻译主张，鲁迅针锋相对

① 鸠摩罗什：《为僧睿论西方辞体》，罗新璋编《翻译论集》，商务印书馆 1984 年版，第 32 页。

② 梁启超：《翻译文学与佛典》，罗新璋编《翻译论集》，商务印书馆 1984 年版，第 60 页。

③ 慧观：《法华宗要序》，罗新璋编《翻译论集》，商务印书馆 1984 年版，第 32 页。

④ 梁启超：《翻译文学与佛典》，罗新璋编《翻译论集》，商务印书馆 1984 年版，第 62 页。

⑤ 同上书，第 57 页。

⑥ 郭延礼：《中国近代翻译文学概论》，湖北教育出版社 1998 年版，第 33—35 页。

⑦ 赵军峰：《30 年代翻译标准论战分析》，《外国语》1994 年第 5 期，第 18—22 页。

地提出"宁信而不顺"的观点。鲁迅认为，中国的语言文法"实在太不精密了"，语言的不精密来自"思路的不精密，换句话说，就是脑筋有些糊涂"。为了"医这病"，他主张不但要通过翻译"输入新的内容"，也要"输入新的表现法"。① 因此，他主张直译甚至逐词逐句硬译。梁实秋、赵景深等撰文反驳鲁迅的"硬译"，认为译文首先要通顺。郑振铎、茅盾等人也赞成直译，但将直译与逐词死译在其内涵上进行了区分。事实上，在《文艺与批评·译者附记》一文中，鲁迅本人也评价自己翻译的卢那卡尔斯基文章："因为译者的能力不够和中国文本来的缺点，译完一看，晦涩，甚而至于难解之处也真多；倘将仂句拆下来呢，又失了原来的精悍的语气。在我，是除了还是这样的硬译之外，只有'束手'这一条路——就是所谓'没有出路'——了，所余的惟一的希望，只在读者还肯硬着头皮看下去而已。"② 由此可见，鲁迅所主张的硬译，不是全然不顾读者阅读的"硬译"。只是早期中国语言文法不够发达，直译乃至硬译可作为权宜之计，引入外国语言的表达方式以丰富汉语。

二　"译"——"直译、意译"之超越

针对由来已久的直译、意译之争，卞之琳认为只有"译"一字可取："翻译就是'译'，不可能是创作。"③ 这里至少包含以下层面的含义。

其一，直译和意译并非对立而是相互统一的，对任何一方的过分强调只会对文学翻译产生不良影响。直译和意译的矛盾，实际也反映了内容与形式、源语和译入语之间的差异与冲突。实际上，不论直译还是意译，译文首先必须要传达原文的内容。语言的思想和情感往往与语言形式有密切关系。因此，在可能条件下，译文应尽可能保留原文的语言形式。但是，由于中西语言在语言结构、表达习惯等方面存在种种差异，译者同时应努力使译文读起来通顺、流畅。因此，直译不是无条件的直译，意译也不是无条件的意译。直译和意译相互补充、对立统一，共同产生忠实又通顺流畅的译文。

实际上，自20世纪鲁迅、梁实秋关于直译、意译的辩论后，不少翻译

---

① 鲁迅：《鲁迅和瞿秋白关于翻译的通信》，罗新璋编《翻译论集》，商务印书馆1984年版，第276页。

② 鲁迅：《鲁迅全集》（第10卷），人民文学出版社2005年版，第329—330页。

③ 卞之琳：《卞之琳译文集》（上卷），安徽教育出版社2000年版，第8页。

家和翻译理论家倾向于把两者有机结合起来。如艾思奇认为，直译不是刻板地将原文照搬到译文中，意译也不是译者对原作随意解释，直译也需要传达原文的"意"。因此，"直译和意译，不能把它看作绝对隔绝的两件事。把任何一方完全抹杀了，都会出毛病的"①。朱光潜、茅盾、水天同、林以亮、巴金、闻家驷、范存忠等人也都表达了类似的观点。其中，高健较全面地论述了两者的关系。在《我们在翻译上的分歧何在?》一文中，他从十个方面全面总结了直译、意译论争的根源："对直译意译的字面意思不明确"，"方法与标准混淆"，"将两种方法的极端化及其所造成的错误误为方法本身"，"对直译意译的作用不明确"，"对这两者的关系不明确"，"对所以要使用这两种方法的原因不明确"，"对两种译法的可能性根据不明确"，"对直译意译的幅度不明确"，"对表达方式与语言形式的关系不明确"，"对两种译法的一些决定、制约与参照等因素不明确"。② 在《论翻译中一些因素的相对性》一文中他详细探讨了两者的关系：第一，直译和意译的区分是相对的，两者都要首先保证原文内容的传达，因而并无本质的不同。区别主要在于对原文形式的贴合度不同：直译相对趋近原文，而意译相对远离原文。因此，两者并非对立关系，也没有绝对的界限。直译和意译也都有程度之分，程度稍逊的意译接近于直译，而程度不足的直译也接近意译。不过，过头的直译将导致死译，过头的意译也将变为自主创作而非翻译。第二，直译和意译具有混合性。在翻译实践中，直译中也有意译，意译中也包含直译成分。两者之间紧密结合，这是做好翻译的重要秘诀。第三，直译和意译在不同体裁译文中不尽一致。一般而言，科技类文本以传达信息为主要目标，直译比例相对较高；而文学文本"说理性的又高于描述性的"，意译比例相对较高。③

　　卞之琳也认为，直译和意译两者之间是相辅相成的，不应人为地将两者割裂，并将其视为水火不容的两极。他认为，不同民族的人们在社会发展、历史背景、风俗习惯、语言表达方式等方面存在诸多差异，给翻译带来很多障碍，译者应充分挖掘译入语的潜力，发挥个人才能，努力克服这些困难，协调源语和译入语之间的关系。"从理论上说，运用本国语言和传达原文风格，是文学翻译工作所包括的一个问题的两个方面，彼此不能分

---

① 艾思奇：《谈翻译》，罗新璋编《翻译论集》，商务印书馆 1984 年版，第 436 页。
② 高健：《我们在翻译上的分歧何在?》，《外国语》1994 年第 5 期，第 14—15 页。
③ 高健：《论翻译中一些因素的相对性》，《外国语》1994 年第 2 期，第 5—6 页。

开。文学翻译工作本身的性质就规定要用本国语言传达原文风格的。没有做到这一点，工作就没有完成，真正的文学译品就不可能产生。"① "本国语言"和"原文风格"之间的协调和统一，正是源语和译入语的统一。因此，直译并非忠实原文而忽视译语表达，意译也不是谋求译文地道而背离原文。文学翻译更是如此，要求译者"用道地本国语言来十足传达原文风格"，使译文"传神达意，处处贴切"，达到"艺术性翻译的境地"。②

卞之琳批评了翻译中过于强调源语或译入语的做法。过于强调译文忠实原文，往往使"译文语言不像是本国的，也就是根本不像话，原文风格就无从见出。"中华人民共和国成立后，文学翻译的质量总体上有所改进，但还有人过于强调保留原文形式，如有人将"拿起书来扔给我"译为"拿起书来抛在我身上"。值得注意的还有另一种倾向，即过分强调译文符合译入语而导致的语言庸俗化现象，如在译文中"叫女孩子对爱人道'万福'"③ 这样的极端事例。无论此类"不像样"还是"庸俗化"的译文，其根源在于过分强调译文接近源语还是译入语。

其二，翻译不等于创作。译者在翻译时要以原文为根本，不能将翻译变成个人的自由创作。卞之琳并不否认翻译中的创造性，而认为这是文学翻译的生命所在。与雕塑、绘画、音乐等艺术形式一样，文学作品不仅以内容和情节影响读者，更以其深邃的思想和艺术价值感染读者。因此，文学翻译是一种艺术再创造。"正如文学创作要忠于现实、反映现实，而在其中就有无限的创造性，文学翻译要忠于原著、充分传达原著反映现实的艺术风格，也就规定它自己在语言运用上也要有极大的创造性。"④ 不过，译者的创造是有前提的，即在内容和风格方面要忠实原文。在翻译实践中，"文学作品的翻译本来容易惹动创作欲不能满足的翻译者越出工作本分"，但译者不能违背自己的职责越俎代庖，将翻译变成个人的创作。他强调，"只有首先严守本分，才会出艺术性译品"。他形象地比喻了创作和翻译之间的差异："原作者是自由创造，我们是忠实翻译，忠实于他的自由创造。他转弯抹角，我们得亦步亦趋；他上天入地，我们得紧随不舍；他高瞻远

---

① 卞之琳、叶水夫、袁可嘉、陈燊：《十年来的外国文学翻译和研究工作》，《文学评论》1959 年第 5 期，第 56 页。

② 同上。

③ 同上。

④ 同上。

瞩，我们就不能坐井观天。"① 以莎士比亚戏剧翻译为例，德国的威廉·史雷格尔以韵文形式翻译的莎士比亚十六部戏剧，被文学史家勃兰兑斯誉为"无懈可击，仿佛出自一位与莎士比亚并驾齐驱的新起的诗人之手"②。日本的坪内逍遥，在莎士比亚研究方面具有很高的造诣，"不但在日本没有第二个，在全世界也是有数的人"③。他完成的《莎士比亚戏剧全集》，在日本享有很高的声誉。针对德国和日本有人认为这些译本超过莎士比亚原作的言论，卞之琳指出，这些说法"难令人置信"，这些译作"既算不得创作，又算不得翻译，当然更不是艺术性翻译的理想"④，充其量也只能算作"好作品、坏译品"。⑤ 在他看来，翻译工作本身"注定我们居原作者下风"，⑥ "讲本分"即译文从内容到形式忠实于原作，是翻译的基本准则。辜正坤教授也认为，"超过原作的译文有可能被看作译者自作聪明的代庖之作而已，在某种意义上，也是一种误译"⑦。因此，文学翻译中的译者既要有创造性，又不能逾越自己的职责。他在"戴着镣铐跳舞"时，既不能完全被镣铐压倒，成为原文的简单传声筒，也不能完全脱离镣铐的束缚，不受限制地自由发挥。只有既有所限制又能发挥个人的创作力，才能跳出最优美的舞姿。

文学翻译的译者既要有"创造性"又要"严守本分"，既要忠实原文又要有所发挥，这正体现了文学翻译的"艺术性"本质，也体现了卞之琳对文学翻译中直译、意译辩证关系的思考。他反对人为将原文与译文、源语与译入语、内容与形式相对立的做法，认为文学翻译作为"艺术性翻译"是内容与形式的统一。正如张今教授所言，"文学翻译是一个在新的语言基础上把作品的艺术内容和语言形式重新加以统一的过程"，"要求在真实反映原作艺术意境的基础上，来求得文学译品的内容和形式的和谐统一"，并

① 卞之琳、叶水夫、袁可嘉、陈燊：《十年来的外国文学翻译和研究工作》，《文学评论》1959 年第 5 期，第 54—55 页。

② ［丹麦］勃兰兑斯：《十九世纪文学主流》第二分册《德国的浪漫派》，刘半九译，人民文学出版社 1981 年版，第 61 页。

③ 夏丏尊：《夏丏尊自述》，安徽文艺出版社 2014 年版，第 116 页。

④ 卞之琳、叶水夫、袁可嘉、陈燊：《十年来的外国文学翻译和研究工作》，《文学评论》1959 年第 5 期，第 54 页。

⑤ 卞之琳：《从〈西窗集〉到〈西窗小书〉》，［英］克里斯托弗·衣修伍德《紫罗兰姑娘》，卞之琳译，中国工人出版社 1994 年版，第 9 页。

⑥ 卞之琳、叶水夫、袁可嘉、陈燊：《十年来的外国文学翻译和研究工作》，《文学评论》1959 年第 5 期，第 55 页。

⑦ 辜正坤：《译学津原》，文心出版社 2005 年版，第 102 页。

提出了翻译中需要注意的五个问题："第一，把原作艺术意境作为探求译文艺术形式和语言形式的出发点；第二，努力在译文语言中为这一艺术意境寻找完美的语言形式；第三，在可能范围内尽量保持客观忠实性；第四，注意运用内容和形式相互推移的原理；第五，注意运用整体和细节辩证统一的原理。"① 这段话很好地阐释了卞之琳的文学翻译即"艺术性翻译"思想。

本书以较大篇幅梳理了"信达雅"论、"神似形似"辩及"直译意译"争的历史脉络及相关论述。一方面，这有助于我们理解卞之琳的"信""似""译"翻译观，结合历史语境挖掘其重要理论价值，使卞之琳的翻译理论家地位得到应有的重视。卞之琳在继承中国传统译论的基础上，对其进行了新的阐释和发展。有感于人们对翻译标准无休止争论及其带来的不良后果，他果断地提出"信""似""译"，使中国传统译论得以统一，对立双方共同致力于追求艺术性的文学翻译活动中。另一方面，有助于我们从另一侧面理解卞之琳的文学观和文学创作观，帮助我们理解卞之琳的文学创作（尤其是诗歌创作）思想。作为一位智性诗人，卞之琳对文学作品有很高的艺术追求。他花费大量"苦工"对作品精雕细琢，努力使其成为一件件精致的艺术品。在他看来，文学翻译同样是一种"艺术性"创造活动，译作同样应成为精致的艺术品，这种艺术品恰是语言形式与内容的完美结合，即原文与译文、源语与译入语、内容与形式的和谐统一。

第四节　"信""似""译"之统一

卞之琳提出"信""似""译"翻译思想，并对这些概念进行了理论上的阐述。这三个概念并非相互隔绝，而是相互依存、不可分割，构成一个完整的整体。他提出的"信"，是包括"达""雅"在内的广义之"信"。这种"信"是对原文全面的信，译文不仅要传达原文的内容，也要传达原文的形式（包括语言形式、风格）；"似"，既包括语言形式方面的"形

---

① 　张今、张宁：《文学翻译原理》，清华大学出版社2005年版，第117页。

似"，也包括艺术风格和精神等方面的"神似"；"译"，意指翻译不是创作，而是"本国语言"和"原文风格"的辩证统一。可见，"信""似""译"的统一，来源于文学作品内容与形式的统一。其中"信"，即译文整体上从内容到形式忠实于原文，是文学翻译的基本要求和目标；"似"体现了实践层面的"信"，即译文只有在内容、形式、神韵等方面尽可能与原文一致，才能实现全面的"信"这一目标；而"译"字，一方面体现了文学翻译之现实困难，即译文很难与原文完全一致，彻底的"信"难以实现；另一方面也对译者的艺术性创造进行了限定，翻译不能变成创作。"信""似""译"这一标准，紧密相扣，体现了文学翻译的总体目标、实际操作和本质属性，是卞之琳为我国翻译理论发展做出的巨大贡献。正如香港学者张曼仪所言，"卞之琳提出的包容广泛而灵活的标准，充分照顾到翻译的多层次性和它的动态本质"①。

以诗歌翻译为例，卞之琳认为，诗是形式与内容的有机统一。翻译中，若只"信"于其中一方，则损失了另一方，这样的译文既不"信"，也不"似"，因而也不是合格的"译"，"'信'即忠实，忠实又只能相应"②。"信""似""译"共生共存，相互依靠，共同存在于内容与形式的统一中。中国历史上无休止的翻译论争，大部分可归结为对内容和形式两者中某一方的偏重，一方面造成人们思想上的混乱；另一方面也不利于文学翻译事业的发展，不利于中外文化交流与沟通。卞之琳对"信""似""译"三原则的提炼，既有助人们更深入地认识文学翻译的属性和标准，也有助于消解人们的片面化思想、统一文学翻译观念。

在《文学翻译和语言感觉》中，卞之琳举例以说明"信""似""译"三者之间的统一："法国纪德的中篇小说《窄门》，原书名叫 La Porte étroite（近似汉语拼音 La Poěrtè ǎitèruòatè）声调响亮，在中文里就照原意译成《窄门》（zhǎi mén）念起来也顺口，就算'形似'吧，就算'直译'吧，是'信'，可还有什么'神似''意译'而'达、雅'的妙法呢？这个书名，在英文里可就不能直截了当，译成 The Strait Gate，两个韵字连在一起，非常拗口，与法文里的效果相反，只能（像英国译者实际所做的那样）用《圣经》里原出处的整句，译成 Strait Is the Gate。这就是'神似'吗？'意

① 张曼仪：《谈谈卞之琳的文学翻译》，《外国文学评论》1990 年第 4 期，第 117 页。
② 卞之琳：《英国诗选》，商务印书馆 2005 年版，第 4—5 页。

译'吗？'达、雅'吗？从两种文字，以至音调，所起的相应效果讲，这才是忠实，是'信'。……文学翻译，光译到意义正确，不顾意味，还算不得文学翻译，还不是'信''似''译'。既'信'既'似'又是'译'（不是创作），就首先需要对两种语言（文字）尽可能（因为究有限度）做到具有相当敏锐、精微的感觉力。"①。

由此可见，"信""似""译"的文学翻译，不仅要求译文再现原文的意义，也要尽可能保留原文的意味、音韵等，正体现了内容与形式的统一。卞之琳对传统"信、达、雅""形似、神似""直译、意译"之争的突破，可归结为以下两点。

（1）"信""似""译"的翻译标准，统一于文学翻译的艺术性追求。文学翻译是一种艺术性翻译，在传达原文基本内容的同时，更要传达原文的艺术性表达形式和美学价值。因此，文学翻译有别于科技、新闻、经济等领域的翻译活动。文学翻译中的"信"，是包含"达""雅"在内的广义的"信"，"似"指译者应追求"形神兼备""神寓于形"，"译"则在肯定文学翻译中译者创造性的同时，也对这种创造性提出一定的限制。卞之琳从文学翻译的"艺术性"出发，指出传统"信、达、雅""形似、神似""直译、意译"之争的片面性，有利于人们更深入地理解文学翻译的基本规律和要求。

（2）"信""似""译"的翻译标准，构成完整的文学翻译理论体系，是卞之琳对我国文学翻译理论所做的重要贡献。"信""似""译"三字，环环相扣，体现了文学翻译的总体目标、实践操作和本质属性。全面的"信"，是文学翻译的总体目标和价值追求；"似"，即"形神兼备""神寓于形"，是文学翻译实现"信"这一总体目标的具体操作方法，文学翻译中只有兼顾形神，才有可能达成"信"这一目标；"译"则对文学翻译的本质进行了界定，即文学翻译一方面需要译者的创造性，另一方面不能演变为译者抛弃原文的任意创作。

总之，卞之琳从诗人的眼光出发，结合其个人文学创作和文学翻译实践，提出了"信""似""译"翻译标准。这一标准体现了文学翻译的艺术性、审美性价值追求，具有重要的理论价值和现实指导意义。

---

① 卞之琳：《卞之琳文集》（中卷），安徽教育出版社 2002 年版，第 528 页。

中 篇

实践篇

诗应当是一面尘世的明镜，用以映照天意；它应当通过色彩、音响与节奏，表现出宇宙间全部的美。

——德·斯太尔夫人《德国的文学和艺术》

　　人们创造诗歌正是为了弥补日常的机械语言缺乏和谐的内在局限，当思想成为自身的回音时，使音响和思想相呼应——使诗歌的洪流、"诗歌的辉煌节奏"和激荡有声的感情的洪流融合一致——简单地说，就是使想象的语言离开地面、按照自己的意向展翅高飞。

——赫斯列特《泛沦诗歌》

第二章

诗歌翻译：卞之琳的翻译实践（一）

卞之琳的译作体裁较广，包括诗歌、散文、小说和戏剧等多种文体。但就译作数量和影响而言，其所译诗歌和戏剧显然占有更重的分量。卞之琳曾这样回顾自己在翻译道路上的经历："要讲自己的文学翻译实践，则是60年的道路好像兜了一圈；始于译诗（韵文），中间以译散文（包括小说）为主，又终于译诗（韵文，包括诗剧）。"① 他翻译的诗歌大部分收入《英国诗选》，所译戏剧主要见于诗体剧译本《莎士比亚悲剧四种》。如果算上卞氏以"译诗的要求来译"② 的散文，可以说诗歌翻译在其翻译生涯中占有至关重要的地位，对其他体裁文本的翻译也有直接影响。

实际上，卞之琳不仅有大量诗歌翻译实践，更在实践基础上开展译学理论探讨。他认为，诗歌翻译是最突出表现艺术性的翻译。"诗歌作为最集中、最精炼的一种文学样式，对语言艺术有特别严格的要求。文学作品固然都应该是内容和形式的统一体，诗歌却尤其如此。诗歌中形式的作用特别大，或者说艺术性（包括语言的音乐性）的要求特别高。如果说一般文学翻译，也就是说散文作品的翻译，要达到艺术性水平，必须解决如何用本国语言传达原文风格的问题，那么诗歌翻译，除此之外，必须解决如何运用和原著同样是最精练的语言、最富于音乐性的语言，来驾驭严格约束语言的韵文形式问题。"③ 诗歌翻译中内容的传达重要

---

① 卞之琳：《译者总序》，《卞之琳译文集》（上卷），安徽教育出版社2000年版，第1页。
② 同上书，第3页。
③ 卞之琳、叶水夫、袁可嘉、陈燊：《十年来的外国文学翻译和研究工作》，《文学评论》1959年第5期，第57页。

性自不待言，诗歌形式（节奏、韵式等）的翻译却往往未得到足够的重视。美国学者布鲁克斯认为："'诗歌要传达什么'这个问题提得很拙劣。……诗传达的内容如此之多，传达的方式如此丰富，如此精妙，以至于如果我们试图通过在精巧、深奥方面不及诗歌本身的媒介来传达的话，诗所传达的东西就会被歪曲、被破坏。"① "诗歌本身的媒介"即指诗歌的形式，研究诗歌的内容而不研究其形式，这种研究就是片面而缺乏深度的。卞之琳从再现原作的艺术性出发，探讨了诗歌翻译尤其是形式方面的问题。

第一节　卞之琳的诗歌翻译策略

从"全面求'信'""以形求神、形神兼备""翻译而非创作"等观念出发，结合其个人诗歌创作实践和诗歌翻译实践，卞之琳提出诗歌翻译理论，以求在艺术形式、格律、艺术效果等方面最大程度再现原作的艺术价值。

一　艺术形式的坚守——以诗译诗，格律译诗

卞之琳认为，"诗，比诸用散文写的其他文学作品，更是内容与形式的高度统一体。"② 因此，诗歌的翻译，既包括诗歌内容的翻译，也包括诗歌形式的传达。诗歌翻译中的形式选择，一直是卞之琳思考的问题。他坦陈自己"写新诗的同时，也在译诗实践中探索新诗格律体的道路"③。在《开讲英国诗想到的一些体验》（1949）、《哼唱型节奏（吟调）和说话型节奏（诵调）》（1953）、《谈诗歌的格律问题》（1959）、《〈雕虫纪历〉自序》（1978）、《与周策纵谈新诗格律信》（1979）、《〈孙毓棠诗集〉序》（1986）、《完成与开端：纪念诗人闻一多八十生辰》（1988）、《人事固多乖：纪念梁宗岱》（1990）、《一条线和另一方面：郭沫若诗人百年生辰纪

---

① ［美］克林斯·布鲁克斯：《精致的瓮：诗歌结构研究》，郭乙瑶等译，上海人民出版社2008年版，第72页。

② 卞之琳：《人与诗：忆旧说新》（增订本），安徽教育出版社2007年版，第338页。

③ 同上书，第69页。

念》（1992）等文章中，卞之琳不断讨论诗歌的格律问题。这些讨论虽主要反映其诗歌创作思想，但也从另一方面为我们理解其诗歌翻译思想提供了钥匙。

在卞之琳看来，新文化运动以来的新诗，在发展中取得了很大成绩，"也多少形成了一个传统，但是实际上还没有为广大读者所公认"①。其中一个重要原因，就是诗歌形式方面还存在许多困惑。这些困惑，给诗歌创作和诗歌翻译都带来了不良影响，影响了我国新诗的健康发展。因此，他多次强调"新诗的形式问题是应该讨论的"②，"诗歌的格律问题，现在正需要谈谈"③。结合个人的翻译实践，他提出："我们没有什么译诗理论，只是要求尽可能相应在中文里（白话里）保持原诗的本来面目。"④"没有什么译诗理论"是卞氏的自谦之辞，"保持原诗的本来面目"正反映了他的翻译观。在他看来，诗歌翻译中译作不仅应在思想、内容上忠于原文，也要在体裁形式等方面尽可能与原文一致。具体而言，既要将诗翻译为诗而不能译为散文，也要尽可能保留原文的格律特点。他坦陈，关于格律的翻译，"我国在这方面也开始有了一点经验。办法是运用相当的格律来翻译"⑤。具体而言，原作若为自由诗，译作也应为自由诗，"但也得正确传出原来的思路节奏、语言节奏"⑥；原作若为格律诗，译作也应尽可能在形式与原文一致，即"韵式可以相同或相似，音律只能相应"⑦。译文在形式与内容方面的一致，正是其"信、似、译"翻译思想的重要体现。

卞之琳"以诗译诗""格律译诗"翻译思想的提出，有其历史背景和目的。在他看来，"'五四'以来，我国新诗受西方诗的影响，主要是间接的，就是通过翻译。因为译诗不理想，所以受到的影响，好坏参半，无论在语言上，在形式上"⑧。他批评了诗歌翻译中出现的两种不良倾向：一种是当时流行的、不顾原文形式的"自由体""半自由体"或"半格律体"，

① 卞之琳：《人与诗：忆旧说新》（增订本），安徽教育出版社 2007 年版，第 319 页。
② 同上书，第 320 页。
③ 同上书，第 273 页。
④ 同上书，第 226 页。
⑤ 卞之琳、叶水夫、袁可嘉、陈燊：《十年来的外国文学翻译和研究工作》，《文学评论》1959 年第 5 期，第 59 页。
⑥ 卞之琳：《人与诗：忆旧说新》（增订本），安徽教育出版社 2007 年版，第 338 页。
⑦ 同上书，第 344 页。
⑧ 同上书，第 336 页。

另一种则是过于受形式束缚的"方块诗"或"豆腐干诗"。这是新诗发展中出现的两种极端：前者表现为结构"拖沓、松散"，"不问诗行长短，随便押上韵，特别是一韵到底，不顾节同情配，行随意转的平衡、匀称或变化、起伏的内在需要，以致单调、平板"①，往往被人们戏称为"分行散文"；后者产生于 20 世纪 20 年代，主要表现为"勉强用字数为度量诗行的单位"②，形式的束缚限制了内容的表达，阻碍了新诗的发展。由此可见，卞之琳主张"以诗译诗，格律译诗"，正是针对"五四"以来诗歌翻译和创作中的两种不良倾向而提出的。

杨德豫曾对"五四"以来诗歌翻译形式主张进行归纳，主要有五种："（一）译成散文（例如朱生豪所译莎士比亚诗剧）；（二）译成自由诗；（三）译成半自由体（诗行长短比较随意，并未有意识地运用节奏单位来建行，押韵但不严格），从已经出版或发表的译作的数量来看，这一种似占多数；（四）译成中国古典格律诗体（包括五七言体、骚体、词曲体等）；（五）译成现代汉语格律诗体即白话格律诗体。"③ 实际上，现代诗歌翻译方法的探索，与现代诗歌写作方法的探索是密切相连的。许多现代诗人本身也从事外国诗歌翻译，或由于他们的较高声望而影响他人的翻译选择。

不妨将卞之琳的译诗探索置于现代新诗发展的历史语境中，以一探卞之琳"以诗译诗，格律译诗"思想的缘起和价值。

晚清时期，在维新运动推动下，黄遵宪、康有为等人提出"我手写我口""适用于今，通行于俗"等口号，要求变革文学语言形式，从文学入手突破传统观念和形式限制，以满足政治、经济、社会改良需要。由于历史条件所限，这些理想在当时未能实现，但启迪了后来者。1915 年开始的新文化运动，是一次空前的思想大解放运动。陈独秀、胡适、鲁迅、李大钊等一批接受西方教育的文人，高举民主与科学的大旗，主张打破封建专制思想的统治，谋求社会和科学的进步。新文化运动的健将以文学革命为手段，反对文言文、提倡白话文，反对旧文学、提倡新文学，主张以新的语言、文学形式表达新的思想观念。胡适在《文学改良刍议》中提出文章

---

① 卞之琳：《人与诗：忆旧说新》（增订本），安徽教育出版社 2007 年版，第 338 页。
② 同上书，第 326 页。
③ ［英］拜伦：《拜伦抒情诗选（英汉对照）》，杨德豫译，湖南文艺出版社 1996 年版，第 274 页。

"八事"，主张废文言、兴白话，革新语体。陈独秀在《文学革命论》中，以"三大主义"为目标，主张从形式到内容革新文学，以此作为革新政治、改造社会的途径。胡适后又在《谈新诗》一文中，大力提倡"诗体的大解放"，主张"凡是好诗，都是具体的"，"都能使我们脑子里发生一种——或许多种——明显逼人的影像"。① 显然，胡适这一主张受西方现代诗歌尤其是意象派的影响。

　　早期白话诗急于摆脱旧诗词的影响，追求"诗体大解放"，主张"白话入诗"，在创造了许多融合新语言、新内容的现代新诗的同时，也使诗歌出现了泛化、"非诗化"特点。胡适提出的"作诗如作文""作诗如说话"等主张，在打破旧体诗桎梏的同时，也忽视了诗歌语言艺术的规则，使新诗向散文化方向发展，表现为不用韵、不顾平仄，任意变化句式长短，大量使用白话散文的章法句法。胡适本人以白话翻译美国诗人莎拉·提斯代尔（Sara Teasdale）的抒情诗《关不住了》（*Over the Roofs*），并引以为豪，认为这首诗是其"'新诗'成立的纪元"。② 卞之琳认为，胡适的译诗只是"译得相当整齐，接近原诗的本色"③，并不是一篇出色的译作。他评价胡适打开白话新诗大门的同时，也带来了不好的影响："一般读者，由不得多少遗老遗少的反封，逐渐承认我们也可以用自己的现代白话，严肃写诗（不止写打油诗），除了采用各种现代民歌体的，都可以用说话方式来念或朗诵，不照传统方式来吟哦。""另一方面，他的一些同道或追随者从此甚至超过胡适自己，更进一步，不论用韵还是不用韵，有些写出了实际是分行的语体散文。一般译诗也就据此随意处理西方传统的格律诗和现代的自由诗，不加区别，在中国诗界造成了广泛而久远的错觉，误以为西方从古到今写诗都不拘形式，以此借鉴而分行写所谓'诗'。"卞之琳对此进行了严厉的批评，认为此类译文有损诗歌的艺术性，不利于"新诗"的健康发展。卞之琳还以讽刺口气称，胡适及其追随者的做法，"在中国诗史上确是一次革命性的变易"④。

　　以胡适翻译苏格兰女诗人安妮·林德赛（Anne Lindsay）诗歌《老洛伯》（*Auld Robin Gray*）为例，该诗第七节描写了"我"在情人吉梅离家后

① 胡适：《胡适文集》（第二卷），北京大学出版社1998年版，第145页。
② 胡适：《尝试集》，人民文学出版社2000年版，第181页。
③ 卞之琳：《人与诗：忆旧说新》（增订本），安徽教育出版社2007年版，第365页。
④ 同上。

的情形:

> He hadna been awa'a week but only twa,
> When my father brak his arm, and the cow was stown awa;
> My mother she fell sick, —and my Jamie at the sea—
> And auld Robin Gray came a – courtin'me.
>
> My father couldna work, and my mother couldna spin;
> I toil'd day and night, but their bread I couldna win;
> Auld Rob maintain'd them baith, and wi'tears in his e'e
> Said, "Jennie, for their sakes, O, marry me!"①

胡适的译文:

> 他去了没半月,便跌坏了我的爹爹,病倒了我的妈妈;
> 剩下一头牛,又被人偷去了。
> 我的吉梅他只是不回家!
> 那时老洛伯便来缠着我,要我嫁他。
>
> 我爹爹不能做活,
> 我妈他又不能纺纱,
> 我日夜里忙着,如何养得活这一家?
> 多亏得老洛伯时常帮衬我爹妈,
> 他说,"锦妮,你看他两口儿分上,嫁了我罢。"②

原诗作于 1772 年,以苏格兰民谣体写成,先后被里维斯(Rev William Leeves)、海顿(Joseph Haydn)等作曲家谱为乐曲。原文结构整齐,每节四行。格律齐整,节奏为抑扬格,押尾韵 aabb,ccbb…而"hadna"(had)、"awa' a"(away a)、"twa"(two)、"brak"、(broke)"stown awa"(stolen

---

① Arthur Quiller – Couch, *The Oxford Book of English Verse:1250 – 1900*, Oxford University Press, 1918, pp. 552 – 553.
② [英]安妮·琳赛:《老洛伯》,胡适译,胡适《尝试集》,人民文学出版社 2000 年版,第 32 页。

away）等口头方言词，符合文中叙述者的村妇身份和地位。胡适十分满意自己的译文，称"此当日之白话诗也"①。客观地说，译文总体上较忠实原文，表达也地道、流畅。但译文未反映原诗的格律特点。"没半月""又被人偷去了""只是不回家""多亏得""帮衬""两口儿"等表达过于口语化，使译文变成了大白话，失去了原诗应有的美感。在文言文、传统旧诗占主流地位的时代，胡适采用白话自由诗的形式进行翻译，有明显的价值取向和目的，即以"言之有物"的白话文诗歌颠覆、替代"无病呻吟"的传统旧诗，以此作为传统文学乃至社会改造的工具。不过，这种过于强烈的现实主义诗学取向，对翻译作为文学革命之"利器"的过分倚重，导致其在翻译实践中忽视了原作艺术价值，也导致了时人的不满。如胡适友人梅觐庄致信，称读其"大作如儿时听'莲花落'，真所谓革尽古今中外诗人之命者！"②

　　1921 年，郭沫若的诗集《女神》出版，将"诗体解放"推向极致。诗人充分发挥诗的抒情本质和个性化特点，充分体现了"五四"自由精神，艺术价值表现得淋漓尽致，"堪称中国现代新诗的奠基之作"③。卞之琳认为，《女神》的出版，标志着新诗"终于和旧诗划清了界线"，是新诗由初期的幼稚状态走向成长的标志。不过，卞之琳也指出，郭沫若在诗歌翻译方面未能取得其诗歌创作那样的成就，反而"来了一个反复或转折"：在"译诗得像诗"主张指导下，郭沫若翻译的雪莱、歌德、海涅等诗作，"开创了一种半格律体，只是较为松散，反而从旧诗袭用了滥调，连同陈旧的词藻"。这种诗体已经"成了新诗最流行模式的一个极端，到今日与同它对立、处在另一个极端的自由诗以至超自由诗的模式，仍然分担着主流地位"。这种沿袭中国旧诗、旧瓶装新酒的做法，"以求'喜闻乐见'为名，放纵和迎合惰性，以腔调烂熟为流畅，无视'推陈出新'，据此译外国诗，自然容易走样、失真、误人借鉴，自不待言"④。而这种半自由半格律体一旦流行，将使新诗向庸俗化、一般化的方向发展。限于篇幅，以郭沫若翻译的雪莱《云鸟曲》（*To a Skylark*）第五、六节为例：

　① 胡适：《尝试集》，人民文学出版社 2000 年版，第 31 页。

　② 胡适：《胡适学术文集》，中华书局 1993 年版，第 339 页。

　③ 钱理群等：《中国现代文学三十年》（修订版），北京大学出版社 1998 年版，第 103 页。

　④ 卞之琳：《人与诗：忆旧说新》（增订版），安徽教育出版社 2007 年版，第 366—367 页。

原文：

Keen as are the arrows

Of that silver sphere,

Whose intense lamp narrows

In the white dawn clear

Until we hardly see—we feel that it is there.

All the earth and air

With thy voice is loud,

As, when night is bare,

From one lonely cloud

The moon rains out her beams, and heaven is

overflowed. ①

郭沫若译文：

声如晓日轮，银箭之尖锐，

曙白澄空中，烈光渐消微，

看到不分明，可感其所在。

遍地与寰空，为汝声音满，

宛如夜皎洁，月自孤云泛，

皓皓舒明波，天空为泛滥。②

原文为雪莱的抒情名诗，诗人以质朴的语言，描述了筑巢于地、高飞歌唱、冲入云霄的云雀形象，借以抒发个人对腐朽现实的憎恶，对自由、美好生活的向往。这首诗格律整齐，每节包括四个扬抑格三音步诗行、一个抑扬格六音步诗行组成，押 ababb 尾韵。四短一长的句式安排，模拟了云雀的鸣叫：短促几声之后，伴以一声长鸣。郭沫若以不规则的五言律诗进行翻译，每小句五个字，无法体现原文的结构特点。就韵律而言，前一节不押韵，后一节押/an 韵。更重要的是，"晓日""曙白澄""寰空""汝""夜皎洁""孤云泛"等词过于古雅、华丽，与原文的朴素风格不一，"看到不分明"一句则又过于口语化。卞之琳严厉批判了这种译法，认为"求民族化以至达到了十足庸俗化的流风，跟生硬的欧化'翻译体'一样，由来已久，影响所及，形成了顽强的习气"③。无论庸俗化译诗还是与自由化译诗，都是两种不良极端风气，不仅影响诗歌翻译的质量，也影响我国新诗的健康发展。

---

① Arthur Quiller - Couch, *The Oxford Book of English Verse：1250 - 1900*, Oxford University Press，1918，p. 703.

② 雪莱：《云鸟曲》，郭沫若译，湖南省外国文学研究会编《外国诗歌选》，湖南文艺出版社 1986 年版，第 74 页。

③ 卞之琳：《人与诗：忆旧说新》（增订本），安徽教育出版社 2007 年版，第 367 页。

无论胡适开启的一般化译诗之门，还是郭沫若开启的庸俗化译诗之门，都将诗歌翻译和诗歌创作引入歧途。那么，诗歌应该采用怎样的语言呢？卞之琳认为，"应该从说话的自然节奏里提炼出新的诗式诗调以便更能恰当、确切传达新的诗思诗情"①。采用"新的诗式诗调"以传达"新的诗思诗情"，正是对其"以诗译诗、格律译诗"思想所作的很好注解：诗歌翻译，既不是将诗歌译为散文，使诗歌翻译陷入空泛化、一般化的极端，也不是套用旧诗词的形式，而要从"说话的自然节奏"中提炼诗歌形式，避免诗歌翻译走向庸俗化这另一极端。古今、中外的各种诗歌资源，在这里得到了综合利用。卞之琳也多次强调："新的诗式诗调"的选择，既不能拘泥于旧诗，也不能全盘套用西方诗歌，而是"从传统的和外国的诗律基础的比较中，通过创作和翻译的实验探索新路"②。

由以上可以看出，卞之琳坚持"以诗译诗，格律译诗"，正是以现代新诗发展道路的思考为基础，总结经验和教训而提出的。"以诗译诗，格律译诗"的主张，使译诗在形式、内容方面保留了原诗的艺术性，正是对自由化、庸俗化两种不良现象的反驳，也是卞之琳"全面的'信'""以形求神、形神兼备"等翻译思想的重要体现。

二　艺术节奏的替代——相当格律，以顿代步

格律是诗歌的重要特征，包括韵律、节奏、字数、节数等安排。不同语言的诗歌在格律方面存在诸多差异，不同诗人、不同作品使用的格律也各式各样。不同语言在发音方式、语调、停顿等方面各不相同，这是造成诗歌翻译困难的重要因素。俄裔美国诗人、诺贝尔文学奖获得者布罗茨基（Joseph Brodsky）在讨论天才诗人奥·曼德里施塔姆的诗歌翻译时提出："必须记住，诗歌格律本身就是一种精神的大容器，它不可能被任何东西所取代。各种格律甚至不能彼此替代，更不能被自由诗所替代。格律的差异，就是呼吸的差异和心跳的差异。押韵规则的差异就是大脑功能的差异。对这两者的轻率处理，说得好听一些是亵渎，说得难听一些就是伤害或谋杀。无论如何，这是一种思想的犯罪，而罪犯，尤其是尚未被抓获的罪犯，付

---

① 卞之琳：《人与诗：忆旧说新》（增订本），安徽教育出版社 2007 年版，第 369 页。
② 同上。

出的代价就是其智性的堕落。至于读者，他们只能购买谎言。"① 这段话突出了不同语言中诗歌格律的独特性，译文只能尽可能"接近"地反映原文的格律特点，而不能保持原貌，译文读者读到的也就是经过过滤、调整、变形的带有"谎言"的诗。奥·曼德里施塔姆本人也将诗歌视为"发声的形式模块"②，突出了诗歌创作中声律运用的重要性。赵元任也十分注重格律的翻译，提出翻译诗歌的时候"节律与押韵尤其要紧"，"音节方面是求信的一个重要的幅度"。③

结合个人翻译实践，卞之琳认为："格律的运用，对于诗歌翻译，是一个重要而又困难的课题。外国诗歌，不说古往，就在现代也都以格律体为主，而我国新诗的格律还Ⅱ处在形成的过程当中，翻译里运用格律也就特别困难。"④ 格律难译，并不意味着译者可以逃避困难而简单处理。如前文布罗茨基所言，那样将构成对原诗的"亵渎""伤害或谋杀"。卞之琳批评"五四"以来诗歌翻译中的不良现象："一般都是把外国的格律诗都译成自由诗，有时不押韵，有时随便押几个韵，只是行数和原诗相等。这样译出来，效果自然不会和原有的相当。这样的好译品也就很少。结果，除了能直接从一种或一种以上的外国文读些原诗的，一般读者很少了解外国诗的真相，甚至误以为外国诗都是自由诗。"⑤ 的确，"五四"以来，在"文学革命"影响下，不少译者急于介绍新的文学思想和技法，而我国新诗处于"尝试"而逐渐成长的过程，尚未形成广泛受到认可的格律方式。这种思想上的混乱导致诗歌翻译泥沙俱下，既不利于文学翻译，也不利于文学创作。

卞之琳认为，在新诗格律尚处于形成过程时，诗歌翻译中的格律处理，"办法是运用相当的格律来翻译"，即"利用我国传统格律基础和外国格律基础可能有的共通处，尽可能使用相当的格律来翻译外国诗歌"，认为这是

———————————

① [美] 布罗茨基：《文明的孩子：布罗茨基论诗和诗人》，刘文飞等译，中央编译出版社2007年版，第95—96页。

② [俄] 曼德里施塔姆：《时代的喧嚣——曼德里施塔姆文集》，刘文飞译，云南人民出版社1998年版，第153页。

③ 赵元任：《论翻译中信、达、雅的信的幅度》，中国翻译工作者协会《翻译通讯》编辑部编《翻译研究论文集（1949—1983）》，外语教学与研究出版社1981年版，第414页。

④ 卞之琳、叶水夫、袁可嘉、陈燊：《十年来的外国文学翻译和研究工作》，《文学评论》1959年第5期，第59页。

⑤ 同上书，第59—60页。

"合理而且行得通的办法"①。由此可见，卞氏主张以中外诗歌格律为基础，寻求两者的相同相似之处，以此作为构建译作格律的基础。从中西格律诗的比较中发现两者的相通之处，以"相当的格律"表现西诗的格律形式。"相当"不同于"相等"，译作中的格律，既不是外国诗歌格律的简单套用，也不能沿袭我国传统诗歌中的格律，而是两者的交叉运用。运用"相当"格律的目的，在于"不仅使译文语言和原文更相称，而且更能以显明的节奏感传达出原诗的风味和语言内在的音乐性"②，使译文产生和原文相近的艺术效果。不过，对译者而言，这是一个充满困难的过程。"因为还没有大家所公认的新格律，当然只能是试用。"通过不断尝试，寻找中西诗歌格律的相似点，为诗歌翻译中的格律处理提供借鉴。对于一种诗歌体现中特有的格律形式，译者也不能放弃，而要本着再现美学价值的目的不断进行探索。卞之琳鼓励译者大胆开展这类探索，"有些外国诗体或者格式，例如有格律的'无韵体'，大致在我国诗歌创作里是不可能成立的，但是，如果只有采用了原诗的这种格式（例如'无韵体'）来翻译才能在我国语言里达到和原诗相当的效果，那么翻译里也就大可试用"③。无韵诗是不押韵但有格律的诗，一般每行包括抑扬格五音步、共十个音节，行数不限。无韵诗自16世纪初由萨里伯爵亨利·霍华德（Henry Howard）从意大利引入英国，后为马洛、莎士比亚、弥尔顿等人利用，在欧洲得到广泛使用。汉语作为一种声调语言，无法产生英语中的抑扬格五音步诗行，但译者可以发挥汉语诗歌的特点进行尝试。

值得注意的是，卞之琳对"自由体"译诗的批评及以"相当的格律"译诗的提倡，也不是绝对的。在他看来，无论自由体还是格律体，主要涉及诗歌的形式问题。诗歌作为一种艺术性作品，是形式与内容的高度统一。"以形致神，神形兼备"，译诗应尽可能传达原文形式与内容。不过，在鱼和熊掌不可兼得的条件下，我们不妨改变形式而以内容传达为要旨。无论以自由体还是格律体译诗，最终都以能否传达原文的艺术价值为标准。卞之琳对"自由体"译诗的批评，主要针对那些不经努力和尝试、对原诗格律进行简单处理的翻译。具体而言，一方面，在翻译格

---

① 卞之琳、叶水夫、袁可嘉、陈燊：《十年来的外国文学翻译和研究工作》，《文学评论》1959年第5期，第59页。

② 同上。

③ 同上。

律体诗歌时，译者应"尽可能使用相当的格律"进行翻译，谋求译诗从形式到内容忠于原文，取得与原文一致的艺术效果。但是，过分强调这一点也会把译者引入歧途，我们要"提防把外国格律诗译成了不相当的本国格律诗，特别是带了随本国格律体旧诗而来的陈腔滥调，叫读者一点也感受不到外国诗的本来气息"。另一方面，自由诗可以作为补充手段用于格律诗翻译。"用自由体来译格律诗也可以产生好译品。外国也有用这种办法而产生好译品的。"① 以我国古代诗歌集《诗经》英译为例，卞之琳认为，英国人理雅各（James Legge）的格律体译本，就"远不如"其同国人韦利（Arthur Wiley）的自由体译本"见长"。不过，为了使读者不致产生误解，译者以自由体翻译格律诗时，"最好附带注明原来形式怎样，是自由体还是格律体，格律是怎样"。总之，无论以何种形式翻译格律诗，最终翻译质量取决于译者"个人才能和语言艺术功夫的高低"："具有足够的语言修养才能用格律体译诗，而另一方面，不借助于适当的形式，相当的格律，而能在译诗中见长，更需要高度的语言艺术水平。"② 自由体译诗、格律体译诗的对立统一关系，体现了诗歌翻译的辩证思想。

卞之琳认为，新诗的格律问题，"关键是在以什么为一行诗的格律单位，以单字（即单音）为单位，还是以顿（或音组）为单位"③。围绕格律单位，早期诗人做了不少尝试，有成功也有失败。第一种主张即以单字为格律单位，由闻一多、朱湘、饶孟侃等人大力提倡。他们尝试写作格式工整的诗作，人称"方块诗"或"豆腐干诗"，如闻一多的《死水》、林庚的《秋雨》《孤夜闻笛》等。在卞之琳看来，这些诗作大多"不大成功"。而第二种主张即以"顿"为单位，正与"许多成功的诗句无意中暗合"④。这是就诗歌创作而言。那么，诗歌翻译的情形怎样呢？卞之琳对此进行了详细的论述。他以《苏联卫国战争诗选》的翻译为例，证明了第一种主张的不可行：第一，过去文言文以字为单位，而现代汉语以词为单位，以字为单位进行翻译行不通；第二，外国语言以元音为音缀，一个字可包括一个或几个音缀，而汉语中一个字只能对应一个音缀，中外文无法在音缀上匹

---

① 卞之琳、叶水夫、袁可嘉、陈燊：《十年来的外国文学翻译和研究工作》，《文学评论》1959 年第 5 期，第 60 页。
② 同上。
③ 同上。
④ 同上。

配；第三，即使形式上对应整齐，汉语诵读需要两三字连读，在停顿、听觉上无法与原作一致。因此，这种硬凑字数的表达习惯不符合我国语言习惯，注定是行不通的。① 而以"顿"为节奏单位，卞之琳则认为是可取的，因为这"既符合我国古典诗歌和民歌的传统，又适应现代口语的特点"。他还对比分析中外诗歌的节奏差异，以证明以"顿"为单位的可行性：汉语以方块字一字一音，但不是单音语言，通常二三字一顿，这与西方语言以音步为节奏单位不同。因此，格律体诗歌翻译应"用相当的顿数（音组数）抵音步而不拘字数"②，以此种形式再现原文的节奏。

在《〈英国诗选〉编译序》一文中，他进一步阐述了"以顿代步"的思想：

> 英语格律诗，每行算音步，按轻重音分抑扬格（最常用），扬抑格，抑抑扬格，扬抑抑格等；……我们用语体（现代白话）来翻译他们的格律诗，就不能像文言诗一样，像法文诗一样，讲音节（中文单字）数，只能像英文诗一样，讲"顿""拍"数或"音组"数（一音节一顿就不好说"音组"了），但是也不能像英文诗一样行行排一致的轻重音位置。这也就是相应。实际上，有韵（脚韵）英语格律诗，最常用的严格按固定轻重音位置安排的抑扬格，音节（中文单字）数也自然各行相等或相对称，像法语格律诗一样。另一方面，脚韵需押在重音上，抑抑扬格（本来少用）还可以全行贯彻，扬抑抑格（本来更少用）总不能贯彻始终。……这样一来，英语格律诗以音步为衡量单位，和我们试用不拘轻重音节位置的顿或音组或拍作为每行诗的衡量单位，不仅相应，而且相近了。③

因此，以顿代步，既可以使译文在韵式上与原文相应，更可以使其相近。卞之琳还分析了汉语的节奏特点，以证明"以顿代步"的可行性：

> 我们用汉语说话，最多场合是说出两三个单音字作一"顿"，少则可以到一个字（一字"顿"可以归附到上边或下边两个二字"顿"当

---

① 卞之琳、叶水夫、袁可嘉、陈燊：《十年来的外国文学翻译和研究工作》，《文学评论》1959 年第 5 期，第 61 页。

② 同上。

③ 卞之琳：《英国诗选》，商务印书馆 2005 年版，第 5 页。

中的一个而合成一个三字"顿"），多则可以到四个字（四字"顿"就必然有一个"的""了""吗"之类的收尾"虚字"，不然就自然会分成二二或一三或三一两个"顿"）。这是汉语的基本内在规律，客观规律。……所以用汉语白话写诗，基本格律因素，像我国旧体诗或民歌一样，和多数外国语格律诗类似，主要不在于脚韵的安排而在于这个"顿"或称"音组"的处理。①

汉语诗歌由"顿"构成"诗行"，由"诗行"构成诗"节"，由诗"节"进而构成完整的诗。因此，"顿"是汉语诗歌的自然节奏单位。"以顿代步"，正是以汉语的节奏单位替代外国格律诗的节奏单位，以显示诗歌"内在的像音乐一样的节拍和节奏。"② 以此为基础，他进一步探讨了押韵问题（如换韵、阴韵、交错押韵）、换行等问题，主张"把顿法放在格律上的决定性地位或者作为格律基础"③，认为"平仄关系在我们口语里并不如文言里那么重要"④。至于汉语中的脚韵，旧时虽有"无韵不成诗"之说，但"写白话新诗不用脚韵是否行得通，其实关系不大"⑤。

卞之琳的"以顿代步"思想，直接受到闻一多（音尺）、孙大雨（音组）、何其芳（音顿）等人思想的启发。早在 1922 年，闻一多写作《律诗底研究》长文，专辟一章探讨律诗的音节问题。受英诗格律的启发，他提出新诗的节奏单位应该是音尺，相当于传统诗歌中的"逗"。汉语"合逗而成句"，正如英诗"合尺而成行"。⑥ 他创造性地将音尺与字数相联系，以时长为音尺量度，使音尺建构不受声音轻重、长短、抑扬影响，这是对新诗节奏理论探索的重要贡献。不过，闻一多在提出"音尺"作为节奏单位的同时，也提出新诗字数上的限制。他在 1926 年发表的《诗的格律》一文中提出，格律的原质可从两方面分析：一是视觉方面，包括节的匀称、句的均齐；二是听觉方面，包括格式、音尺、平仄、韵脚等。前者构成"建筑的美"，后者构成"音乐的美"。以《死水》为例，"孩子们丨惊望着丨他的丨脸色丨，他也丨惊望着丨炭火的丨红光"，两

---

① 卞之琳：《雕虫纪历》（增订版），人民文学出版社 1984 年版，第 10—11 页。
② 同上书，第 10 页。
③ 卞之琳：《人与诗：忆旧说新》（增订本），安徽教育出版社 2007 年版，第 275 页。
④ 同上书，第 265—266 页。
⑤ 卞之琳：《雕虫纪历》（增订版），人民文学出版社 1984 年版，第 12 页。
⑥ 闻一多：《闻一多选集》（第一卷），四川文艺出版社 1987 年版，第 302 页。

句各包含两个三字尺和两个二字尺，音尺数、文字数总数相等。闻一多由此断定，音尺的规则排列使"音节一定铿锵，同时字数也就整齐了"，并欣喜地断言，以音尺为节奏单位是新诗发展的重大发现，"新诗不久定要走进一个新的建设的时期了"①。不过，"绝对的调和音节，字句必定整齐"，实际上以字数的齐整限制了诗歌表达，使其走向"方块诗""豆腐干诗"的方向。卞之琳批评这种格律方法，认为"行行都用一样的顿法，段段都用一样的顿法，……也会显得单调、呆板"②，要求在不破坏主要基调基础上有所变化。

　　1925 年，孙大雨开始探讨新诗"音组"问题。③ 所谓"音组"，是英文"metre"一词的汉译。孙大雨认为，这一术语意指"在时间上相等或近乎相等的单位的有规律的进行"④。时长相等或相似、有规则地出现，是"音组"的基本特征，也是区分韵文和散文的基本条件。音组"既非空无所有的一些时间片段的继续进行，亦不仅为多少截'音长'之接踵，也不只是语音的某种方式之配合，而是这三者的有计划的综合。不过三者中当推时间为最基本，'音长'为次要，配合法又次之"⑤。他还分析了"音组"和"节奏"之间的关系："音组"是韵文特有的，而节奏是一种普遍现象，存在于文学、艺术、生活等方方面面；"音组"是韵文中语音的进行时，是节奏之因，而节奏与音组相伴，如影随形，是音组产生的效果。孙大雨由观摩英诗入手，从汉语语言特点出发提出"音组"概念，以时长相似或相近、有规则的音节组合作为新诗节奏单位，以区别于西方拉丁语、希腊语、英语等语言中基于轻重音排列的"音步"。孙大雨的"音组"和闻一多的"音尺"十分接近，不过两者也有区别。孙大雨认同闻提出的各行节数整齐的要求，但不赞同各行字数统一、每一行具体包括"三个'二字尺'和一个'三字尺'"的要求。他批评闻本人提出的理论并未在其写作实践中贯彻，倒是流风所致，出现了类似朱湘诗作的"豆腐干诗"：为使各行字数相等，把虚字"的""在""里"等生硬地削去，"弄得断腰折臂，肢体残碎，

---

① 闻一多：《闻一多选集》（第一卷），四川文艺出版社 1987 年版，第 331—339 页。

② 卞之琳：《人与诗：忆旧说新》（增订本），安徽教育出版社 2007 年版，第 268—269 页。

③ 许霆：《论孙大雨对新诗"音组"说创立的贡献》，《文艺理论研究》2002 年第 3 期，第 25 页。

④ 孙大雨：《论音组——莎译导言之一》，海岸编《中西诗歌翻译百年论集》，上海外语教育出版社 2007 年版，第 82 页。

⑤ 同上书，第 83 页。

给人的印象非常不自然"。①

何其芳在总结古代五七言诗特点并借鉴西方诗歌基础上,提出以"音顿"为格律单位,要求现代格律诗"按照现代的口语写得每行的顿数有规律,每顿所占时间大致相等,而且有规律地押韵"②。顿数虽然多少不一,但各行应基本一致。何其芳还评价了闻一多的"音尺"思想,认为其带有形式主义倾向:要求每行字数整齐、重音数目相等,这是对外国诗歌的模仿,不符合中国语言的特点。显然,何其芳的"音顿"主张是对闻一多思想的继承和发展:他以顿数一致取代了闻一多等人主张的字数一致,并要求有规律地押韵。对新诗而言,在解放字数要求的同时,施加了音韵方面的束缚。《关于现代格律诗》一文的发表,引起了50年代的现代格律诗大讨论,朱光潜、王力、臧克家、林庚等人纷纷参加。卞之琳本人也撰写《谈诗歌的格律问题》一文参与讨论,表示自己大体上同意何其芳观点,但两人的出发点有所不同:"我不注重分现代格律诗和非现代格律诗,我注重分哼唱式(或者如何其芳同志所说的'类似歌咏'式)调子和说话式调子。"③"哼唱式"以两字顿收尾,韵脚响亮,节奏明显,适合唱出来;"说话式"以三字顿收尾,节奏柔和自然、变化多样,适合说出来,两者"都能做到有民族风格",都"可以有音乐性,语言内在的音乐性"。④"在新体白话诗里,一行如全用两个以上的三字'顿',节奏就急促;一行如全用二字'顿',节奏就徐缓,一行如用三、二字'顿'相间,节奏就从容。"⑤由此可见,卞之琳从音韵、节奏等方面思考"顿"的问题,而不是机械地从顿数、字数层面出发。

以顿为新诗的基本格律单位,并非要求每行顿数划一、完全一致。卞之琳认为,西方诗的格可以有所变化,汉语中的顿式排列也应有变化。据此,他提出"参差均衡律",并在《说"三"道"四":读余光中〈中西文学之比较〉,从西诗、旧诗谈到新诗律探索》《重探参差均衡律——汉语古今新旧体诗的声律通途》等文中详细论述。在卞之琳看来,白话新格律体诗不拘平仄,以顿的排列产生节奏。汉语诗一般以二三字一顿,

① 孙大雨:《诗歌底格律(续)》,《复旦学报》1957年第1期,第13页。
② 何其芳:《关于写诗和读诗》,作家出版社1956年版,第70页。
③ 卞之琳:《人与诗:忆旧说新》(增订本),安徽教育出版社2007年版,第277页。
④ 同上书,第266—267页。
⑤ 卞之琳:《自序》,卞之琳《雕虫纪历》(增订版),人民文学出版社1984年版,第13页。

但"在正常情况下，每行似乎也最好不用二二、二二或三三、三三或二三、二三或三二、三二，诸如此类，以避免单调呆板"①。这就要求二三字顿错落安排，相互调节，以适应诗情表达需要。除非诗人有意追求某种音韵效果，如"眼底下丨绿带子丨不断的丨抽过去，丨电杆木丨量日子丨一段段丨溜过去"（《还乡》），有意全用三音节"以求传达快速的感觉"；或如"像观察丨繁星的丨天文家丨离开了丨望远镜"（《归》），全用三音节"以求达到沉滞的效果"；或全用二音节以"达到凝重或悠扬之类的效果"，如"一筐丨又是丨一筐"（《动土问答》），② 但这毕竟只是少数。卞之琳主张二三字顿错落安排，相互调节，以适应诗情表达需要。在他看来，二字顿、三字顿两者所占时间一致，若交错使用，则产生音韵的快慢、紧疏变化，从而产生类似西诗中格的效果。以其所译《哈姆雷特》中莪菲丽娅发疯时的唱歌为例："明朝是丨伐伦汀丨节日，丨大家要丨早起身，丨看我啊丨到你的丨窗口，丨做你的丨意中人。"卞之琳认为，这样的译本二字顿、三字顿相间，"固定平稳，念起来也自有一种特殊效果"③。

卞之琳从前人或同时代诗人那里继承并发展了诗歌格律思想，提出"以顿代步"的翻译主张，既借鉴了西方诗歌格律方式，也考虑汉语的特点，具有较强的可行性。他在翻译西方诗歌、莎士比亚诗剧时，有意识地以汉语的"顿"代替原作中的"步"，取得了好的效果，对现代英诗汉译产生了广泛影响。在他之后，屠岸、杨德豫、殷宝书、吴兴华等人以此进行英诗汉译，余振、丁鲁等以此翻译俄苏诗，钱春绮将其应用于《荷马史诗》翻译，都取得了巨大成功。卞之琳对这些译者给予高度评价，认为他们采用"以顿代步"方法，"相应遵循原诗格律的音（metre）安排，不但无碍有利于他们译作的成功"，不少译作读来"真像原诗"。④

三　艺术效果的追求——亦步亦趋，相应伸缩

在《英国诗选》序言中，卞之琳指出：

---

① 卞之琳：《人与诗：忆旧说新》（增订本），安徽教育出版社 2007 年版，第 350 页。
② 同上书，第 351—352 页。
③ 同上书，第 354 页。
④ 同上书，第 371 页。

外国诗译成汉语，既要显得是外国诗，又要在中文里产生在外国所有的同样或相似效果，而且在中文里读得上口，叫人听得出来。难，确是难。但是，在外译中方面，我们叨光祖国语言的富于韧性、灵活性、有时还可以适当求助于不太陌生的文言词汇和句法，也可以自然引进一些不太违反我们的语言规律、语言纯洁性的外来词汇和句法（例如我们口头说话中实际也有的倒装句法）。我们译西方诗，亦步亦趋，也可以作一些与原诗同样有规律的相应伸缩。在大多数场合，我们只要多下点苦工，总可以办到。①

　　这段话至少包括以下几层含义：（1）诗歌翻译很难，需要译者"多下点苦工"，运用各种各样的办法克服翻译中的困难；（2）译诗既要"显得是外国诗"，即尽可能保留原诗的形式特征，也要在译入语种具有与原文"相同或相似的效果"；（3）译者可借助译入语的灵活表现形式，或适当引入源语种的某些表达，使"不可译"变得"可译"；（4）诗歌翻译，要在形式与内容上"亦步亦趋"，这是诗歌翻译的总体要求，但同时需要根据实际情况作"相应伸缩"。在两种语言表达方式发生冲突时，译者应充分发挥语言的柔韧性、灵活性特点，作相应的伸缩和调整，尽最大努力寻求两者之间的平衡。

　　英国浪漫主义诗人雪莱 1821 年写作《诗辨》（*A Defence of Poetry*）一文，宣称"诗歌翻译是徒劳（vanity）的。把诗人的创造物从一种语言传入另一种语言，正如将紫罗兰花投入化学坩埚，希冀以此发现紫罗兰颜色、气味的形成机理。植物必须从种子发芽开始，否则不会开花——这正是巴别塔遭受的诅咒"②。言外之意，诗歌是不可翻译的。雅各布森（Roman Jakobson）也认为，"诗是不可译的（untranslatable），只可能是创造性移植（creative transposition）"③。洪堡特也认为："诗的无可仿效特性——不只是那些原创性突出的作品——决定了其不可译。除了那些指示事物的表达方式外，一种语言中的词语几乎在另一种语言中找不到对应词，这一点人们多有提及，语言实验和日常经验也有证明。语言间只有

<hr />

① 卞之琳：《英国诗选》，商务印书馆 2005 年版，第 4—5 页。

② Shelley, Percy B., "A Defence of Poetry", Hutchins, Robert M., and Mortimer J. Adler, ed., *Critical Essays*, Toronto: Encyclopædia Britannica, Inc., Vol. 5, 1963, p. 220.

③ Jakobson, Roman, "On Linguistic Aspects of Translation", Lawrence Venuti, ed., *The Translation Studies Reader*, London & New York: Routledge, 2000, p. 118.

近义关系。"① 美国诗人佛罗斯特（Robert Frost）断言 "诗是翻译中失去的东西"（Poetry is what gets lost in translation），更是广为流传。本雅明则提出，可译性取决于两方面因素：一是是否有合格的译者，二是原作本身是否适合翻译，尤其是后者更重要。原作通过可译性与译作联系在一起，译作不是原作的生命，而是原作的来世（afterlife），是原作生命的延续。他从纯语言的角度探讨了翻译问题，认为纯语言是各种语言的终极本质，是 "具有非表达性和独创性的言语"（the expressionless and creative Word），而翻译是通向纯语言的必经之路。"译者的任务就是利用自己的语言，将纯语言从另一种语言的魔咒中释放出来，通过自己的再创造（re‑creation）将囚禁在作品中的语言解放出来。"② 因此，翻译作为指涉对象具有可译性，而作为指涉方式具有不可译性。德里达在《巴别塔之旅》一文中，从考察 "巴别塔"（Babel）的语源、语义入手，指出了翻译的悖论：上帝 "把翻译工作强加于人类却又同时禁止人类翻译"③，既昭示了翻译的必要性，又指出了绝对意义上的翻译不存在，与本雅明遥相呼应。王以铸认为 "诗这种东西是不能译的……诗歌的神韵、意境或说得通俗些，它的味道（Flavor），即诗之所以为诗的东西，在很大程度上有机地溶化在诗人写诗时使用的语言之中，这是无法通过另一种语言（或方言）来表达的"④。金岳霖也认为，"差不多诗是不能翻译的。……用本国文去传达本国诗底意境已经是不容易的事，何况用别种文字去表示它"⑤。朱光潜断言，"有些文学作品根本不可翻译，尤其是诗"⑥。由此可见，无论中外译家论及诗歌翻译时，大都感叹任务之艰难。在卞之琳看来，诗歌翻译固然 "难，确是难"，但只要译者肯下 "苦工"，反复琢磨，并充分挖掘源语、译入语的资源，诗歌翻译总是可以成功的。他评价 "五四" 以来诗歌翻译的成就，认为 "这些译诗艺术实践

① Robinson, Douglas, *Western Translation Theory*: *From Herodotus to Nietzsche*, London & New York: Routledge, 2002, p. 239.

② Benjamin, Walter, "The Task of the Translator", Lawrence Venuti ed., *The Translation Studies Reader*, London & New York: Routledge, 2000, p. 22.

③ ［法］雅克·德里达：《巴别塔之旅》，陈浪译，谢天振《当代西方翻译理论导读》，南开大学出版社 2008 年版，第 341 页。

④ 王以铸：《论诗之不可译》，罗新璋编《翻译论集》，商务印书馆 1984 年版，第 874 页。

⑤ 金岳霖：《论翻译》，罗新璋编《翻译论集》，商务印书馆 1984 年版，第 467—468 页。

⑥ 朱光潜：《谈翻译》，罗新璋编《翻译论集》，商务印书馆 1984 年版，第 448 页。

与理论的成就当然是出于逐步的功夫磨炼和长期的经验积累"①。这不仅是对译诗艺术的总结，也是对他本人翻译实践的总结。

对原文形式的保留，是卞之琳诗歌翻译思想的重要内容。这种对语言形式的保留，正体现了其对原作语言艺术价值的追求，与其"信、似、译"的艺术性翻译观一致。与其他文体相比，诗更侧重语言的表现形式。正如美国翻译理论家奈达所言，"与散文相比，诗显然更注重形式方面。诗歌翻译中，内容方面的牺牲不是必需的，恰恰其内容通过特定的形式表现出来。一般而言，翻译中很难兼顾内容和形式，故而一般存其内容而舍弃形式。不过，若将一首诗译成散文，译文便与原文不对等。这样的译文，固然可以再现原文的概念意义，但远不能再现原文的浓烈情感和韵味"②。诗的形式，与诗的内容不可分割。不过，由于不同语言之间的诸多差异，译者在翻译中有时难以保留原文语言形式，这时译者就需要根据语言表达需要，在"亦步亦趋"基础上作"相应伸缩"，以避免因形损义。这些体现了卞之琳的诗歌翻译思想的辩证特性。

第二节　卞之琳的诗歌翻译实践

理论来自实践，反之又指导实践。卞之琳的诗歌翻译理论正来自翻译实践。他曾指出："译诗的理论应该是产生于译诗的实践，否则就会是连篇空话或满纸胡言。"③ 这些自实践总结出来的翻译理论，又不断接受翻译实践的检验，并在此过程中反复验证和完善。结合其翻译实践，我们可以发现，卞之琳在不断探索诗歌翻译理论同时，也一以贯之地在其实践中加以应用，其翻译实践与理论探索是紧密相连的。

一　格律有致，节奏有序

卞之琳主张诗歌翻译努力保持原诗的面貌。原诗若为自由体，译

---

① 卞之琳：《人与诗：忆旧说新》（增订本），安徽教育出版社 2007 年版，第 337 页。

② Nida, Eugene, "Principles of Correspondence", Lawrence Venuti ed., *The Translation Studies Reader*, London & New York：Routledge, 2000, p. 127.

③ 卞之琳：《英国诗选》，商务印书馆 2005 年版，第 1 页。

诗应采用自由体；原诗若有格律，译诗应采用相同或相似的韵式，而在节奏上则"以顿代步"以达到相应。这种从形式（包括韵式、韵律）到内容的全面忠实，正是其"信、似、译"艺术性翻译思想的重要体现。

以下译英国诗人布莱克（William Blake，1757—1827）名作《老虎》（*The Tiger*）为例，篇幅所限，仅引第一节，并附郭沫若译文对照：

原文：	卞之琳译文：	郭沫若译文：
‖Tíger! ｜Tíger! ｜búrnǐng ｜bríght	老虎!｜老虎!｜火一样｜辉煌，	老虎!｜老虎!｜黑夜的｜森林中
ín thě ｜fórěsts ｜óf thě ｜níght,	烧穿了｜黑夜的｜森林｜和｜草莽，	燃烧着的｜煌煌的｜火光，
Whát ǐm｜mórtǎl｜hánd ǒr｜léye	什么样｜非凡的｜手和｜眼睛	是怎样的｜神手｜或｜天眼
Cóuld frǎme ｜thy féar ｜fǔlsym｜mětry?①	能塑造｜你一身｜惊人｜的匀称?②	造出了｜你这样的｜威武｜堂堂?③

原诗出自布莱克诗集《经验之歌》，讴歌了老虎的形体和力量，表现了对自由、民主的向往。诗人以象征手法，将老虎比作摧毁一切黑暗的火焰，其体型上的匀称（symmetry）代表造物主的完美创造。就语言表达而言，诗的开头一行连用两个"Tiger"，并标以感叹号，是对老虎——森林之王的召唤和讴歌；"What"一句以"问而不答"的修辞句，使读者联想至造物主上帝或其对手撒旦，增添了作品的哲理内涵和神秘气氛，使诗歌意境深远。诗歌节奏感强，每一行包含四个音步，主要为扬抑格，重音伴以轻音，最后一个重音节无轻音相伴但仍作一拍，第四行的音步与其他不同，但仍包括四音步。这样，诗歌整体节奏排列整齐，重一轻音步排列有序，使诗句读来铿锵有力，与诗的主题相映衬。整诗两行一韵，但第一节除外。同时诗人运用头韵、内韵等韵法，如"burning bright""frame thy fearful"，以读音上的对称对应老虎体型上的对称，强化老虎的象征意义。卞之琳以其"艺术性翻译"观为指导，依照原诗的

① 卞之琳:《英国诗选》,商务印书馆2005年版,第102页。
② 同上书,第103页。
③ 人民文学出版社编辑部:《外国抒情诗》,人民文学出版社1995年版,第74页。

节奏、韵律特点，以汉语中的"顿"替代原文的"音步"，每行四"顿"，每顿二三字，结构整齐，节奏感强。对比之下，郭沫若的译文若以"顿"划分则明显凌乱，行与行之间顿数不一。卞之琳将"burning bright"译为"辉煌"，传达了原文的头韵艺术效果，郭译本为文字重复的"煌煌"，不如卞译节奏明快。《老虎》一诗在国内有多种译本，除前引两个译本外，还有徐志摩、张炽恒、宋雪亭、飞白等多个译本。不过，卞之琳"以顿代步"的译法，比徐志摩、郭沫若等早期译本更能传达原文的音韵效果。赵萝蕤曾对比分析徐译本和卞译本，认为卞"力主照原诗的音步与抑扬、扬抑等样式来要求自己，取得了极大的成功"①。不过，卞之琳对音顿排列的过分关注，使其译文表达受到一定限制。如译文中"烧穿了"一语过于口语化，与后面的"森林和草莽"搭配也欠妥，而郭沫若译本中的"燃烧着的煌煌的火光"表达更流畅、自然。卞译"能塑造你一身惊人的匀称"一句，表达方式也欠流畅。

卞之琳翻译的《英国诗选》，在正文后专有"附注"，较详细地介绍所译诗歌写作、出版情况，以及原诗的节奏韵律安排、译诗的处理方法等，为我们了解卞之琳的翻译策略提供了便利。这也正印证了卞氏的译诗主张："我一直主张文学翻译不但要忠于内容，而且要忠于形式。诗译了要注明原诗是什么形式（是自由诗，是格律诗，用什么样的格律），特别是在译不出原诗形式的场合。这样才有利于正确认识而借鉴外国诗，适当接受它们的影响，和继承我国旧诗的好传统与发扬我国民歌的好榜样，结合在一起，来发展我们的新诗。"② 这样的安排，使译诗不仅传达原诗内容，也尽可能帮助读者了解原诗的形式，获得对原诗最大限度的认知，对促进中外文学交流、新诗的发展都有益处。通读"附注"不难发现，"顿数相应""照原样押韵"几乎是他对所有译诗的要求，如他翻译莎士比亚《如果我活过了心满意足的一生》时，"译文以不拘轻重音位置的顿或音组数相同配合原音步，照原式押韵"；译《李尔王》第三幕第四场"赤裸裸的可怜虫，不管你们在哪里"时，"原诗为抑扬格五音步，白体诗，译文以五顿或音组相应（'赤裸裸的 | 可怜虫，| 不管 | 你们 | 在哪儿'）也不押韵。"③ 凡此种种，不一而足。由此可见其对"格律译

① 赵萝蕤：《读书生活散札》，南京师范大学出版社 2009 年版，第 238 页。
② 卞之琳：《人与诗：忆旧说新》（增订本），安徽教育出版社 2007 年版，第 336 页。
③ 卞之琳：《英国诗选》，商务印书馆 2005 年版，第 220 页。

诗"以顿代步"翻译思想的践行。

　　不过，卞之琳在践行"格律译诗"等思想时，并不机械地照搬照套原文的形式，必要时往往结合汉语特点作出灵活的调整，即"有规律地相应伸缩"，使译文在中、外语言之间达至平衡。以其译诗《为什么这样子苍白，憔悴，痴心汉》（*Why So Pale and Wan，Fond Lover*）为例，限于篇幅，仅引前两节：

Why sǒ | pále ǎnd | wán, fǒnd | lóvěr?	为什么 | 这样子 | 苍白，| 憔悴，| 痴心汉？
Príthěe，| why sǒ | pále?	请问，| 为什么 | 这样子 | 苍白？
Wíll, whěn | lóokǐng | wéll cǎn't | móve hěr,	红光 | 满面 | 既不能 | 叫她 | 心转，
Lóokǐng | íll prě | váil?	难道 | 哭丧脸 | 就换得 | 回来？
Príthěe，| why sǒ | pále?	为什么 | 这样子 | 苍白？
Why sǒ | dúll ǎnd | múte, yǒung | sínněr?	为什么 | 这样子 | 发呆，| 发愣，| 小伙子？
Príthěe，| why sǒ | pále?	请问，| 为什么 | 这样子 | 发愣？
Wíll, whěn | spéakǐng | wéll cǎn't | wín hěr,	漂亮话 | 尚且 | 嵌不进 | 她的 | 心模子，
Sáyǐng | nóthǐng | dó't?	难道 | 装哑巴 | 反而 | 会成？
Príthěe，| why sǒ | múte?①	为什么 | 这样子 | 发愣？②

　　原文选自骑士诗人约翰·萨克令（John Suckling，1609—1642）的悲剧《阿格劳拉》（*Aglaura*）。诗中主人公在友人陷入相思不得解脱的情况下，以挪揄调侃的语气奉劝友人忘记相思对象，语言轻松自然、干净利落，表现了其玩世不恭的人生态度。原剧早已被人遗忘，而这首诗闻名于世，长期为人传诵，并被萨克令同时代作曲家威廉·劳斯（William

---

① 卞之琳：《英国诗选》，商务印书馆 2005 年版，第 56 页。
② 同上书，第 57 页。

Lawes，1602—1645）谱为乐曲。从节奏上看，所选两节为扬抑格，第一、三行为四音步，第二、四、五行为三音步，即4—3—4—3—3音步排列。扬抑格的使用，加之每节四个反问句的安排，使诗句高亢，错落有致，节奏有序，体现了诗中主人公对友人相思病的质疑。译文"以顿代步"，每节前四行较原诗每行多出一步（第一、三行为五顿，第二、四、五行为四顿），第五行同原诗一致，即5—4—5—4—3顿。每节前四行较原文多出一顿，这是卞之琳根据汉语语言表达特点而作出的调整，译文读来依然流畅自然。从韵律上看，原诗每节脚韵结构为a—b—a—b—b，译文"照此安排……基本上相应"①。由此可见，卞之琳在诗歌翻译中在"以顿代步"基础上，根据译入语表达习惯做了"有规律地相应伸缩"，使译文依然地道、流畅自然。译文中"为什么""这样子""叫她""小伙子""漂亮话""心模子""装哑巴"等口语的使用，符合原文语言风格，也使译文朗朗上口、风趣自然。

卞之琳从中西语言差异入手，提出译诗中的"格律译诗""以顿代步"，不拘泥于字数而主张顿数相近，这是适合诗歌翻译实践的。这一主张，既避免了将外国诗歌译为散文，从而失去诗歌的美学形式和价值，又避免了以字数相等"方块诗""豆腐干"来翻译，使译文在内容与形式全面忠实于原文基础上，又具有很强的可读性。卞之琳从理论到实践都论证了这一主张的可行性、科学性，对外国诗歌翻译做出了巨大贡献。

然而，对原文、译文之间形式对等的追求，有时也会影响对意义的传达。卞之琳曾翻译英国诗人奥登的《战时在中国作》（*In Time of War*）组诗，发表于桂林《明日文艺》杂志。在为译诗所写的"前记"中，他谈了原诗的格律及自己的处理方式：

> 这样简练的规律诗当然非常难译，有时实在不能译，若依照译者向来所自定的翻译标准——，不但忠于内容，而且要忠于形式；现在勉强译在这里，还不是定稿，所以决定了把原文附在这里，让读者自行参阅。

> 原诗大都是不很严格的十四行体。第一首的脚韵排列，原为xaxb，xaxb（x为无脚韵，以后同此），cdc，ede（最后这三韵都是用的近似

---

① 卞之琳：《英国诗选》，商务印书馆2005年版，第223页。

韵，非正规韵，little 与 cattle，earth 与 truth，simple 与 example，以后常有这种情形），译诗中排列为：xaxa，xbxb，cde，cde（其中也有非正规韵，而只是通韵的，以后先常有这种情形）。第二首：原为 abab，cddc，eff，eef，译诗为 abab，cdcd，efe，fgg。第三首：原为 abab，cd-cd，efg，efg，译诗为 abab，cdcd，efe，fgg。第四首：原为 abba，cd-dc，efe，fef，译诗为 abab，cdcd，efe，gfg。第五首：原为 abab，cdcd，cfg，efg，译诗为（x）a（x）a（一三行末字仅为双声），dccd，efe，fgg。第六首：原为 abab，cdcd，efe，gfg，译诗为 aabb，ccdd，eef，gfg。以上各种脚韵排列，具为十四行体所容许者，除了不押韵的两处，以及最后一首译诗的前八行，那是十四行体的大忌。音节上原诗大致都是五音步抑扬格（例外也很多），第一首第九行则仅得两音步，第十行三音步。译诗中大致为五音组，例如：

他停留 | 在那里： | 也就被 | 监禁在 | 所有中 |
季节 | 把守在 | 他的 | 路口， | 像卫士 |

亦有为通首用六音步者，例如：

他们在 | 受苦 | ；这就是 | 他们 | 所做的 | 一切： |
一条 | 绷带 | 掩住了 | 每个人 | 生活的 | 所在 | ①

　　奥登的十四行体，是不太严格的十四行体，表现在部分诗行音节数参差不齐，也有些诗行不押韵。奥登关心国内外大事，善于用现代手法写现代内容。受弗洛伊德心理分析影响，他的诗作艰深、含蓄，多抽象、人格化的词汇（如"岁月的监狱""心灵的一片沙漠"），带有爽朗的现代气息。翻译奥登的这些诗，是极富挑战性的任务。正如张曼仪所言，奥登"创作的态度简直就是故意跟译者过不去，难怪他有些作品几乎是不可译的。"②再依照卞之琳提出"以诗译诗，格律译诗""以顿代步"等主张进行翻译，这种挑战性无疑更大。由卞之琳的分析可以看出，他的译诗总体上对原诗亦步亦趋，较好地保留了原诗的形式特征。对形式对应的过分追求，难免影响内容的传达，卞之琳也意识到了这一点。他对自己的翻译不太满意，

　① 卞之琳：《战时在中国作·前记》，《明日文艺》1943 年第 2 期，第 2—3 页。
　② 张曼仪：《卞之琳著译研究》，香港大学中文系 1989 年版，第 125 页。

因而自称"勉强"译完，译本"还不是定稿"，并破天荒附上英文原诗以资参考。以所译组诗第一首第一节为例：

原文：	译文：
He stayed: and was imprisoned in possession.	他停留/在那里：/也就被/监禁在/所有中。
The seasons stood like guards about his ways,	季节/把守在/他的/路口，/像卫士；
The mountains chose the mother of his children	山岳/挑选了/他的/子女的/母亲，
And like a conscience the sun ruled his days. ①	像良心，/太阳/统治着/他的/日子。②

原诗大体为十四行诗常用的五音步抑扬格，译诗也以五个音组（五顿）相对应。原诗第二、四行押韵，第一、三行不押韵，译诗同样如此安排。原文、译文不仅格律相应，语法结构也十分相近。如被动式"was imprisoned"被译为汉语中的被动式"被监禁"，介词短语"in possession"被译为相似的结构"在所有中"，"like a conscience"被译为"像良心"，这些都体现了卞之琳的良苦用心。张曼仪对译文中"停留""所有"两个词作过精辟分析："从表面上看，卞译'停留'的'停'和'留'正好分别涵摄'stay'的两义：（1）of an action, activity, process, etc: To be arrested, to stop at a certain point, not to go forward，（2）to remain，但中国读者看到'他停留在那里'产生的意念，就跟诗人要表达的'他（农民）'生于斯、长于斯的意思有所出入。……'possession'译成'所有'，词义上也没有错，因原诗说农民与大地结了不解之缘，山川土地为他'所有'，他也为山川土地'所有'，但读者念到'也就被监禁在所有中'，恐怕大多感到茫然。"最后得出结论：这种对形式对应的过分注重，导致"整体的意思却反而消失了"③。查良铮将此四行译为"他留下来，于是被囚禁于'占有'中。//四季像卫兵一样守卫他的习性，//山峰为他选择他孩子的母亲，//

① W. H. Auden, *Selected Poems*, New York：Vintage Books，1979，p. 66.
② ［英］W. H. 奥登：《战时在中国作》（第一首），卞之琳译，《明日文艺》1943 年第 2 期。
③ 张曼仪：《卞之琳著译研究》，香港大学中文系 1989 年版，第 125—126 页。

象一颗良心，太阳统治着他的日程。"① 两相比较，查译"像卫兵一样守卫"比卞译"把守在……像卫士"更加精简、流畅、自然，"为他选择他孩子的母亲"也比"挑选了他的子女的母亲"简洁明了。最后一行中"his days"一词，卞译为"日子"，以与第二行构成尾韵。不过，相较之下，查译以"日程"之被太阳控制，更好地体现了"他"的农事生产、日常生活乃至命运都受制于外界，描绘了旧时农民的贫困、颠沛流离的生活，揭示了他们无法掌握自己命运的悲惨处境，能更好地与第一行相互呼应。

二 字斟句酌，务求练达

如前所述，卞之琳的诗歌翻译并非一蹴而就，而是贯穿了其学习生涯（中学到大学）和整个创作生涯。在这一过程中，卞之琳反复"磨炼"、不断下"苦工"，使其译诗技艺不断提高、臻于至善。

以其所译《英国人民歌》（*Song to the Men of England*）为例。原诗为英国浪漫主义巨匠雪莱所作。雪莱在短暂的一生中追求自由、反抗暴力，鼓舞人们奋起战斗，追求美好的未来生活，被马克思誉为"彻底的革命者"。1819 年，英国曼彻斯特发生了屠杀示威工人的"彼得卢事件"，雪莱闻讯后悲愤不已，撰写了《英国人民歌》等政治抒情诗，揭发反动统治者的残酷本质，号召人民觉醒和起来反抗。限于篇幅，仅引该诗前三节，并以梁真译本作为对照：

原文：	卞之琳译：	梁真译：
Men of England, wherefore plough	英国的人民，为什么犁地	英国人民呵，何必为地主而耕？
For the lords who lay ye low?	报答老爷们踩你们成泥？	他们一直把你们当作贱种！
Wherefore weave with toil and care	为什么辛勤劳苦去织布，	何必为你们的昏暴的君王
The rich robes your tyrants wear?	让那些恶霸穿华丽衣服？	辛勤地纺织他豪富的衣裳？
Wherefore feed and clothe and save	为什么你们从摇篮到坟冢	何必把那些忘恩负义的懒虫

---

① 查良铮：《英国现代诗选》，湖南人民出版社 1985 年版，第 109—110 页。

From the cradle to the grave	尽供给和保养那许多雄蜂？	从摇篮到坟墓都好好供奉？
Those ungrateful drones who would	他们不感激，还非常坚决，	吃饭，穿衣，救命，一古脑儿承担，
Drain your sweat—nay, drink your blood?①	要喝干你们的汗——再加血。②	而他们却要榨尽你们的血汗！③

　　这段诗歌生动地描绘了英国社会现实：普通劳动人民社会地位低下，劳碌一生却过着食不果腹、衣不蔽体的生活；统治阶级依靠他们掌握的国家机器，肆意掠夺人民的劳动成果，过着花天酒地的生活，并以残酷手段压制人民的正当诉求。总体上看，两个译本都较好地传达了原文的思想内容。不过，就选词用字而言，卞译本更胜一筹。如卞译本第一节中"踩你们成泥"，对应原诗中的"lay ye low"，保存了原作的形象，较梁译本"把你们当作贱种"更加贴切；第一节第四行中"tyrants"，卞译为"恶霸"，梁译为"昏暴的君王"，卞译更简洁，且"恶霸"意指包括君王在内的整个统治阶级，正是他们站在人民的对立面，梁译本则仅指英国君王。梁译本"何必为你们的昏暴的君王//辛勤地纺织他豪富的衣裳？"一句，连用三个"的"字，显得拖泥带水，翻译腔十足，不符合汉语表达习惯。卞之琳曾批评过此类翻译中的"的的不休"问题："汉语'的'和英语of、法语de，作用一样，但是所连接的前后两词或词组，只有倒过来译才不反原意。"如果译者套用原文表达方式，在汉语里"用一连串的'的'"，"既不符合中国话的表达习惯，也不收西方话的自然效果。"④ 卞将此句译为"为什么|辛勤|劳苦|去织布，|让那些|恶霸|穿华丽|衣服？"每行十字四顿，结构整齐，抑扬顿挫，对麻木、甘于受压迫的穷苦人民提出质疑。第二节中，"From the cradle to the grave"应为修饰"Men of England"和"feed and clothe and save"，意指普通劳动人民自出生至死亡劳碌一生。梁译本为"把那些忘恩负义的懒虫//从摇篮到坟墓都好好供奉？"显然译者对语言结构理

　　① 卞之琳：《英国诗选》，商务印书馆2005年版，第156页。
　　② 同上书，第157页。
　　③ ［英］雪莱：《给英国人民的歌》，梁真译，湖南省外国文学研究会编《外国诗歌选》，湖南文艺出版社1986年版，第67—68页。
　　④ 卞之琳：《人与诗：忆旧说新》（增订本），安徽教育出版社2007年版，第360页。

解有误，变成了供奉统治者的一生。而卞氏对此句的翻译，则"把修饰与被修饰的关系摆正了"①。"from the cradle to the grave"，卞译为"从摇篮到坟冢"，梁译为"从摇篮到坟墓"，"坟冢"比"坟墓"更书面化，更适合诗歌文体。"Drain your sweat—nay, drink your blood?"一句，以"drain…，drink…"并列结构突出了统治者的残酷压榨。梁译为"要榨尽你们的血汗"，内容上固然忠实于原文，但两个短语合并在一起，未能强调和突出统治者的压榨行为，语气平淡；卞译为"喝干你们的汗——再加血"，以破折号及"再加"一词，突出了统治者的肆虐本性，语气强烈，且"喝干"这一具体动作生动地描绘了统治者的残暴行为，比"压榨"一词在视觉上更鲜明。

卞之琳认为，"把外国文学作品译成中文，如果对语言有相当精微的感觉力，就会注意到怎样从各方面都忠于原著，由此而适当增加祖国语言的丰富性，同时适当保持祖国语言的纯洁性"②。他的翻译实践正是对这句话的很好阐释。凭借诗人独有的"相当精微的感觉"，他在翻译中仔细推敲原文的诗思和诗情，并充分发掘汉语语言资源进行表达。成仿吾结合自身翻译经验指出："译诗并不是不可能的事。即以我的些小的经验而论，最初看了似乎不易翻译的诗，经过几番的推敲，也能完全译出。所以译诗只看能力与努力如何，能用一国文字作出来的东西，总可以取一种方法译成别一国的文字。"③ 由此可见诗歌翻译中"苦工"的重要性。在对比卞之琳诗歌译本和其他译本后，袁锦翔评价卞译"字斟句酌，务求练达"④，诚哉斯言！

三　文体相应，华实相当

卞之琳认为，诗歌翻译作为一种独特的"艺术性翻译"，要求译文从内容到形式全面忠实原文。诗歌翻译中的形式，既包括诗行、节奏、韵律等结构形式、音韵形式，也包括语言文体风格在内。"一个民族有一个民族的气派，一个时代有一个时代的风气，一个作家有一个作家的风格，就是一篇作品也自有一篇作品的格调以至节奏，不限于韵文、诗。"⑤ "不限于韵

---

① 袁锦翔：《名家翻译研究与赏析》，湖北教育出版社 1990 年版，第 322 页。

② 卞之琳：《人与诗：忆旧说新》（增订本），安徽教育出版社 2007 年版，第 363 页。

③ 成仿吾：《论译诗》，载罗新璋编《翻译论集》，商务印书馆 1984 年版，第 384 页。

④ 袁锦翔：《名家翻译研究与赏析》，湖北教育出版社 1990 年版，第 322 页。

⑤ 卞之琳：《人与诗：忆旧说新》（增订本），安徽教育出版社 2007 年版，第 359 页。

文、诗”，当然包括韵文、诗在内。每一位诗人、每一篇诗作都有其特有的风格，风格既通过具体的语言文字表现出来，又不限于具体的语言文字。有责任心的译者自会仔细阅读、分析原文，细细体会原文的语言风格，并通过自己的笔触在译文中再现原作风格（而不完全是译者个人的写作风格）。风格上的相似或相近，正是广义之"信"的重要内容，也是"艺术性翻译"的重要组成。在《翻译对于中国现代诗的功过》一文中，卞诗批评了郭沫若的晚年译诗。郭沫若曾翻译 16 世纪英国诗人纳什（Thomas Nash）的《春》（*Spring*）一诗。该诗第一句"Spring, sweet spring is the year's pleasant king"，郭译为"春，甘美之春，一年之中的尧舜"，以中国古代帝王"尧舜"译原文无特殊文化色彩的"king"。卞之琳认为，郭沫若以"译诗得像诗"之名，实际是不顾原文的风格，以中国传统诗歌替代外国诗歌。此类译文"求民族化以至达到了十足庸俗化"，"据此译外国诗，自然容易走样、失真、误人借鉴"。①

以卞之琳翻译的《顿肯·格雷》（*Duncan Gray*）前两节为例：

原文：	卞之琳译文：
Duncan Gray came here to woo,	顿肯·格雷来这里求婚，
Ha, ha, the wooing o't,	（哈，哈，求得多妙啊！）
On blythe Yule – night when we were fou,	正逢圣诞夜，大家都醉醺醺，
Ha, ha, the wooing o't:	（哈，哈，求得多妙啊！）
Maggie coost her head fu high,	麦琪只把头直挺挺一抬，
Look'd asklent and unco skeigh,	全然是不屑一顾的神态，
Gart poor Duncan stand abeigh;	可怜的顿肯好不自在；
Ha, ha, the wooing o't.	（哈，哈，求得多妙啊！）
Duncan fleech'd, and Duncan pray'd;	顿肯哀求，顿肯说好话；
Ha, ha, the wooing o't,	（哈，哈，求得多妙啊！）
Meg was deaf as Ailsa Craig,	麦格像顽石，尽装聋作哑，
Ha, ha, the wooing o't:	（哈，哈，求得多妙啊！）
Duncan sigh'd baith out and in,	顿肯叹着气，进进出出，

---

① 卞之琳：《人与诗：忆旧说新》（增订本），安徽教育出版社 2007 年版，第 367 页。

Grat his een baith bleer't and blin',

Spak o'lowpin o'er a linn!

Ha，ha the wooing o't!①

哭得眼睛都迷迷糊糊，

说是没法子，要去跳瀑布；

（哈，哈，求得多妙啊！）②

原诗作于 1792 年，作者为苏格兰著名农民诗人罗伯特·彭斯（Robert Burns，1759—1796，卞译为罗伯特·布恩士）。这首诗生动形象地描写了男主人公顿肯·格雷向女主人公麦琪求婚的过程，表现了贫穷而乐观的苏格兰人民的日常生活。就语言风格而言，原诗采用苏格兰口头方言，语言质朴自然、幽默诙谐、地道流畅。该诗富于音乐性特征，曾被谱为乐曲"Weary fa' you，Duncan Gray"，广为传唱。所选两节生动地表现了善良、憨厚的顿肯·格雷求婚时的惴惴不安心理，以及麦琪故意作弄、考验男主人公的顽皮心态。为传达原文的文体风格，卞之琳采用大量汉语口头表达方式进行翻译，如将"fou"译为"醉醺醺"，流畅自然；"只把头直挺挺一抬""像顽石，尽装聋作哑"等句，生动地表现了少女麦琪故意作弄人时的顽皮；"说好话""叹着气，进进出出""哭得眼睛都迷迷糊糊""说是没法做，要去跳瀑布"等，以生动的语言表达形式，惟妙惟肖地再现了顿肯·格雷真挚的情感和憨厚的性格，译文风格与原文一致。原文中一再出现的插入句"Ha，ha，the wooing o't"，以活泼的语气表现了诗人对他们恋情的肯定，卞译为"哈，哈，求得多妙啊！"生动形象，活灵活现，符合原诗乐观、调侃的气氛。总体上看，译文采用与原文风格一致的表达方式，再现了原文的风格，读来地道流畅、质朴自然。

四　意象鲜明，生动形象

意象是诗歌翻译的重要内容。艾布拉姆斯认为，"该术语是文艺评论中最常见而意义又最为广泛的术语之一"③。对于意象，中外有许多定义。汉语中"意象"一词，最早见于《周易·系辞》，有"观物取象""圣人立象以尽意"之言④，这里的"象"主要指卦象。三国时期王弼《周易略例·

① 卞之琳：《英国诗选》，商务印书馆 2005 年版，第 106 页。

② 同上书，第 107 页。

③ ［美］M. H. 艾布拉姆斯：《文学术语词典（中英对照）》，吴松江等译，北京大学出版社 2009 年版，第 243 页。

④ 朱熹注：《周易本义》，中国书店 1985 年版，第 63 页。

明象》："夫象者，出意者也""言者所以明象，得象而忘言；象者所以存意，得意而忘象"，① 阐明了"象""言""意"三者的关系，即"言"无法传达全部之"意"，有赖于"象"作为传递手段。刘勰《文心雕龙》有"独照之匠，窥意象而运斤"②，将"意""象"并置，以示"意中之象"，即客观事物在头脑中产生的形象。由此可见，古人讨论意象问题时，将意象视为外界对象与人的主观感知的统一，通过语言符号表达出来，成为人们表达思想、与世界交流的方式。朱光潜在《诗论》中也专门讨论了意象问题，认为诗的"境界"包括情趣（feeling）和意象（image）两个要素，是"意象与情趣的契合"。③ 如陶渊明"悠然见南山"，杜甫"造化钟神秀，阴阳割昏晓"，表面上看都是写山，由于诗人情趣不同因而意境也不同。显然，朱光潜对"意象"的理解，受到西方美学思想尤其是克罗齐"直觉"论的影响。苏珊·朗格认为，意象是一种情感符号，"当现实的事件进入诗的轨道之中的时候，便变成了诗的题材或材料……这是一种创造的幻象或表现性的形式，其中包含的每一个成分都是为了加强它的符号性表现——对生命、情感和意识的符号性表现——而存在的"④。意象被视为一种情感表征符号，用以传达生命的感知和体验。综上所述，我们可以大致确定意象的内容："意"即人的主观感受，"象"包括外界客观事物（物象）和人的思想情感，"意象"包括"意中之象""象中之意"，共同建构诗歌的"意境"。

汉学家韦利在翻译中国古诗时，十分看重意象（imagery）的传达，视意象为"诗歌的灵魂"（the soul of poetry），因而翻译中"既避免添加自己的意象也避免埋没原有的意象"⑤。对意象的忠实传达，正是传达诗歌内容和情趣的重要环节。

作为一名诗人翻译家，卞之琳十分重视诗歌翻译中意象的传达，通过忠实而生动的意象重新构筑诗的意境。以其翻译莎士比亚十四行诗第 65 首为例，限于篇幅仅引前八行：

① 王弼：《周易略例·明象》，罗可群、伍方斐《中外文化名著选读》（上），广东高等教育出版社 1996 年版，第 171—172 页。

② 刘勰：《文心雕龙》，岳麓书社 2004 年版，第 249 页。

③ 朱光潜：《诗论》，生活·读书·新知三联书店 1984 年版，第 50—51 页。

④ ［美］苏珊·朗格：《艺术问题》，腾守尧、朱疆源译，中国社会科学出版社 1983 年版，第 155 页。

⑤ Waley, Authur, *A Hundred and Seventy Chinese Poems*, London：Constable and Company Ltd.，1918，p. 19.

原文：

Since brass, nor stone, nor earth, nor boundless sea

Bu tsad mortality o′er – sway their power,

How with this rage shall beauty hold a plea

Whose action is no stronger than a flower?

O, how shall summer′s honey breath hold out,

Against the wreckful siege of battering days,

When rocks impregnable are not so stout,

Nor gates of steel so strong but Time decays?①

卞译：

既然是铁石，大地，无边的海洋，

尽管坚强也不抵无常一霸，

美貌又怎能控诉他这种猖狂，

论力量自己还只抵一朵娇花？

啊，夏天的芬芳怎能抵得了，

猛冲的光阴摧枯拉朽的围攻。

既然是尽管顽强的石壁有多牢，

铁门有多硬，也会给时间烂通?②

　　原诗延续了莎士比亚第64首十四行诗的主题，描写了生命和美貌在死亡面前的脆弱，世上所谓的亘古不变实际是一种幻想。原诗第一行"brass"（青铜）、"stone"（石头）都是自然界中坚韧、牢固的东西，"earth"（大地）、"boundless sea"（无边的海洋）不仅永恒且范围辽阔。莎士比亚以这四种事物作为坚韧和永恒的象征，以抗拒死亡的威胁。卞译为"铁石，大地，无边的海洋"，忠实地传达了原文的形象。同时，将"brass"和"stone"合并为"铁石"，顿数整齐而又表达简洁。第二行中的"sad motality"，意指"motality that causes sadness"，即"给人们带来悲哀的死亡"，卞译为"无常一霸"，以汉文化中勾人心魄、引领逝者的"无常鬼"翻译"motality"一词，表达生动形象，所添加的"一霸"更体现出死亡的威力与霸道。第三行中的"rage"（愤怒、狂暴）一词，在另两首十四行诗中也出现过，分别为"And barren rage of death′s eternal cold?"（第13首）"And brass eternal slave to mortal rage"（第64首）用于表现死亡的巨大破坏力及其失去理性后的狂暴。卞氏将"rage"译为"猖狂"，较好地传达了原文内容。第四行"Whose action is no

①　Shakespeare, *William*: *Sonnet 65*（http：//www. shakespeares – sonnets. com/sonnet/65）.

②　卞之琳：《英国诗选》，商务印书馆2005年版，第15页。

stronger than a flower?"一句，将美貌抵御死亡比作鲜花抵御时间的摧毁，两者都是脆弱无力的。卞之琳将"a flower"译为"骄花"，增加"骄"一字以表现花之无力，正符合原文的内涵。第五行"summer's honey breath"，既指英国夏天温暖的和风，也指花的香气，卞译为"夏天的芬芳"正传达了原文的双层含义。第六行中"wreckful siege of battering days"，"siege"（围攻）、"battering"（连续打击）等词，将时间、死亡对于美貌和生命的摧毁比作敌人攻城，其结果是整座城市的毁灭。"wreckful"（摧毁性的）体现了其破坏程度。卞译为"猛冲的光阴摧枯拉朽的围攻"，以"猛冲""摧枯拉朽"等词语现了时间的威力、死亡的凶猛，语言生动。第七、八行描写了"rocks"（石头）、"gates of steel"（铁门）在时间面前的脆弱，以体现时间的毁灭能力。短语"rocks impregnable"中，"impregnable"意指"坚固的、牢不可摧的"，通常用于形容防守牢固的军事要塞或城堡。在诗人看来，对人力而言石头是坚不可摧的，不过在拥有巨大力量的时间面前，石头又显得那么脆弱。"gates of steel"以坚铁打造，类似汉语中的"铜墙铁壁"，理应十分坚硬牢固。但它们只能提供暂时的保护，在巨大的时间、死亡力量面前它们终究无能为力。莎士比亚的悲剧作品《特洛伊勒斯与克芮丝德》（*Troilus and Cressida*），主要描写特洛伊战争，其中"Priam's six-gated city"（普里阿摩斯的六门之城）在战争中也毁于一旦。卞氏将这两行译为"既然是尽管顽强的石壁有多牢，铁门有多硬，也会给时间烂通？"保留原文的意象，较好地传达了原文的字面意义和隐含意义。

又如，卞之琳曾翻译英国诗人勃朗宁的《夜里的相会》（*Meeting at Night*）一诗，该诗原文、译文为：

原文：

The grey sea and the long black land;
And the yellow half-moon large and low;
And the startled little waves that leap
In fiery ringlets from their sleep,
As I gain the cove withpushing prow,
And quench its speed; the slushy sand.

Then a mile of warm sea-scented beach;

卞译：

灰色的大海，黑色的陆地；
黄黄的半轮月又低又大；
小波浪惊失了它们的睡眠，
跳成了一道道火炽的发鬈，
船头推进了滑溜的泥沙
熄灭了速度，我到了小湾里。

一英里沙滩上暖和的海香；

Three fields to cross till a farm appears；

A tap at the pane，the quick sharp scratch

And blue spurt of a lighted match，

And a voice less loud，thro' its joys and fears，

Than the two hearts beating each to each！①

三块田穿过了，农场才出现，

窗子上敲一下，急促的刮擦，

擦亮的火柴开一朵蓝花，

一个人低语，又害怕又喜欢，

反不及两颗心对跳得这么响！②

　　原文采用戏剧性独白，描写"我"深夜与情人相会。诗人并未直接描写两人相会的情形，而是通过"我"的"出发"——"途中"——"到达"这一历程，反映了情人间的真挚感情。原诗运用大量的意象，以烘托场景、反映人物的心情。第一节第一、二行中"gray sea""long black land""yellow half－moon"，以视觉描写交代了故事发生在深夜：两个恋人虽互相倾慕，但只能深夜偷偷相会。此时，海、陆一片黯淡，渲染了压抑、紧张的幽秘氛围。卞译"灰色的大海""黑色的陆地""黄黄的半轮月"，忠实地传达了原文的时空场景，反映了主人公的心情。第三、四行中，虽然"我"小心翼翼，但还是惊动了海浪，"startled little waves"为移情修辞，以海浪之"惊"反映了"我"内心的紧张、焦灼与不安，"fiery ringlets"以独特的譬喻，构筑了新颖的意象。卞译"小波浪惊失……""火炽的发鬘"，完整地再现了原文的移情，海浪"惊失"正反映了"我"内心的过分激动与紧张，译文与原文效果一致。第一节最后两行，"我"终于到达了小湾，可前面的路还很长呢！第二节第一、二行，描写"我"经过"a mile of…beach""three fields"才到达目的地，表现了"我"内心的急迫。卞译忠实地传达了原文的意象，"农场才出现"中的"才"，正体现了"我"的急迫心情。"暖和的海香"，以嗅觉上的香气反映了"我"即将见到情人时的暗喜和惬意。第三、四行中，"a tap at the pane"表现了"我"的急不可耐，"quick sharp scratch"说明情人也因思念无法入睡，等候"我"已经很久了。这些细腻的动作表现了人物奥妙的心理。"blue spurt"，以奇特的意象表现了两人相见的喜悦。卞译"敲一下""急促的刮擦""一朵蓝花"，忠实地传达了原文的意象，表现了恋人之间的心情。全诗最后两行中"a voice less loud…than the two hearts"，表现了恋人既"害怕"又"喜欢"的复杂心情。卞译中"低语""又害怕又喜欢""不及两颗心对跳

---

　　① 卞之琳：《英国诗选》，商务印书馆 2005 年版，第 170 页。

　　② 同上书，第 171 页。

得这么响"等语，很好地再现了恋人幽会时甜蜜与焦灼并置的复杂心理。

再如，卞之琳曾翻译《滑铁卢前夜》（*The Eve of Waterloo*）一诗，原文选自拜伦代表作之一《恰尔德·哈罗德游记》。限于篇幅，仅引最后一节为例：

原文：	卞译：
And there was mounting in hot haste：the steed,	到处是急匆匆的上马：战马，
The mustering squadron, and the clattering car,	集合的骑队，炮车震响个不停，
Went pouring forward with impetuous speed,	纷纷都火急飞快地向战地出发，
And swiftly forming in the ranks of war;	顷刻间一排排都列成作战的队形；
And the deep thunder peal on peal afar;	远处是一阵又一阵深沉的雷鸣；
And near, the beat of the alarming drum	近处是报警的铜鼓一齐打开了，
Roused up the soldier ere the morning star;	不等到启明星就催起所有的士兵；
While throng'd the citizens with terror dumb,	老百姓挤在一起，都给吓呆了，
Or whispering with white lips—"the foe！they come！they come！"①	或者战兢兢悄悄说——"敌人来了，来了！"②

1815 年，比利时吕西蒙公爵夫人宴请驻比英军。在大家歌舞狂欢之际，拿破仑突然挥军发动袭击，发动了滑铁卢之战。《滑铁卢前夜》生动地描写了上流社会的盲目狂欢及遭受袭击后的张皇失措。大战前夕，"花灯把美女英雄照得好鲜明"，"荡人心魄的音乐海潮样四涌"，在听到枪炮声时还误以为是风声或车轮声，"继续跳舞吧！让大家乐一个无穷"③。所引部分则描写了众人得知战争打响后的慌乱。卞译以"急匆匆的上马""集合的骑队，炮车震响个不停""火急飞快地""报警的铜鼓"等生动形象的表达方式，再现了原文中人们的慌乱。"一阵又一阵深沉的雷鸣""吓呆了""战兢兢悄悄说"等短语，

---

① 卞之琳：《英国诗选》，商务印书馆 2005 年版，第 134、136 页。
② 同上书，第 135、137 页。
③ 同上书，第 133、135 页。

生动地表现了战争来临之际人们的恐惧心理。卞之琳通过形象、生动的语言，传达了原文的意象，较好地再现了原文的神韵，使译文读来扣人心弦。

第三节　诗歌自译——另一种面貌

除将西方诗歌译为汉语外，卞之琳的诗歌翻译还包括另一种类型的翻译活动——诗歌自译，即将其创作的中文译为英语。

一　自译诗歌介绍

卞之琳一共自译诗歌 20 首，这些自译诗的发表情况如下：

《春城》（*Peking*）、《断章》（*Fragment*）、《音尘》（*Resounding Dust*）、《第一盏灯》（*The First Lamp*）、《候鸟问题》（*The Migration of Birds*）、《半岛》（*Peninsula*）、《雨同我》（*The Rain and I*）、《无题》（之三）（*The Door-man and the Blotting Paper*）、《无题》（之四）（*The History of Communications and and a Running Account*）（共 9 首），收入罗伯特·白英（Robert Payne）编《当代中国诗选》（*Contemporary Chinese Poetry*，1947），后收入《雕虫纪历》（1979）及《卞之琳文集》（2002）；

《距离的组织》（*The Composition of Distance*）、《水成岩》（*The Aqueous Rock*）、《寂寞》（*Solitude*）、《鱼化石》（*Fish Fossil*）、《旧元夜遐思》（*Late on a Festival Night*）、《泪》（*Tears*）和《妆台》（*The Girl at the Dressing Table*）（共 7 首），收入罗伯特·白英编《当代中国诗选》（1947）；

《无题五》（*The Lover's Logic*）、《车站》（*The Railway Station*）（共 2 首）：1949 年 1 月发表于英国《生活与文学》（*Life and Letters*）杂志①，

---

① 卞之琳在《雕虫纪历》（1979）序言中指出："《无题五》在 1949 年一月份英国《生活与文学》（*Life and Letters and London Mercury*）杂志上发表过。"（参见卞之琳《雕虫纪历》，人民文学出版社 1979 年版，"序言"第 18 页）关于发表刊物的名称，北塔认为，"张曼仪把它直译成了《生活与文学·伦敦信使》。这是'以讹传讹'，Mercury 是希腊神话中的信使神，也是出版这份杂志的出版社，其全称是 London Mercury House Publications（伦敦信使神书屋）。杂志名应该是《生活与文学》。"（见北塔《卞之琳诗歌的英文自译》，《西南师范大学学报》（人文社会科学版）2006 年第 3 期，第 24 页）此处北塔先生似乎弄混了。卞之琳提到的刊物，正式名称为 *Life and Letters*，杂志封面标题下有 "and The London Mercury" 字样，目录页刊名下有 "continuing The London Mercury" 一行。由此可以推断，此杂志隶属英国老牌出版物 London Mercury（成立于 1682 年，出版商为伦敦 The Field Press Ltd）为其旗下专门出版文学作品的期刊。此刊为专业文学期刊，托马斯·哈代、E. M. 福斯特、弗吉利亚·伍尔夫、斯特莱切等人均在此刊发表过作品，出版商为伦敦 Brendin Publishing 公司。卞之琳的《无题五》和《车站》两首自译诗，发表于该刊第 60 卷第 137 期。

前者收入《雕虫纪历》（1979）及《卞之琳文集》（2002），后者未被收入；

《灯虫》（*Tiny Green Moths*）（共 1 首）：收入《雕虫纪历》（1979）及《卞之琳文集》（2002）；

《飞临台湾上空》（*Flying over Taiwan*）（共 1 首）：发表于《中国日报》（*China Daily*）1982 年 4 月 23 日第五版 1984 年载《英语世界》杂志，收入《卞之琳文集》（2002）。

卞之琳的自译诗，大多收入白英编撰的《当代中国诗选》，计 16 首。该诗选共收入"中国文艺复兴运动"（即"五四"新文化运动）至 40 年代 9 名诗人的诗作，共 113 首。就数量而言，收入卞之琳诗作最多，约占总数的 14%，由此可见白英对卞之琳诗歌的赞赏和肯定。白英不仅编选了《当代中国诗选》一书，还编选了一部古今中国诗选，题为《小白马：中国古今诗选》（*The White Pony：An Anthology of Chinese Poetry from the Earliest Times to the Present Day*）。该选集收入 7 位现代诗人共 22 首诗，包括八指头陀、闻一多、冯至、卞之琳、俞铭传、艾青、田间和毛泽东。其中，卞之琳的诗作《春城》和《第一盏灯》，均为卞氏自译。这两首诗，前者直白平实，后者较晦涩，颇能代表卞之琳诗歌的不同风格。白英则在书中盛赞卞之琳的高超诗艺，认为"他的根在中国，但枝叶延伸至新英格兰的亨利·詹姆斯，以及法国的波德莱尔"①。

总结这些自译诗及其发表情况，可发现几点值得注意的问题。

第一，这些自译诗，大多完成于卞之琳诗歌创作成熟期，较能代表其高超的诗艺。卞之琳曾把自己的诗歌创作前期（1930—1937）划分为三个阶段。第一阶段（1930—1932），卞之琳主要受西方早期象征主义诗歌的影响，诗意和诗艺相对较稚嫩，诗体则主要为不成熟的格律体。卞之琳的自译诗，未包括这一阶段的作品。第二阶段（1933—1935），卞之琳的诗艺已渐成熟，写出了《无题》等以爱情为主题的诗，也写出了《断章》《圆宝盒》《距离的组织》等智性化哲理诗，诗

---

① Payne, Robert, *The White Pony：An Anthology of Chinese Poetry from the Earliest Times to the Present Day*, New York：New American Library, 1947/1960, p. 305. 另，北塔认为，"白英编了《当代中国诗选》之后，似乎还不过瘾，又编了一部从古到今的中国诗选，题为《小白马》……1949 年由伦敦艾伦与安文（G. Allen & Unwin）出版公司发行。"[参见北塔《卞之琳诗歌的英文自译》，《西南师范大学学报》（人文社会科学版）2006 年第 3 期，第 25 页] 此处北塔有误，《小白马》一书和《当代中国诗选》均初版于 1947 年，两本书应为白英同时编选完成。

体更多使用自由体。这一阶段的诗作，有 6 首收入白英的选集。第三阶段（1936—1937），是卞之琳诗歌创作的丰收期。这一时期创作的诗歌，不仅数量众多（仅 1937 年便创作了 15 首），且质量更高，诗体"几乎全用自以为较成熟的格律体"①。第三阶段的诗作历来为新诗研究者重视，认为最能代表卞之琳高超的诗歌艺术。白英的选集，收入这一阶段的诗也最多（共 10 首）。卞之琳后来自译的诗作《灯虫》《无题五》《车站》，也都是第三阶段完成的作品。

第二，自译的这些诗也为诗人本人所看重。这一点由卞之琳编选诗歌入集的情况可以看出：20 首自译诗的原作，除《飞临台湾上空》1 首完成于 80 年代外，14 首收入卞之琳最重要的诗选——1979 年出版的《雕虫纪历》。其他未收入的 5 首，均收入 1982 年出版的《雕虫纪历》②（增订版，香港三联书店），1984 年出版的《雕虫纪历》（增订版，人民文学出版社）以及 2002 年出版的《卞之琳文集》。三个版本的《雕虫纪历》及《卞之琳文集》出版过程中，卞之琳本人均参与作品整理与编选，因而拥有较大的话语权。由此可以看出他对这些诗的认可。

第三，卞之琳刻意求精，以批判性的眼光看待自译的诗。《当代中国诗选》共收 16 首卞之琳自译诗。然而，再次整理入集时，其中只有 9 首被卞之琳选择收入《雕虫纪历》等诗选，《距离的组织》等 7 首自译诗则被卞之琳舍弃。由于相关材料阙如，具体原因无法得知。《当代中国诗选》是白英在西南联大任教期间与联大师生合作完成。闻一多、冯至等人的诗由联大师生合作翻译完成，卞之琳、俞铭传的诗则由两人自己完成。冯至之女冯姚平曾回忆："他（卞之琳）常来，来了就坐到父亲的桌前打字，父亲有一台从德国带回来的打字机。原来那时他和闻一多伯伯正在协助英籍教授白英编辑《现代中国诗选》。"③ 在条件恶劣的战争年代，为完成这些诗的翻译，卞之琳颇费心血。由这些译诗的被舍弃，我们可以推断出卞之琳对翻译精益求精的批判眼光、严谨认真的工作态度。

---

① 卞之琳：《雕虫纪历自序》，人民文学出版社 1979 年版，第 4 页。

② 未收入 1979 年版《雕虫纪历》的 5 首诗为：《水成岩》《鱼化石》《泪》《妆台》《车站》。1982 年版《雕虫纪历》（增订版，香港三联书店出版）有"另外一辑"（1930—1937）栏目，收入以上 5 首。

③ 冯姚平：《心底的热流》，燕治国《渐行渐远的文坛老人：20 世纪末独家专访》，山西人民出版社 2006 年版，第 47 页。

二 "二度创作"型翻译

从"信、似、译"翻译思想出发，卞之琳提出诗歌翻译的基本要求：以诗译诗，格律译诗，以顿代步，亦步亦趋。他不仅提出这些原则，也在其英译汉、法译汉翻译实践中践行。因此，他的外译汉诗歌翻译，倾向于直译，力求从形式到内容忠实于原文。

不过，卞之琳在将自己的诗作译为英文时，则展示了不同的面貌。北塔曾这样分析卞之琳在中外双向翻译中采取的不同策略：

> 在英译汉中，他更多地显现的是学者的身份特点，严谨、克制、忠实甚至如他自己所说的"亦步亦趋"，以直译为主；而在汉译英中，他更多地显现了诗人本色，随意、洒脱、变化甚至放纵，以意译为主。作为一个思维活跃、心灵跳跃的诗人，在翻译自己的作品时，他是享有"二度创作"特权的，在好多地方，他是在乘翻译的机会对作品进行改写、解释、延伸甚至回答，有删，有添，有挪移，有割裂；当然，所有这一切有意无意的违规甚至出轨翻译行为都没有逾越他的基本艺术风格的范围。而在学者型的诗人看来，那样的行为恐怕要背上"不够本分"的骂名。有些改动性的译法效果很好，有些则未必，甚至会对读者的阅读造成误会和伤害。在他比较放松的时候，译得比较自然，而在他力图转到学者型翻译的拘谨之路上去时，译文就会出现牵强的效果。①

这段话是符合事实的。的确，在将外国诗歌译为汉语时，卞之琳倾向直译；而将汉语诗歌译为外语时，卞之琳充分发挥"二度创作"的特权，其译文中有不少增、删、改、释之处。对原文的这种改造，使译诗和原诗呈现不同的面貌，表现在节奏、韵律、意象和结构等方面。

（一）节奏与韵律

卞之琳十分注重诗的音韵问题。在他看来，诗是"特别是内容与形式、

---

① 北塔：《卞之琳诗歌的英文自译》，《西南师范大学学报》（人文社会科学版）2006 年第 3 期，第 26 页。

意义与声音的有机统一体"①。因此，他提出"以诗译诗，格律译诗""以顿代步"等主张，认为译文应保留原诗的形式，韵式、音律上也亦与之相当。这是卞之琳根据不同语言在语音、节奏等方面的差异而提出的，并在其翻译实践中取得了巨大成功。那么将汉语诗歌译为英文时，他是否也将原诗中的"顿"译为英诗中的"步"呢？他提出的"格律译诗"，是否也指导其诗歌英译实践呢？纵观其20首自译诗的原文，除《春城》《水成岩》《距离的组织》和《候鸟问题》4首外，其余16首都有较成熟的格律，节奏明快，错落有致。这些诗以二字顿、三字顿为基本单位，实现了节奏的均衡和语调的流畅。

以《雨同我》为例，原文、译文为：

原文：

　　　　　雨同我
"天天/下雨，/自从/你走了。"

"自从/你来了，/天天/下雨。"

两地/友人雨/我乐意/负责。

第三处/没消息，/寄一把/伞去？

我的/忧愁/随草/绿天涯：

鸟安于/巢吗？/人安于/客枕？

想在/天井里/盛一只/玻璃杯，
明朝看/天下雨/今夜/落几寸。②

译文：

　　　　　The Rain and I

"It has been raining every day since you left."

"Since you came, it has been raining every day."

I'm glad to answer for the rain both here and there.

No news from a third place – should I post an umbrella?

My care extends with the grass beyond green horizons：

Are birds safe in their nests and men on strange pillows?

Let me stand a glass in the courtyard to see How many inches it rains tonight in the world. ③

---

①　卞之琳：《卞之琳文集》（中卷），安徽教育出版社2002年版，第551页。
②　卞之琳：《卞之琳文集》（上卷），安徽教育出版社2002年版，第69页。
③　同上书，第134页。

原诗共 8 行，译文亦为 8 行，在诗行数与跨行方式上与原文一致。就节奏而言，原诗每行 5 "顿"。若以"音步"替代原诗中的"顿"，译文也应每行包含 5 "音步"。实际上，译文每行的音节数量不一，分别为"11，11，12，13，13，13，14，11"，没有与原诗保持一致。韵律方面，原诗第一节押交韵 abab，第二节第二、四行押韵。反观译文，仅第二节第一、二行押随韵。由此可见，无论在节奏上还是韵律上，译诗与原诗都有较大差异。

对比分析卞之琳自译的 20 首诗原文、译文，可发现其早期翻译的 18 首诗，均在节奏和韵律方面与原文不同。如《雨同我》第一节第四行，脚韵分别为"了""雨""责"和"去"，押交韵。译文对应第一节第四行，最后一词分别为"left""day""there"和"umbrella"，已无韵律可言。《无题三》第一节共四行，其中第二、四行押尾韵（"间""面"），第二节不押韵。译文中对应的第一节则不押韵。而卞氏后期翻译的两首诗《灯虫》和《飞临台湾上空》，则体现了"顿"与"音步"之间的转换。

《灯虫》是一首严格意义上的十四行诗。原诗共四节：前两节每节 4 行，后两节每节 3 行。整首诗形式工整，每行 8 字，节奏上每行 3 "顿"。译诗在行数、节数排列上与原诗一致，节奏上则以英语十四行诗常见的抑扬格五音步代替。如第一节前两行"可怜 l 以浮华 l 为食品，/小蠓虫 l 在灯下 l 纷坠"，对应的译文为"Why feed l on va l nity l as if l your due? //Around l the lamp l you show l er with l hearts of time."译文每行 10 音节，5 音步，排列工整。虽然整首诗 14 行中，有 5 行未能成功转换，但从中我们可以看出卞之琳对平衡节奏的追求。韵律方面，原诗韵式为"abba cddc efe fgg"，译诗韵式为"abba cdec fgh fgh"，除第一节外其余三节韵式与原诗也不相同。不过，虽与原诗韵式有所差别，但我们可以看出卞之琳的不懈努力，如第二节虽未形成抱韵，但第一、四行押韵；第三、四节韵式则相同，均为"fgh"。

《飞临台湾上空》一诗，是卞之琳自译诗中最后一首，完成于 20 世纪 80 年代。这一时期，卞之琳对"顿"和"音步"的转换显得更加成熟。以该诗第一节为例：

原文：

飞临台湾上空

可是丨为鸟瞰丨异国丨风光，

一探头丨穿出了丨层层的丨白云？

是岛！丨我们丨的岛！丨还想望

见一下丨应该是丨熟稔的丨人群，

我们丨飞开了；丨还历历丨在目

是河流、丨葱茏的丨山顶丨山坳，

是一个丨手掌，丨久经丨爱抚！

我可以丨辨认丨道路丨——甚至桥！①

译文：

Flying Over Taiwan

Diving | through lay | ers of | white clouds

For a | bird's eye | view of | some exo |

tic scene?

O is | land, still | our is | land! Yet | no

crowds

Of fa | miliar | faces | where | ver seen,

We were | off, with | impression | emo |

tion – charged

Of ri | vers and | valleys | and wood | ed

ridges,

Of a | much – care | ssed palm | enlarged

Whereon Icould | trace paths | and bridges!②

所选原文共 8 行，每行整齐 4 "顿"，译本以 3 个四音步、5 个五音步诗行对应。韵律方面，"光" 叶 "望"，"云" 叶 "群"，"目" 叶 "抚"，"坳" 叶 "桥"，韵式 abab cdcd，为诗人喜用的交韵。译文亦为交韵，与之完全对应。虽然节奏与原诗有别，但从中可看出卞之琳所作的努力。为了达到节奏和音韵上的效果，卞之琳不惜增删、改变语言表达方式。如第三、四行 "是岛！我们的岛！还想望//见一下应该是熟稔的人群"，译文不仅增添了 "still" 一词，还将 "想望……人群" 变为了 "Yet no crowds…wherever seen"（……的人群完全找不到了），强化了对祖国尚未统一的惋惜之情。第六行为了押韵，诗人将 "山顶" 译为 "ridges"（山脊）。第七行 "是一个手掌，久经爱抚"，译文为 "Of a much – caressed palm enlarged"，其中 "enlarged" 是原文没有的。增添的这一词，不仅使格律更整齐，也使原本晦涩的诗变得更加明朗："久经爱抚" 的 "手掌"，是两岸同胞血肉之情的象征。这

---

① 卞之琳：《卞之琳文集》（上卷），安徽教育出版社 2002 年版，第 164 页。

② 同上书，第 177 页。

一"手掌",一经放大,上面的纹路便清晰可见,正如祖国的山山水水。由此,人们可以识别出"道路"和"桥"——台湾回归祖国之路。

由以上分析可以看出,卞之琳在将其诗歌译为英文时,并未恪守其对英诗汉译提出的主张。其英诗汉译倾向于"亦步亦趋",保留原作的音韵形式,这与其"信、似、译"的文学翻译思想一致。而在汉诗英译时,对节奏、音韵的要求则不那么严苛。不过,不恪守不意味着忽视。实际上,卞之琳在译诗(尤其是后期译诗)过程中,也作了一定的努力。

(二)表达与内容

杨昌年认为,"卞之琳的诗以质朴,整齐见称,……诗人凭借细密感觉,以象征手法表诗情,偏重想象与感觉,可意会不可言传,有朦胧意趣,但部分晦涩难免"①。这是针对卞之琳的诗歌创作而言。不过,这些"可意会不可言传""晦涩难免"的诗作,经由诗人本人之手转译为英文后,部分难解之诗变得明朗、清晰起来。因此,卞之琳的诗歌自译,与其说是语言形式的转换,不如视为诗人对自己的诗进行阐释、说明、祛魅的过程。

以卞之琳自译《音尘》为例,原文、译文为:

原文:

音尘
绿衣人熟稳的按门铃
就按在住户的心上:
是游过黄海来的鱼?

是飞过西伯利亚来的雁?

"翻开地图看,"远人说。
他指示我他所在的地方

是那条虚线旁那个小黑点。

如果那是金黄的一点,

译文:

Resounding Dust

The postman startles the familiar ring of the bell,
Startling the heart of the householder.
Is it a fish that comes swimming through the Yellow Sea

Ora wild goose hovering after its journey *via Siberia*?

"Open your map," my friend tells me from afar.
The town he shows me is a black point near a dotted line.

Were it a golden grape and my seat the summit of Taishan

On a moonlight night, I would be sure the place you speak of

---

① 杨昌年:《新诗赏析》,文史哲出版社1982年版,第230页。

如果我的座椅是泰山顶，
在月夜，我要猜你那儿
准是一个孤独的火车站。
然而我正对一本历史书。
西望夕阳里的咸阳古道，
我等到了一匹快马的蹄声。①

Is just a solitary railroad station.
Yet I have been musing over a book of history,
Looking forward over the ancient road to Hsien-yang,
I've heard the hooves of a speedy posthorse!②

　　诗的标题"音尘"，本指车行走时发出的声音和扬起的灰尘，通常指代消息、踪迹。"音尘"一词与诗中"咸阳古道"一起出现，令人联想到李白《忆秦娥》中"咸阳古道音尘绝"的名句。古人常以"音尘"入诗，如李商隐《李卫公（德裕）》"绛纱弟子音尘绝，鸾镜佳人旧会稀"，白居易《忆微之》"三年隔阔音尘断，两地飘零气味同"，柳永《佳人醉》"因念翠蛾，杳隔音尘何处，相望同千里"，苏轼《蝶恋花》"目断魂销，应是音尘绝"，黄庭坚《丑奴儿·采桑子》"佳人别后音尘悄，消瘦难拼"，等等。卞之琳并未将诗题"音尘"译为"News""Message"之类的词，而是译为"Resounding Dust"（回荡的灰尘），表达了该词的本来含义，与诗中"咸阳古道""一匹快马的蹄声"等词相呼应，令人联想到古代人快马送信的情景。"绿衣人熟稳的按门铃//就按在住户的心上"一句中，绿衣人指邮递员，因工作服为绿色而得名。"绿衣人"中的"绿"字，与诗中"黄（海）""黑（点）""金黄"等词，构成了一个生动绚烂的色彩世界，使诗富有色彩艺术之美。卞之琳将"绿衣人"译为"postman"，仅译出了这一词的指称意义，但无法再现原文的色彩之美。对于急盼书信的人来说，邮差正如一位绿衣天使，带来远方的消息。邮差"按"响门铃，清脆的门铃对盼信者而言该是怎样的怎样的激动。因此，邮差"按"响门铃，也就"按在住户的心上"。两行简单的句子，没有多余的情绪宣泄或夸张渲染，巧妙地传达了那难以表达的细腻情绪，体现了诗人高超的诗艺。卞之琳以两个"startle"（使震惊）翻译原文两个"按"字，表面上看不忠实原文，但译文深化了原文的主题，表达了盼信者长久等候终于等到来信时的惊喜。
　　门铃成了诗的引子，成了灵感的触发器，诗人由此展开丰富的想象。

---

① 卞之琳：《卞之琳文集》（上卷），安徽教育出版社2002年版，第32页。
② 同上书，第129页。

"是游过黄海的鱼？//是飞过西伯利亚来的雁？"两句中，引用古代诗词中常用的鱼书、鸿雁，指代书信。① 卞诗中"鱼""雁"两个意象，是两个富含中国传统文化信息的词语。卞之琳以"游过黄海的鱼""飞过西伯利亚来的雁"，指路途指遥远、跋涉之艰辛。卞之琳将两者分别译为"a fish that comes swimming through the Yellow Sea""Or a wild goose hovering after its journey *via Siberia*"，对"鱼书"和"鸿雁"未作注释，无法体现原文的文化信息，对西方读者而言令人费解。

"'翻开地图看，'远人说。//他指示我他所在的地方//是那条虚线旁那个小黑点。//如果那是金黄的一点，//如果我的座椅是泰山顶"，写信人远在他方，故要"翻开地图看"。他在哪里呢？"是那条虚线旁那个小黑点"。这里的"他"具有多义性，可以是友人，可以是恋人，也可以是家人。在地图上，那个小黑点微不足道，但诗人自有自己的想象：在他看来，那是"金黄的一点"。由"小黑点"到"金黄的一点"，可以看出收信人对寄信人的深厚情谊。收信人还想象自己"座椅是泰山顶"，在泰岳之顶一览天下，包括"金黄的一点"以及远方的友人。诗人运用大胆的想象、跳跃的思维，创造了一个超越时空的世界。译文中，"远人"译为"a friend…from afar"，寄信人限定为远方的朋友，"远人"的多义性未能体现。"他所在的地方"译为"the town"，"地方"具体化为一个小镇。原文"金黄的一点"与"小黑点"相对照，体现了收信人对寄信人的情感。卞之琳将"金黄的一点"译为"a golden grape"（一颗金黄色的葡萄），抽象的概念被具体化处理，原文的朦胧表达形式替换为具体的名词，读者的想象空间被压缩。"我的座椅是泰山顶"译为"my seat the summit of Taishan"，译文亦步亦趋忠实原文。但对译文读者而言，他们多不知晓五岳之首泰山。因此，"Taishan"一词对他们而言只是一个抽象的名词，译文无法完整再现原文跨越时

---

① 关于"鱼书"的来历，至少有四种说法：第一种说法认为，古代信封多为鱼形，故得名；第二种说法认为，鱼能迁徙，且以沉潜方式前移，正如书信传递及其隐秘性，故以其喻；第三种说法，出自汉乐府《饮马长城窟行》"客从远方来，遗我双鲤鱼。呼儿烹鲤鱼，中有尺素书"，故鱼书又称鱼素；第四种说法认为，唐代起军旅、易官长，以铜鱼符为记，附以敕牒，名为鱼书。"鸿雁"或"鸿雁传书"，语出东汉班固《汉书·苏武传》，汉武帝派苏武出使匈奴，匈奴单于爱惜苏武才能，以高官厚禄相诱希望其臣服，被苏武严词拒绝。单于尊重苏武气节，将其发配到北海边上（今西伯利亚贝加尔湖一带）牧羊。十年后，汉朝与匈奴和亲，汉使提出带苏武回汉，但单于谎称苏武已死，不放他走。与苏武一起出使匈奴的常惠，把苏武的情况偷偷告诉汉使。第二天，汉使去见单于，称汉朝皇帝猎得一雁，雁足绑有一封书信，信中说苏武在北海牧羊。单于听后，只能道歉并放苏武回汉。

空的想象。

"在月夜，我要猜你那儿//准是一个孤独的火车站"，凄清的月夜，远方的"你"是孤独的，我也是孤独的。我和"你"同病相怜，与月为伴，在相互慰藉中共同体味人生的寂寥。由此，我和"你"的情谊得到突出。译文中，"你那儿"变成了"the place you speak of"（你谈到的那个地方），这是诗人对自己诗作的改造。"一个孤独的火车站"译为"just a solitary railroad station"，连用四个清辅音/s/，表达了收信人和寄信人之间的细腻情感和共同的孤独。

"然而我正对一本历史书。//西望夕阳里的咸阳古道，//我等到了一匹快马的蹄声"，诗以"我"阅读"历史书"，表明"我"由想象世界重回现实。"历史书"记录古今中外的沧桑变化、欢喜悲愁，隐含了诗人对人生的感悟和喟叹。卞之琳将"正对"译为"musing over"（沉思、冥想），将这种对人生的思索过程具体化。"西望……"两行，夕阳中快马的飞蹄惊起了咸阳古道上的沙尘，既点明了诗题"音尘"的含义，又表明"我"对现实的失望及对想象之境的回归，给人凝重、沉滞之感。卞之琳将"西望夕阳里的咸阳古道"译为"Looking forward over the ancient road to Hsienyang"（朝前往咸阳的古道看去），省略了"西（望）"及"夕阳里的"。实际上，原文中的"西"和"夕阳"，营造了凄清、落魄的氛围，与李白《忆秦娥》中"音尘绝，西风残照"类似。译文中的省略，显然有损于这种氛围的营造，无法体现诗中的"我"对现实的失望和对想象之境的向往。

由以上分析可以看出，卞之琳在自译诗歌时，将翻译过程视为"二度创作"过程。在克服汉英语言差异的同时，他对作品进行艺术加工和改造，使诗的语言、诗的意境呈现不同的面貌。这一艺术加工过程，既有成功之处，也有不足之处。

再如卞之琳的《无题四》，原文、译文为：

原文：	译文：
无题四	The History of Communications and a Running Account
隔江泥衔到你梁上，	The mud across the river flown in a bill to your eaves,
隔院泉挑到你杯里，	The neighbour's fountain flowed through a pail to your glass,

海外的奢侈品舶来你胸前：	Jewels from beyond the ocean anchored on your breast：
我想要研究交通史。	I want to study the history of communications.
昨夜付一片轻唱，	A fleeting sigh paid last night,
今朝收两朵微笑，	A radiant smile received this morning.
付一枝镜花，收一轮水月……	Paid：a "flower in mirror." Received：a "moon in water"
	...
我为你记下流水账。①	I keep for you a running account. ②

《无题》组诗，是卞之琳与张充和再度重逢、"开始做起了好梦"③ 时所作。诗题《无题四》，卞译为 "The History of Communication and a Running Account"（交通史和流水账），显然出自这首诗每节最后一行 "我想要研究交通史" 和 "我为你记下流水账"。《无题》组诗的诗题难以索解，卞之琳则以解释性译法，为读者理解这些诗提供了导引。如他将《无题三》译为 "The Doormat and the Blotting – paper"（门荐与渗墨纸），《无题五》译为 "The Lover's Logic"（情人的逻辑）。

原诗共两节 8 句，两节之间、每节四句之间对仗工整，错落有致。前四句，描写 "我" 对 "你" 的爱慕与追求。"我" 分别从空中、陆上、海上给意中人带来礼物，也带来热烈的爱情。像燕子筑巢，"我" 对 "你" 的爱意点点累积；如清澈的泉水，"我" 对 "你" 的殷殷情意流淌在彼此的心扉；"海外的奢侈品舶来你胸前"，"我" 经历千辛万苦，终于在茫茫人海中找到了 "你"。于是，"我想要研究交通史"，已经迫不及待地要接近你、理解你并为你所理解。原文前两行的 "衔" 和 "挑"，是两个自然贴切、生动形象的动词，译文则为 "flown/flowed"（流动），用词平淡无奇。虽有 "in a bill"（以嘴喙）、"through a pail"（以桶）等介词短语作修饰，译文还是不如原文生动、贴切。"奢侈品" 译为 "Jewels"（宝石，珍宝），则将抽象的概念替换为具体的物质，所指更加明确。"我

① 卞之琳：《卞之琳文集》（上卷），安徽教育出版社 2002 年版，第 73 页。
② 同上书，第 136 页。
③ 卞之琳：《雕虫纪历》，人民文学出版社 1979 年版，"前言" 第 6 页。

想要研究交通史"一句，表现了诗人由热烈转向冷静。"研究交通史"，既可理解为研究通往"你"的内心世界的路径，也可理解为研究爱情的历程。卞之琳将"研究交通史"译为"study the history of communications"，正符合原文的基本含义：恋人之间的"交通"，正包括两人之间的沟通、交流和理解。

原文后四句，抒发了诗人对镜花水月般美好情感的惆怅。"昨夜付一片轻喟，今朝收两朵微笑"，"昨夜"我终于走近了你，为人生的奇妙相逢而轻轻喟叹，而"今朝"在你微笑着和我离别之际，我又是多么的怅然若失啊！"一片""两朵"，用词生动，将无形的情态"轻喟""微笑"具体化，描述了爱情中的幸福感。"付"和"收"，一去一来，表现了恋人之间心心相印、息息相通的情感。"一片轻喟""两朵微笑"分别译为"a fleeting sigh"（短暂的叹息）、"a radiant smile"（灿烂的微笑），叹息之"轻"被时间上的"短暂"所取代，发自内心的自然"微笑"被更明晰的"灿烂的"所修饰。原文所表现的轻柔明澈、只可意会的情感，以更明晰的方式呈现在译文中。虽然这样的译文更容易为读者理解，但改变了原诗的隐晦性特征，也失去了原文的朦胧美。"付""收"两词，分别译为"paid"和"received"，流畅自然，表达了"我"和"你"相互吸引、相互钦慕的情感状态。最后两行，"付一枝镜花，收一轮水月"，以镜中花、水中月比喻爱情的虚无，作者由此跳出炽烈、幸福的爱情，转而体味爱情的虚无：一切都是如梦如幻、稍纵即逝、难以捉摸的。"我为你记下流水账"，一切虽然终将消逝，但我记下了"流水账"，也便将一切留在我的心里，虽然这种记忆美丽而伤感。两行中的"付""收"，同样译为"paid"和"received"，不过译者巧妙地运用冒号，模拟了会计员记"流水账"的方式，较之原文更为形象、贴切。这是卞之琳在翻译中的艺术再加工和再创造，且这一改造使最后两行的艺术表达力甚至超过原作。

再以《半岛》英译为例，原文、译文如下：

原文：

半岛

半岛是大陆的纤手，

遥指海上的三神山。

译文：

The Peninsula

The peninsula is slender finger

Pointing to the three fairy sea – hills.

小楼已有了三面水	The small white house is already surrounded on three sides
可看而不可饮的。	With water sweet to the eye，but not to the tongue.
一脉泉乃涌到庭心，	A fountain has then risen in the courtyard；
人迹仍描到门前。	And lines of footprints have been traced toward the door.
昨夜里一点宝石	The beckoning diamond you yearned for last night
你望见的就是这里。	Is today the very place that shelters you.
用窗帘藏却大海吧，	O hide the waves behind the window curtains
怕来客又遥望出帆船。①	Lest the guest ponder now those starting sails. ②

《半岛》是卞之琳为数不多的爱情诗之一，与作者抒写爱情的《无题》组诗一样，作于 1937 年三四月。诗人并未采用直抒胸臆的手段，或借用明喻以表达情感，而是借用艾略特所说的"客观对应物"——伸向海中的"半岛"——这一具现代色彩的象征物，以抒发个人情感。"半岛是大陆的纤手，//遥指海上的三神山"，这两句带有明显的象征意味。爱情犹如涌动的大海，海上的三神山则是爱的目标所在。"三神山"指东海上的蓬莱、方丈、瀛洲三座岛屿，传为神仙所居。据《史记》记，秦始皇曾派遣徐福寻找三神山以求长生仙药，后者带领三千青年男女和工匠出海，再也没有回来。卞诗这两行将爱情的主体喻为"大陆的纤手"，与"海上的三神山"遥遥相望。诗人借此表达了自己的复杂情感：初尝爱的甜蜜，但未得爱的果实。与恋人心意相通、若即若离的关系，正如"半岛"与"三神山"的关系。译者将"半岛是大陆的纤手"译为"The peninsula is slender finger"，省略了"大陆的"一词，但不影响意义的传达，因为"半岛"本身就是"大陆"延伸至海中的部分。不过，第二行中"遥指"，译文仅以"pointing to"对应，省略了"遥"的含义。这一省略，无法体现"半岛"和"三神山"遥相对望、若即若离的关系，也无法体现恋人间的微妙情感。

"小楼已有了三面水//可看而不可饮的"，半岛上的"小楼"是人的居住之所，也是陷入爱情之海的主体的象征物。诗人与恋爱对象"心有灵

---

① 卞之琳：《卞之琳文集》（上卷），安徽教育出版社 2002 年版，第 66 页。
② 同上书，第 133 页。

犀"，但可惜"身无凤翼"，无法获得爱的果实。小楼周围的"三面水"，既是半岛的自然景观，也是爱情海洋中的滔滔江水，是情感泛滥之水。不过，正如海水因味咸"可看而不可饮"，爱的情感何尝不是可望而不可即？诗人将"小楼"译为"The small white house"，增添了"white"（白色）这一色彩词，使"小楼"与苍翠的"三神山"、蔚蓝的"大海"一道，构筑了一幅色彩绚丽的画面，增强了诗的美感。"有了三面水"，对应的译文为"surrounded on three sides"。"水"一词未译出，这是可取的，因为读者由前文可知岛上小楼为水环绕。"surrounded"一词，用词贴切，形象地表现了小楼三面环水的情景，正如爱情主体为爱之海洋所包围。"可看而不可饮的"，表达了情感主体对恋人钦慕已久，但现实中无法得到爱的果实，最终只能空劳魂牵。对应译文为"With water sweet to the eye, but not to the tongue"。诗人在这里发挥"二度创作"的权力，在译文中添加了"sweet"一词，指出爱情是"甜蜜"的，虽然它可期盼而难以获得，正如海水可远观而不可近品。

"一脉泉乃涌到庭心，//人迹仍描到门前"，"一脉泉"既指岛上的涓涓细流，又是爱情主体心中爱的清泉。"一脉"指细细的水流，而"涌"则指水的汇集、涌动，正如心中泛滥的爱意。在此情况下，诗中的"我"不知不觉来到了门前。诗中的"乃""仍"二字，表现了坚忍执着但适可而止的情感。译者将"一脉泉"译为"a fountain"，无法体现泉水始而细小的情形。"涌"译为"risen"，仅指水面的上升，无法体现汹涌情感的气势。

"昨夜里一点宝石//你望见的就是这里"，"一点宝石"既指小楼中的灯光，也指小岛主人对爱情坚贞，恒如宝石，为身居"三神山"的"你"而发亮。将"宝石"比作"这里"（方位代词），这是一个奇特的暗喻，语气简洁、冷静。这两句对应的译文为"The beckoning diamond you yearned for last night//Is today the very place that shelters you"，译者增添了形容词"beckoning"（诱人的）、动词"yearned for"（渴求）、"shelters"（掩蔽），或表情态，或表动作，生动地表达了恋人之间渴望相见、渴望呵护彼此的情愫。增加的这些词，使喻体和本体之间的连接更加畅通，语义关联更加清晰。原文的晦涩和朦胧由此削弱，语言表达更加明晰、通畅。

"用窗帘藏却大海吧，//怕来客又遥望出帆船"，"来客"（半岛上的思人）十分思念刚分离的恋人，一方面为内心涌动的爱潮而快慰，另一方面又为短暂的离别而忍受煎熬。聊作安慰，还是用窗帘掩住大海吧，以免看见出海的帆船而勾起无限的思绪。这是诗人深掩情愫、断绝痴念的无奈之举。译文中"O"一词，表现了诗人内心的无奈，语气生动贴切。译文以"ponder"（沉思）一词翻译"遥望"，将简单的身体动作变为表达心理、情感的动作，表现了"来客"以窗帘遮掩大海后的内心世界：白帆可以不见，大海可以遮挡，但"来客"内心的思念之情却无法隔断，并由此而陷入更深沉的思绪。

Grutman 将自译分为即时自译（simultaneous self - translation）和接续自译（consecutive self - translation）①。前者指两种语言的文本几乎同时完成，后者指译者以一种语言完成原文文本后，再以另一种语言进行翻译。显然，卞之琳的翻译属于后者。在中国现当代文学史上，除卞之琳外，还有不少作家曾翻译自己创作的作品，如张爱玲、林语堂、萧乾、白先勇、余光中、叶维廉等。

翻译活动中，存在一些对立统一的矛盾体，如文本层面有原文与译文之间的对立统一；语言表达层面有源语和译入语之间、形式和内容之间的对立统一；主体层面有作者与译者、译者与读者之间的对立统一关系，等等。相较一般文学翻译的译者而言，自译者更能理解原作的思想内容及语言特征，在理解、阐释、翻译作品时更具有权威性。"在自译活动中，作者/译者的两重性身份必然让自译者更直接、深刻地感受到译者和作者间的矛盾，其更自觉地探求使矛盾双方达成统一的方式。"②卞之琳集多重身份于一身：他既将外国诗歌译为母语，也以母语作诗，还将自己以母语创作的诗译为外语。多重身份的汇集，使其外国文学翻译、新诗创作和诗歌自译之间，形成一种内在的对话与交流。外国文学翻译的实践及相关思考，使他高度重视诗歌的形式，主张诗应具有音乐性，这在其自译中得到体现。不过，由于英汉语言的固有差异，译者虽作了较大努力，也无法在传达内容的条件下，使译文完全符合译入语诗歌的音韵要求。正如卞之琳所言，"诗，……从一种语言译成另一种语言，正如大家公认的，往往根本不可能，译诗是不得已而为之"③。

① Grutman, Rainier, "Self - translation", Mona Baker & Gabriela Saldanha ed., *Routledge Encyclopedia of Translation Studies* (2nd edition), London & New York: Routledge, 2009/2011, p. 259.

② 李文婕：《从〈雁南飞〉翻译的对话模式看自译活动的动态平衡机制》，《中国翻译》2017 年第 3 期，第 88 页。

③ 卞之琳：《人与诗：忆旧说新》（增订本），安徽教育出版社 2007 年版，第 379 页。

"文学自译的特殊性在于创作主体与翻译主体的重合。在翻译过程中，自译活动简化了阅读阶段；在翻译策略上，身为作者的译者享有更大的创造性和自由度，往往更加灵活自如。"① 若将一般性文学翻译视为"二度创作"或"再创作"，自译则更是如此。原诗作者的这一身份，使自译者具有更多的主动性和自觉性，作者的权威性和译者的自觉性在这里相互协商、妥协，并最终达至平衡。具体而言，自译者可凭借作者的权威地位，对原文进行大胆改造，消除原文中的模糊性表达，或增添解释性语言，使原本晦涩、费解的诗行更加清晰、明朗，原文潜藏的意义经由翻译而得以显化。虽然卞之琳的自译并未遵循其对外国诗歌翻译的主张，但却是作者与译者、译者与读者之间对立统一关系相互协调、相互妥协的结果。

---

① 黎昌抱：《文学自译研究：回顾与展望》，《外国语》2011 年第 3 期，第 95 页。

第三章

莎剧翻译：卞之琳的翻译实践（二）

20 世纪三四十年代，卞之琳的翻译文体主要包括诗歌、散文、小说、小品文、传记等。1949 年 4 月，卞之琳应聘至北京大学西语系任教。1952 年，北京各高等院校调整，成立北京大学文学研究所。卞调任研究员，并选择莎士比亚戏剧为研究课题，试图从马克思主义观点出发研究莎士比亚作品。① 当时国内莎士比亚研究尚处于"草创阶段"，卞谦虚地评价自己"年逾 40，自挑起这副担子，只凭辩证唯物主义与历史唯物主义的一点肤浅的基本知识、大半淡忘的中西文化和文学偏颇涉猎所得的浮泛现象，并非不知天高地厚，只是自命正当盛年，欣逢盛世，敢于从零开始"②。在研究莎士比亚戏剧的同时，卞之琳历时 30 年（1954—1984）完成了莎翁"四大悲剧"的翻译，包括《丹麦王子哈姆雷特悲剧》（简称《哈姆雷特》）、《威尼斯摩尔人奥瑟罗悲剧》（简称《奥瑟罗》）、《里亚王悲剧》（简称《里亚王》）和《麦克白斯悲剧》（简称《麦克白斯》），后汇为《莎士比亚悲剧四种》一书，1988 年出版。其莎士比亚研究成果，则汇集于《莎士比亚悲剧论痕》一书，1989 年出版。《莎士比亚悲剧论痕》相当于《莎士比亚悲剧四种》一书的"脚注"，为我们理解卞氏对莎剧的解读及翻译提供了最好的资料。"一个译者对所译作品的评释却又不同于一般的学术著作，至少他读得更细心，对于作品中的曲折微妙之处更有研究，特别是对语言与内容的结合上更有体会。"③

---

① 卞之琳：《关于我译的莎士比亚悲剧〈哈姆雷特〉：有书无序》，《外国文学研究》1980 年第 1 期，第 38 页。
② 卞之琳：《莎士比亚悲剧论痕·前言》，安徽教育出版社 2007 年版，第 2 页。
③ 王佐良：《莎士比亚绪论——兼及中国莎学》，重庆出版社 1991 年版，第 182 页。

我们不禁产生疑问：被朱自清誉为作品“每一行是一个境界，诗的境界”①的诗人，卞之琳何以放下诗笔（包括作诗之笔、译诗之笔）长达24年（1958—1982）？香港中文大学王宏志教授曾撰文，将卞之琳的创作、莎剧翻译和莎剧研究置于“1949年以后的政治及文化空间里”，认为卞之琳放下诗笔而转投莎剧翻译与研究，与其50年代被批作品“晦涩难懂”、不合社会潮流而其又不愿浪费诗人才能有关。换言之，莎剧翻译与研究成为其诗歌创作的“替代性乐趣”②。这一解释是符合事实的。

1947年7月，卞之琳受邀参加了中华全国文学艺术工作者代表大会。此次会议正式确立以毛泽东的《在延安文艺座谈会上的讲话》所规定的文艺方向为今后全国文艺工作的方向，对战后的文艺发展具有深远影响。1949年10月，中华人民共和国的成立，更标志着中国迈入一个新的历史时期。“当身带硝烟的人们从事和平建设以后，文化心理上很自然地保留着战争时代的痕迹：实用理性和狂热政治激情的奇妙结合，英雄主义情绪的高度发扬，二元对立思维模式的普遍应用，以及民族主义爱国主义热情占支配的情绪，对西方文化的本能性的拒斥，等等。这种种战争文化心理特征并没有在战后几十年中得到根本性的改变。”③在这种文化氛围下，文学成为革命机器的一部分，具有明确的政治目的性和政治功利性，其首要任务是服务现实的政治需要，建设无产阶级文学。当时许多作家参与这种文化构建，他们的作品描写现实社会，突出英雄主义和革命乐观主义。

受这种文化大环境的影响，卞之琳也试图改变自己的智性诗、哲理诗风格，“由自发而自觉的着重写劳动人民，尤其是工农兵”④。1951年2月出版诗集《翻一个浪头》（平明出版社），被巴金收入“新文学丛刊”。所收诗作，大都迎合了当时的政治需要，迥异于其30年代的创作。如“翻一个浪头，/翻一个浪头，/我们向前涌！/红旗卷大风/把乌云扫空，/叫强盗翻觔头，/要溜也没法溜，/杀气一起收！”⑤（《翻一个浪头》）“我们只讲理，/他们就动手，/我们挺上去，/他们就拔脚溜：/他们算什么？/老话叫

① 朱自清：《秋草清华》，延边人民出版社1996年版，第170页。

② 王宏志：《“毕竟是文章误我，我误文章”：论卞之琳的创作、翻译和政治》，汕头大学新国学研究中心编《新国学研究（第4辑）》，人民文学出版社2006年版，第291—321页。

③ 陈思和：《中国当代文学史教程》，复旦大学出版社2006年版，第6页。

④ 卞之琳：《〈雕虫纪历（1930—1958）〉自序》，《新文学史料》1979年第3期，第226页。

⑤ 卞之琳：《翻一个浪头》，平明出版社1951年版，第1—2页。

镢枪头!"①(《我们挺上去》)以直白的语言直抒胸臆,歌颂了革命热潮中大无畏的英雄形象。"我们今天正在修泥路,/明天一条条都铺上柏油。/要是让人家拖住了手,/别说就只要走走泥路,/泥路变阴沟,让我们去走!"②(《不要让人家拖住了手》)表达了社会主义建设时期人民群众的乐观精神。《美国鬼烧红了大坑:一个比喻,不是谣言》《认识美国货》《恶开(OK)调:奉劝美国迷》《寄到朝鲜给我们的部队》等诗作,显然符合当时宣传抗美援朝战争的需要。不过,这些诗作并未受读者欢迎,反招来了一片批评。1951年卞诗《天安门四重奏》发表后,有人撰文指责作者"过多地在形式上追求,而没有更好地考虑这样的形式能否恰当地传达诗的内容","创造了一些不明不白的意象",认为作者"没有很好地去学习、提炼群众的语言……想用硬造的语言和形式来补救生活、感情、思想的贫乏",导致"内容的模糊""词意含混""用词不当","难懂的地方很多","使人如堕五里雾中"。③

　　1958年1月,北京十三陵水库建设工程动工。国家领导人高度重视并亲自参加劳动,全国四十多万人参与这一工程,不到半年时间便修筑完成。同年3月,卞之琳的《十三陵水库工地杂诗》发表于《诗刊》。这些诗作,同样招来读者的指责。5月,《诗刊》刊登刘浪的《我们不喜欢这种诗风》、徐桑榆的《奥秘越少越好》两篇文章,批判卞之琳的《十三陵水库工地杂诗》。刘浪指责卞之琳的诗歌"是不够健康的","诗人并没有对封建帝王的罪行予以尖锐有力的谴责和鞭打,反而用了十行来描绘封建帝王的情趣和威风……这种笔调,很难看出诗人是抒人民之情"④。徐桑榆指责卞之琳的十三陵组诗"在思想感情、语言逻辑、表现手法方面,都有一些使人摸不透的奥秘",并认为"这种奥秘越少越好;因为它妨碍正确、生动的表达思想感情,破坏艺术画面,损害甚至歪曲艺术形象"。同时还历数卞之琳的一贯"错误":"五一年,诗人发表了'天安门四重奏',因晦涩难懂,受过批评;诗人接受了批评,保证以后的作品能让大家懂得。五四年诗人又发表了一组农村诗歌(五首),但又是奇句充篇,难读难讲,读者又向诗人

　　① 卞之琳:《翻一个浪头》,平明出版社1951年版,第4页。
　　② 同上书,第8页。
　　③ 李赐:《对卞之琳的诗〈天安门四重奏〉的商榷——不要把诗变成难懂得的谜语》,《文艺报》1951年2月10日,转引自李赐《鳞爪集》,香港银河出版社2002年版,第9—12页。
　　④ 刘浪:《我们不喜欢这种诗风》,《诗刊》1958年第5期,第95页。

提出过意见。现在是五八年了，而这组诗又具有以往那些诗歌的缺点。看来，要不是诗人喜爱这种特殊的语言和风格，就是诗人难于改变自己的习惯。"① "难于改变自己的习惯"，实际是指责他冥顽不灵，逆历史潮流而动。在当时的大环境下，这无疑是极大的罪名。甚至作家老舍也发表《读诗》一文（载 1958 年 5 月 22 日《中国语文》第 5 期），以《十三陵水库工地杂诗》为例探讨文风问题，指出卞诗中的语言问题，要求诗人改进文风。早在 30 年代，卞之琳的诗作便因晦涩而被人诟病，他引纪德的"一点神话就够了"② 以作辩护。50 年代，面对读者的指责，他无法回避，写了《关于"天安门四重奏"的检讨》一文，检讨自己的诗作脱离读者。接二连三的持续批评，使卞之琳不得不"搁下诗笔，转向翻译和研究了"③。具体而言，他把主要精力转向莎剧研究与莎剧翻译方面。在当时的时代背景下，西方资产阶级文学被视为毒草，须连根拔除，但莎士比亚作品是个例外。究其原因，除莎士比亚作品中表达的普遍人文思想和人文关怀外，重要原因在于莎士比亚在当时的苏联享有很高地位。许多苏联大作家毫不掩饰对莎士比亚的赞扬。一些大学开设莎士比亚课程，还设立了许多莎士比亚研究机构。莎士比亚戏剧一再搬上舞台，或被拍成电影，受到人们的欢迎。因此，卞之琳选择以莎士比亚为研究对象、翻译对象，是特定条件下的一种安全抉择。

诗人穆旦（查良铮）于六七十年代亦曾一度停止写诗，专事文学翻译。王宏印作如此评价："对于查良铮，翻译是创作权利被剥夺的产物。在翻译作品的发表都成为困难的年代里，我们甚至可以说，翻译，不仅造就了翻译家查良铮，更拯救了诗人穆旦。因为翻译，在诗人无所作为的年代，可以作为创作的替代，而成为写诗事业存在的一种方式和诗人人生信念的一种寄托。"④ "困难""拯救""创作的替代""人生信念的一种寄托"等词，正可用于同时代的卞之琳。正是由于自己的诗作"不合时宜"而又不愿浪费自己的才情，卞之琳转向莎剧翻译和莎学

① 徐桑楡：《奥秘越少越好》，《诗刊》1958 年第 5 期，第 97 页。

② 卞之琳：《卞之琳文集》（上卷），安徽教育出版社 2002 年版，第 122 页。

③ 袁可嘉：《卞之琳老师永垂不朽——在卞之琳先生追思会暨学术研讨会上的发言》，《新文学史料》2001 年第 3 期，第 61 页。

④ 王宏印：《诗人翻译家穆旦（查良铮）评传》，商务印书馆 2016 年版，第 334 页。

研究。① 如果把"诗剧"当作另一种形式的诗歌，卞之琳无疑在复杂的政治、文化环境下，另辟蹊径延续了其诗歌创作和诗歌翻译事业，由此产生了莎学家、莎剧翻译家卞之琳。王佐良高度评价其莎剧译本，认为他完成了"另一件巨大工作"，并"达到了他的翻译事业的最高点"。②

作为一名诗人、学者兼翻译家，卞之琳从"信、似、译"的"艺术性翻译"观出发，在《〈哈姆雷特〉译本序》《〈莎士比亚悲剧四种〉译本说明》等文中阐述了其莎剧翻译观，并在实践中一以贯之。具体而言，这些论述涉及译本诗体选择、格律翻译、语言风格等方面。

第一节 "还其艺术本貌"的莎剧翻译策略

莎士比亚作品最早以故事形式进入中国。1903 年，上海达文社出版文言形式译本《澥外奇谭》，原文为英国作家兰姆姊弟的作品《莎士比亚故事集》，译本共包括 10 个故事。其后，又出现了林纾与人合作翻译的《吟边燕语》等译作，原本同为《莎士比亚故事集》。1911 年，包天笑改编的四幕剧《女律师》（《威尼斯商人》）刊载于上海《女学生》年刊第二期，这是莎剧首次以剧本形式出现于中国。③ 1921 年，田汉译《哈孟雷特》，这是首个以完整剧本形式出现的白话译本，1924 年田汉又译有《罗密欧与朱丽叶》。此后，莎剧译本不断出现，有朱生豪、梁实秋、孙大雨、曹未风、曹禺、方平等多个译本，"四大悲剧"均有多个中文译本。那么，卞之琳为何

① 巫宁坤曾回忆道："1980 年 12 月，在外文所主办的成都会议上，该所的一位苏联文学研究员作'学术报告'。他依仗列宁反对现代派文学的《要文学，还是要革命？》一文的权威，对'文革'后开始流行的西方现代派文学大张挞伐。我感到忍无可忍，便立即予以驳斥，最后说：'如果今天有谁把选择强加于人，那么我一定会选取自由的文学，而谢绝奴役人的革命！'回北京后，听说卞老师身体欠佳，因而没有参加成都会议，我立即去看望他。一见面他就说：'你在成都又放炮了。副所长回来后跟我说，宁坤的思想可真解放。我一听就明白你又惹事了。''我们不是应当响应党中央和邓小平同志的号召，解放思想吗？'我很老实地向他请教。'你吃过那么多苦头，怎么仍旧这么天真？我要是你，我就会珍惜我的改正，专心搞学术研究和文学翻译。'"见巫宁坤《缅怀卞之琳老师》，《东方早报》2014 年 3 月 16 日第 B12 版。由此可见，卞之琳以学术研究和翻译作为"逃避"（抑或"对抗"）现实斗争的方式。

② 王佐良：《一个莎剧翻译家的历程》，袁可嘉等《卞之琳与诗艺术》，河北教育出版社 1990 年版，第 71、78 页。

③ 元尚：《莎剧故事在中国的早期流播》，《中华读书报》2007 年 9 月 26 日第 14 版。

要重新翻译"四大悲剧"呢？

孙大雨为其《黎琊王》译本所写"译者序言"中，描绘了早期莎剧翻译的情形：

译莎作的勇敢工程近来虽不无人试验过，但恕我率直，尽是些不知道事情何等样艰苦繁重的轻率企图，成绩也就可想而知。对于时下流行的英文尚且一窍不通的人，也仗了一本英汉字书翻译过，弄得错误百出，荒唐满纸。也有人因为自知不通文字，贪省便，抄捷径，竟从日文译本里重译了一两篇过来，以为其中尽有莎氏的真面目，——仿佛什么东西都得仰赖人家的渣滓似的。还有所谓专家者流，说是参考过一二种名注释本，自信坚而野心大，用了鸡零狗碎的就是较好的报章文字也不屑用的滥调，夹杂着并不太少的误译，将就补缀成书，源源问世；原作有气势富热情处，精微幽妙的境界，针锋相对的言辞，甚至诙谐与粗俗的所在，为了不大了解，自然照顾不到，风格则以简陋窘乏见长，韵文的形式据云缘于"演员并不咿呀吟诵，'无韵诗'亦读若散文一般"，故一笔勾销。总之，抱着郑重的态度。想从情致、意境、见格、形式四方面都逼近原作的汉文莎译，像 Schlegel 和 Tieck 的德文译本那样的，我们还没有见过。[①]

早期译本以故事形式、片段形式出现的译本，自然离莎士比亚诗体戏剧原貌相差甚远。田汉以其丰富的戏剧创作和舞台导演经验为基础翻译的两部莎剧，在语言表达等方面远胜前辈，但也有人指出其不足："他的《哈姆雷特》译本可读性较高，但不幸的是，仍然不能用来上演。……这个译本也许对一个中国大学生有点帮助，但作为上演的本子则是很不济事的。"[②]朱生豪的散文体译本，包括莎翁37部戏剧中的31部，"是中国莎剧翻译和研究上的一个里程碑"[③]，也是迄今出版次数最多、影响最大的译本。1978年人民文学出版社出版的国内首套《莎士比亚全集》，便以朱生豪译本为基础进行增补、修订而成。梁实秋历时40载翻译的《莎士比亚戏剧全集》，采用带有一定格律的散文体形式。卞之琳对这些已有莎剧译本并不满意，

---

①　[英]莎士比亚：《黎琊王》（上），孙大雨译，商务印书馆1948年版，第2—4页。

②　张振先：《莎士比亚在中国》，转引自王佐良《莎士比亚绪论——兼及中国莎学》，重庆出版社1991年版，第165页。

③　王佐良：《莎士比亚绪论——兼及中国莎学》，重庆出版社1991年版，第166页。

认为这些译本改变了原文的素体诗形式。他评价朱生豪等人的散文体莎剧译本，认为这些译本"不是翻译而仅只是译意（paraphrase）"①。

1985 年，卞之琳在为《莎士比亚悲剧四种》所写的"译本说明"中，将自己的译本定位为"戏剧文学读物"②。翌年，在《莎士比亚首先是莎士比亚——首届中国莎士比亚戏剧节随感》一文中提出："莎士比亚剧本自应有层出不穷的中文新译本。……远不能以朱生豪译本或梁实秋译本以至其他任何人（包括我自己）少量译本一统天下。译本也可以多色多样，齐头并进：一可以应舞台急需，出不同取舍和处理的演出本；二可以出完整而精益求精，相应符合原来韵味的散文译本；三可以出相应保持原貌的'素体诗'译本，作为有较高要求的普通读物、有较高要求的专门参考资料。"③ 不同风格的译本有不同的艺术价值，可以满足不同层次读者的需求。而"保持原貌"的译本，是专门针对那些希望了解作品原貌、有较高阅读水平和能力的读者而翻译的，或作为学术研究的"专门参考资料"存在。换言之，原文是世界文学宝库中的珍贵艺术品，译文同样应该成为精致的艺术品。这一定位，使他在翻译中异常谨慎，从底本选择、翻译策略、难点求证、风格选用等方面付出了巨大的努力。

一　底本考究，努力接近原作

在翻译中，当一部作品无统一、权威定本时，对原文的底本选择，直接影响译本多大程度上接近原作。古典文学作品《红楼梦》如此，莎士比亚戏剧亦如此。

在莎士比亚时代，剧作家往往负责编写剧本，交由剧团排练、演出使用，并在此过程中不断修改、增删，成为剧团的集体创造物，较少交出版商出版。对观众而言，他们更在乎演员和戏剧本身，而不会花大量时间阅读剧本。莎士比亚在世时，他本人也没有出版剧本的打算。虽然他去世前已有 16 部剧作以四开本刊印（统称"四开本"），但这些剧本的出版未经其本人同意。④ 莎士比亚去世后，其本人手稿大多已经遗失，因而也无法查证

---

① 卞之琳：《莎士比亚悲剧论痕》，安徽教育出版社 2007 年版，第 119 页。

② 同上书，第 307 页。

③ 同上书，第 310—311 页。

④ Craig, W. J., "Preface", Craig W. J. ed., *Shakespeare Complete Works*, London, New York & Toronto：Oxford University Press, 1905, p. v.

这些戏剧的原始面貌。莎士比亚生前身后出版了一些单行四开本，大都印刷粗糙，可靠性不强，有的是未经本人校对根据其手稿排印的，有的是根据剧团排演的脚本，甚至有的是根据演员或观众的记忆拼凑而成。① 1623 年，莎翁生前同事兼好友海明斯（John Heminges）和康戴尔（Henry Condell）收集并编辑、同时代著名剧作家本·琼生（Ben Johnson）题诗的第一个莎士比亚戏剧集（"第一对折本"，the First Folio）出版，题为《莎士比亚喜剧、历史剧和悲剧》（*Mr. William Shakespeares：Comdeies，Histories & Tragedies*）。② 这是第一个较权威的莎剧版本，包括 36 部戏剧，"是现在公认的莎士比亚的真作，而且该版本由他的同事编订，他们声称'依据原文，忠实发表'，应是比较忠于莎士比亚原稿的"③。"第一对折本"成为后世各版本无法绕过的版本，其出版是莎士比亚戏剧出版史上的大事。1623 年的第一对折本，以及莎翁生前出版的"四开本"，成为最权威的两个古本。四百年来，全球仅莎剧全集有超过 1300 种版本，但追根溯源大都来自这两个古本。其中，较有影响的莎剧辑本包括托马斯·汉默（Thomas Hanmer）的六卷本《莎士比亚作品集》（*The works of Shakespeare*，1743—1744，1770—1771），塞缪尔·约翰逊（Samuel Johnson）的八卷本《莎士比亚戏剧集》（*The Plays of William Shakespeare*，1765），美国学者理查·格兰特·怀特编《河畔版莎士比亚》（*The Riverside Shakespeare*，1883），威廉·乔治·克拉克（William George Clark）与人合编《剑桥版莎士比亚》（*The Cambridge Shakespeare*，1863—1866）多卷本及《环球版莎士比亚》（*The Globe Shakespeare*，1864）一卷本，H. H. 弗奈斯（H. H. Furness）父子编二十一卷本《新集注本莎士比亚》（*The New Variorum Shakespeare*，1871），克雷格（William James Craig）及后继者 R. H. 凯斯（R. H. Case）主编的"亚屯版"莎士比亚作品丛书（*The Arden Shakespeare*，1899—1944），多弗·威尔逊（John Dover Wilson）与合作者完成的《新剑桥莎士比亚》（*The New Cambridge Shakespeare*，1921—1967）、基特里奇（George Lyman Kittredge，卞译为"吉特立其"）的《莎士比亚全集》（*The Kittredge Shakespeare*，1936），威尔士（Stanley Wells）和泰勒（Gary Taylor）合编的《牛津版莎士比亚全集》（*The Oxford Shakespeare*，1986），等等。在这些众多

---

① 屠岸：《屠岸诗文集》（第七卷），人民文学出版社 2016 年版，第 282 页。

② Heminges，John & Henry Condell，*Mr. William Shakespeare：Comdeies，Histories & Tragedies*（http：//firstfolio. bodleian. ox. ac. uk/book. html）.

③ 朱雯、张君川：《莎士比亚辞典》，安徽文艺出版社 1992 年版，第 31 页。

版本中，早期版本存在不少错误、遗漏之处，而 19、20 世纪各版本更注重引入科学方法进行校勘，版本质量不断提高。

卞之琳在翻译"四大悲剧"时，便十分重视翻译所用底本，综合利用不同版本。其所译《哈姆雷特》，以"亚屯版""新剑桥版""基特里奇版"为底本，对这些版本"综合取舍"，并参考"环球版""新集注本"等其他新旧版本；《奥瑟罗》《里亚王》《麦克白斯》主要根据"吉特立其版""新剑桥版""亚屯版"，并参考其他流行版本。由此可见，卞之琳对"亚屯版""新剑桥版""吉特立其版"这三个版本的钟爱。

"亚屯版"是历时最长的莎剧出版工程之一，迄今已有四版。第一版自 1899 年开始，1944 年结束，由英国梅休因（Methuen）出版公司出版。主编克雷格（W. J. Craig，1899—1906 年担任主编）是英国著名莎士比亚研究专家，早年曾出版《莎士比亚全集》（1905），其后继者凯斯（R. H. Case，1909—1944 年担任主编）亦为著名莎学学者。第一版以 1864 年"环球版"和《剑桥版莎士比亚》为基础，添加了大量的注释和说明。在"亚屯版"《莎士比亚全集》（*Arden Shakespeare*）序言中，克雷格指出早期莎翁剧作集的不足："第一对折本集其他四开本，无疑采用剧院提供的底稿，这些稿件包含演员、剧院经理所作糟糕的篡改和改编。通常，1623 版编者尽量沿用四开本，但有时不明智地求助于不太准确的版本。此外，在伊丽莎白时代和詹姆斯一世时代，印刷者很容易犯排版错误，使早期的莎剧本包含许多无法理解的内容。不过，在缺乏莎翁手稿情况下，早期 17 部四开本和 1623 年对折本虽有抄写、打印方面的不足，仍不失为唯一的权威版本。以该版为依据，仅在抄写者或打印者粗心而导致某个词或某句话完全失去意义时，我才敢越轨做出调整。剧中有些词或短语，在莎翁时代或很久以前便较少使用。早期莎剧编辑者将剧本难以理解归咎于这些词汇，认为这些词'污染'（corrupt）了剧本，进而进行局部修改。我努力要做的，正是避免这种危险。只有在确信莎翁用语或文体风格与最初阅读发生冲突时，我才会作出调整。对于以前版本中含混的拼写，我替以今日大家接受的拼写形式。但出于音韵方面考虑，有时采用旧版拼写是有必要的。而且我认为，有些词在现代拼写中有了全新的拼写形式，但在剧本中若采用旧形式会合适。"①

① Craig, W. J., "Preface", Craig W. J. ed., *Shakespeare Complete Works*, London, New York & Toronto: Oxford University Press, 1905, p. v.

由此可见，"亚屯版"以较接近莎翁原稿的早期版本为底本，进行仔细考察与调整，使其在基本保持原貌基础上适应现代读者的需求。"亚屯版"首版单行本第一册为《哈姆雷特》，由著名莎学家陶顿（Edward Dowden，1843—1913）评注。陶顿为爱尔兰诗人、评论家，对莎剧有深入研究，著有《莎士比亚：思想与艺术》（*Shakespeare，His Mind and Art*，1875）、《莎士比亚入门》（*Shakespeare Primer*，1877）、《莎士比亚介绍》（*Introduction to Shakespeare*，1893）等书籍。陶顿评注的《哈姆雷特》《罗密欧与朱丽叶》《辛百林》等莎剧，引证渊博，注释翔实，广受读者欢迎。尤其是其评注的《哈姆雷特》，出版后获得广泛欢迎，吸引了一大批莎学家的加入。这些学者历时 25 年，共校注 37 部莎剧，这些校注本"成为英国莎士比亚作品出版史上里程碑式的出版物"①，且不断吸收莎学研究最新成果加以修订。1951—1982 年，历时 36 载，"亚屯版"第二版 38 册陆续出版，主编为菲莫尔（Una Ellis－Fermor）、布鲁克斯（Harold F. Brooks）等人。"亚屯版"第三版自 20 世纪 80 年代开始筹划，1995 年开始出版《亨利五世》等作品，注释较之前两版更为详尽，许多章节注释部分超过正文字数。值得一提的是，此版中的《哈姆雷特》包括两个版本，一版为早期"第二四开本"（1604—1605）所有内容并附"第一对折本"部分章节，另一版则包括"第一四开本"（1603，以往被视为"伪"本）和"第一对折本"，这种多本呈现方式有利于读者及研究者分析、辨别。自第三版起，"亚屯版"逐渐成为横跨欧美的国际出版工程，出版商先后为英国朗特里奇出版公司、美国汤姆森集团、美国梅休因出版集团等。第三版出版工程已跨越二十余载，迄今尚未完成。2015 年 3 月，布鲁姆斯博里出版公司（Bloomsbury Academic）发出公告，启动"亚屯版"第四版修订工作，任命美国学者哈兰德（Peter Holland）、勒舍（Zachary Lesser）、斯特恩（Tiffany Stern）等人为总主编。②迄今"亚屯版"出版工作已历经一个多世纪，历经四版，修订规模也不断扩大，横跨欧美，吸引了一大批优秀的莎学专家参与其中。正是这种精益求精的精神，使"亚屯版"成为"国际莎学界极负盛誉的权威性品牌莎士

---

①　辜正坤、鞠方安：《〈阿登版莎士比亚〉与莎士比亚版本略论》，《中华读书报》2008 年 4 月 16 日第 11 版。

②　Deliyannides, Andrew, *Peter Holland Named General Editor of the Arden Shakespeare*（http：//english. nd. edu/news/peter－holland－named－general－editor－of－the－arden－shakespeare/）.

比亚作品注释系列丛书",美国莎士比亚协会前会长、著名莎士比亚专家贝文顿教授（David Bevington）更盛赞其为"莎士比亚诸多版本中的金科玉律式的版本"①。卞之琳翻译"四大悲剧"时，以这一版本为主要的底本来源，显示了其对国际莎学发展的充分了解，符合其对高质量、"艺术性""文学读物"的要求。

"新剑桥版"自1921年开始出版，至1966年历经45年完成，共39册。编者为奎勒－库奇（Authur Quiller－Couch，1863—1944）和威尔逊（John Dover Wilson）。前者为剑桥大学教授，著有《牛津诗选：1250—1918》《论写作艺术》《论读书艺术》《牛津散文选》《牛津歌谣选》《牛津维多利亚时代诗选》等书籍。他对莎学研究极有造诣，著有《莎士比亚历史剧故事集》，可以与兰姆姊弟的《莎士比亚戏剧故事集》媲美。《莎士比亚之艺术手段》本为演讲集，包括了其对莎翁十多部戏剧的阐述，后于1917年结集出版。威尔逊先后任教于伦敦皇家学院、爱丁堡大学，对莎士比亚有精深的研究，其莎学著作包括《莎士比亚时代的英格兰：伊丽莎白时代散文》（1911）、《伊丽莎白时代的莎士比亚》（1929）、《莎士比亚基础：传记的冒险》（1932）、《哈姆雷特发生了什么》（1935）、《福斯塔夫的命运》（1944）、《莎士比亚的开心戏剧》（1962）等。奎勒—库奇和威尔逊合作主编的"新剑桥版"，以"四开本"为底本，"一面吸收了所有近代学者的贡献，一面参考了牛津的英文大字典，……可以从字义旨历史的演变来勘定莎士比亚集中之若干异文。近代学者对于十六世纪的尤其是莎士比亚的手迹之研究，也提供了不少校勘上的版主与线索。这都是新剑桥本编者之雄厚有力的依据哦，而是前人之所不得享受的"②。因此，这一版本结合了近代莎学研究成果，具有极高的学术价值。

"基特里奇版"主编基特里奇（George Lyman Kittredge）为哈佛大学教授，著名的莎学研究专家，20世纪初美国最负盛名的文学评论家之一。他在哈佛大学讲授英国文学课程近50年，学识渊博，旁征博引，深受学生欢迎。开设的莎士比亚课程为哈佛传统课，以文本细读、寻经问典的方式教学，培养了许多莎学家。梁实秋、范存忠等留美期间皆听过他的莎士比亚课程。除《莎士比亚全集外》，他著有《莎士比亚十六个剧本》（*Sixteen*

① 辜正坤、鞠方安：《〈阿登版莎士比亚〉与莎士比亚版本略论》，《中华读书报》2008年4月16日第11版。

② 梁实秋：《雅舍谈书》，山东画报出版社2006年版，第333页。

Plays of Shakespeare，1939）、《莎士比亚》（1916），注释精湛。此外，对中世纪文学深有研究，著有《乔叟和他的朋友》（1903）、《拉丁语法》（1903）、《乔叟和他的诗》（1915）、《戈尔文与绿衣骑士》（1916）、《新老英格兰的巫术》（1929）等。由基特里奇这样的学者编辑的莎剧全集，具有相当高的质量和学术价值。

卞之琳以这些高质量版本为翻译底本，综合取舍，取各版本之长，努力使译本接近莎翁原作。如《威尼斯摩尔人奥瑟罗悲剧》第四幕第二场第108行，为奥瑟罗妻子在丈夫误解并惩罚自己后的一段话："我该受这样对待，完全应该。//我可犯了什么天大的过失//引起他一丝一毫的气愤呀？"为显示不同版本的面貌，译者特加上注释："'天大的过失'，据'第一四开本'（为新亚屯版所采用）；或可据'对开本'（为新剑桥版等采用）译为'一丁点过失'。"① 显然，"天大的过失"和"一丁点过失"意义相反。在无法确定哪种更符合莎翁原作情况时，译者未越俎代庖简单选择，而是以注释方式将两种不同版本告诉读者，使读者了解不同版本的不同表达。

再如，《里亚王悲剧》第四幕第六场中，里亚王因受两位女儿背信弃义、虐待后发疯，胡言乱语，语言粗俗。卞之琳参照各版本后，发现版本之间语言风格差异很大，特意加上注释："以下一段疯话（103 行—125行），古本（各种四开本、对折本），排列不一，混乱，有的全作散文体，有的部分作格律诗体，后世各版本通常就如此作格律体长短句排列（因为像破碎的五步素体诗）。莎士比亚剧中人物，平常作庄严的五步素体诗道白的，激动到情不自已时也会用散文体讲话。"② 这样的注释，能很好帮助读者理解里亚王语言风格前后变化，也有助他们了解不同英文版的基本面貌。这种底本对照翻译的好处，便是译者可以多方比较、查证，特别是原文缺乏所谓绝对"定本"时更有其价值。当然，这种多底本查证方式，使译者的翻译活动更加复杂，也更耗时耗力，但从侧面又反映了译者严谨严肃的态度。

卞之琳不仅在底本选择上精益求精，多方考证，在翻译时还参考其他已出版译本。其《哈姆雷特》译本，便参考了曹未风译本、朱生豪译本（及吴兴华校对本）、林同济译本，"加工中发现个别不谋而合处，未加更

---

① 卞之琳：《卞之琳译文集》（下卷），安徽教育出版社 2000 年版，第 299 页。
② 同上书，第 456 页。

动，个别受启发处，已另行改进"①。《奥瑟罗》译本，则参考了曹未风译本、朱生豪译本及方平译本；《里亚王》译本，参考孙大雨校注、曹未风校注、朱生豪译本；《麦克白斯》译本也参考了曹未风译本、朱生豪译本（方平校对）。朱生豪呕心沥血翻译了 31 部莎剧，为莎剧翻译做出了巨大贡献。朱译本以传达原文神韵为宗旨，莎学专家贺祥麟评价此译本"最大特点是文句典雅，译笔流畅，好像是高山流瀑，一泻千里，读之朗朗上口，绝无佶屈聱牙之弊"②。曹未风是我国最早计划翻译莎剧全集的翻译家，其一生共翻译莎剧 12 部。限于条件，译本虽有不少粗疏之处，但原文散文处译以散文，诗歌处还以诗歌，有别于朱生豪译本，③ 是早期译本中较有特色的译本。林同济翻译的《丹麦王子哈姆雷的悲剧》，采用"音步保留、韵脚散押"④ 方式，较好地保留了原作的素体诗剧形式，给卞氏一定的启发。方平是我国著名的翻译家，翻译了《莎士比亚喜剧五种》（1979）、《奥瑟罗》（1980）等莎剧。他一直主张"以诗译诗"，还原莎剧的诗剧面貌，⑤ 主编主译了 12 卷本《新莎士比亚全集》（2000 年，其中 25 部莎剧由方平译出），为"中文世界首次以诗译诗的新全集"。孙大雨首创"以音组代步"方式，翻译了《黎琊王》（1948），是较早还原莎剧诗体剧形式的译本。卞之琳以朱生豪、曹未风、方平、孙大雨等译本为参照，体现了博采众长的学习态度，也体现了他对艺术性诗体译本的不懈追求。

---

① 卞之琳：《莎士比亚悲剧论痕》，安徽教育出版社 2007 年版，第 304 页。

② 贺祥麟：《赞赏、质疑和希望——评朱译莎剧的若干剧本》，《外国文学》1981 年第 7 期，第 85 页。

③ 顾绶昌：《评莎剧〈哈姆雷特〉的三种译本》，《翻译通报》1952 年第 5 期，第 54—58 页。

④ 林同济为该译本所写的"例言"原文为："莎剧素韵诗……可以说是由两种节奏有机组成的：每行五步所形成的通常普及的基层脉搏，再加上跨行成段的一种随机流动的上层波浪。因此，迻译时如何处理莎剧素韵诗的格律问题，也就是，而亦必须是，如何体现上述的两种节奏。两者兼顾，不宜缺一。我的看法：应当使用等价的形式，把每行五步（包括阴尾式）的格律妥予保留，借以保存那普及的基层节奏感。同时顺随汉语文字的特性，运用韵脚散押法来机动表达那流动应机的段的波浪之起落。汉语发音的轻重别，不似英语那样明显，音步有律之外，补之以韵脚散押法，在实效上正是把译文中的节奏感，恰好提升到莎剧素韵诗原有的强度。从另一角度看来，运用散押法这办法也正符合中国诗歌重韵传统的要求，一面继承了元曲、京剧的古典形式而进一步解放押韵的形式，一面也适应了我国当前一般自由体歌咏发展的大势而易于得到听众的接受。至于迻译剧里的双行一韵诗，则当然严格于两行的末字上予以协韵。原剧用散文处，则还之以散文。"参见［英］莎士比亚《丹麦王子哈姆雷的悲剧》，林同济译，中国戏剧出版社 1982 年版，第 4 页。

⑤ 方平：《莎士比亚诗剧全集的召唤》，《中国翻译》1989 年第 6 期，第 14—16 页。

二 研究与翻译相辅：学术型翻译

莎士比亚的戏剧（尤其是悲剧），代表了英国文艺复兴的最高成就。本·琼生盛赞其为"时代的灵魂"（soul of the age）、"诗人界泰斗"（star of poets），① 这一评价恰如其分。莎士比亚所处的时代，正是英国历史上重要的转折时期。随着地理大发现、毛纺织业和畜牧业的发展、海上霸权地位的确立，新兴资产阶级逐渐上升，旧的封建势力日益走向没落。资本主义的发展，在促进经济快速发展的同时，也使社会矛盾更加突出：王权与贵族的冲突不断增加；封建贵族与资产阶级的矛盾日渐突出；资产阶级力量逐渐壮大，与王权之间利益冲突日益尖锐；因"圈地运动"而失去土地的农民四处流浪，阶级分化严重。正是在这种激烈变动的时代背景下，莎士比亚走上了历史舞台。急剧发展的社会现实，日益尖锐的社会矛盾，以及丰富的生活经历，使莎士比亚得以从人文主义世界观出发，更清晰地认识当时的社会现实。他创作的诗歌和戏剧，题材广泛，思想深刻，语言丰富多样，深刻地揭露了封建主义的内部矛盾和资本主义发展初期的各种罪恶，表达了人文主义的理想。翻译这样一位伟大作家的作品，其难度可想而知。译者既要理解原文的语言，也要理解原文深刻的思想内涵。莎剧的翻译，远非不同语言之间的转换，更是两种不同的思想文化体系之间的沟通。正如方平所言，"翻译莎剧最理想的译者应该是文学评论家，莎学研究的学者和具有较强语言表达能力的语言学家"②。显然，卞之琳正是一位符合这些条件的"理想的译者"。

卞之琳不仅翻译莎剧，同时也在莎学研究方面取得了很大成功。20 世纪 50 年代调入外国文学研究所时，他开始了莎学研究项目。他曾这样回顾自己的莎学研究计划："从'四大悲剧'着手，试图向《哈姆雷特》作'中央突破'，继以向纵深开展，'扩大战果'，配以'四大悲剧'的诗体译本，从写译本序文、写单篇论文，以 1959 年建国 10 周年为期，写出论'四大悲剧'的系统专著。"③ 不过，这一计划的实施并不顺利。卞"刚照

---

① 卞之琳：《英国诗选》，商务印书馆 2005 年版，第 45、51 页。

② 刘军平：《莎剧翻译的不懈探索者——记著名莎剧翻译家方平》，《中国翻译》1993 年第 5 期，第 46 页。

③ 卞之琳：《莎士比亚悲剧论痕》，安徽教育出版社 2007 年版，第 2 页。

此开了一个头，不久就俨然被目为'学院派'"。① 在20世纪50年代，知识分子往往被视作"属于资产阶级，是需要改造的对象，而开展对思想学术问题的批判运动，正是对知识分子思想改造的一种方式和途径"②。这一点，不难从当时对俞平伯《红楼梦》研究的批判、对胡适实用主义的批判、对胡风文艺思想的批判中发现。在当时的社会、政治环境下，莎士比亚被视为资产阶级文人的代表。因此，卞之琳的莎剧研究和莎剧翻译不断受政治因素的冲击。正如他后来回忆时所言："莎士比亚研究这个项目本身，在当时的大潮流里还是脆弱的，经不起风吹草动，得一再让路"③。不过，他仍以惊人的毅力，完成了"四大悲剧"的翻译及相关研究：1954年年底完成《哈姆雷特》翻译，并于1956年出版；1955年2月完成长篇论文《莎士比亚的悲剧〈哈姆雷特〉》；1956年写成论文《莎士比亚的悲剧〈奥瑟罗〉》；1962年写成长文《〈里亚王〉的社会意义和莎士比亚的人文主义》；1963年完成论文《莎士比亚戏剧创作的发展》；1977年，在经受十年冲击后，继续"四大悲剧"翻译，年底完成《里亚王》译稿；1979年写作《〈哈姆雷特〉的汉语翻译及其英国改编电影的汉语配音》；1983年完成《麦克白斯》翻译；1984年完成《奥瑟罗》翻译。至此完成"四大悲剧"翻译，后汇为《莎士比亚悲剧四种》，1988年由人民文学出版社出版。1986年，关于"四大悲剧"的论文及译者序、译本说明等共9篇，汇为《莎士比亚悲剧论痕》，交生活·读书·新知三联书店，后于1989年出版。至此，其莎士比亚翻译与研究方告一段落。由此可发现，卞之琳的莎剧翻译，始终与莎学研究紧密相伴：莎剧翻译有助于其更全面地研究莎剧，莎剧研究也有助于对莎剧语言、思想内容的理解，两者相辅相成，共同促进。

卞之琳的莎剧译本，带有明显的"学术型"翻译特征，主要表现在以下方面。

第一，译者使用大量的注释，阐明原文不同版本的文本差异及翻译中的疑难点，讨论不同莎学观点的合理性。如《哈姆雷特》第四幕第三场中有一段话：

HAMLET：Not where he eats，but where he is eaten：a certain convo-

---

① 卞之琳：《莎士比亚悲剧论痕》，安徽教育出版社2007年版，第2页。
② 上海大学等编：《中国当代史》，江西人民出版社1988年版，第119页。
③ 卞之琳：《莎士比亚悲剧论痕》，安徽教育出版社2007年版，第2页。

cation of politic worms are e'en at him. Your worm is your only emperor for diet：we fat all creatures else to fat us，and we fat ourselves for maggots：your fat king and your lean beggar is but variable service，two dishes，but to one table：that's the end.

卞译文为：

> 哈：不在他吃东西的地方，在东西吃他的地方。一大群官虫正在开会议对付他。蛆虫是会餐的皇帝。我们养肥了一切生物来养肥自己，我们养肥了自己来喂蛆虫。胖国王和瘦乞丐只是味道不同——两道菜上一个席。结果就是这样。①

这段话是哈姆雷特佯装发疯后的一段话，原文为散文体。在误杀波乐纽斯后，其叔父克罗迪斯想派人把王子送往英国，并乘机在路上将其处决。"蛆虫""官虫"应为影射国王克罗迪斯和心怀叵测的手下。卞之琳为画线部分添加注释："有些学者指出，莎士比亚可能暗射到为制止宗教改革判定路得为邪教徒而在日耳曼乌姆斯（谐英文'蛆虫'）地方召开的帝国会议（谐英文'会餐'）。但从上下文全面看，哈姆雷特显然主要是骂政客以至皇帝像蛆虫一样的贪婪。"② 这段注释不仅仅说明了其他版本的解释，更提出了译者自己的观点。译者在此并不仅代作者、原作编写者立言，更以平等的姿态参与文本意义的建构。这样的翻译，带有明显的"研究性"研究特征。

再如，《哈姆雷特》第二幕第二场中有一段话，仅引译文：

> 哈：哎呀，老兄，要额外优待才是！要是按各人的功德对待每一个人，那么谁又能逃得了一顿鞭子呢？按你自己的体面和排场来对待他们；他们愈是不配，你的功德愈是无量。带他们进去。③

译者为这段话添加了较长的注释："哈姆雷特这番话的意思，与其说他愤世嫉俗，夸大认为世人都极坏，不如说他痛心于到处见到坏人养尊处优，好人反而不得善遇。韦立谛及多弗·威尔孙指出莎士比亚借哈姆雷特口说

---

① 卞之琳：《卞之琳译文集》（下卷），安徽教育出版社2000年版，第125页。
② 同上。
③ 同上书，第74页。

'挨鞭子'，亦有出典，暗讽1572年英国政府法令禁止游民及'强项乞丐'（实为被逐出外的无家可归的农民），也包括'不属于本邦任何贵人'的优伶，鞭打是这种惩戒的最经常的法定刑罚。我们也可以注意前面哈姆雷特一再以'乞丐'自况。"① 注释部分既有相关莎学专家的观点，也有译者个人的判断。实际上，类似的例子在其译本中相当常见。可以看出，卞之琳在翻译莎剧过程中，不仅写出了篇幅很长的莎学研究论文，更在翻译时始终将翻译与学术研究联系在一起，并将研究心得通过译文和注释体现出来，翻译过程也同时成为研究过程。

第二，卞之琳的莎剧研究，对其理解莎剧进而翻译莎剧产生了直接影响。卞之琳的莎剧研究，涉及莎剧版本史、作品主题思想和价值、人物性格、语言风格等问题，直接影响其莎剧翻译。1955年完成的6万余字长文《论〈哈姆雷特〉》，较能体现卞之琳的莎学研究。他"把莎士比亚的这部中心作品放在作者写的时代里、社会里，放在作者前后左右的作品当中，从全面看他，确定这部作品里的中心任务的全面轮廓是怎样，然后进一步分析这个形象的典型意义，这个典型形象的塑造所表现的人民性和现实主义意义——最后这不可分割的三点也就是哈姆雷特这个不朽形象的力量所在"②。结合莎士比亚作品的不同特点，他认为《哈姆雷特》是前后两个创作时期的转折点：前期主要为喜剧、历史剧，后期则主要为悲剧，这反映了莎士比亚思想的成熟，也反映了当时的时代变化。此外，该文还讨论了哈姆雷特的"忧郁"性格、行动"延宕"等问题，认为哈姆雷特的悲剧是"时代的悲剧"。卞之琳还高度赞扬莎士比亚通过个性化语言塑造"有血有肉的人物"：首先，这些人物不但有典型性，而且有个性，如罗森克兰兹和纪尔顿斯丹虽为双生子式人物，但两人性格分明，"前者比较稳重而圆滑；后者比较急躁而直率，比较喜欢卖弄"；其次，人物的个性也有多方面的表现，如"波乐纽斯是一个老糊涂，可是又相当狡黠，好像是一个老好人，可是又相当凶恶（看他禁止女儿和哈姆雷特来往的神情，他逼促王后教训儿子的态度）"；最后，人物自己的个性也不是一成不变的，而是"在发展中表现了它的多方面"，如"顽强到底的克罗迪斯在前半部是那么自信的，在后半部就在发狠中也显得踉踉跄跄了。"③ "哈姆雷特，也正和他的性格

---

① 卞之琳：《卞之琳译文集》（下卷），安徽教育出版社2000年版，第74页。
② 卞之琳：《莎士比亚悲剧论痕》，安徽教育出版社2007年版，第8—9页。
③ 同上书，第86页。

相符合，说起话来，语言最为丰富，因为他吸取了极多的民间词汇，又因为他在装疯说疯话里得到了充分利用它们的机会。"① 而克罗迪斯举行加冕仪式以后召集御前会议所讲的话，"是只有克罗迪斯才说得出来的话。多么冠冕堂皇的面幕底下，透露出一幅暗笑的鬼脸。"② 显然，对人物个性、语言的分析和研究，有助于译者深入把握原文的风格和内涵，对其理解莎剧进而翻译莎剧有直接的影响。

第三，卞之琳善于积极吸收评论家、读者等方面的反馈，不断完善其莎剧译本。对于文学翻译而言，译者的翻译选择和策略是一方面，读者的接受是另一方面。一部译作如果不被读者接受，就无法延续作品的生命，作品的价值也就无法体现。因此，有责任心的译者往往非常重视读者的阅读和接受问题。在这方面，卞之琳为我们作出了表率。他翻译的《哈姆雷特》在市场接受、读者批评和评论家意见基础上不断修改："上海电影译制片厂根据本人《哈姆雷特》译本整理为英国劳伦斯·奥里维埃尔的改编电影配音（由孙道临为片中主角配音）改名的《王子复仇记》（1958 年初次放映，1978 年后曾连续在全国各地放映并由电视转播），也曾给了译者以检验的机会。香港大学中文系张曼仪曾在所教翻译课上以本人《哈姆雷特》译本为参考教材，提供过若干学生反应，香港中文大学周兆祥学术专著《汉译〈哈姆雷特〉研究》对本人译本有大量分析批评，译者在新近校订中都曾加以考虑。"③ 卞氏这种虚心借鉴、严谨求证的翻译态度，使译本质量不断提高。

三　等行翻译，以诗译诗：亦步亦趋的诗体翻译

莎剧原作采用五音步抑扬格（iambic pentameter）的素体诗（blank verse，又译为"无韵诗""白体诗"）形式，每行十个音节，构成五个音步，每音步二音节，其中重读在第二音节，但不押韵。五音步抑扬格是英语诗歌中的常用格律之一，使诗行产生有规律的节奏感，而汉语中没有对应的格律形式。已有译本对莎剧诗体剧的处理，主要包括三种形式：文言体、散文体和诗体。文言体译本主要指清末民国时期的一些译本，如上海达文书社出版的《澥外奇谭》（1903，包含 10 个莎剧故事）；林纾与人合译的 6 个莎剧剧本，包括《英国诗人吟边燕语》（1904）、《雷差得纪》（《理

① 卞之琳：《莎士比亚悲剧论痕》，安徽教育出版社 2007 年版，第 87 页。

② 同上书，第 88 页。

③ 同上书，第 304 页。

查二世》，1916）、《亨利第四世》（1916）等；邵挺译的《天仇记》（《哈姆雷特》，1924）；邵挺、许绍珊合译《罗马大将该撒》（1925），等等；散文体译本数量最多，包括田汉、朱生豪、虞尔昌、梁实秋等人译本，其中以朱生豪、梁实秋译本影响最大；诗体译本主要包括曹禺、孙大雨、吴兴华、卞之琳、曹未风、杨德豫、方平等人译本。早期的文言形式翻译，在译介莎士比亚作品到中国、促进国人放眼看世界方面无疑是有价值的，但这些译本多为述译、改译、编译，不是真正意义上的完整翻译。朱生豪等人的散文体译本，通俗易懂，广受读者欢迎，对莎剧的中国化普及做出了重要贡献。卞之琳肯定了朱生豪在莎剧翻译上的贡献，指出他"译笔流畅"①，为莎士比亚戏剧在中国的普及做出了最大贡献。不过，他并不认同朱生豪的散文体选择，批评朱译本为"有点庸俗化的散文"②。莎剧原文主要为素体诗形式，译文则应"尽可能保持原来面目"③。具体而言，"译文中诗体与散文体的分配，都照原样，诗体中各种变化，也力求相应。"④

这种还原莎剧诗体形式的努力，主要包括两方面内容：等行翻译；以顿代步。

诗行是诗的句法单位。莎士比亚戏剧作品中，既有诗体语言，也有散文体语言。卞之琳对自己译本的要求是："剧词诗体部分一律等行翻译，甚至尽可能作对行安排，以保持原文跨行与行中大顿的效果。原文中有些地方一行只是两'音步'或三'音步'的，也译成短行。所根据原文版本，分行偶有不同，酌量采用。译文有时不得已把原短行译成整行，有时也不得已多译出一行，只是偶然。原文本有几个并列的形容词、名词之类，偶照国外莎士比亚译者的习惯，根据译文要求（主要是格律要求），在译文中酌量融汇成一两个或删去一两个。……总之，原文处处行随意转，译文也应尽可能亦步亦趋，不但在内容上而且在形式上尽可能传出原来的意味。"⑤ "逢到'跨行'（enjambment），也尽可能在原处'跨行'，以求符合一收一放，一吞一吐，跌宕起落的原有效果。"⑥ 这段话至少有以下几层含义：第一，"等行翻译"甚至"对行安排"不仅保留原文的形式，也保留原

---

① 卞之琳：《莎士比亚悲剧论痕》，安徽教育出版社 2007 年版，第 116 页。
② 同上书，第 120 页。
③ 同上书，第 118 页。
④ 同上书，第 304 页。
⑤ 同上书，第 306—307 页。
⑥ 同上书，第 118 页。

文的音韵效果，是诗剧翻译的要求。原作诗体部分的诗行安排，体现了作者的用心，译者应"亦步亦趋"，不仅在内容上也要在形式上忠实原文，还原莎剧的艺术面貌；第二，由于翻译底本差异，在分行不同时，译者应综合考察并作出选择；第三，"等行翻译"不是绝对的，根据文本表达需要可以进行调整甚至增删，体现了整体要求下的灵活性。"等行翻译"正是卞之琳"以形致神、形神兼备""全面忠实"的艺术性翻译观在诗剧翻译中的体现。

"以顿代步"，是卞之琳对诗歌翻译的要求，也是其对诗剧翻译的要求。卞之琳批评朱生豪改变了原文的诗体形式，莎剧译本只是"庸俗的散文"。针对莎剧中抑扬格五音步的素体诗，卞之琳提出其主张："在'素体诗'场合，也避用脚韵，按汉语规律，每行用五'顿'（或称'拍'或'音组'，非西诗律的'行间大顿'）合五'音步'，每'顿'当中不拘轻重音位置，但总有一个主要重音（两个同重音或同轻音连成一'顿'也就相当于一个重音），不拘字数多少，但每行字数一般大致在十个与十五个之间（遇外国人地名模音汉写除外）。"① 在卞之琳看来，莎剧中的语言节奏、格律，是莎剧艺术性语言的重要内容，理应在译文中尽量体现出来。采用"以顿代步"形式进行翻译，是还原莎剧"本来面目"的必然要求。

以《哈姆雷特》剧作中哈姆雷特著名的独白为例：Tŏ bé | ŏr nót | tŏ bé：| thăt ís | thĕ quèstiŏn，原文含一轻一重抑扬格，五音步。最后一音步多一个轻音（阴韵尾，feminine ending），莎士比亚素体诗常用。卞之琳的译文为"活下去 | 还是 | 不活：| 这是个 | 问题"，朱生豪的译文为"生存 | 还是 | 毁灭，| 这是 | 一个 | 值得考虑的 | 问题"。② 显然，卞之琳的译文以汉语相同数量的"顿"替代原文"音步"，保留了原文的诗体节奏，而朱生豪译本则改变了这种节奏感。卞之琳认为，朱生豪的译文"不是翻译而仅只是译意（paraphras）"，并进一步分析自己的译文："撇开和原文格律的模拟不算，'活'与'不活'，在原文里虽还不是形象语言，却一样是简单字眼，意味上决不等于汉语'生存'与'毁灭'这样的抽象大字眼。我们对语言意味有感觉的写诗与读诗的，理应在两种译文之间辨别得出哪一种较近于诗的语言。进一步玩味，我这里重复'活'字，用了两次，和原文重复'be'字，都是在节奏上配合这里正需要的犹豫不决的情调。这一

① 卞之琳：《莎士比亚悲剧论痕》，安徽教育出版社 2007 年版，第 306 页。
② 同上书，第 118—189 页。

点在'生存还是毁灭'这一句里就荡然无存。"① 换言之，"活"与"不活"两个词为"简单字眼"，有别于朱译本中"生存""毁灭"等"抽象大字眼"，前者更适合诗的语言；原文的"be"连用两次，自己的译文"活"也连用两次，配合了原文"犹豫不决的情调"，是朱译本所不及的。总之，在卞之琳看来，其译本以诗的语言配以诗的节奏，正体现了"以诗译诗"的主张，使译文从形式到内容全面忠实原文，符合其"信、似、译"的艺术性翻译思想。

较之散文体翻译，"以顿代步"的格律主张当然对译者文字表达有了更多的限制，翻译活动因而更加艰难。不过，译者费尽心力在译文中保留原文的格律，保留原文节奏音韵上的美，也就保留了原文语言艺术之美。正如方平所言，"诗歌的创作难度比较大，但自有它的优越性。精炼、优美的诗的语言：增加了戏剧的抒情性，把气氛烘托得更浓郁，剧作家从生活中提炼出来的智慧、哲理，在诗的语言中凝结为一个个透明的形象。莎士比亚的戏剧生命就在于那具有魔力的语言。当然，一个诗剧译本在文学语言上，向译者提出了更高的要求。"② 这段话既切合诗歌创作，也切合诗歌翻译、诗体剧翻译。莎士比亚作品的魅力，不仅在于其深邃的思想、高超的技法，也在于其"具有魔力的语言"，这便对译者提出了更高的要求。将莎剧素体诗译为散文，对译者而言更为轻松、语言表达更自由，对读者而言更容易理解。以朱生豪散文体《莎士比亚全集》为例，这套译作凭借流畅的译笔、典雅的语言广受欢迎，是目前国内出版最多、阅读量最大的译本，在普及莎士比亚作品、促进中外文学交流方面做出了不可磨灭的贡献。不过，这种译作总是一种"变形"的译作：改变了原作的艺术形式，也就有损于原作的艺术价值。方平指出："注重通顺达意的散文译本和对于语言艺术有更高追求的诗体译本，这中间确实存在着艺术效果上的差异。"③ 而且，读者的需求也各不相同。对那些有较高欣赏水平、希望了解原作原貌的读者而言，阅读散文体莎剧终究是隔靴搔痒，不能不成为憾事。有学者指出："对于一个具有古老文明的泱泱大国，无论散文体的莎剧全集多么优秀，还

---

① 卞之琳：《莎士比亚悲剧论痕》，安徽教育出版社 2007 年版，第 118—189 页。

② 方平：《戏剧大师翻译的戏剧：谈曹禺译〈柔蜜欧与幽丽叶〉》，《中国翻译》1984 年第 8 期，第 11 页。

③ 方平：《新的知识和追求——谈〈新莎士比亚全集〉的翻译思想》，《英美文学研究论丛》2001 年第 5 期，第 342—343 页。

只是普及性读本，没有一套既忠实于其思想内容又反映原剧艺术形式的诗体译本，实在是外国文学界和翻译界的一大心病。"① 卞之琳的诗体莎剧译本，正可以弥补这一不足。

卞之琳"等行翻译""以顿代步"的翻译主张及实践，最大化地保留了原作的形式特点，使其莎剧译作具有很高的文学价值。在他之前，孙大雨采用"'音组'代步"方式翻译了莎剧《黎琊王》，给卞之琳以启发。卞之琳在继承前人基础上又有所发展，除提出"以顿代步"外，还提出"等行翻译"这一形式要求。孙致礼这样评价其译作："卞译的这四大悲剧译本已成为莎剧翻译的典范。……孙大雨译莎虽然以'音组'代'音步'，但译本与原本不是'等行'翻译，也就是说，译本的台词行数与原本不等。卞之琳后来居上，尽可能'等行'翻译，尽可能'对行'翻译，尽可能在远处'跨行'，因而更加逼近原作形式的真实，可谓'青出于蓝而胜于蓝'。卞译的这四大悲剧被誉为取得了'形神皆似'的效果，不仅标志着译者的译艺达到顶峰境界，而且标志着我国的译诗艺术走向成熟。"② 王佐良也高度评价卞之琳"以顿代步"的译作："这项诗体翻译工作的范围限于少数剧本，然而意义重大，因为通过以诗译诗，中国文学界对莎士比亚的艺术的精微深刻，了解又进了一层，中国新诗界得到了更严格更具体的锻炼，中国戏剧界也有了更多切近原作艺术的译本可以借鉴，因为只有诗体译本才能充分表现莎士比亚的戏剧艺术，而卞之琳本人不止是饱学之士，并且是新诗高手，译诗也已多年，过程中表现既有古典主义的文雅与节制，又有现代主义的新敏感，此番译莎剧实是以诗求诗的创造性探索。"③

诗剧翻译中的"以顿代步"，与诗歌翻译中的"以顿代步"一脉相承。换言之，卞之琳将其诗歌翻译的格律主张同样应用于诗剧翻译，因为诗剧本身介于诗歌和戏剧之间。由于现实所困，卞之琳无法继续他的诗歌创作和诗歌翻译活动。但是，作为一位优秀的诗人，他不愿意荒废自己的诗才，而在别的领域进行开拓。"他把诗歌创作的动力以至诗体和格律的尝试都全情投进这翻译活动去，既可维持对诗学理念的追求，又可得到那令他'常

① 蓝仁哲：《莎剧的翻译：从散文体到诗体译本——兼评方平主编〈新莎士比亚全集〉》，《中国翻译》2003 年第 3 期，第 40 页。

② 孙致礼：《中国的英美文学翻译（1949—2008）》，译林出版社 2009 年版，第 372 页。

③ 王佐良：《莎士比亚绪论——兼及中国莎学》，重庆出版社 1991 年版，第 167—168 页。

引以沾沾自喜'的'替代性乐趣'。"① 他在莎剧翻译中找到了用武之地，部分弥补无法继续诗歌创作及翻译之憾，为莎剧翻译及研究做出了巨大贡献。

第二节　追求艺术再现的莎剧翻译实践

如前所述，卞之琳的莎剧翻译思想，既与其诗歌创作和诗歌翻译一脉相承，也与其莎学研究和莎剧翻译实践密切相关，尤其是莎剧翻译实践本身。为还原莎剧作为艺术性文学作品的"本来面目"，卞氏在语言使用、诗体形式、意境再造等方面不断进行了不懈的探索。其"四大悲剧"诗体译本，成为为数不多的保持原作特色的译本之一，对后来译者有很大的启迪。

一　"听得出谁是谁"——个性化语言再现

莎士比亚戏剧的伟大之处，不仅在于其精密有致的结构、深邃的人文思想，也在于其出色的语言艺术。他塑造的人物形象个个都栩栩如生、有血有肉。以《哈姆雷特》为例，作品中忧郁的王子哈姆雷特、善良而单纯的莪菲丽亚、阴险而故作庄严的克罗迪斯、糊涂而狡黠的波乐纽斯，都给读者留下深刻的印象。就连剧中的掘墓人、戏子、守夜人等次要形象，也都刻画得十分出色。而且，这些人物形象不是静态的，而是动态发展的。同一个人在不同的场合、不同的心境中，也表现不同。如哈姆雷特"发疯"前后的变化，克罗迪斯在不同场合的形态，都能证明这一点。"剧中人物，只要是说过话的，都不是僵化的概念，都是塑造得既不过火，又不拖泥带水，既有分寸，又能突出。"② 莎翁成功刻画这些人物的秘诀，正在于其剧本中丰富多彩的语言。具体而言，除必要的导演词、说明性文字外，主要是人物口中说出的语言。卞之琳以《哈姆雷特》为例评价了剧中的语言艺术："哈姆雷特，正和他的性格相符，在不同场合用出了最变化多端的语言……哈姆雷特之外，所有人物差不多都是一开口就使我们听得出谁是谁。不但在一个场合，而且在前后不同的场合，我们也听得出他们是谁，同时

---

① 王宏志：《"毕竟是文章误我，我误文章"：论卞之琳的创作、翻译和政治》，汕头大学新国学研究中心编《新国学研究》（第四辑），人民文学出版社2006年版，第321页。
② 卞之琳：《莎士比亚悲剧论痕》，安徽教育出版社2007年版，第86页。

也听得出他们的语言也发生了变化。"① "听得出谁是谁"正是卞之琳用朴素的语言对莎士比亚语言艺术的高度评价。而他自己在莎剧翻译中，也努力使译文再现原文的语言特色，使人物丰满、生动、形象。

例如，《哈姆雷特》第一幕第二场，哈姆雷特的叔父、新国王克罗迪斯首次出场时的一段话：

原文：	卞译文：
Though yet of Hamlet our dear brother's death	至亲的先兄哈姆雷特驾崩未久，
The memory be green, and that it us befitted	记忆犹新，大家固然是应当
To bear our hearts in grief, and our whole kingdom	哀戚于心，应该让全国上下
To be contracted in one brow of woe,	愁眉不展，共结成一片哀容，
Yet so far hath discretion fought with nature,	然而理智和感情交战的结果，
That we with wisest sorrow think on him	我们就一边用适当的哀思悼念他，
Together with remembrance of ourselves:	一边也不忘记我们自己的本分。
Therefore our sometime sister, now our queen,	因此，仿佛抱苦中作乐的心情，
Th' imperial jointress to this warlike state,	仿佛一只眼含笑，一只眼流泪，
Have we, as'twere with a defeated joy,	仿佛使殡丧同喜庆歌哭相和，
With an auspicious, and a dropping eye,	使悲喜成半斤八两，彼此相应，
With mirth in funeral, and with dirge in marriage,	我已同昔日的长嫂，当今的新后，
In equal scale weighing delight and dole,	承袭我邦家大业的先王德配，
Taken to wife: nor have we herein barred	结为夫妇；事先也多方听取了
Your better wisdoms, which have freely gone	各位的高见，多承一致拥护，
With this affair along—for all, our thanks. ②	一切顺利；为此，特申谢意。③

① 卞之琳：《莎士比亚悲剧论痕》，安徽教育出版社 2007 年版，第 113 页。

② William Shakespeare, *Hamlet*, John Dover Wilson, ed., New York: Cambridge University Press, 2009, pp. 9 – 10.

③ 卞之琳：《卞之琳译文集》（下卷），安徽教育出版社 2007 年版，第 13—14 页。

朱生豪的散文体译本为：

虽然我们亲爱的王兄哈姆莱特新丧未久，我们的心里应当充满了悲痛，我们全国都应当表示一致的哀悼，可是我们凛于后死者责任的重大，不能不违情逆性，一方面固然要用适度的悲哀纪念他，一方面也要为自身的利害着想；所以，在一种悲喜交集的情绪之下，让幸福和忧郁分据了我的两眼，殡葬的挽歌和结婚的笙乐同时并奏，用盛大的喜乐抵销沉重的不幸，我已经和我旧日的长嫂，当今的王后，这一个多事之国的共同的统治者，结为夫妇；这一次婚姻事先曾经征求各位的意见，多承你们诚意的赞助，这是我必须向大家致谢的。①

克罗迪斯使用毒计谋害老国王（哈姆雷特的父亲）后，很快登基并娶老王后为妻。这样一个卑鄙、阴险而残暴的人物初次登台时，面对朝臣故意摆出知书达理、礼贤下士的仁义者姿态，以掩盖自己的阴谋者面目。同时，这段话也透露出克罗迪斯在阴谋得逞、登上王位并迎娶王后的欣喜。卞之琳评价："这是只有克罗迪斯才说得出来的话。多么冠冕堂皇的面幕底下，透露出一幅暗笑的鬼脸。"② 卞之琳在翻译中使用"至亲的先兄""驾崩未久""哀戚于心""愁眉不展""昔日的长嫂，当今的新后""各位的高见"等词，较好地再现了克罗迪斯表面上内心痛戚、知书达理，实则阴险狡诈的姿态，其道貌岸然的伪君子形象跃然纸上。相较之下，朱生豪的译文采用散文体形式，译文较流畅，也能传达原文的基本内容，但"亲爱的王兄""充满了悲痛"等语言表达过于口头化，与原文风格不符，也无法在译文中再现克罗迪斯的冠冕堂皇形象。

再如，《哈姆雷特》有一段"戏中戏"，是哈姆雷特有意安排戏班插入国王被害情节，以验证克罗迪斯是否真是凶手。以下这段话为"戏中戏"里"伶王"的部分台词，原文和译文如下：

Full thirty times hath Phoebus' cart goneround

Neptune's salt wash and Tellus' orbedground,

---

① ［英］莎士比亚：《哈姆雷特》，朱生豪译，《莎士比亚全集》（五），人民文学出版社1994年版，第289页。

② 卞之琳：《莎士比亚悲剧论痕》，安徽教育出版社2007年版，第88页。

And thirty dozen moons with borrowed sheen

About the world have times twelve thirtiesbeen,

Since love our hearts and Hymen did ourhands

Unite commutual in most sacred bands. ①

卞译文：

"金乌"流转，一转眼三十周年，

临照过几番沧海，几度桑田，

三十打"玉兔"借来了一片清辉，

环绕过地球三百又六十来回，

还记得当时真个是两情缱绻，

承月老作合，结下了金玉良缘。②

朱译文：

日轮已经盘绕三十春秋

那茫茫海水和滚滚地球，

月亮吐耀着借来的晶光，

三百六十回向大地环航，

自从爱把我们缔结良姻，

亥门替我们证下了鸳盟。③

　　为使戏中戏中的"伶王"语言有别于《哈姆雷特》剧本中的诗句，莎士比亚有意使用双行押韵，区别于原文的不押韵的素体诗句，并引用"Phoebus"（太阳）、"Neptune"（海）、"Tellus's orbed"（大地）等罗马、意大利神话典故，使"戏中戏"部分和《哈姆雷特》剧作本身区别开来。朱生豪显然注意到原文这一特点，采用了字数相等、双行押韵的诗句以对应原文，有别于其译文主体中的散文。卞之琳则认为，戏文既"故意用陈词滥调"，译文仅使用双行押韵还不足以传达原文的神韵。"因为戏词主体就是用'素体诗'，即使到这里押上脚韵，双行一韵，区别还不大，因此需要言语更加庸俗化。而且这里，像莎士比亚在本剧的另一些地方，有意嘲弄当时流行的舞文弄墨、拐弯抹角的自命风雅体语言，朱译这就不去顾及了。"④ 对于这些"自命风雅体语言"，朱生豪使用"亥门"（希腊神话中主婚姻的神）和"鸳盟"等词，使译文"有点'新鲜'诗意"，行文风格有别于其散文译本其他部分，但这也远远不足以体现原作对附雅风气的嘲讽。卞之琳在译文中使用"金乌""沧海""桑田""玉兔""两情缱绻""月

　　① William Shakespeare, *Hamlet*, John Dover Wilson ed., New York：Cambridge University Press，2009，pp. 70 – 70.

　　② 卞之琳：《卞之琳译文集》（下卷），安徽教育出版社 2007 年版，第 95 页。

　　③ ［英］莎士比亚：《哈姆雷特》，朱生豪译，《莎士比亚全集》（五），人民文学出版社 1994 年版，第 351 页。

　　④ 卞之琳：《莎士比亚悲剧论痕》，安徽教育出版社 2007 年版，第 120 页。

老""金玉良缘"等词，以中国旧戏中这些"陈词滥调"模拟原文风格。这种处理方式，正符合他在"四大悲剧"译本说明中对自己的要求："逢原文故意用陈词滥调处，也力求用相应的笔调，以达到原来的效果。"① 值得一提的是，1982 年出版的林同济译本《丹麦王子哈姆雷的悲剧》，译本既使用"爱神""喜神""螯伯驾日车""海王""地后"等西方文化典故，②也使用"鸳鸯盟"这样的中国传统表达方式。这种处理方式改变了原文的"滥词"风格，相反给人以异国风味和新奇感，显然与原文风格不一致。

二 诗体形式的选择

卞之琳认为，诗剧的诗行安排、格律组合是诗剧形式的重要内容，"形神兼备"的译文同时包含这两方面的忠实传达。在孙大雨提出的"音组代步"基础上，卞之琳更进一步提出了"等行译诗，以顿代步"的诗剧翻译主张，以最大程度传达原文的形式特点和音韵艺术美。他的诗体莎剧译本遵循了这一要求，成为从形式到内容都忠于原作的"艺术性"译作。

例如，《里亚王》第三幕第二场有里亚王的一段独白，为便于分析，引用梁实秋的散文体译本、孙大雨的诗体译本作为参照：

原文：

Blǒw, wínds, | ǎnd cráck | yǒur chéek | s! ráge! | blów!

Yǒu cá | tǎrácts | ǎnd húr | rǐcánes, | spóut

Tíll yóu | hǎve drénched | ǒur stéep | les, drówned | thě cócks!

Yǒu súl | ph'rous | ǎnd thóught | – ěxecút | ǐng fíres,

Vǎunt – cóuriers | tǒ óak | – clěav | ǐng thún | děrbólts,

Singe | my whí | te héad! | ǎnd thóu, | ǎll – shá | kǐng thúnder. ③

梁实秋译文：

---

① 卞之琳：《莎士比亚悲剧论痕》，安徽教育出版社 2007 年版，第 305 页。
② 林同济译文为：咱俩啊，承爱神捧着心，喜神挽着手，//在神圣的结合中，订下了鸳鸯盟共守。//数到今，螯伯驾日车，整整三十次，//环绕了海王的咸池，地后的寰宇。//月亮三十打，也带来了借来的清辉//光临人间，前后三百六十回。见［英］莎士比亚《丹麦王子哈姆雷的悲剧》，林同济译，中国戏剧出版社 1982 年版，第 84 页。
③ William Shakespeare, *King Lear*, John Dover Wilson ed., New York：Cambridge University Press，2009，p. 59.

吹吧，风，吹破了你的腮！狂！吹！飞瀑龙卷一般的雨，你淹没了塔尖，溺死塔尖上的风标鸡吧！硫磺的急速的电火，你是劈裂橡木的雷霆的前驱，烧焦我的白头吧！①

孙大雨译文：

刮啊，｜大风，｜刮出｜你们｜的狂怒来！
把你们｜的头颅｜面目｜刮成个｜稀烂！
奔湍｜的大瀑｜和疾扫｜的飞蛟，｜倒出
你们｜那狂怒，｜打透｜一处处｜的塔尖，
淹尽｜那所有｜屋脊上｜的报风｜信号！
硫磺｜触鼻，｜闪电｜杀死人｜的天火，
替劈树｜的弘雷｜报警｜飞金｜的急电，
快来｜快来，｜来烧焦｜这一头｜白发！②

卞之琳译文：

吹啊，｜大风，｜吹裂｜你的｜脸颊！
发作啊！｜吹啊！｜激流｜和狂飙，｜喷出来
泡透｜教堂的｜尖顶，｜淹没｜风信鸡！
决得像｜一转念｜那样的｜硫磺｜烈火，
劈开｜橡树的｜万钧｜雷霆的｜报信使，
烧我的｜白头吧！｜震撼｜一切的｜天雷。③

　　里亚王年事已高，打算退位以安享晚年。他听信两位大女儿的花言巧语，将国土一分为二赐给两位大女儿，剥夺了小女儿的继承权。没过多久，里亚王便被两位大女儿赶出家门。年迈的里亚王在暴风雨中流浪，饥寒交迫，这段话表达了他对罪恶世界的控诉。原文为素体诗，节奏较整齐，每行五音步，主要为抑扬格，不押韵。抑扬格的使用，使说话者的独白显得铿锵有力，气

---

　　① ［英］莎士比亚：《莎士比亚全集》（32），梁实秋译，中国广播电视出版社2001年版，第131页。
　　② ［英］莎士比亚：《莎士比亚四大悲剧》，孙大雨译，上海译文出版社2010年版，第398—399页。
　　③ 卞之琳：《卞之琳译文集》（下卷），安徽教育出版社2000年版，第410页。

势磅礴，震撼人心。梁实秋以散文体译这段独白，无法体现原文抑扬顿挫的气势。孙译本和卞译本都为诗体译本，两译本每行五顿（音步），每顿（音步）二三字，不押韵，再现了原文的诗剧形式。不过，孙译本将原文六行译为八行，改变了原文的行数，而卞译本基本上行行对应，行数相等，再现了原文的"本来面目"。有感于早期粗制滥造译本的泛滥，孙大雨主张莎剧翻译"原作用散文处，译成散文，用韵文处，还它韵文"，经过多年诗歌创作和翻译试验后，提出"韵文底先决条件是音组，音组底形成则为音步底有秩序、有计划的进行"①。不过，他的"音组"划分相对较粗糙，如将"的"字并入后一音组（卞之琳主张单字顿并入前一顿），影响了译文的节奏。卞之琳"以顿代步"的莎剧翻译，是"受益于师辈孙大雨以'音组'律译莎士比亚诗剧的启发，才进行了略有不同的处理实验"②。实验的结果，是卞之琳"在继承的基础上跨进一步，实在是合理的可喜现象"③。

再如，《哈姆雷特》第三幕第一场中，哈姆雷特有这样一段独白，原文和译文如下：

Fŏr whó | wŏuld béar | thĕ whíps | ănd scórns | ŏf tíme,

Th' ŏpprés | sŏr's wróng, | thĕ próud | măn's cóntumely,

Thĕ páng s | ŏf despíz | ed lóve, | thĕ láw's | dĕláy,

Thĕ ín | sŏlénce | ŏf óf | fĭce, ánd | thĕ spúrns

Thăt pá | tĭent mé | rĭt óf | th' ŭnwór | thy tákes,

Whĕn hé | hĭmsélf | might hĭs quíe | tus máke. ④

卞之琳译文：	林同济译文：
谁甘心|忍受|人世的|鞭挞|和嘲弄，	谁还肯|忍受这|世间的|鞭笞|嘲弄，
忍受|压迫者|虐待、傲慢者|凌辱，	压迫者的|横暴，傲慢者的|欺侮，|真情
忍受|失恋的|痛苦、法庭的|拖延、	被鄙视，|国法|被挠阻，|官僚们的|依势

① ［英］莎士比亚：《黎琊王》（上），孙大雨译，商务印书馆1948年版，第8页。

② 卞之琳：《莎士比亚悲剧论痕》，安徽教育出版社2007年版，第304页。

③ 张曼仪：《卞之琳著译研究》，香港大学中文系1989年版，第138—139页。

④ William Shakespeare, *Hamlet*, John Dover Wilson ed., New York：Cambridge University Press，2009，p. 60.

衙门的｜横暴，｜做埋头｜苦干的｜大才、
受作威｜作福的｜小人｜一脚｜踢出去，
如果他｜只消｜自己来｜使一下｜尖刀。①

凌人，｜劳苦｜功高｜反而｜遭到了
小丑们的｜诅咒，｜如果｜仅仅｜自己
一刺刀｜就可以｜把这｜孽债｜永销除。②

　　哈姆雷特在父亲的鬼魂告诉自己真相后，为了找出真相并保护自己而装疯。这段话是他在极度苦闷中，对社会种种不公平所发出的悲叹。原文为不严格的素体诗，"莎士比亚的素体诗并不严格遵守每行十音抑扬格五步的格律，而配合内容的需要，作出变化。"③ 虽然每行音步数有变化，但几乎所有音步为抑扬格。如前所述，这种一轻一重的节奏安排，最适合表达说话者内心激烈的情感。卞译本、林译本都使用诗体进行翻译，行数相等，每行五顿（音组）。不过，卞译本格律相对整齐，每顿二三字，每行字数相近；而林译本每顿由二至四字不等，读时相对凌乱。林同济在《丹麦王子哈姆雷的悲剧》译本"例言"中，提出莎剧格律包括两种节奏："每行五步所形成的通常普在的基层脉搏，再加上跨行成段的一种随机流动的上层波浪"，翻译中"应当使用等价的形式，把每行五步（包括阴尾式）的格律妥予保留，借以保存那普在的基层节奏感。同时顺随汉语文字的特性，运用韵脚散押法来机动表达那流动应机的段的波浪之起落"④。因此，其译本不仅以汉语"五步"再现原文的格律，同时使用"韵脚散押"，即不限尾韵的分散押韵方法。上述所引译例中，林同济使用"嘲""暴""傲""阻""劳""高""遭""小""刀""销"等词分散押韵，制造了一定的韵律效果，但有些脱离原文格律。王佐良曾高度赞扬卞之琳的莎剧翻译，认为将莎剧介绍到中国，除朱生豪等人的散文体译本外，诗体翻译也功不可没，这方面"有孙大雨、方平、林同济等位的贡献，但是持续最久、收获最大的却数卞之琳"⑤。

　　① 卞之琳：《卞之琳译文集》（下卷），安徽教育出版社 2007 年版，第 81—82 页。
　　② ［英］莎士比亚：《丹麦王子哈姆雷的悲剧》，林同济译，中国戏剧出版社 1982 年版，第 73 页。
　　③ 张曼仪：《卞之琳著译研究》，香港大学中文系 1989 年版，第 139 页。
　　④ ［英］莎士比亚：《丹麦王子哈姆雷的悲剧》，林同济译，中国戏剧出版社 1982 年版，第 4 页。
　　⑤ 王佐良：《莎士比亚绪论——兼及中国莎学》，重庆出版社 1991 年版，第 190 页。

三 意象重构

意象不仅是诗歌的重要内容，也是戏剧的重要内容。不过，诗歌意象和戏剧意象略有不同，前者直接由诗人描画于诗歌中，后者则多由剧中人物口头表述。戏剧中的人物性格心性不同，社会地位有别，性别不同，这些都将影响其对意象的运用。"语言的形象性也造成了莎剧的诗情画意。"①莎剧中有大量生动具体的形象，生动鲜明，新颖别致，具有较强的艺术感染力。例如，忧郁王子哈姆雷特，勇敢正直又容易轻信的奥瑟罗，善良美丽的玳斯德莫娜，刚愎自用的李尔王，不同人物喜用不同的意象，以表达自己对于世界、人生和自我的态度。

20世纪30年代中期，美国学者斯帕基恩（Caroline Spurgeon）出版专著《莎士比亚的意象及其涵意》（*Shakespeare's Imagery and What It Tells Us*），开启了对莎剧中意象进行系统研究之先河。斯帕基恩认为，无论剧作家还是小说家，其作品中的意象"可以真实地表明作者的人格、性情及性格"。②他统计了莎士比亚戏剧及十四行诗集中的意象，并将其与莎翁同时代12位剧作家（如马洛、格林、本·琼生、查普曼）作品中常用意象进行比较，以此研究莎士比亚的感受能力（senses）、个人兴趣（tastes and interests）和思想（thoughts），开辟了莎学研究的新途径。斯帕基恩统计发现，"食物"意象和"疾病"意象贯穿莎士比亚作品的始终，不过在不同阶段也有变化："早期莎剧中的'食物'意象（如《亨利六世》三部分及早期喜剧）大多显得粗糙、简单，而后期戏剧中意象的复杂性、多样性明显增加。……'疾病'意象亦即如此。早期的'疾病'意象主要为腐蚀物、抹在伤口上的香油、残肢、瘀伤及对各种瘟疫、鼠疫的暗示；后期剧作中则让人产生强烈的恐惧感，污秽疾病令人作呕。《哈姆雷特》更带来溃烂的、隐藏的肿块甚至恶性肿瘤，让人震惊，而这些恰是这部悲剧的中心意象。"③就"四大悲剧"而言，斯帕基恩统计了《哈姆雷特》3762行中的279种意象，《奥瑟罗》3229行中的192种意象，《麦克白斯》2084行中的208种意象，《里亚王》3205

① ［苏］阿尼克斯特：《莎士比亚的创作》，徐克勤译，山东教育出版社1985年版，第72页。
② Caroline Spurgeon, *Shakespeare's Imagery and What it Tells Us*, New York：Cambridge University Press, 1935, p. 4.
③ Ibid. , p. 423.

行中的 193 种意象，发现《哈姆雷特》中的"疾病"意象远超其他莎剧作品，因为"溃疡和肿瘤，恰可以形容丹麦王国道德上的沦丧"，思想、行为等各方面的"疾病"成为这部作品的"主旋律"（leitmotif）；《麦克白斯》中的意象较之其他剧作更丰富多样、更富想象性，这些意象词语大多取自日常生活中的常见事物，主要有：描写麦克白斯肖像外貌的意象图，如以不合身的服装（ill‑fitting garments）喻指其野心；旷野中回荡的声音；代表生命、美德等光明一面的意象词；代表罪恶、死亡等黑暗一面的意象词——罪恶即疾病，苏格兰病入膏肓了。《奥瑟罗》中的意象词汇主要包括两类：动物相关词汇及海洋相关词语，前者大多与亚果（Iago）有关，词义涉及与动物相关的捕食、伤害、淫荡、残忍、疼痛等，后者则关涉海港、海洋等。《里亚王》大量使用"疼痛"相关的意象词，如大量使用"折磨""刺入""蹂躏""殴打"等动词，或其他表示身体、心灵"疼痛"的词语。[①] 斯帕基恩的研究，为莎学研究开辟了一条新的道路，使人们开始从莎剧意象统计和分析着手，研究莎士比亚作品及其创作思想和经历。研究成果也为我们理解莎士比亚作品提供了重要借鉴。

　　受帕斯基恩研究的启发，克莱门（Wolfgang Clemen）出版了《莎士比亚意象的发展》（*The Development of Shakespeare's Imagery*）一书。这是莎剧意象研究的又一力作，1951 年初版，1977 年修订再版。该书将意象研究置于更广阔的空间，研究意象与场景、人物、故事情节、舞台动作之间的关系，以此研究意象在莎士比亚剧作中的功能。克莱门认为意象是戏剧结构的重要组成部分，能强化情节、表现主题和制造氛围："这些剧作中的意象，往往满足语言表达、氛围营造、人物塑造等方面的不同要求，其功能和用法受制于特定悲剧的内在结构法则（inherent structural law）"[②]。

　　其后，意象研究成为莎学研究的热点，一大批莎学研究者加入这一领

---

　　① Caroline Spurgeon, *Shakespeare's Imagery and What it Tells Us*, New York：Cambridge University Press, 1935, pp. 316 – 343.

　　② Wolfgang Clemen, *The Development of Shakespeare's Imagery*, London：Methuen, 1977, p. 217.

域，短期内出现了一大批研究莎剧意象的著作，① 甚至一度出现了意象研究取代莎学研究的趋势。一些学者不无忧虑地提出，"这一研究方法已经达到一个极点，其不足已经比其优势更明显了"②。对莎剧意象的过分强调当然有以偏概全之不足，莎剧之所以伟大，不仅在于其丰富的意象，也在于其深邃的思想和哲理、出色的语言艺术、精巧的结构等方面。不过，这些研究表明：意象研究是莎剧研究的重要内容，是全面、深入研究莎剧的必要方面。"留心研究莎剧的诗意，就会发现，每个剧中都有一组彼此相连的语言形象，作为表达思想内容的诗化手段，在我们不知不觉中就造成一种富有感情色彩的效果，从而决定这我们对剧本的整体感受。"③

卞之琳十分重视莎剧中的意象。以《里亚王》为例，他指出"暴风雨或暴风雨场面，以及和这些场面交织的场面，是《里亚王》剧情的中心。"④"外在的暴风雨显然是呼应着内心的暴风雨。……与此相应，《里亚王》悲剧所处理的理想和现实的矛盾也反映了《里亚王》悲剧思想中理想本身的矛盾。"⑤ 而《奥瑟罗》中的奥瑟罗，则"中了亚果的毒素，他的富于诗意的嘴里也就出现了'骚羊'、'猴狒'、'鳄鱼'、'毒蛇'，等等。……他简直变成了他自己所说的'野兽'和'怪物'"⑥。在莎剧翻译中，他更以诗人的想象和笔法，生动形象地再现了原文文本中的意象，使

① 代表性著作有阿姆斯特朗（E. A. Armstrong）的《莎士比亚的想象：联想与启示之心理学分析》（*Shakespeare's Imagination：A Study of the Psychology of Association and Inspiration*，1946）、赫尔曼（R. B. Heilman）的《这个伟大的舞台：〈李尔王〉之意象与结构》（*This Great Stage：Image and Structure in "King Lear"*，1948）、汉金斯（J. E. Hankins）的《莎士比亚的派生性意象》（*Shakespeare's Derived Imagery*，1953）、查尼（M. Charney）的《莎士比亚的罗马剧本：意象在戏剧中的功能》（*Shakespeare's Roman Plays：The Function of Imagery in the Drama*，1961）及《〈哈姆雷特〉的风格》（*Style in "Hamlet"*，1969）、马修（H. Matthews）的《莎士比亚戏剧中的人物与符号：结构与意象中的基督教因素及前基督教因素》（*Character and Symbol in Shakespeare's Plays：A Study of Certain Christian and Pre – Christian Elements in Their Structue and Imagery*，1962）、约瑟夫（B. L. Joseph）的《莎士比亚与意象》（*Shakespeare and Imagery*）、海恩（T. R. Henn）的《活的意象》（*The Living Image*，1972）、穆尔（K. Muir）的《职业的莎士比亚及相关研究》（*Shakespeare the Professional and Related Studies*，1973）、德布勒（J. Doebler）的《莎士比亚的会说话的图片：形象表象研究》（*Shakespeare's Speaking Pictures，Studies in Iconic Imagery*，1974）、萨克斯（E. M. Sacks）的《莎士比亚作品中的妊娠意象》（*Shakespeare's Image of Pregancy*，1980）、威尔逊（C. R. Wilson）的《莎士比亚的音乐意象》（*Shakespeare's Musical Imagery*，2011）等。

② H. Gardner, *The Business of Criticism*, Oxford：Clarendon Press, 1959.

③ ［苏］阿尼克斯特：《莎士比亚的创作》，徐克勤译，山东教育出版社1985年版，第72页。

④ 卞之琳：《莎士比亚悲剧论痕》，安徽教育出版社2007年版，第204页。

⑤ 同上书，第207页。

⑥ 同上书，第151—152页。

译本成为一件件艺术品。

值得一提的是，卞之琳在处理莎剧中丰富的意象词时，并未局限于文字的一般意义，他经常对这些意象进行艺术性再加工，使原文的意象以更鲜明的形式再现于译文中。这样产生的译作，既是莎士比亚的作品，一定程度上也带有卞氏创作的痕迹。

如《哈姆雷特》第一幕第二场中哈姆雷特的独白：

原文：	卞译文：
How weary, stale, flat, and unprofitable	我觉得人世间醉生梦死的一套
Seem to me all the uses of this world!	是多么无聊，乏味，一无是处！
Fie on't! O fie! 't is an unweeded garden,	呸！呸！这是个荒废的花园，
That grows to seed; things rank and gross in nature	一天天零落；生性芜秽的蔓草
Possess it merely. That it should come to this!①	全把它占据了。居然有这等事情！②

哈姆雷特在父亲突然去世、母亲匆匆改嫁叔父后，突然发现现实世界不再是理想中那么美好，因而发出"世界是一所监狱，而丹麦是里面最坏的一座"之感慨。原文"weary, stale, and unprofitable"用以形容"this world"，译者将其译为"多么无聊，乏味，一无是处"，并添加原文没有的"醉生梦死"一词，使译文既忠实原文又有所创新，表达了哈姆雷特对现实世界的无比失望。这种艺术性加工，显然有助于营造作品的氛围，使读者更好地理解哈姆雷特所处的世界。"荒废的花园，一天天零落""生性芜秽的蔓草，全把它占据了"等句，也以形象性的表达方式，表达了哈姆雷特对邪恶压倒正义、黑白颠倒的现实世界的失望。法国大文豪雨果曾经这样评价哈姆雷特："在某些情况下，他就是那个阴暗的人，而我们大家也都是。……他代表着灵魂的不舒适，因为生活未能完

---

① William Shakespeare, *Hamlet*, John Dover Wilson ed., New York: Cambridge University Press, 2009, p. 14.

② 卞之琳：《卞之琳译文集》（下卷），安徽教育出版社 2007 年版，第 18—19 页。

全适应他的需要。"①

再如,《哈姆雷特》第三幕第四场中哈姆雷特对母亲的斥责:

原文:	卞译文:
Mother, for love of grace,	母亲,看上帝面上,
Lay not that flattering unction to your soul	不要自己骗自己,涂一层药膏,
That not your trespass, but my madness speaks:	只当大声疾呼的是我的疯病,
It will but skin and film the ulcerous place,	不是你自己的毛病;这只能使脓疮
Whilst rank corruption, mining all within,	结上些浮皮,让它在里面溃烂,
Infects unseen. Confess yourself to heaven;②	暗地里毒害了全身。对上帝坦白吧;③

　　哈姆雷特的父亲老国王刚刚过世,王后便在不到两个月时间内,不顾伦理道德,与杀害老国王的凶手克罗迪斯结婚。这种行为无疑是一种"病",不是外在的疾病而是根深蒂固、从心灵到身体的彻底腐朽。卞译本将"unction"(油膏)译为"药膏","madness"(发疯)译为"疯病","ulcerous place"(溃疡)译为"脓疮","rank corrruption"(腐蚀)译为"溃烂","infects unseen"(潜藏的感染)译为"毒害全身",使用大量与"疾病"相关的词语,以意象叠加的形式,很好地表现了当时丹麦社会由内至外、病入膏肓难以医治的"病"。这既是社会性痼疾,也是入人心肺的个人顽疾。实际上,《哈姆雷特》卞译本中,类似的意象不断出现,如"向来是控制大海//支配潮汐的月亮,病容满面"(第一幕第一场第18—20行);"决断决行的本色//蒙上了惨白的一层思虑的病容"(第三幕第一场第84—85行);"病发得急了,//一定得使用急药来医治才对"(第四幕第三场第9—10行);"大概是富足和太平长出了脓疮,//在里面溃烂,外表上并不显出//一个人将死的征象"(第四幕第四场第27—29行);"现在有许多害

　　① 〔法〕雨果:《莎士比亚传》,丁世忠译,团结出版社2005年版,第162页。
　　② William Shakespeare, *Hamlet*, John Dover Wilson ed., New York:Cambridge University Press, 2009, p. 14.
　　③ 卞之琳:《卞之琳译文集》(下卷),安徽教育出版社2007年版,第116页。

杨梅疮害死的尸首不等到埋好就已经先烂完了"（第五幕第一场第140—141
行），等等。这些意象词的不断使用，强化了读者的阅读体验，使他们感受
到剧作中乾坤颠倒、彻底腐蚀的丹麦社会现实。

《麦克白斯》第一幕第七场，麦克白斯的一段独白：

原文：

And pity, like a naked new – born babe,
Striding the blast, or Heaven's cherubin, horsed
Upon the sightless couriers of the air,
Shall blow the horrid deed in every eye,
That tears shall drown the wind. I have no spur
To prick the sides of my intent, but only
Vaulting ambition, which o'erleaps itself
And falls on th' other—①

卞译文：

而慈悲，像一个初生的赤裸裸婴孩
跨着狂风，或者像小天使骑着

空中无形的奔马，会把这一桩
骇人的勾当吹进人人的眼里，
叫泪雨浇灭悲风。我没有马刺

来双双激励我的图谋，我只有
腾空的野心，跳过了头，一下子
翻落在另一边——②

　　三个女巫告诉麦克白斯，他有朝一日能坐上王位。适逢国王顿肯来
家里做客，是趁机谋杀国王以便篡位实现自己的愿望，还是放过机会，
继续尊崇这位施政清明、德行高尚且是自己亲戚的国王？麦克白斯犹豫
过，不过，最终恶意战胜了仁慈，他还是决心谋杀篡位。所引这段话正
表现了他的这种复杂心态。卞之琳以其诗人的高超表达方式，形象、生
动地描述了麦克白斯的心理过程。将 "a naked new – born babe striding the
blast" 译为 "一个初生的赤裸裸婴孩跨着狂风"，体现了理智在阴暗之心
面前显得那么弱不禁风。"Heaven's cherubin"（天堂乐园的守护神）理应
代表正义，给人间带来光明。然而，他跨坐的是 "无形的奔马"，教唆人
们的是 "骇人的勾当"，这是一个黑白颠倒的世界。卞之琳将 "blast"
（强风）译为 "狂风"，将 "sightless couriers"（无形的马）译为 "无形
的奔马"，通过 "狂""奔" 等词，创造性地为我们勾画了麦克白斯内心

---

①　William Shakespeare, *Macbeth*, John Dover Wilson ed., New York: Cambridge University Press,
2009, p. 19.

②　卞之琳：《卞之琳译文集》（下卷），安徽教育出版社 2007 年版，第516—517 页。

邪恶战胜正义的过程。将"tears"（眼泪）译为"泪雨"，"the wind"（风）译为"悲风"，以更形象的表达强化了这一善恶角斗的过程。"I have no spur//To prick the sides of my intent"一句中，"sides of my intent"意指理智与情感两方面，即一方面希望做一个正直有义之人，另一方面又希望能够成为国家最高统治者。篡位的野心犹如脱缰的"奔马"，无法让人控制，表明麦克白斯无法做出两全选择。译文"我没有马刺//来双双激励我的图谋"，较忠实地表达了原文的内涵。最后两行，以"跳过了头"的"腾空的野心"，进一步强化了野心如奔马这一意象，"翻落到另一边"则表明麦克白斯已经下定决心采取行动、篡位夺权。短短八行百余字，卞之琳用形象生动的笔法，为我们刻画了主人公内心的激烈争斗场面。其译文既植根原文，又有创造性发挥，体现了这位诗人翻译家对文学作品艺术性翻译的追求。

四 "力求传达原文的妙处"——修辞格翻译

莎士比亚戏剧具有永恒的魅力，与其丰富多彩的语言分不开。莎士比亚本人被视为语言大师。英国诗人托马·斯格雷盛赞莎士比亚对语言的艺术性使用："每一个词到了他手里，都成了一幅画。"莎士比亚剧作词汇量大，表达方式丰富多变，语言具有个性化特点。剧作中有大量的比喻、双关、夸张等修辞格，借以表达说话者的情感，营造氛围，深化主题。如《哈姆雷特》中哈姆雷特的独白"脆弱啊，你的名字就叫女人！"（第一幕第二场第146行）；莱阿替斯劝我菲丽亚警惕哈姆雷特的爱情时说："春天的嫩苗还没有开花放苞，毛虫就往往钻进去把它咬伤"（第一幕第三场第39—40行）；《奥瑟罗》中亚果认为奥瑟罗和苔丝德摩娜之间的爱情不会长久，"现在他尝着的是蜜一样的甜，要不了多久就会感到黄连一样的苦"（第一幕第三场第334—335行），打算"给摩尔人耳朵里灌这副毒药"（第二幕第三场第313行）；"利用她的好心肠结成了罗网，把他们一网打尽"（第二幕第三场第318—319行）；《里亚王》中里亚王的三女儿考黛丽亚"因穷而最为富有，被弃而最中选，受鄙视而最受珍惜！"（第一幕第一场第242—243行）；在自己被逐、三女儿去世后，里亚王发出悲号："号叫啊，号叫啊，号叫啊！你们是铁石人！"（第五幕第三场第256行）。限于篇幅，不复赘举。这些修辞格的使用，使语言更加鲜活、生动，给读者留下深刻的印象。

卞之琳在"四大悲剧"译本说明中，明确提出处理修辞格的方法："译文中，逢原文用双关语处、谐音处，宁可增删或改换一些字眼，就原来的主要意义，力求达出原有的妙趣。"① 在他看来，修辞格翻译时不能拘泥于文字表达形式，最重要的是传达"原有的妙趣"，必要时可以对文字"增删或改换"。

修辞学家陈望道在《修辞学发凡》中，将广义上的修辞分为消极修辞和积极修辞：前者"对于语辞常以意义为主"，而"对于语辞的情趣，和它的形体、声音，几乎全不关心"；后者则要求语言有辞格和辞趣，"经常崇重所谓音乐的、绘画的要素，对于语辞的声音、形体本身，也有强烈的爱好。走到极端，甚至为了声音的统一或变化，形体的整齐或调匀，破坏了文法的完整，同时带累了意义的明晰。"② 前者目的是使人"理会"，要求意义明确、伦次通顺、语句平匀、安排隐秘；后者目的则是使人"感受"，使通过阅读活动感受语言的声音、形体和意义。相对而言，前者只要意义表达清晰即可，后者则要求文字具有艺术性美感。卞之琳对修辞格的处理，显然符合"积极修辞"的要求。

原文：

1 Clown …There is no ancient gentlemen but gardeners, ditchers and grave‐makers—they hold up Adam's profession.

he goes down into the open grave

2 Clown. Was he a gentleman?

1 Clown. A' was the first that ever bore arms.

2 Clown. Why, he had none.

1 Clown. What, art a heathen? how dost thou understand the Scripture? the Scripture says Adam digged; could he dig without arms?③

卞译文：

甲　要数家世，也再没有比种园子的，挖沟的，掘坟的这三家更

---

① 卞之琳：《莎士比亚悲剧论痕》，安徽教育出版社 2007 年版，第 305 页。

② 陈望道：《修辞学发凡》，上海教育出版社 1997 年版，第 50 页。

③ William Shakespeare, *Hamlet*, John Dover Wilson ed., New York：Cambridge University Press，2009，p. 114.

古了。他们都是继承的亚当老祖的行业。

乙　亚当老祖也是个世家子弟吗？

甲　他是开天辟地第一个装起门面、挂起"家徽"来的。

乙　啊，他连衣服都不穿，还讲究什么"家灰""家火"的！

甲　怎么，你是个邪教徒吗？你连圣经都不懂吗？圣经上说亚当掘地：掘地不用"家伙"吗？他的"家伙"就是他的"家徽"。①

原文为两位掘墓人为莪菲丽亚掘墓时的对白，插科打诨，妙趣横生。原文"arms"是一个多义词，可表示"手臂""武器""战争"和"纹章"（"家徽"）等多重含义。掘墓人甲显然用这个多义词故意考掘墓人乙，"A' was the first that ever bore arms"一句中的"bore arms"可解释为"长着手臂""带有武器"和"挂起家徽"等，而"dig without arms"只能解释为"不用手臂掘地"。这种谐音双关语，在汉语中无法找到一个对应词，对译者而言无疑是一个挑战。卞之琳创造性地将两句中的"arms"分别译为"家徽""家伙"。为了让读者能更好地理解"家徽""家伙"之间的关系，将"he had none"译为"他连衣服都不穿，还讲究什么'家灰''家火'的"，后一部分显然是译者增加的。这样的处理，使"家徽"——"家灰"——"家火"——"家伙"之间的关系得以串联，以地道流畅的语言，帮助读者理解原文的插科打诨、开玩笑。为了帮助读者进一步理解原文的双关修辞，译者特意添加脚注："'家徽'西方古时庶民以上的所谓'上等人家'都得有，用花纹作标记，画在盾牌或盾形牌上，作用有点相当于中国古时标榜显贵的'门阀'或'门牌'"，"原文：'掘地不用手臂吗?'——'手臂'在原文中与'家徽'谐音。"② 这些注解也能帮助读者更好地理解原文本来面貌。不过，卞译本将"Adam's profession"译为"亚当老祖的行业"，未能传达这一表达与种园子、挖沟、掘墓之间的关系。实际上，这一短语来自《圣经·旧约》第二章：上帝设立伊甸园，并将亚当安排在里面看守园子。亚当每天在园子里种草、施肥、修剪、摘果，这是人类最早的园艺、农事活动。因此，"Adam's profession"就成为园艺、农事职业的代名词。译者若能以注释形式解释此短语的含义，当能更好地帮助读者理解。

---

① 卞之琳：《卞之琳译文集》（下卷），安徽教育出版社2007年版，第154页。

② 同上。

再如，《里亚王》第一幕第四场有这样一段对话，发生于里亚王与肯特之间：

原文：

KING LEAR

…How now！what art thou？

KENT

A man，sir.

KING LEAR

What dost thouprofess？what would'st thou with us？

KENT

I do profess to be no less than I seem；to serve him truly that will put me in trust，to love him that is honest，to converse with him that is wise and says little，to fear judgment，to fight when I cannot choose，and to eat no fish.①

卞译文：

里……嗨！你是什么人？

肯　我是一个人，陛下

里　你干什么的？你见我要怎样？

肯　我敢声明我表里如一；信任我的，我忠心侍候他；诚实的，我爱他；聪明而少说话的，我跟他交往；我害怕审判；逼不得已，我也能打架；我不吃鱼。②

肯特出于对国家、国王的忠诚，在里亚王执意将国土一分为二送给两位大女儿而取消三女儿的继承权时，直言劝谏，被恼羞成怒的里亚王剥夺职位、赶出国土。不过，为尽忠效命，他乔装打扮后又打算追随里亚王。原文"profess"是个多义词，共出现两次。里亚王使用"profess"，为询问肯特的"职业"，而肯特有意不表露自己的身份，而将其理解为"坦陈相

① William Shakespeare，*King Lear*，John Dover Wilsom ed. ，New York：Cambridge University Press，2009，p. 21

② 卞之琳：《卞之琳译文集》（下卷），安徽教育出版社 2000 年版，第 360—361 页。

告",借以表达自己的人格素质。卞之琳分别将两个"profess"译为"干什么"和"敢声明",巧用汉语中两个字的谐音,很好地再现了原文一词多义的双关语效果。同时,为了避免读者产生肯特答非所问的印象,卞之琳添加注释:"上行里亚问:'干什么的'(profess),肯特在这里回答'敢声明'(也是用profess),并非所答非所问,只是用原文一字的不同意义,译文里只能用'干''敢'读音上重复一下,聊传原文的妙处。"① 这些注释内容,能帮助读者理解莎剧的修辞艺术,使他们体会剧作的原貌。此外,原文连用三个"to…that…"结构及三个"to…",构成排比句,加强了说话者语气,表达了肯特急于获得里亚王同意以便追随其后的心情。卞译本连用三个"……的,我……"结构及三个"我……"结构予以对应,保留了原文的修辞"妙处"。

至于莎剧中的明喻、暗喻等修辞格,更是随处可见。卞之琳也都以其高超的译笔,努力再现原文的艺术神韵。如《奥瑟罗》第三幕第三场亚果的一段自白:

原文:

　　　　Trifles light as air
Are to the jealous confirmations strong
As proofs of Holy Writ: this may do something.
The Moor already changes withmy poison:
Dangerous conceits are in their natures poisons
Which at the first are scarce found to distaste
But, with a little act upon the blood,
Burnlike the mines of sulphur. ②

卞译文:

　　轻于鸿毛的琐屑
会叫吃醋人看来,像天书写下的
铁证如山。这可大有点作用哩。
我已经叫摩尔人中毒,发生了变化。
危险的想法性质上就是毒药,

初上口还不大尝得出什么怪味,

可是只要在血液里稍稍一活动,
烧起来就像硫磺矿。③

① 卞之琳:《卞之琳译文集》(下卷),安徽教育出版社2000年版,第360—361页。
② William Shakespeare, *Othello*, John Dover Wilsom ed. , New York: Cambridge University Press, 2009, p. 66
③ 卞之琳:《卞之琳译文集》(下卷),安徽教育出版社2000年版,第266页。

亚果为破坏奥瑟罗的幸福，在他面前诬陷玳丝德摩娜与人有私情。眼看自己的阴谋即将得逞，亚果自鸣得意。"Trifles light as air are …as proofs of Holy Writ""dangerous conceits…burn like the mine of sulphur" 使用了明喻；"changes with my poison" 使用了暗喻，意指亚果的诬陷谗言；"dangerous conceits are…poisons""the blood" 也使用了暗喻，分别指危险想法之害处、人的情感。卞之琳以相应的修辞格进行翻译，还原了原文生动形象的比喻。值得一提的是，译者在翻译中忠实原文的基础上又有所创造、改变，如将"light as air"（像空气一样轻）译为"轻如鸿毛"，将"the jealous"（嫉妒者）译为"吃醋人"，将基督教中的"Holy Writ"（圣经）替换为汉语读者熟悉的"天书"，译文流畅地道，正是"合乎我们说话规律的汉语"。①

---

　　①　卞之琳：《莎士比亚悲剧论痕》，安徽教育出版社 2007 年版，第 307 页。

第四章

小说、散文翻译：卞之琳的
翻译实践（三）

在卞之琳的文学翻译生涯中，就数量和影响而言，其所译诗歌和戏剧显然占有更重的分量。除诗歌、戏剧外，他还翻译了英、法作家的小说（含传记文学）、散文，并取得了相当的成就。然而，他在这些领域的成绩，较少为学界关注。

1933 年夏，自北京大学毕业后，卞之琳"拟以文学翻译为职业来维系文学创作生活"[①]。他最初以译诗为主，翻译了波德莱尔的《恶之花拾零》、马拉美散文诗《秋天的哀怨》和《冬天的颤抖》及赫斯曼、梅特林克等人的诗。不过，相对而言诗的篇幅短、字数少，由此获取的报酬也就十分有限。为了满足生活所需，卞之琳开始为杨振声、沈从文主编的天津《大公报》文艺版翻译文字，主要包括散文诗、小品文、随笔、短篇小说等。他也翻译过一些评论文，如弗吉利亚·伍尔夫的《论英国人读俄国小说》、哈罗尔德·尼柯孙研究魏尔伦的《魏尔伦与象征主义》、艾略特的《传统与个人才能》等。1934 年，应郑振铎之约，将 1930—1934 年完成的译品结集，定名《西窗集》，收入波德莱尔、马拉美、瓦雷里、里尔克、阿左林等人的作品，1936 年正式出版。1935 年，经由曾在北大教授英文戏剧课的余上沅推荐，卞之琳接受胡适主持的中华文化教育基金董事会编译委员会委托，翻译斯特莱切（L. G. Strachey）的现代传记小说《维多利亚女王传》。他后来回忆道：翻译此书"报酬较丰，这就成了我生活资料的主要来源"。与编译委员会的合作，使其不仅可以获取相当的报酬，还可在生活困顿时提前预支，翻译时间、地点方面的限制也相对较少。当时卞之琳正主编《水星》

---

① 卞之琳：《卞之琳译文集》（上卷），安徽教育出版社 2000 年版，第 3 页。

杂志，事务繁忙。为了有更多时间从事翻译，他于 1935 年 3、4 月之交前往日本京都，专心译书，至 7 月回国交稿（由于战乱，该书 1940 年方由迁至香港的商务印书馆出版）。1936 年夏，卞之琳受编译委员会委托，翻译纪德的长篇小说《赝币制造者》。秋后至年底，他以每日翻译十小时的高强度劳动，完成二十多万字的译稿，年底交稿（可惜北平沦陷期间，译稿全部遗失）。1937 年清明时分，受李健吾推荐并由后者提供材料，卞之琳以较短时间翻译了法国贡斯当（Benjamin Constant）的中篇小说《阿道尔夫》（1948年，上海文化生活出版社出版）。暮春，在杭州西湖陶社闲居，翻译了纪德的《新的食粮》（1943 年，桂林明日出版社出版）。同年夏天，前往浙江雁荡山，受编译会委托，翻译了纪德的《〈赝币制造者〉写作日记》和中篇小说《窄门》（前者稿件遗失，后者 1947 年由上海文化生活出版社出版）。"七七事变"后不久，北平沦陷，编译委员会无法开展工作，卞之琳与该机构的合作也告一段落。1946 年冬，卞之琳偶得英国小说家衣修伍德的中篇小说《紫罗兰姑娘》，倍加喜爱，遂放下手头工作，一口气译出（1947 年，上海文化生活出版社出版）。50 年代，随着研究兴趣逐渐转向莎剧研究及莎剧翻译，卞之琳基本停止散文和小说翻译。

　　从"艺术性翻译"观出发，并结合其散文、小说翻译实践，卞之琳提出了其翻译散文、小说的基本观点，并在翻译实践中严格践行。

第一节　"以译诗的要求来译"：卞之琳的散文、小说翻译观

　　2000 年，卞之琳在为《卞之琳译文集》所撰"译者总序"中，交代了30 年代初期从事文学翻译的体会："我开始经常为杨振声、沈从文主编的天津《大公报》文艺版译零星文字，主要就是英美及东西欧现代散文，都可称'美文'的散文诗、散文小品、随笔、短篇小说，也译过维吉尼亚·伍尔孚（Virginia Woolf）的一篇评论文，……都是用我译诗的要求来译散文，不限于'美文'"[①]。在卞之琳看来，随笔、小说、小品文等广义的"散

---

　　① 卞之琳：《译者总序》，《卞之琳译文集》（上卷），安徽教育出版社 2000 年版，第 3 页。

文"，同样具有高度的艺术价值。为了在译文中再选原作语言、形式、意境等方面的艺术价值，他提出以"译诗的要求来译"。

作为一位诗人翻译家，卞之琳高度重视文学翻译中的艺术性追求。在他看来，"诗歌是作为最集中、最精炼的一种文学样式，对语言艺术有特别严格的要求"①。诚然，诗是一切文学形式中最高的语言艺术。一首优秀的诗，往往结构独特、语言简练、形象生动、音韵优美、情感动人、意境幽远。诗歌翻译，除传达原文的内容、风格外，更要再现原文的意境和韵味，而后者往往是难以捉摸、难以传达的。朱光潜认为："诗是最精炼的情思表现于最精炼的语文，所以比其他种类文学较难了解。有些诗难在情思深微，境界迷离隐约，词藻艰深，典故冷僻，本事隐晦。但是我们一望而知其难，便知道要费一番苦心去摸索，不至把它轻易放过；费过一番苦心，总可以有豁然贯通的时候。真正'难'的诗倒是表面看来很平淡无奇而实在有微言妙蕴的，我们略不经意，便滑了过去，犹如佛家所说的身怀珠玉，不知其为宝而去行乞一样。最大诗人的最大成就往往就在这种平淡无奇，不易令人经意处。"②诗，无论晦涩还是明晰，都通过极具张力的语言，激发读者的想象。如"春风又绿江南岸""红杏枝头春意闹"中的"绿"和"闹"，本来是两个很常见的词，一旦放到特定的语境中，便使人产生无限的美好遐想。诗的"炼词""炼句"和意境营造，使诗歌翻译具有极大的挑战性。人们往往认为，相比其他文学文体而言，诗歌翻译要求最高因而是难完成的。文学翻译家高健认为："诗却是不好译的——这已是百千年来一切曾经涉足此道的古今中外人士的一致结论。而译得好就更难。真的，译诗有时甚至比写诗还难。不少自己能写出不坏诗句的人，一旦提起笔来译他人的诗时，便会迅速意识到那将不是一件轻松的事，更难说一定便有把握将它译好。这也是一切过来人的共同感受。这里说诗不好译和诗不易译好当然是同散文或其他文体相比较而言。散文与其他文体的翻译当然也并不都那么容易。可说各有各的难处。但是译诗的难度却肯定要大得多，而成功的比例或可能性则要小得多（另外出版也特别困难）。与其说比较完美的散文译作还是不时可以觅到的话，真正成功的译诗则确乎是凤毛麟角，

---

① 卞之琳、叶水夫、袁可嘉、陈燊：《十年来的外国文学翻译和研究工作》，《文学评论》1959 年第 5 期，第 57 页。

② 朱光潜：《朱光潜全集》（五）《诗论》，中华书局 2012 年版，第 349 页。

相当罕见。"① 英国学者巴斯内特也认为：在文学翻译领域，"围绕诗歌翻译问题，人们已开展了大量的工作，而他们花费在散文翻译问题上的时间少得多。有一种解释是诗歌拥有更高的地位。实际上，这种现象更可能源于一种广泛流传的错误认识，即相比诗歌而言小说的结构简单得多，因而后者更容易翻译"②。

不过，在卞之琳看来，诗歌翻译固然不易，散文、小说等其他文体的翻译也是如此。他针对文学翻译而提出的"信、似、译"主张，不仅成为其诗歌翻译的指导思想，也成为其散文、小说翻译的指导思想。为达到译文对原文之"信"，他提倡尽可能保留原文的语言形式进行翻译，以形传神、形神兼备（"似"），在忠实原文内容的同时发挥译者的艺术创造力（"译"）。

一　注重原文的艺术价值

表面看来，卞之琳翻译小说、散文，是为了获取稿酬以维持创作；他受编译委员会委托进行翻译，重要原因是对方支付的稿酬比较丰厚，工作时间、地点不受限制。以这些作为理解卞之琳小说、散文翻译的主要动机，显然是对其文学翻译思想的误解。事实上，1924 年成立的中华文化教育基金董事会，是以第二次"庚子赔款"为基础、中美双方共同筹建的文教组织。该组织选派、资助学生赴美留学，设立科学教授席充实学校师资，资助学术团体和研究机构，邀请外国专家来华交流。其下属机构编译委员会成立于 1930 年，"负编纂及翻译有关大学、中学所需的史学、哲学、文学等著作及教学图书之责"③。编译委员会自成立至 1942 年解散的十余年，主持翻译了西方科学、文学、历史等重要图书 100 余种，在促进中外科技、文化交流方面起了积极作用。其主持编译的译作，哲学方面有笛卡尔的《哲学原理》《沉思集》《方法论》（均为关琪桐译）、大卫·休谟的《人类理解研究》（关琪桐译）、培根的《新工具》《崇学论附新雅特兰地》（关琪桐译），等等。社会科学方面，有马季佛（R. M. MacIver）的《现代的国

① 高健：《英诗揽胜》，北岳文艺出版社 2014 年版，第 482—483 页。
② Susan Bassnett, *Translation Studies*, Shanghai：Shanghai Foreign Language Education Press, 2004, p. 110.
③ 伯亮：《中华教育文化基金董事会成立始末》，《北京档案史料》2006 年第 4 期，第 261 页。

家》（胡道维译）、麦理安（C. E. Merriam）的《美国政治思想史》（胡道维译）、格拉斯（N. B. C Gras）的《工业史》（连士升译），等等。语文学方面，主要有高本汉（Bernhard Karlgren）的《中国音韵学研究》（赵元任译）。自然科学方面，有竹内瑞三的《函数论》（胡浚济译）、薄谢（M. Bocher）的《高等代数引论》（吴大任译）、蒙特（M. P. Montal）的《理论力学纲要》（严济慈、李晓舫译），等等。历史地理方面，有法国学者沙海昂（A. J. H. Chonignon）的《马可波罗行记》、伯希和（Paul Pelliot）的《郑和下西洋考》、费赖之（Aloys Pfister）的《入华耶稣会士烈传》（冯承钧译），等等。文学翻译方面的成就最大，有莎士比亚四大悲剧《李尔王》《马克白》（即《麦克白》）《丹麦王子哈姆雷特之悲剧》《奥赛罗》，以及《如愿》《威尼斯商人》《暴风雨》《第十二夜》等剧本（梁实秋译）；有笛福的《鲁宾孙漂流记》（徐霞村译）；康拉德（Joseph Conrad）的《吉姆爷》（梁遇春译）；哈代的《德伯家的苔丝》和《还乡》（张谷若译）；小仲马的《茶花女》（陈绵译）；福楼拜的《福楼拜短篇小说集》（李健吾译）；古希腊戏剧《窝狄浦斯王》《美狄亚》《波斯人》《普罗米修斯》（罗念生译），等等。① 由此不难发现，这些作品在各学科领域中都占有重要地位，是相关学科的"名著"。而卞之琳接受编译委员会邀请翻译文学作品，一方面在于该机构聚集了当时国内一流的翻译人才，翻译、出版各学科的一流作品，另一方面则在于译者在翻译选材方面的自由："所谓'特约'，倒也自由，译者自定选题，只是在我这种受第三级稿酬待遇的年轻人场合，多一道先拿出译文样品送审的手续。"② 也就是说，译者可以根据个人喜好，选择翻译自己认可的作品。

卞之琳在选择待翻译作品时，十分重视作品的艺术价值。以他翻译的衣修伍德小说《紫罗兰姑娘》为例，他高度评价这部作品的艺术价值，包括其先进的思想价值和高超的艺术手法：首先，在他看来，这部小说体现了作者"30 年代反法西斯的进步政治动机"，虽然作者本人后来在回忆录式著作中否定了这一动机，"但是衣修伍德，在 30 年代和奥登以及另外一批左倾过的同代作家一样，因为客观真实、历史事实在那里，要否定自己

---

① 商务印书馆：《商务印书馆图书目录（1897—1949）：总类》，商务印书馆 1981 年版，第 14—16 页。

② 卞之琳：《卞之琳译文集》（中卷），安徽教育出版社 2000 年版，第 300 页。

过去作品的意义和作用，还是不能由自己后来的主观愿望否定得了"①。这部小说反映了"30 年代中期以前西方知识分子还少有的幻灭感与忧郁感，他们还没有清醒感受到的两难处境"，② 正与国难当头、危机重重的旧中国相适应。因此，卞之琳选择翻译这部作品，显然符合社会现实需要。另一方面，衣修伍德在《紫罗兰姑娘》一书中所使用的精湛的艺术手法，也得到了卞之琳的高度肯定，成为他选择翻译这本书的重要原因：

> 如今我把小说正文校读一遍（我自己的著译出书后向来再懒得通读一遍，现在我还是第一次据原文校读一全本译书），像过去读过而近年来又找去重读的一位小说艺术家朋友一样，还是很能欣赏其中表现的小说创作艺术。中心人物柏格曼形象鲜明、生动；他是当时中、小资产阶级出身的有才华的艺术家的典型而具有个性；通过他表现了当时具有进步倾向而未能摆脱既定身份的知识分子的典型尴尬境地。不仅中心人物，不仅也作为小说人物兼故事讲述者的"衣修午德"，有点自我嘲弄的，十分逼真，周围人物，也都跃然纸上。衣修午德能用三笔两笔、三言两语，描写出一个人物。三四十年代间曾有人说过，他在人物塑造方面是英国狄更斯以后的第一人，寄予极大的期望（不容讳言，后来这种期望是落空了）。例如季米特洛夫的形象，在法庭上，只有几句话，一个手势，就活生生地"站起来"了。其他许多配角也都被写得闻其声如见其人。衣修午德在全书中着墨不多就能把西方摄影场生活写得十分酣畅，琳漓尽致，同时又从容不迫，还可以借人物发议论，抒情。文笔明净，一点也不拖泥带水。③

思想、艺术创作方面的共鸣，使卞之琳"禁不住搁下了自己的工作，一口气译出了"④ 这部作品。

再以卞之琳翻译斯特莱切《维多利亚女王传》（*Queen Victoria*）为例。18、19 世纪，英国传记文学往往注重背景知识和细节描写，篇幅冗长，内容则以歌功颂德为主，对传主进行理想化描写，突出强调作品树立榜样、教化社会、教育民众的功能。典型作品有博斯韦尔（James Boswell）的

① 卞之琳：《卞之琳译文集》（上卷），安徽教育出版社 2000 年版，第 177 页。
② 同上书，第 178 页。
③ 同上。
④ 同上书，第 190 页。

《约翰逊传》(*The Life of Johnson*, 1791)、卢卡特(John Gibson Lockhart)的《司格特传》(*Life of Sir Walter Scott*, 1837—1838)、约翰·福斯特(John Forster)的《查尔斯·狄更斯传》(*The Life of Charles Dickens*, 1872—1874),等等。斯特莱切在《维多利亚女王传》中,借维多利亚女王为丈夫配王立传一事,描绘了这种典型化、模式化写作风气:女王命令亚述·赫尔朴斯爵士、格雷将军、马丁先生等人为去世的丈夫立传,以彰显丈夫力量之大、德性之高,意图树立一个完美无缺的王室成员形象。女王亲自定下全书计划,并提供了大量珍贵的秘密文献以资参考。然而,这些耗费大量人力、物力、财力的皇皇巨著,未能取得预期的效果,"世人见陈列出来给他们赞叹的人物倒像道德故事书里的糖英雄,而不像有血有肉的同类,耸一耸肩,一笑,或是轻薄的一哼,掉头而去了。然而在这一点上,世人同维多利亚都错了。因为实际上亚尔培是远非世人所能梦想及的有趣人物。仿佛出于一种离奇的捉弄,一个毫无瑕疵的蜡像硬被维多利亚的恩爱镶嵌进了一般人的想象,而蜡像所表现的人物本身——那个真实人物,那么有精力,有拼劲,有熬炼的,那么神秘,那么苦恼的,那么容易出错的,那么极近人情的——却消失得无影无踪了"①。这种脱离生活实际的理想化写作,使传记文学脱离了"文学"的属性,成为罗列事实、为传主歌功颂德的记载性文字。

斯特莱切的《维多利亚女王传》一反传统传记文学写法,"根据大量资料,加以汰洗,巧为剪裁,使出了生花妙笔。结果这本书不只是大可参考的历史传记,而更是大可欣赏的传记文学"②。斯特莱切来自著名的"布卢姆斯伯里"文人团体,其作品注重人物的心理活动,挖掘人物的秘密动机,语言幽默、风趣,风格优美,打开了传记文学的新局面,成为当代"新传记"三大作家之一(另两位为德国的路德维希、法国的莫罗亚)。卞之琳盛赞斯特莱切及这部作品:"斯特莱切恰就是以首先好像跟维多利亚时代名人开玩笑起家的。他的第一本传记文学集《维多利亚朝名人传》1918 年出版,一举成名,使他成为欧洲现代新传记文学的先导。在这前后,他写过一本法国文学史论小书和几本传评小书,1928 年出版《伊丽莎白和艾瑟克思》,原似乎想写得浪漫一点,终失却平衡,有违他自己写传记的本色。他

---

① 卞之琳:《卞之琳译文集》(中卷),安徽教育出版社 2000 年版,第 517—518 页。
② 同上书,第 299 页。

生平所著数量不多，而以《维多利亚女王传》分量最重，最恰到好处，该是他造极的作品。他在这本传记里，透过维多利亚女王本人及其左右大人物的王袍朝服，揭示真实面目，公私相衬，亦庄亦谐，谨严而饶有情趣，富于生活气息。"① 1932 年，梁遇春在《新月》第 4 卷第 3 号发文，介绍了斯特莱切和他的代表作《维多利亚女王传》，盛赞其作品中表现的"新传记的神髓"："他以为保存相当的简洁——凡是多余的全要排斥，只把有意义的收罗进来——是写传记的人们的第一个责任。其次就是维持自己精神上的自由：他的义务不是去恭维，却是把他所认为事实的真相暴露出来。"② 郁达夫对斯特莱切这部著作也给予很高评价："以飘逸的笔致，清新的文体，旁敲侧击，来把一个人的一生，极有趣味地叙写出来的，有英国 Lytton Strachey 的维多利亚女皇传，法国 Maurois 的雪莱传、皮贡司非而特公传。"③ 据卞之琳自陈，他在阅读梁遇春的介绍文字后，开始关注斯特莱切的这部作品，并于 1934 年秋后接受中华文化基金会编译委员会邀约翻译此书。④ 由此可见，卞之琳选择翻译这部作品，最重要的原因在于该作品包含的艺术价值。他坚信"斯特莱切开现代传记文学先河的著作，特别是这部臻于成熟的代表作，必然也会在现代文学史上，以至今后读书人手里，继续放光"⑤。

卞之琳十分推崇法国作家纪德，对后者的作品译介较丰，先后翻译了《赝币制造者》《浪子回家集》《新的粮食》《窄门》等作品。纪德是 20 世纪最伟大的法国作家之一，一生创作以散文为主，取得了较高的成就，并于 1947 年获诺贝尔文学奖。其作品以深邃的思辨、敏锐细腻的感觉见长，在世界文学史上占有重要地位。《赝币制造者》（又译《伪币制造者》）是纪德唯一一部长篇小说，1919 年开始构思，1921 年 10 月正式动笔，1925 年 5 月完稿。前后耗时五六年，足见作者对此小说的重视程度。小说描写了广阔的社会现实，反映了法国尤其是巴黎知识分子的思想活动和精神面貌，具有浓厚的时代气息。《浪子回家集》包括《纳蕤思解说》《恋爱试验》《爱尔·阿虔》等六篇，卞之琳评价这六篇文字"像散文诗，像小说，

① 卞之琳：《卞之琳译文集》（中卷），安徽教育出版社 2000 年版，第 298 页。
② 梁遇春：《苦笑》，中国文史出版社 2016 年版，第 170 页。
③ 郁达夫：《闲书》，中国国际广播出版社 2013 年版，第 14 页。
④ 卞之琳：《卞之琳译文集》（中卷），安徽教育出版社 2000 年版，第 299 页。
⑤ 同上书，第 297 页。

像戏剧，就不像作者纪德（Andre Gide）统称为的'专论'（Traites），译为'解说'也还有点勉强（我是借用了日本名词俾在中文里稍别于'解释'），说作者骗人吧，实又不然。不管缤纷的外观，这些文字的重点是在思想或观念"①。这段话抓住了纪德文字的核心思想，因为这六篇文字分别讨论象征、道义、幸福、超越等问题。《新的粮食》是一部散文集，作者构思于1922 年，至 1935 年才正式出版。卞之琳曾将该作品与纪德早期作品《尘世的食粮》进行比较，以说明该作品在纪德写作两度"转向"中的重要地位："《新的食粮》② 还跟《尘世的食粮》一样地讴歌喜悦，教人放纵欲望，享受官能世界，接触自然，可是已经不如《尘世的食粮》里那样地不负责任，例如幸福就有了个是否剥削别人的幸福的限制，而自然也往往只用来说明人了，例如说自然史是最好的人类的历史。《尘世的食粮》的作者对于人生的经验其实还是很少，还不知道或者忽略了现实，例如只有到后来在《梵蒂冈的地窟》（Les Caves du Vatican）里才提到了《尘世的食粮》的旅途上也该少不了的跳蚤、臭虫、蚊子，而《新的食粮》里的'轮番曲'，'出于抒情的表现'，在这里就让'邂逅录'，'出于事实的表现'，来代替了。《尘世的食粮》和《新的食粮》写的同样可以说是初醒的境界，可是在同样的年轻的精神里也显出了年龄的并非徒增的痕迹。同样对于生活中的一切都惊讶、赞叹，《新的食粮》的作者已经不如在《尘世的食粮》里那么天真烂漫，不再那么的纯凭主观，而且不由纪德自己，充满了成熟而炉火纯青的睿智。《尘世的食粮》还是一个孤独者的作品，到《新的食粮》里，虚拟的对象娜塔纳哀，那个纪德现在觉得悲凉的名字，换成了洪亮的'同志'。在《尘世的食粮》里否定的精神重于肯定的精神，破坏的精神重于建设的精神，到《新的粮食》里也反过了比例。"③ 由此可见，《新的粮食》是颇能代表纪德思想和艺术成就的成熟之作，"是最足于解释纪德的若干部之一，而且因为出版较晚，又是把纪德的演变解释得最全的最小的一本书"④。《窄门》是一部爱情悲剧，小说中男女主人公相互爱慕，但他们认为"达到幸福所需的努力反重于幸福本身"，为了追求德行而折磨自己也折

---

① 卞之琳：《卞之琳译文集》（上卷），安徽教育出版社 2000 年版，第 295 页。

② 作品 1943 年 10 月由桂林明日社出版社，题为《新的粮食》。收入《卞之琳译文集》时，名为《新的食粮》。

③ 卞之琳：《译者总序》，《卞之琳译文集》（上卷），安徽教育出版社 2000 年版，第 3 页。

④ 卞之琳：《卞之琳译文集》（上卷），安徽教育出版社 2000 年版，第 654 页。

磨所爱之人，最终一个潦倒一生，一个憔悴以死。卞之琳评价，"这是爱情小说，没有色情描写，也没有耸人听闻的噱头。但是其中的意义可以超出儿女情这一点表层"①。这部作品集中体现了纪德作品常见的矛盾特性："纪德经常自道身上具有法国南部明朗气候和北部（诺曼底）阴沉气候所赋予的两种各有短长的气质，互相抵触，互相斗争。《窄门》故事本身（和他一生的其他作品，包括有些方面和《窄门》好像作对位音的《新的食粮》）就和盘托出了冲突的真情。但是矛盾斗争是进程，是现实；矛盾统一才是目的，才是理想，从一种角度看，可否这样说？"② 对中国社会而言，"在我们国家今日开放、搞活的社会主义现代化进程中，也到处潜伏着更与封建残余思想相结合的陷阱，陋习猖狂，歪风时起，这也是一部分的现实。保持清醒，不迷恋死骨，不盲目崇洋而重温一下纪德在他这本小说里的进窄门悲剧，净化一番我们的感情以至思想，似乎倒又值得了"③。由此可见，卞之琳选择翻译这部小说，乃有感于该小说深邃的哲学思想，并将其与中国社会现实联系起来。

二　"在句次字序上力求贴近原文"

秉承其在诗歌、莎剧翻译中"以形求神、形神兼备"的艺术性翻译要求，卞之琳明确提出"以译诗的要求来译散文"，突出表现为译文尽可能保留原文的形式，即"在句次字序上力求贴近原文"④。对译文的这一要求，与卞之琳的"信、似、译"艺术性翻译观一脉相承。

一般而言，英语属印欧语系，汉语属汉藏语序，两者在词汇、句法、语篇等层面存在较大差异。连淑能比较了汉英语言的差异：汉语属典型的分析语，英语属综合—分析语；英语句式呈"聚集型"，汉语句式呈"流散型"；英语重形合，汉语重意合；英语句式相对繁复，汉语句式相对简短；英语常用物称，汉语常用人称；英语常用被动句，汉语常用主动句；英语倾向于多用名词，叙述呈静态，汉语倾向于多用动词，叙述呈动态；英语用词倾向于抽象，汉语用词倾向于具体；英语表达倾向于间接、婉约，汉

---

① 卞之琳:《卞之琳译文集》（上卷），安徽教育出版社 2000 年版，第 410 页。
② 同上书，第 412—413 页。
③ 同上书，第 412 页。
④ 卞之琳:《译者总序》,《卞之琳译文集》（上卷），安徽教育出版社 2000 年版，第 3 页。-

语表达倾向于直接、明快；英语倾向于避免重复，汉语则重复较多。① 刘宓庆对比了汉英语法特征，认为汉语语法呈隐含性，英语语法呈外显性；汉语词语的句法功能取决于语义、句法和语用三个层面，英语词语的句法功能取决于语句的词语形态及在句子组合形式中的功能；汉语中语序的语法功能突出，英语中语序的语法功能不那么重要；汉语中意合重于形合，英语中形合重于意合；汉语语法与语音关系小，英语语法与语音关系密切；汉语语法歧义较多，英语语法歧义较少。② 英汉语言的这些差异，构成了翻译中的障碍：译者在翻译中若恪守原文的形式，有可能使译文不符合译入语表达习惯，产生不流畅、不通顺的译文；译者若改变原文的表达形式，仅着眼于原文内容的传达，势必舍弃原文一些生动形象的表达形式，使语言表达平淡无奇。这就要求译者在翻译中灵活调整，使译文在忠实原文内容的同时，符合译入语的表达习惯。

卞之琳从"信、似、译"出发，提出散文、小说翻译如诗歌翻译一样，要以"形似"达至"神似"，最终使译文"形神兼备"，从而最大程度实现文学翻译中的"信"。在《文学翻译与语言感觉》一文中，他明确提出：

> 以小见大，以形见神，不妨首先考虑一下适当处理两种语言的字句顺序问题，这似乎是细微末节的小问题。谁都知道中西语言中有些基本词组、片语，讲顺序是恰巧相反的，颠倒的，例如汉语"的"和英语 of、法语 de，作用一样，但是所连接的前后两词或词组，只有倒过来译才不反原意。然而，我们用所谓"直译"（再加上"直译"原来西语的限制性形容从属句），在中文里就得用一连串的"的"。这样实际上既不合中国话的自然习惯，也不收西方话的自然效果。香港一位诗评家评我的诗汇编《雕虫纪历 1930—1958》，说我为文有时也濒临欧化到恶性的程度，却肯定我诗中语言"简练有致"，据例说集中《古镇的梦》一诗第一节"小镇上有两种声音／一样的寂寥：／白天是算命锣，／夜里是梆子"。换了 30 年代（欧化盛行时期）别人可能会写成"小镇上有一样的寂寥的两种声音"，甚至"小镇上有一样的寂寥的白天的算命锣和夜里的梆子的两种声音"。"直译"西方诗文也可能像这样既非民族化，也谈不上欧化（因为在

① 连淑能：《英汉对比研究》，高等教育出版社 1993 年版。
② 刘宓庆：《新编汉英对比与翻译》，中国对外翻译出版公司 2006 年版，第 61—62 页。

西方语言里效果也不会这样）。①

由此可见，卞之琳主张文学翻译中应尽可能保留原文形式。保留原文的形式，其目的也就在于再现原文的语言风格。不过，由于不同语言之间的巨大差异，原文和译文形式上的相似，不是绝对的而是相对的。译者应努力使译文符合译入语的"自然习惯"，从而取得和原文类似的"自然效果"。如果译者刻板地追求形式上的对应，只能产生"既非民族化，也谈不上欧化"、不中不洋的译文，影响原文意义的传达，遑论原文风格的忠实再现。

在卞之琳看来，翻译中是否需要调整原文的语序和结构，最终取决于原文风格的再现。在《文学翻译与语言感觉》一文中，他论述道：

> 我们在日常口语里也常用倒装句法，与西方语差不多。我们在讲话，说出了一个已是完整的短句以至长句，任思路，再补充一句，或一个副词或副词片语之类，实际上也常用。英语里，举例说，一个副词或副词片语，用在一个动词或动词片语以前，和特别是用"逗号"（，）隔开而加在以后，二者之间调子（连带意味）也就不一样。还有倒装用法，例如："'来。'他说。"这种句型算是从西方引进的。中国现在写小说之类，也很习惯，其实我们日常说话，本来也会出现这种倒装情况（只是过去一般不这样写在书面上罢了）。顺便提一下，我们现在写作或翻译，通行把"'来，'他说"写成"'来。'他说"，实在是不通的："来"后用句号点断了，"他说"什么呢，它的宾语呢？汉语也有的是和西语基本一致的语法。这种地方，特别是较长句型的场合，一定都要倒过来才算民族化而不是欧化吗？我看未必。一定都倒过来，原文从容不迫或漫不经心的语调在中文里就变成一本正经的口气，也就是不"信"。②

卞之琳还列举了一些具体实例，以讨论文学翻译中的形神关系。1982年，《译林》与《外国语》联合举办中华人民共和国成立后第一次全国文学翻译竞赛，原文为美国作家厄普代克的短篇小说《儿子》（*Sons*）部分章

---

① 卞之琳：《人与诗：忆旧说新》（增订本），安徽教育出版社 2007 年版，第 359—360 页。
② 同上书，第 360 页。

节。小说第一句为"He is often upstairs，when he has to be home."按照汉语习惯，一般将"when"引导的从属句放到句首，从而改变原文的前后次序。卞之琳评论参赛译文时指出，有参赛者保留原文结构，即从属句放在主句后，将其译为"那是在他不得不回家来的时候"，这样的译文能突出主句内容，"未尝不好"；也有译者同样保留结构不变，将后一部分译为"要是非得留在家里不可"，卞之琳认为这样的译文"也很好"；还有译者在保留主从句次序不变的情况下，微调了结构，将后一部分译为"虽说并非有意"，卞之琳认为这一译文"放在后面，像原文一样松松拖了一个尾巴，倒是恰好"①。这三种译文都保留原文的句子结构，从而保留了原文的韵味。"We exhaust him，without meaning to"一句，有应征稿把后一部分译为"虽说并非有意"，放在主句后，"像原文一样松松拖了一个尾巴，倒是恰好"②。原文最后一段以"in this tiring year of 1973"结尾，卞之琳认为，这一部分可译为"在这个令人厌倦的 1973 年"，并按照原文次序把其放到译文收尾处，"也同样，而且正合原文这一句在渐降调里最后点出年份这一点韵味"③，也就达到了"神似"。全文最后一句"The notes fall，so gently he bombs us，drops feathery notes down upon us，our visitor，our prisoner"。卞之琳认为，若译文按照原文次序和样式，将最后两个名词短语译为"我们的客人啊，我们的囚徒"，则"不仅有关全文的点题，而且有关作者行文的富有音乐性的风格余音袅袅，而又来一个爆破式的煞尾"④。文中第二段最后一句是一个长句"……yearning for Monday，for the ride to school with his father，for the bell that calls him to homeroom，for the excitements of class，for Broadway，for fame，for the cloud that will carry him away，out of this，out."卞之琳认为，这一句颇具法国意识流文学大师马塞尔·普鲁斯特（Marcel Proust）的写作风格，"松松拖一条恣意泛衍的尾巴，而又有堆砌的排比……在最后一个短促干脆的单字上戛然而止。"译者若能按照原文次序，将最后一部分译为"渴望到百老汇，渴望成名，渴望云彩把他带走了，离开这里，离开"，使用越来越短促的句子收尾，表现了原文的节奏特点，正可达到"因为传形

① 卞之琳：《卞之琳文集》（中卷），安徽教育出版社 2002 年版，第 530 页。
② 卞之琳：《人与诗：忆旧说新》（增订本），安徽教育出版社 2007 年版，第 361 页。
③ 卞之琳：《卞之琳文集》（中卷），安徽教育出版社 2002 年版，第 530—531 页。
④ 同上书，第 531 页。

而传神"之目的。① 也有译者将此句译为："他向往着百老汇，向往着显赫的声名。他多么希望能腾云驾雾从这儿飞出去，离开这儿，远走高飞。"② 与卞译相比，后者累赘冗长，失却了原文的简练，也未能再现原文节奏。

　　总之，小说、散文等文学作品的翻译，应努力通过形式上的对应，再现原作的神韵。正如卞之琳所言："文学翻译，貌似微末的尽可能保持原文字句的顺序，也就涉及尽可能保持原文语言节奏，语言韵味，语言风格了。"③

三　语言风格应"相应"

　　如前所述，卞之琳提倡译文尽可能保留原文形式，目的在于再现原作的风格。

　　风格，与其对应的英文词是 style。George N. Leech 和 Michael H. Short 将风格定义为"在特定的语境中，特定的人为了特定目的而使用语言的方式"④（笔者译，下同），并对风格作如下解读：（1）风格指语言运用方式，属于言语（parole）而非语言（langue）；（2）因而风格是在语言库中所作的选择（choices made from repertorie of the language）；（3）风格的判定，有赖于语言运用的语域（domain）（比如特定作者为特定文体或特定文本作何种选择）；（4）文体学（或研究文体的学科）主要关注文学语言（如本书）；（5）文学文体学，主要揭示文体与文学或美学功能之间的关系（如本书）；（6）相对而言，文体可以是透明的（transparent）或不透明的（opaque），前者指文体具可解释性，后者则指文本无法得到充分解读，对文本的解读很大程度上有赖于读者的创造性想象；（7）文体选择限于语言层面，也就是同一主题的不同表现方式（alternative ways of rendering the same subject matter）。⑤《辞海》则将风格定义为："指作家、艺术家在创作中所表现出来的艺术特色和创作个性。作家、艺术家由于生活经历、立场观点、艺术素养、个性特征的不同，在处理题材、驾驭体裁、描绘形象、

----

　　① 卞之琳：《卞之琳文集》（中卷），安徽教育出版社 2002 年版，第 531 页。

　　② ［美］约翰·厄普代克：《儿子》，木同译，《名作欣赏》编辑部《外国现当代短篇小说赏析》（一），山西人民出版社 1985 年版，第 349 页。

　　③ 卞之琳：《人与诗：忆旧说新》（增订本），安徽教育出版社 2007 年版，第 362 页。

　　④ George N. Leech, Michael H. Short, *Style in Fiction*：*A Linguistic Introduction to English Fictional Prose*, London & New York：Longman, 1981, p. 10.

　　⑤ Ibid. , pp. 38 – 39.

表现手法和运用语言等方面各有特色，这就形成作品的风格。风格体现在文艺作品内容和形式的各种要素中。个人的风格是在时代、民族、阶级的风格的前提下形成的，但时代、民族、阶级的风格又通过个人的风格表现出来。"① 这一定义指出了作家风格与作品风格、写作题材、文学体裁、语言运用、时代特征、民族色彩、阶级特征等多种要素的关系。童庆炳认为，"文学风格是指作家的创作个性在文学作品的有机整体中通过言语结构所显示出来的、能引起读者持久审美享受的艺术独创性"②。这一定义将作家的创作个性视为风格存在的内在依据，将内容与形式的统一视为风格存在的必要条件，将文体与语言形式视为风格呈现的外部特征，将读者的持久审美和享受视为风格运用的目的。

　　语言是文学作品的基本表现形式，卞之琳认为："从语言里我们见到不仅一个民族有一个民族的气派，一个时代有一个时代的风气，一个作家有一个作家的风格，就是一篇作品也自有一篇作品的格调以至节奏，不限于韵文、诗。"③ 在他看来，从事文学翻译的译者应通过仔细分析，准确把握原作的语言风格，并努力在译文中再现这种风格。不过，由于语言、文化等方面的差异，风格的再现也只能是相对的而非绝对的。"各国语言都有标准语（文，我国现在叫普通话）、行话、术语、方言、俚语等分别。文学翻译也应尽可能求其相应。"④ 他以翻译厄普代克作品《儿子》为例，详细论述了翻译中风格"相应"的重要性：

　　　　例如《儿子》开篇第二句话是"He prefers to be elsewhere"。这里 prefers 是相当于我国的普通话的字眼。有的同志，为了求生动，试着译成了"倒情愿野（在外面不回来）"，我认为弄巧成拙。我不清楚"野"作动词用，是否上海的土白俚语；若然，那也就不合适。译文正文是口语化的普通话，即使需要插用土白俚语，用北京的土白俚语是合适的，用上海的，除非通篇主要用普通上海话翻译，不然翻译就和原文不相称了。⑤

---

① "辞海"编辑委员会：《辞海》，上海辞书出版社 1980 年版，第 1528 页。
② 童庆炳：《文学理论教程》，高等教育出版社 2004 年版，第 287 页。
③ 卞之琳：《人与诗：忆旧说新》（增订本），安徽教育出版社 2007 年版，第 359 页。
④ 同上书，第 362 页。
⑤ 同上书，第 362—363 页。

将原文"to be elsewhere"译为"野"字，即将原文一般常用语言译为汉语中过于俗白的语言，这在文学翻译中是不可取的。俗白化处理不可取，那么，译文能否以更古雅的表达方式代替原文一般书面语言呢？卞之琳认为，后者同样是不可取的：

> 当然，文学创作和翻译里引进一些有特殊意义的土白俚语，可以丰富我们的语言，正像引进西方或东方外国的句法和名词，也像我们在白话里掺和进一些文言措词，都可以增加我们普通用语的韧性、灵活性。但是有一个条件：必须融洽。我在别处提过，这里不妨再提一下：过去有人把法国一行诗"Dame souris trotte"，译成"妇人疾笑着"，意思上牛头不对马嘴且不管了，这句译文本身还成一句中国话吗，文不文，白不白？把外国文学作品译成中文，如果对语言有相当精微的感觉力，就会注意到怎样从各方面都忠于原著，由此而适当增加祖国语言的丰富性，同时适当保持祖国语言的纯洁性。

"Dame souris trotte"一句出自魏尔伦的诗作"Impression Fausse"（《幻想》），本意为"老鼠大娘小跑过去"。李金发将此句译为"妇人疾笑着"，卞之琳认为此译文"文白杂糅到不可能的地步"[1]，并不无戏谑地批评李金发"实非传达原作者的'幻想'，而是表现他自己的'错觉'"[2]，实不可取。

由此可见，以较之原文更粗俗的语言来翻译，或以较之原文更古雅的语言来翻译，两者均不可取。译者的职责，是尽可能使译文风格尽与原文风格接近即"相当"。"过"与"不及"，都违背了文学翻译的基本要求。茅盾认为：

> 据我的经验，翻译一部外国作家的作品，首先要了解这个作家的生平，他写过哪些作品，有什么特色，他的作品在他那个时代占什么地位等等；其次要能看出这个作家的风格，然后再动手翻译他的作品。很重要的一点是要能将他的风格翻译出来。譬如果戈理的作品与高尔基的作品风格就不同，肖伯纳的作品与同样是英国大作家的高尔斯华绥的作品风格也不同。要将一个作家的风格翻译出来，这当然是相当

① 卞之琳：《人与诗：忆旧说新》（增订本），安徽教育出版社2007年版，第377页。
② 同上。

困难的，需要运用适合子原作风格的文学语言，把原作的内容与形式正确无遗地再现出来。除信、达外，还要有文采。这样的翻译既需要译者的创造性，而又要完全忠实于原作的面貌。这是对文学翻译的最高的要求。①

茅盾既指出了风格翻译的重要性，也指出了风格翻译之不易，并把风格再现作为"文学翻译的最高的要求"之一。

卞之琳十分重视译文对原文风格的再现。他以此作为自己的翻译指导原则，并以此评价他人的译作。如他曾评价青乔翻译加奈特的《女人变狐狸》：

《女人变狐狸》的著者未必意识到异化问题，写起来冷隽而有时候令人感到悱恻和亲切，通篇有冷嘲而没有热讽（《动物园人展》才露点锋芒和火气），笔调上也各具民族特色，各放异彩。因此中译本总得保持原著的风格。现在漓江出版社新约青乔重译的这个译本，比起旧译本不一定后来居上，却可以至少也基本上满足了这个要求。②

第二节　卞之琳的小说、散文翻译实践

以"信、似、译"的艺术性翻译观为指导，卞之琳不仅提出"句次字序上力求贴近原文"、译文与原文风格"相应"等主张，并在自己的小说、散文翻译中努力践行。其小说、散文翻译实践，一方面印证了其理论主张，另一方面也促进了其翻译思想的形成、发展和深化。理论与实践相结合，使卞之琳的译作在内容、形式和风格等方面忠实原作，成为文学翻译中的"精品"，具有较高的艺术价值。

一　以形传神，形神皆备

"以形传神，形神兼备"，是卞之琳"信、似、译"翻译思想的重要内

① 茅盾：《茅盾选集》第五卷《文论》，四川文艺出版社1985年版，第703页。
② 卞之琳：《散文钞（1934—2000）》，安徽教育出版社2007年版，第55页。

容，也是指导其文学翻译实践的重要原则。"内容借形式而表现，翻译文学作品，不忠实于原来的形式，也就不能充分忠实于原有的内容。因为这样也就不能恰好地表达原著的内容。"①

以卞之琳翻译史密斯小品文《词句》为例，原文和译文为：

PHRASES

Is there, after all, any solace like the solace and consolation of Language? When I am disconcerted by the unpleasing aspects of existence, when for me, as for Hamlet, this fair creation turns to dust and stubble, it is not in Metaphysics nor in Religion that I seek reassurance, but in fine phrases. The thought of gazing on life's Evening Star makes of ugly old age a pleasing prospect; if I call Death mighty and unpersuaded, it has no terrors for me; I am perfectly content to be cut down as a flower, to flee as a shadow, to be swallowed like a snowflake on the sea. ②

词　句

世界上，究竟，还有什么慰藉像语文的慰藉和安慰呢？当我被生存的黑暗面闹得茫然若失了，当这个华美的万象在我看起来，像在哈姆雷特看起来，归于尘埃与残根了，倒不是在形而上学里，也不是在宗教里我找到了重振的保证，却是在美丽的词句里。想到凝视人生的黄昏星，丑陋的老年变成一个赏心悦目的景色了；如果我称死为强大的，劝不动的，它对于我就没有什么恐怖了；我完全满足于被折如花，消失如影，被吞没如雪片入海。这些明喻减轻了我的痛苦，有效地安慰了我。③

卞之琳在翻译 "When I am disconcerted by the unpleasing aspects of existence" 这一被动句时，并未将其译为汉语中常用的主动句，而是依照原文结构将其译为被动句 "当我被生存的黑暗面闹得茫然若失了"，读来依然表

---

① 卞之琳、叶水夫、袁可嘉、陈燊：《十年来的外国文学翻译和研究工作》，《文学评论》1959 年第 5 期，第 54 页。

② Logan Pearsall Smith, *More Trivia*, New York：Harcourt, Brace and Company, 1921, p. 110.

③ ［英］洛庚·史密士：《词句》，卞之琳译，《卞之琳译文集》，安徽教育出版社 2000 年版，第 56 页。

达流畅、意义清晰。"The thought of gazing on life's Evening Star makes of ugly old age a pleasing prospect" 译为"想到凝视人生的黄昏星，丑陋的老年变成一个赏心悦目的景色了"，句子结构几乎原封不动，但读来诗意盎然，较为通顺。"I am perfectly content to be cut down as a flower, to flee as a shadow, to be swallowed like a snowflake on the sea." 一句，主句较短，其后三个不定式构成排比结构，起加强语气的作用，突出作者对死亡的蔑视。译文总体保留原文结构不变，"我完全满足于……"句，以一个"于"字进行巧妙的处理，使句子干脆、利落。原文三个不定式结构"to…"其中两个被动句式一个主动句式，译文还以相同的句式，"被折如花，消失如影，被吞没如雪片入海"同样表达通畅、结构齐整，较好地保留了原文的结构特点，取得了较好的效果。

再以《紫罗兰姑娘》为例，小说中心人物柏格曼来自奥国，是一位才华横溢的电影导演。文中对其工作情景有如下描写：

I watch him, throughout the take. It isn't necessary to look at the set; the whole scene is reflected in his face. He never shifts his eyes from the actors for an instant. He seems to control every gesture, every intonation, by a sheer effort of hypnotic power. His lips move, his face relaxes and contracts, his body is thrust forward or drawn back in its seat, his hands rise and fall to mark the phases of the action. Now his is coaxing Toni from the window, now warning against too much haste, now encouraging her father, now calling for more expression, now afraid the pause will be missed, now delighted with the tempo, now anxious again, now really alarmed, now reassured, now touched, now pleased, now very pleased, now cautious, now disturbed, now amused. Bergmann's concentration is marvelous in its singleness of purpose. It is the act of creation.

When it is all over, he sighs, as if awaking from sleep. Softly, lovingly, he breathes the word, "Cut."[1]

卞之琳的译文为：

---

[1] Christopher Isherwood, *Prater Violet*, New York: Avon Books, 1978, pp. 100 – 101.

我在拍摄中一直注意了柏格曼。用不着看场面；全场景都反映在他的脸上了。他眼睛片刻都不离演员。他似乎控制了每一个手势，每一个语调，纯用了催眠术式的力量。他的嘴唇动着，他的脸放松了，缩紧了，他的身体在座位上挺前去，收回来，他的手举起来，落下来，点明动作的各方面，现在他从窗口哄逗托妮，现在警戒她过急，现在鼓励她的父亲，现在唤起更多的表情，现在怕停顿要给略过了，现在为了动作的速度感到高兴，现在又着急了，现在当真惊恐了，现在放心了，现在感动了，现在欢喜了，现在非常欢喜了，现在小心翼翼了，现在烦乱了，现在觉得好玩了。柏格曼的全神贯注实在惊人。这就是创造的行为。

　　一到完毕了，他就叹一口气，如睡初醒。轻柔的，爱惜的，他吐出了这个字，"停。"①

　　卞之琳盛赞衣修伍德的高超的小说创作艺术，认为作者"在全书中着墨不多就能把西方摄影场生活写得十分酣畅，琳漓尽致"②，这段描写可资证明。在拍摄过程中，柏格曼忘却尘世的烦恼，全身心投入自己的艺术世界中。"His lips move, his face…his body…his hands…"一句，通过对其面部表情、身体动作的细致刻画，形象地表现了他工作时的忘我状态。卞之琳的译文"他的嘴唇动着，他的脸……他的身体……他的手……"几乎照搬原文结构，生动再现了柏格曼工作时的全身心投入状态。原文"Now he is coaxing…"一句，连用 15 个"Now…"结构，构成一长串排比，巧妙、生动地表现了柏格曼在拍摄过程中的行为和复杂多变的心情。卞译文亦步亦趋，连用 15 个"现在……"保留原文的结构和形式，再现了柏格曼紧张忙碌的工作状态及其跌宕起伏的心情。

　　例如，卞之琳曾翻译现代派大师詹姆斯·乔伊斯的短篇小说《爱芙林》（*Eveline*），该小说选自乔伊斯的短篇小说集《都柏林人》（*Dubliners*）。原文前两段为：

　　　　She sat at the window watching the evening invade the avenue. Her head

　　① ［英］克里斯托弗·衣修伍德：《紫罗兰姑娘》，卞之琳译，安徽教育出版社 2007 年版，第 75 页。
　　② 同上书，第 2 页。

was leaned against the window curtains, and in her nostrils was the odour of dusty cretonne. She was tired.

Few people passed. The man out of the last house passed on his way home; she heard his footsteps clacking along the concrete pavement and afterwards crunching on the cinder path before the new red houses. ···. Her father was not so bad then; and besides, her mother was alive. That was a long time ago; she and her brothers and sisters were all grown up; her mother was dead. Tizzie Dunn was dead, too, and the Waters had gone back to England. Everything changes. Now she was going to go away like the others, to leave her home. ①

卞之琳的译文为：

她坐在窗口看暮色侵入林荫路，她的头靠着窗幔，她的鼻腔里有尘染的印花布的气味。她是疲倦了。

很少人走过。从最后那所房子里走出来的人走过了，正在回家去；她听见他的脚步声沿着水泥的人行道托托地响去，接着就在那所新造的红房子前面的煤渣路上沙沙地响了。……她的父亲那时候还不怎么坏；而且她的母亲还在。那是在很久以前了；她同她的弟兄和姊妹都长大了；她的母亲是死了；小邓也死了；瓦透家已经搬回英国去了。一切都变了。现在她也要像人家一样地走了，离家了。②

原文第一段共三个句子，前两句较长，而最后一句 "She was tired" 仅仅三个词。作者以这种长度悬殊、头重脚轻的句子结构，突出强调了女主人公爱芙林的疲劳：母亲已经去世，已过 19 岁的她每天在百货商店工作，忍受同事的冷嘲热讽，回家后还要包揽所有家务。每周六晚上她把微薄的工资——七先令全交给父亲，后者还责备她没头脑、乱花钱。辛苦的工作，辛苦的劳动，以及周围人包括父亲的冷漠，使她感到十分疲倦。这种劳累不仅是身体上的，也是心理上的。卞之琳的译文较完整地保留了原文形式

---

① James Joyce, *Dubliners*, Hertfordshire: Wordsworth Editions Limited, 1993, p. 23.
② ［法］夏尔·波德莱尔等：《西窗集》，卞之琳译，安徽教育出版社 2007 年版，第 133—134 页。

上的特点，以几个较长的句子开始，再以"她是疲倦了"结束，取得了与原文一致的艺术效果。值得一提的是，卞氏将最后一句译为"她是疲倦了"而非"她疲倦了"，更强调了爱芙林的疲倦程度。

原文第二段在语言形式方面也具有鲜明的特点：除第一个句子较短外，后面连续使用几个较长的句子，表现了主人公生活的沉重及内心的苦闷。将卞之琳先生的译文和原文对照分析，我们不难发现：译者的句式安排几乎与原文一致。"从最后那所房子里走出来的人走过了，正在回家去""她听见他的脚步声沿着水泥的人行道托托地响去，接着就在那所新造的红房子前面的煤渣路上沙沙地响了"等句，译者有意以这种较长的句子表现作为成年人的主人公内心的苦闷。

第二段所引后半部分首先是主人公对美好童年生活的回忆：那时候母亲健在，父亲也很温和，主人公和几个弟弟及其他伙伴每天快乐地玩耍。作者使用最常用词汇，以及"Her father was not so bad then""her mother was alive"等较短的简单句，给读者带来明快、轻松的感觉，以体会爱芙林内心暂时的愉悦。可是，现实终归就是现实。作者接下来连续使用"was dead""had gone""changes"等词，反映了主人公长大后命运的突变。母亲、弟弟离世，好友迁居，美好的回忆戛然而止。虽然还是几个连续的简单句，但读来一点不觉得轻松，读者内心渐趋凝重，对主人公的不幸命运感到同情。将译本和原文对照分析，我们可以发现：卞译本对原文"亦步亦趋"，较忠实地再现了原文语言结构和语言风格特点。译文采用同样短的简单句，以交代爱芙林的命运起伏，以"还不怎么""还在""死了""也死了"等口语化词语再现原文的儿童语言特征。可以说，译文从形式到神韵与原文基本保持一致，"以形求神，形神兼备"，取得了较好的艺术效果。

二　传达风格，惟妙惟肖

文学风格主要指作家通过作品表现的创作个性，与作家所处历史时代、民族、地域、文学流派等因素息息相关。翻译文学作品，不仅要翻译原作的内容，也要再现原作的风格。卞之琳不仅提出文学翻译应力求风格"相应"的主张，在实践中更是努力践行。这些努力，使其译本在风格方面忠实原文，语言生动，惟妙惟肖。

以其所译《维多利亚女王传》为例，原文、译文为：

A royal commission was about to be formed toinquire whether advantage might not be taken of the rebuilding of the Houses of Parliament to encourage the Fine Arts in the United Kingdom; and Peel, with great perspicacity, asked the Prince to preside over it. The work was of a kind which precisely suited Albert: his love of art, his love of method, his love of coming into contact—close yet dignified—with distinguished men—it satisfied them all; and he threw himself into it *con amore*. Some of the members of the commission were somewhat alarmed when, in his opening speech, he pointed out the necessity of dividing the subjects to be considered into "categories" — the word, they thought, smacked dangerously of German metaphysics; but their confidence returned when they observed His Royal Highness's extraordinary technical acquaintance with the processes of fresco – painting. When the question arose as to whether the decorations upon the walls of the new buildings should, or should not, have a moral purpose, the Prince spoke strongly for the affirmative. Although many, he observed, would give but a passing glance to the works, the painter was not therefore to forget that others might view them with more thoughtful eyes. This argument convinced the commission, and it was decided that the subjects to be depicted should be of an improving nature. The frescoes were carried out in accordance with the commission's instructions, but unfortunately before very long they had become, even to the most thoughtful eyes, totally invisible. It seems that His Royal Highness's technical acquaintance with the processes of fresco painting was incomplete![1]

正好那时候要组织一个皇家委员会，讨论要不要利用重建议院的机会来奖励英国的艺术；庞尔极有眼光，请亚尔培作主席。这种工作恰好适合他：他爱好艺术，他爱好方法，他爱好密切而庄重的接触名家——这样一来，都可以满足了；他便 con amore（一相情愿地）担当了。有几个委员听他致开会辞的时候倒有点诧异，因为他指出待考虑的问题必须分成数"类目"——这个名词，他们以为十足带了日耳曼

---

① Lytton Strachey, *Queen Victoria*, London and Glasgow: Collins, 1958, pp. 130 – 131.

形而上学的气息；可是一会儿他们又安心起来了，他们注意到殿下非常懂得作壁画技术。讨论新建筑物墙上的装饰要不要带道德色彩的时候，亚尔培竭力作正面的主张。虽然许多人，他说，会一过目就算了，作画的不能因此便忘记还有人会用心看呢。这种议论折服了各委员，大家议定画题应属益世的一路。壁画遵照委员会的命令办了，可是不幸，过不了多久，即便叫最用心的眼睛来看也完全看不见了。似乎殿下对于作壁画技术的知识还没有懂到家吧。①

配王亚尔培来自德意志。他爱好广泛，既喜欢骑马、射击、舞剑等运动，喜欢研究文学、哲学、数学、经济学，也喜欢画画、唱歌、跳舞、弹钢琴等活动。不过，兴趣固然很多，他对这些领域多一知半解。与维多利亚女王结婚后，为更好地辅佐妻子，他积极参与皇家各种事务，不过经常弄巧成拙。所引此段中，亚尔培不甘寂寞，"一相情愿"地插手国家事务。致开会辞时，他将待解决问题划分类别，将其列为若干"categories"。"categories"（范畴）一词来自希腊文 Kategoriai，是对构成世界的万事万物进行的分类。因此，范畴是哲学中"最一般的概念，这些概念反映着客观现实现象的基本性质和规律性以及规定着一个时代的科学理论思维的特点。物质、运动、意识、质和量、原因和结果等，所有这些都是范畴的例子。"②亚里士多德、康德、黑格尔、马克思等都曾探讨过范畴问题，如亚里士多德在《范畴论》中将世界的普遍属性划归 10 个范畴，康德提出 12 种"知性范畴"，等等。修建议院大楼，需处理的事务固然烦琐，但未达到穷究世界万事万物本质的层面。显然，斯特莱切以"categories"这一大词，嘲讽了亚尔培的不通世俗与迂腐。卞之琳以哲学中形而上的"类目"一词进行翻译，生动地再现了这位学究气息十足的配王形象。亚尔培主张墙上壁画应带道德色彩，并说服委员会成员接受其建议，不料这些壁画"过不了多久，即便叫最用心的眼睛来看也完全看不见了"。卞之琳以生动、形象的语言，嘲讽了这位喜欢插手事务实则滑稽可笑的人物。最后一句"It seems that His Royal Highness's technical acquaintance with the processes of fresco painting was incomplete！"卞之琳将其译为"似乎殿下对于作壁画技术的知

---

① ［英］里敦·斯特莱切：《维多利亚女王传》，卞之琳译，商务印书馆 2015 年版，第 99 页。
② ［苏］N. B. 布劳别尔格、N. K. 潘京：《新编简明哲学辞典》，高光三等译，吉林人民出版社 1983 年版，第 51 页。

识还没有懂到家吧",嘲笑口吻更是清晰。除亚尔培外,斯特莱切也以细腻的笔法嘲讽了其他王臣。如"Peel, with great perspicacity, asked the Prince to preside over it. The work was of⋯it satisfied them all"等句,生动表现了首相庇尔为博女王欢心而刻意迎合、吹捧亲王的人物形象,也表现了庇尔知识之浅薄、才能之平庸。卞之琳的译文也十分传神,"极有眼光""恰好适合他""他爱好艺术,他爱好方法,他爱好密切而庄重的接触名家"等语句,生动、贴切地再现了原文的嘲讽口吻。"Some of the members of the commission were somewhat alarmed⋯""but their confidence returned"等语,表现了委员会成员在亚尔培面前小心翼翼、毕恭毕敬的神情。卞之琳译为"听他致开会辞的时候倒有点诧异""可是一会儿他们又安心起来了",惟妙惟肖地再现了这些王臣的神态。

再如《紫罗兰姑娘》中的一段,原文、译文分别为:

All Bergmann's pent – up anxiety exploded. "The picture! I s——up the picture! This heartless filth! This wretched, lying charade! To make such a picture is definitely heartless. It is a crime. It definitely aids Dollfuss, and Starhemberg, and Fey and all their gangsters. It covers up the dirty syphilitic sore with rose leaves, with the petals of this hypocritical reactionary violet. It lies and declares that the pretty Danube is blue, when the water is red with blood⋯I am punished for assisting at this lie. We shall all be punished⋯"①

柏格曼全部遏制了的焦灼爆开了:"片子!我把这张片子给——了!这堆丧心病狂的粪土!这个邪恶的,撒谎的谜子戏!在这种时候拍这一种片子是确确实实的丧心病狂。这是罪行。这确确实实帮助了杜尔弗士,帮助了斯达亨堡,帮助了费和他们全帮的恶棍。这是用玫瑰花瓣掩饰肮脏的杨梅疮口,用这朵虚伪的,反动的紫罗兰的花瓣。它骗人说美丽的多瑙河是蓝的,就在水给血一律染红了的时候。⋯⋯我为了串同说谎受了惩罚。我们都要受惩罚⋯⋯"②

① Christopher Isherwood, *Prater Violet*, New York: Avon Books, 1978, pp. 121 – 122.
② [英]克里斯托弗·衣修伍德:《紫罗兰姑娘》,卞之琳译,安徽教育出版社 2007 年版,第 89 页。

第二次世界大战前夕，柏格曼受邀自奥国来到英国拍片，而他的妻子、女儿都在维也纳。拍摄期间，欧洲时局正发生巨大变化：德国正在审判国会纵火案，林兹发生激烈战斗，维也纳发生骚乱导致数百人被捕……柏格曼在竭尽全力拍摄电影、展示自己艺术才华时，也忧心忡忡地牵挂远方的妻女。最终，这些忧心和焦虑使他爆发，因而说出上面一段话。原文"pent - up anxiety""heartless filth""wretched，lying charade""definitely heartless""crime""gangsters""covers up the dirty syphilitic sore with…"等语，表达了柏格曼对欧洲法西斯势力横行的愤怒，也表达对一些人（包括自己）忙于电影拍摄、在后方歌舞升平的嘲讽。卞之琳评价道："正如书名对故事是一种假装，片子的表演（'这个邪恶的，撒谎的谜子戏！'）对现实亦然，只是对照得分外剧烈。"① 卞之琳的译文选词精当，"全部遏制了的焦虑""丧心病狂的粪土""邪恶的，撒谎的谜子戏""恶棍""用玫瑰花瓣掩饰肮脏的杨梅疮口，用……"等词句，形象地表达了说话者对法西斯黑暗势力横行于世的愤怒，以及对后方无知、愚昧民众的嘲讽。译文准确、传神地传达了原文的语言风格。

三　艺术的语言，语言的艺术

　　作为诗人翻译家，卞之琳十分重视语言的艺术性。在《追忆李健吾的"快马"》一文中，他借评论李健吾的文学创作与翻译，论述了语言的艺术性问题：

　　　　健吾曾在文章中说："艺术的语言是文学的第一块敲门砖。"（《评论选》，"个人主义"，第221页）他的戏剧创作、改编、翻译等等，就最具他自己的特色而论，首先还是它们的语言的艺术。这不在于它们的一般所谓流畅（那往往是滥调），不在于擅用道地的土白（那往往是庸俗），而在于运用纯正普通话，干脆，活脱，绝不拖泥带水，每句话都站得起来，有点像纪德称赞斯丹达的语言每句都是垂直的样子。健吾还在口语基本调子里融会个别文言词汇和成语，但不因滥用或生搬文言和外来语而使白话文变成不文不白的书面文。例如现在我们的广播、电视之类的讲话中往往随便用"时"代替"时候"，叫人听起来别

---

　　① ［英］克里斯托弗·衣修伍德：《紫罗兰姑娘》，卞之琳译，安徽教育出版社2007年版，第7页。

扭，不像是正常说话，话剧台词里这样说也会一下子破坏了全盘的逼真效果。①

1938 年，李健吾作《个人主义的两面观》一文，刊于当年 11 月 9 日出版的《文汇报·四季风》。李健吾在文中提出"文学就是文学"，并批评了文学创作中的两种个人主义倾向：一是语言缺乏艺术性，即一些"文学制作者""把文学看做职业，依然不是事业"，语言缺乏艺术性，导致作品缺乏艺术性；二是作品缺乏正确的思想观念。② 卞之琳十分赞同李健吾的观点，认为艺术的语言是文学区别于非文学的根本条件之一。文学是语言的艺术，作家只有运用艺术的语言，才能带来语言的艺术。艺术的语言，不能为了所谓流畅而使用陈词滥调，也不能滥用庸俗的土白话以吸引读者。艺术的语言，是"纯正""干脆，活脱、绝不脱离带水，每句话都站得起来"的语言，是赋予生命力、鲜活生动的语言。陈词滥调、不文不白的语言，是缺乏艺术性的语言，最终有损于作品的艺术性。

由卞之琳主笔的《十年来的外国文学翻译和研究工作》一文中，总结了中华人民共和国成立以来外国文学翻译和研究方面取得的成绩和不足，提出文学翻译"应该避免两种作法——为了要原文风格'不走样'结果译文语言根本就'不象样'的作法和为了要译文语言'民族化'结果语言本身就一般化以至庸俗化、无从传达原文风格的作法"③。这正与其早年提出的"语言的艺术""艺术的语言"观念相一致。

卞之琳曾翻译法国作家普鲁斯特（Marcel Proust，1871—1922）代表作《追忆逝水年华》（卞译《往昔之追寻》）第一卷《史万家一边》开篇第一部分。《追忆逝水年华》是普鲁斯特的代表作，以第一人称写成。作品中的"我"是一个敏感、多思、忧郁的法国青年。作者以细腻的笔法，通过"我"的观察、追忆、联想和感受以及迷离恍惚的心理探索，描写了 19 世纪末至第一次世界大战前夕法国上层资产阶级的放荡、腐朽生活，抒发了"我"对青春的无限怀念。作品缺乏连贯的故事情节，中间穿插倒叙、评论、感想等，且人物众多，这些都通过叙述者潜意识的自然流动呈现出来，

---

① 卞之琳：《人与诗：忆旧说新》（增订本），安徽教育出版社 2007 年版，第 102 页。

② 李健吾：《李健吾文学评论选》，宁夏人民出版社 1983 年版，第 221 页。

③ 卞之琳、叶水夫、袁可嘉、陈燊：《十年来的外国文学翻译和研究工作》，《文学评论》1959 年第 5 期，第 57 页。

从中我们可以了解人物的命运及法国社会的变迁。作者着重描写人物的潜意识，细腻地刻画了人物的变态心理及潜在意识，成为意识流的先驱。卞之琳以艺术的语言，生动地再现了叙述者潜意识的自然流动状态，使译作成为语言的艺术品。以其中一段为例，兼引李恒基、徐继曾完成的译林版译本作对比分析：

原文：

> Ces évocations tournoyantes et confuses ne duraient jamais que quelques secondes；souvent，ma brève incertitude du lieu où je me trouvais ne distinguait pas mieux les unes des autres les diverses suppositions dont elle était faite，que nous n'isolons，en voyant un cheval courir，les positions successives que nous montre le kinétoscope. Mais j'avais revu tantôt l'une，tantôt l'autre，des chambres que j'avais habitées dans ma vie，et je finissais par me les rappeler toutes dans les longues rêveries qui suivaient mon réveil；chambres d'hiver où quand on est couché，on se blottit la tête dans un nid qu'on se tresse avec les choses les plus disparates：…①

译林版译文：

> 这些旋转不已、模糊一片的回忆，向来都转瞬即逝；不知身在何处的短促的回忆，掠过种种不同的假设，而往往又分辨不清假设与假设之间的界限，正等于我们在电影镜中看到一匹奔驰的马，我们无法把奔马的连续动作一个个单独分开。但是我毕竟时而看到这一间、时而又看到另一间我生平住过的房间，而且待我清醒之后，在联翩的遐想中，我终于把每一个房间全都想遍：……②

卞之琳译文：

> 雨横风狂，烟花零乱，这些记忆却不过一阵阵涌现几秒钟；常常

---

　　① Marcel Proust，*A la recherche du temps perdu*，tome 1：*Du côté de chez Swann*，Paris：Gallimard，1919，p. 16.
　　② ［法］马塞尔·普鲁斯特：《追忆似水年华（1）：在斯万家那边》，李恒基、徐继曾译，译林出版社 1989 年版，第 7 页。

是这样，恍惚片刻，不知身在何处，我不能区别造成恍惚的一大串假想，正不下于我们看电影里马跑，不能分开连续不断的一串姿态。可是我已经重见了，一会儿这一个，一会儿那一个，我生平住过的房间，而且终于在醒后便接上来的白日长梦中把它们一一巡视：……①

　　文中的"我"患有失眠症，在半梦半醒的蒙眬状态下展开一系列联想。"Ces évocations tournoyantes et confuses"正表现了叙述者翻涌的潜意识和跳跃的记忆，译林版将其译为"旋转不已、模糊一片的回忆"，表现了原文的基本内容，然语言过于朴实，稍显平淡。卞之琳将其译为"雨横风狂，烟花零乱，这些记忆……"以狂风骤雨形容叙述者快速流动的记忆，联想丰富，用词典雅别致，生动形象。这些用词，让人联想到唐宋诗词中描写风雨的名句，如"春风狂杀人，一日剧三年"（李白《寄韦南陵冰，余江上乘兴访之遇寻颜尚书笑有此赠》）；"暴风狂雨年年有，金笼锁定，莺雏燕友，不被鸡期"（黄庭坚《转调丑奴儿·采桑子》）；"不怕风狂雨骤，恰才称、煮酒残花"（李清照《转调满庭芳·满庭芳》）；"风狂雨横，是邀勒园林，几多桃李"（辛弃疾《念奴娇》）；"花慵柳困，雨横风狂"（郭应祥《柳梢青》）；"野水滟长塘，烟花乱晴日"（韦应物《任鄠令渼陂游眺》），等等。"souvent，ma brève incertitude du lieu où je me trouvais ne distinguait pas mieux les unes des autres les diverses suppositions dont elle était faite"一句，译林版为"掠过种种不同的假设，而往往又分辨不清假设与假设之间的界限"，句式冗长，语言烦琐，不及卞译"不能区别造成恍惚的一大串假想"简洁。"que nous n'isolons，en voyant un cheval courir，les positions successives"一句，译林版为"无法把奔马的连续动作一个个单独分开"，也不及卞译"不能分开连续不断的一串姿态"紧凑。整体上看，卞译文浑然一体，一气呵成，语言地道，富有美感。而译林版语言直白，语气平淡，流畅性不足，有一定的翻译腔。

　　再如，《维多利亚女王传》中对女王和配王亚尔培婚后生活的描写：

　　　　It was only natural that in so peculiar a situation, in which the elements ofpower, passion, and pride were so strangely apportioned, there should have been occasionally something more than mere irritation – a struggle of an-

---

　　①　［法］夏尔·波德莱尔等：《西窗集》，卞之琳译，安徽教育出版社2007年版，第118页。

gry wills. Victoria, no more than Albert, was in the habit of playing second fiddle. Her arbitrary temper flashed out. Her vitality, her obstinacy, her overweening sense of her own position, might well have beaten down before them his superiorities and his rights. But she fought at a disadvantage; she was, in very truth, no longer her own mistress; a profound preoccupation dominated her, seizing upon her inmost purposes for its own extraordinary ends. She was madly in love. The details of those curious battles are unknown to us; but Prince Ernest, who remained in England with his brother for some months, noted them with a friendly and startled eye. One story, indeed, survives, ill – authenticated and perhaps mythical, yet summing up, as such stories often do, the central facts of the case. When, in wrath, the Prince one day had locked himself into his room, Victoria, no less furious, knocked on the door to be admitted. "Who is there?" he asked. "The Queen of England" was the answer. He did not move, and again there was a hail of knocks. The question and the answer were repeated many times; but at last there was a pause, and then a gentler knocking. "Who is there?" came once more the relentless question. But this time the reply was different. "Your wife, Albert." And the door was immediately opened. [①]

　　这是再自然不过了，处这样奇特的境遇，其中权力、感情、体面的成分分配得这样古怪的，难免偶尔发生些不仅仅是闹脾气的事情——互相斗愤怒的意志。维多利亚，正如亚尔培一样，不惯于随声附和。她那种横蛮的性子发作了。她的旺盛、她的固执、她对于自己地位的自负心，满可以摧毁他的优越点、他的权利。可是她在斗争中居不利的地位；她是千真万确，不再是自己的主人了；一种根深蒂固的偏心作了她的主，劫夺她的意念来迎合它自己不凡的企图。她是在发疯似地恋爱呢。那些奇异的斗争，种种细节，我们都无从知道；可是厄奈思公子，他陪他的弟弟在英国住了三个月，用一对和蔼而惊愕的眼睛，注意了其中的情形。的确，有一个故事是传下了，不大可靠，也许是无稽的，可是这种故事常常概括了事实的精华。有一天亚尔培

---

① Lytton Strachey, *Queen Victoria*, London and Glasgow: Collins, 1958, p. 118.

大怒，关到自己的房间里，维多利亚，同样气忿，敲门要进去。"是谁?"他在门里问。"英国女王，"她回答。他不动，又是一阵如雹的敲门声。这样问，这样回答，重复了许多次;可是最后停了一停，接着是轻一点地敲了一下。"是谁?"又一次狠狠地问。可是这一次回答却不同了。"你的妻，亚尔培。"门立刻开了。①

维多利亚女王自小备受恩宠，登基后又成为至高无上的女王。内政、外交方面的位重权高，养成了她狂妄、蛮横的性格。丈夫亚尔培喜欢读书，喜欢艺术，经常邀请科学家和文人谈话，却遭到妻子反对。亚尔培对政治也有独到的见解，不过妻子每次都回避和他谈论政治问题。这些都使亚尔培十分苦恼，觉得命运欺骗了他，使他陷入不幸的婚姻。婚后，维多利亚和丈夫产生了一些不和谐乃至冲突。所引此段中，作者以幽默、风趣、生动的笔法，描写了夫妻两人的"斗争"生活。"power, passion, and pride"指出两者争斗的原因。"flash out""beaten down"等词，表现了维多利亚无上的权力、蛮横的性格。卞之琳分别译为"发作""摧毁"，表达十分贴切。"But she fought at a disadvantage; …She was madly in love"一句，以幽默的笔调描写了维多利亚的尴尬:维多利亚满可以利用自己的王权地位，压制丈夫亚尔培，令后者唯命是从。可是，维多利亚同时也是一位妻子，无论她的权位多高，总要遵照社会习俗——女性应服从丈夫，更何况她内心还很钟爱自己的丈夫。"fought at a disadvantage""no longer its own mistress""a profound preoccupation dominated her""seizing upon her inmost purposes"等语，以风趣的笔调描写了维多利亚的尴尬处境。卞之琳以生动的译笔，活灵活现地再现了原文的风趣与幽默。"在斗争中居不利的地位""不再是自己的主人了""一种根深蒂固的偏心作了她的主""劫夺她的意志"等语言，以生动、诙谐的语言，再现了蛮横的女王在自己钟爱的丈夫面前不得不让步妥协的尴尬。"curious battles""with a friendly and startled eye"等词，表现了围观者的心态，语言生动、细腻，表现了旁观者想了解女王私生活又害怕女王知道的复杂心态。卞之琳将其分别译为"奇异的斗争""和蔼而惊愕的眼睛"，生动地表现了旁观者的错愕心态。最后几句，通过具体实例表现女王与丈夫之间的斗争与妥协，语言生动形象，诙谐幽

---

① 〔英〕里敦·莱切斯特:《维多利亚女王传》，卞之琳译，商务印书馆 2015 年版，第 89—90 页。

默。"no less furious""The Queen of England""a hail of knocks"等词，表现了女王的威风与盛气。"a gentler knocking""Your wife，Albert"等语，表明维多利亚由女王变为贤惠的妻子的认知转变，语言生动贴切。卞之琳以"气岔""英国女王""如雹的敲门声""轻一点地敲了一下""你的妻，亚尔培"等词，生动再现了女王的盛气凌人及妥协后的温婉。原文"in wrath""the relentless question"等词，生动地表现了配王亚尔培生气时的情态。他因生妻子的气而拒绝开门，由此一位天真、孩子气十足的人物形象脱颖而出。在妻子妥协后，"the door was immediately opened"，足见他对妻子的关心和热爱。卞之琳以"大怒""狠狠地问"等词，再现了亚尔培发怒时的形态。"门立刻开了"，干脆、利落，再现了亚尔培对妻子的热爱。总体上看，卞之琳以生动细微的译笔，再现了原文的诙谐与风趣，实现了其以"艺术的语言"再现原作"语言的艺术"之要求。

下 篇
翻译与创作

注重翻译，以作借镜，其实也就是催进和鼓励着创作。

——鲁迅《关于翻译》

译成一部书，获益最多的，不是读者，是译者。

——梁实秋《漫谈翻译》

第五章

卞之琳翻译与创作的相互影响

中国现代文学的建立，一方面包括对传统文学的扬弃，另一方面也包括对国外文学的借鉴。正如郑振铎所言："我们如果要使我们的创作丰富而有力，绝不是闭了门去读《西游记》《红楼梦》以及诸家诗文集……至少须于幽暗的中国文学的陋室里，开了几扇明窗，引进户外的日光和清气和一切美丽的景色；这种开窗的工作，便是翻译者的所努力做去的！"[1] 余光中指出："没有翻译，'五四'的新文学就不可能发生，至少不会像那样发展下来。"[2] 朱自清总结了新诗发展的历程，认为"新文学大部分是外国的影响，新诗自然也如此"[3]。这是符合实际情形的。早期的诗歌翻译多采用自由体形式，与早期新诗创作相应。自 1925 年 10 月徐志摩接编《晨报·副刊》并改版创办《晨报·诗刊》后，新诗逐渐走上格律化道路。这种格律化新诗，有别于旧体格律诗。"创建这种新的格律，得从参考并试验外国诗的格律下手。译诗正是试验外国格律的一条大路。"[4] 胡适、刘半农、闻一多、朱湘等人，在探索新诗发展道路过程中，一方面吸收中国传统诗歌的营养；一方面通过翻译活动借鉴、吸收外国诗歌的养分，为我所用。胡适宣称代表"新诗成立的纪元"的那首诗《关不住了》，正是一首译诗。徐志摩《再别康桥》等诗作，也迥别于中国传统诗歌。翻译在新诗的发生、发展和转型过程中扮演了不可替代的角色。

翻译活动与一国文学发展密切相关，对于身兼译者和作者的人而言，

---

① 郑振铎：《郑振铎全集》（第 15 卷），花山文艺出版社 1998 年版，第 192 页。

② 余光中：《余光中谈翻译》，中国对外翻译出版公司 2000 年版，第 36 页。

③ 朱自清：《新诗杂话》，岳麓书社 2011 年版，第 56 页。

④ 同上书，第 56—57 页。

是否也存在这种密切相关的关系呢？答案是肯定的。翻译和创作，都是一种创造性行为。对于身兼两职的人而言，一方的创造性活动会对另一方产生影响。这种影响有时是明显的，有时又是潜在、隐含的，不易被察觉。

克罗齐在《美学原理》中指出，"每一个翻译其实不外（一）减少剥损，以及（二）取原文摆在熔炉里，和所谓翻译者亲身的印象融汇起来，创造一个新的表现品"①。前者因为有损原文，因而是有缺陷的表现品；后者则是原文的"脱胎换骨"，它也以原作为基础，但包含了译者的创造行为，成为新的艺术表现品。换言之，一方面译文来自原文，在内容、风格等方面要求忠实于原文；另一方面，译文也包含译者复杂的心智过程，体现了译者一定程度的创造性，因而不是原文的简单复制品。这种忠实性创造、不变与变的关系，正表明文学翻译具有艺术性特征。巴立斯指出："我确是认为诗人应该先是个译者；是一个将茫茫世界给予实际形态和敏锐表达的译者。艺术主要是发现而非发明，因为唯有当艺术家沉浸于莎士比亚所说的'自然界无穷尽的秘密书中'时，他方能成为我们宇宙的创造者。"② 言外之意，作家本身也是翻译家，他通过自己的创造性想象和抽象性思维，通过具体的文本形式表现所处世界，赋予生活、世界以意义。

翻译和创作两者的关系，余光中曾作过颇为精辟的论述，兹引如下：

> 翻译也是一种创作，至少是一种"有限的创作"。同样，创作也可能视为一种"不拘的翻译"或"自我的翻译"。在这种意义下，作家在创作时，可以说是将自己的经验"翻译"成文字。（读者欣赏那篇作品，过程恰恰相反，是将文字"翻译"回去，还原成经验。）不过这种"翻译"，和译者所做的翻译，颇不相同。译者在翻译时，也要将一种经验变成文字，但那种经验已经有人转化成文字，而文字化了的经验已经具有清晰的面貌和确定的涵义，不容译者擅加变更。译者的创造性所以有限，是因为一方面他要将那种精确的经验"传真"过来，另一方面，在可能的范围内，还要保留那种经验赖以表现的原文。这种心智活动，似乎比创作更繁复些。前文曾说，所谓创作是将自己的经验"翻译"成文字。可是这种"翻译"并无已经确定的"原文"为

---

① ［意］克罗齐：《美学原理 美学纲要》，朱光潜译，外国文学出版社 1983 年版，第 78 页。
② ［英］威廉·亚诺史密斯等：《翻译的技巧与内涵》，郑永孝译，桂冠图书公司 1981 年版，第 95—96 页。

本，因为在这里，"翻译"的过程，是一种虽甚强烈但混沌而游移的经验，透过作者的匠心，接受选择、修正、重组，甚或蜕变的过程。也可以说，这样子的"翻译"是一面改一面译的，而且，最奇怪的是，一直要到"译"完，才会看见整个"原文"。这和真正的译者一开始就面对一清二楚的原文，当然不同。以下让我用很单纯的图解，来说明这种关系：

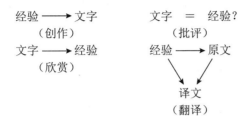

翻译和创作在本质上的异同，略如上述。这里再容我略述两者相互的影响。在普通的情形下，两者相互间的影响是极其重大的。我的意思是指文体而言。一位作家如果兼事翻译，则他的译文体，多多少少会受自己原来创作文体的影响。反之，一位作家如果在某类译文中沉浸日久，则他的文体也不免要接受那种译文体的影响。①

这段话具有以下几个层面的含义：第一，翻译和创作是密切相关的，都涉及经验与文字的转换。翻译是一种创作行为，而创作也是一种翻译行为。具体而言，翻译时译者通过解读文本（他人的创作成果）进而体会原作者的经验，并通过另一种语言文字将这种经验表现出来。这种表现过程包含译者的心智转换和选择取舍，也是一种创作行为。而创作时作者将自身的心理、感性层面的经验转化为文字，这也是一种"翻译"行为，作者同样面临选择、取舍和重组等任务。第二，翻译和创作也有区别。前者以确定的"原文"为根本，在翻译活动开始前这一文本已经存在；而后者无确定的"原文"，只有作者完成创作过程后才能看到"原文"。第三，翻译比创作更难更有挑战性。前者受限于已存在的"原文"，译者有责任使译文忠实原文的内容和基本形态，因而创造性、自由度相对有限；后者则拥有更多的自由度。第四，对同时从事翻译与创作活动者而言，翻译与创作之

---

① 余光中：《余光中谈翻译》，中国对外翻译出版公司2000年版，第34—35页。

间的关系更明显：既有翻译对创作的影响，也有创作对翻译的影响。

卞之琳身兼诗人、翻译家、学者多重身份，其创作活动和翻译活动几乎同时起步，并在这些领域都取得了巨大成功。不过，对其文学创作的研究较多，对其文学翻译的研究也日益增多，而对两者的相互影响的研究相对缺乏。卞之琳为 1979 年初版、1984 年修订版《雕虫纪历》所写的"自序"一文，以及中华人民共和国成立后（尤其是 20 世纪 80 年代以来）写的大量回忆录、文学评论文，为我们理解其文学创作及其与翻译的互动关系提供了宝贵材料。

第一节　翻译对创作的影响

以诗歌翻译为例，朱自清曾这样总结翻译对创作的影响："译诗对于原作是翻译；但对于译成的语言，它既然可以增富意境，就算得一种创作。况且不但意境，它还可以给我们新的语感，新的诗体，新的句式，新的隐喻。"① 由此可见，翻译对于创作的影响是全方面的，不仅包括较宏观的意境、主题，也包括微观具体的格律、句式等。卞之琳的翻译活动涉及很广，包括诗歌、戏剧、小说、散文、传记等。除少数自译诗外，② 卞之琳的译作主要为外译汉。通过翻译活动，卞之琳接触了更广阔的文学类型和写作技法，对其文学创作的理念、技法、语言表达等产生了深远的影响。他评价李金发的译诗："他翻译外国诗，不只是为了开拓艺术欣赏和借鉴的领域，也是为了磨练自己的诗传导利器，受惠的不止他自己。"③ 这一评价既适合李金发，也适合卞之琳本人，甚至可以扩展到梁宗岱、徐志摩、闻一多、冯至、穆旦等一大批诗作译作等身的现代作家。

卞之琳的文学翻译活动，对其文学创作尤其是诗歌创作具有全面的影响，表现在格调诗风的发展变化、"戏剧化处境"等写作技法的借鉴、意象

① 朱自清：《译诗》，《新诗杂话》，岳麓书社 2011 年版，第 57 页。
② 2002 年出版的《卞之琳文集》收入卞之琳本人英译的诗作 12 首，包括《春城》《断章》《音尘》《第一盏灯》《候鸟问题》《半岛》《雨同我》《无题》（三、四、五）、《灯虫》及《飞临台湾上空》。见《卞之琳文集》（上卷），安徽教育出版社 2002 年版。
③ 卞之琳：《人与诗：忆旧说新》（增订本），安徽教育出版社 2007 年版，第 378—379 页。

的借鉴、诗体形式的实验、欧化句法的运用等方面。借助这些西方现代诗的写作方式，卞之琳丰富、发展了现代新诗的写作。他的作品成为"融欧化古"的典范之作，具有独特的魅力。

一　格调诗风

卞之琳指出，现代新诗的发展直接受诗歌翻译的影响："五四"以后，"译诗，以其选题的倾向性和传导的成功率，在一定程度上，更多介入了新诗创作发展中的几重转折"①。这一评价是符合文学发展史的。不仅诗歌发展如此，其他现代文学类型亦如此。郭沫若的浪漫主义诗歌，既有古代浪漫主义诗歌的影响，也带有外国诗歌的气势和形体。他曾坦陈"我和惠特曼的《草叶集》接近了。他那豪放的自由诗使我开了闸的作诗欲又受到了一阵暴风雨般的煽动。我的《凤凰涅槃》《晨安》《地球，我的母亲》《匪徒颂》等，便是在他的影响之下做成的。"②梁宗岱曾翻译歌德、布莱克、雪莱、波德莱尔、里尔克、莎士比亚等人的诗作，其所写的十四行诗"颇有古典的典雅，抒情的方式颇接近读者熟悉的莎士比亚、勃朗宁夫人的十四行译文③。穆旦在 20 世纪 50 年代停止诗歌创作后，翻译了普希金、拜伦、雪莱、济慈的诗歌，这些翻译活动"使得诗人的审美体验和艺术感悟方式也渐渐发生变化，这些变化都深深地渗透在其后期创作之中"④。冯至早期作诗时，对格律诗并不感兴趣，认为新诗刚摆脱旧诗束缚无须再为自己戴上格律的枷锁。在阅读、翻译阿维尔斯等人诗作后，他也作起了格律谨严的十四行诗，"之所以这样做，一方面发自内心的要求，另一方面是受到里尔克《致奥尔弗斯的十四行》的启迪"⑤。

卞之琳在总结自己的创作经历时，认为其作品在内容和形式等方面，都经历过"相当大的一番曲折的历程，一种探索的历程"⑥。在这一探索过程中，他一方面吸收中国传统诗歌的营养，另一方面也充分吸收西方诗歌

---

① 卞之琳：《人与诗：忆旧说新》（增订本），安徽教育出版社 2007 年版，第 379 页。
② 郭沫若：《郭沫若论创作》，上海文艺出版社 1983 年版，第 205 页。
③ 周良沛：《〈中国新诗库·梁宗岱卷〉序（节选）》，黄建华等编《宗岱的世界·评说》，广东人民出版社 2003 年版，第 308 页。
④ 龙泉明、汪云霞：《论穆旦诗歌翻译对其后期创作的影响》，《中山大学学报》2003 年第 4 期，第 19 页。
⑤ 冯至：《冯至全集》（第五卷），河北教育出版社 1999 年版，第 94 页。
⑥ 卞之琳：《雕虫纪历》（增订版），人民文学出版社 1984 年版，第 1 页。

的营养。他曾坦陈自己所受的影响:"中外伟大的诗人,影响当然也大。他们对于我写新体诗,限于个人的能力和气质,虽然不可能没有影响,却不一定明显。"①

卞之琳对西方文学的阅读和翻译,大体经历了浪漫主义——象征主义——现代主义三个阶段。每一阶段的跳转,都对其诗歌创作产生了直接影响。

1928年在上海浦东中学读高二时,卞之琳选修了莎士比亚课程,阅读了《威尼斯商人》原文。课外阅读浪漫主义诗人柯尔律治的长诗《古舟子咏》,并将全诗译出。1929年赴北京大学英文系就读,一年级英诗课由美籍教师碧莲讲授,主要内容为《英诗金库》中19世纪浪漫主义及维多利亚时代诗歌,课下选译部分诗歌,并听了温源宁教授的莎士比亚课程,通译了《仲夏夜梦》。这些早期译作都随译随弃,成为卞之琳的练笔之作,为其后开始的诗歌创作和诗歌翻译打下了基础。

1930年,卞之琳正式走上文坛和译坛。他在《雕虫纪历》(增订版)"序言"中,将自己的诗歌创作历程划分为三个阶段或三次"小浪潮"②:1930年秋冬至1937年为第一阶段,1938年秋后至1939年为第二阶段,1950年11月至1958年为第三阶段。实际上,第一阶段的创作不仅数量大,最能体现其诗歌水平,③ 也最能体现其所受外来影响。1930—1937年这一阶段又被具体分为三个阶段,即卞之琳所称"前期最早阶段"(1930—1932)、"前期中间阶段"(1933—1935)和"前期第三阶段"(1937)。其《雕虫纪历》(增订版),即将1930—1937年的主要诗作分别按此编排,列入第一、二、三辑。

卞之琳自己评价前期最早阶段(1930—1932)的诗作"较多寄情于同

① 卞之琳:《雕虫纪历》(增订版),人民文学出版社1984年版,第16页。
② 实际上,1982年至1996年,他还有个小小的"小浪潮"。不过,这一阶段数量不多,只有9首,后收入《半世纪诗钞》第二辑。
③ 刘祥安根据发表年代对卞之琳一生创作的163首诗进行统计,发现"1930年至1937年是他作诗持续时间最长的时段,数量较多,数与质的不平衡也很突出,他一生最好的诗多半作于此时",而"1938年至1939年是一个短暂的高潮,数量与质量平衡。50年代也是个小小的高潮,数量不少,却是质量不高。1982年诗人出访,诗兴重发,是个小小的丰年。"参见刘祥安、卞之琳《在混乱中寻求秩序》,文津出版社2007年版,第39页。江弱水也指出:"卞之琳诗歌创作的鼎盛期是30年代的10年,50年代的写作艺术质量不高,80年代以来的诗数量偏少。所以,本书的分析相对集中于30年代的作品,这是卞之琳诗艺发展的历史状况与实际表现所决定的。张曼仪、汉乐逸的著作也都于30年代详而于50年代略,原因皆出于此。"参见江弱水《卞之琳诗艺研究》,安徽教育出版社2000年版,第11页。

归没落的社会下层平凡人、小人物。……主要用口语，用格律体，来体现深入我感触的北平街头郊外，室内院角，完全是北国风光的荒凉境界"①。这一诗歌创作特征，既有师辈闻一多、同学李广田、何其芳等人的影响，也与其接受前期象征派诗作影响密切相关。

象征主义 19 世纪中叶诞生于法国。面对动荡的政局，残酷的战争，一些资产阶级文人感伤于充满矛盾、危机重重的社会现实。炮火轰毁了他们的"博爱"幻想，"疯狂""混乱"的资本主义社会现实，使他们的信仰幻灭。拜伦、雪莱等浪漫主义诗人笔下的风花雪月、英勇冒险，在现实世界中已经无影无踪。浪漫主义诗人直接抒发个人感情的方式，无法表现这个非理性、荒诞的现实世界。因此，象征主义诗人主张通过暗示、象征等手段，通向客观世界表象所掩盖的内心真实世界。象征主义的先驱波德莱尔，以《恶之花》这部诗集展示了"从恶中抽出美"的诗学主张：他笔下的现代城市，是一个充满黑暗、罪恶、死亡的病态世界。魏尔伦、玛拉美等前期象征主义者，也在各自的诗作中表现了现代资本主义发展过程中的深刻危机。他们的诗歌大多隐秘、晦涩、瑰丽，显示了诗人对西方没落世界的困惑和绝望。总之，象征主义作为一种文学流派，"作为'教诲、朗读技巧、不真实的感受力和客观的描述'的敌人，它所探索的是：赋予思想一种敏感的形式，但这形式又并非是探索的目的，它既有助于表达思想，又从属于思想。同时，就思想而言，决不能将它与其外表雷同的华丽长袍剥离开来。因为象征艺术的基本特征就在于它从来不深入到思想观念的本质。"②

卞之琳认为，早期象征主义诗歌所表现的"西洋资本主义的衰亡感又不自觉地配合了中国封建社会的衰亡感"③，正迎合了他的心情。其诗歌的基本基调一定程度上与法国象征主义相吻合，也就不难理解了。

卞之琳对象征主义的了解，要追溯到中学时。在《人事固多乖：纪念梁宗岱》一文中，他回忆道："我在中学时代，还没有学会读一点法文以前，先后通过李金发、王独清、穆木天、冯乃超以至于赓虞的转手——大为走样的仿作与李金发率多完全失真的翻译——接触到一点作为西方现代

---

① 卞之琳：《雕虫纪历》（增订版），人民文学出版社 1984 年版，第 8 页。

② ［法］莫雷亚斯：《象征主义宣言》，王泰来译，黄晋凯等编《象征主义·意象派》，中国人民大学出版社 1989 年版，第 46 页。

③ 卞之琳：《卞之琳文集》（中卷），安徽教育出版社 2002 年版，第 419 页。

主义文学先驱的法国象征派诗，只感到气氛与情调上与我国开始有点熟悉而成为主导外来影响的 19 世纪英国浪漫派大为异趣，而与我国传统诗（至少是传统诗中的一路）颇有相通处，超出了'五·四'初期'拿来'的主要货色。"① 有"诗怪"之称的李金发翻译过波德莱尔的《恶之花》、玛拉美的《马拉美诗抄》等诗集，1925 年出版的诗集《微雨》明显受法国象征主义影响，其本人也成为"把法国象征诗人的手法"介绍到中国诗中的"第一个人"。② 王独清、穆木天、冯乃超等"后期创造社的三个诗人，也是倾向于法国象征派的"③。王独清的《独清译诗集》既包括拜伦的《希腊》、雪莱的《云雀歌》等浪漫主义诗作，也包括魏尔伦的《我的眷属梦》《秋歌》《感伤的幽会》等象征主义诗歌，他还模仿写作象征派写诗。这些早期诗人对象征派诗歌的介绍、仿作，无疑启发、熏陶了卞之琳。他也意识到象征主义重个人内心感受、强调有质感的形象、多用暗示、象征、隐喻等特点，有别于重自我表现、描写大自然、直抒胸臆的浪漫主义。不过，当时他对象征主义的理解，是将其与中国传统诗歌联系在一起，认为两者在重意象、讲究含蓄等方面有较多暗合之处。因此，象征主义对他而言，仿佛不是什么新的文学思想，其"炫奇立异而作践中国语言的纯正规范或平庸乏味而堆砌迷离恍惚的感伤滥调，甚少给我真正翻新的印象"④。直到后来阅读梁宗岱翻译的瓦雷里诗作《水仙辞》及梁的文章《保罗梵乐希先生》，"才感到耳目一新"，"对梁阐释瓦雷里以至里尔克的创作精神却大受启迪"⑤。《保罗梵乐希先生》中的一些语句，如"然而有一派诗人，他底生命是极端内倾的，他底活动是隐潜的……一花一草都为他展示一个深沉的世界"⑥，无疑给他巨大的振奋。

1930 年，在北京大学就读二年级期间，他师从一位瑞士籍兼课教师，学了一年第二外语法语，能够自己阅读法文书。这一时期，他广泛阅读了波德莱尔、魏尔伦、玛拉美人的等象征派诗人的作品。他自陈道："我觉得

① 卞之琳：《卞之琳文集》（中卷），安徽教育出版社 2002 年版，第 168 页。
② 朱自清：《导言》，朱自清编《中国新文学大系·诗集》，上海文艺出版社 2003 年版，第 8 页。
③ 同上。
④ 卞之琳：《卞之琳文集》（中卷），安徽教育出版社 2002 年版，第 168 页。
⑤ 同上。
⑥ 梁宗岱：《诗与真》，中央编译出版社 2006 年版，第 7—8 页。

他们更深沉，更亲切，我就撇下了英国诗。"① 较之早先通过译文了解西方文学，这种直接阅读原文的方式一方面可使他更直接地了解象征派，另一方面可以自己选择阅读材料，进而扩大自己的知识广度。因此，他对象征主义的了解更加全面、系统。其阅读兴趣，也由早期的英国浪漫主义转向了法国象征派。这一年，他翻译了象征派诗人玛拉美"道地象征派"的诗《太息》，哈罗德·尼柯孙写的《魏尔伦与象征主义》一文，以及波德莱尔诗十首。这些译介活动，对其创作具有深远的影响。

　　就诗作主题而言，这一时期卞之琳的诗歌创作，反映了一代知识分子普遍的幻灭感。1927 年，卞之琳进入上海读中学时，"四·一二"反革命事件发生不久后。国民党右派势力发动政变，大肆屠杀共产党员和革命群众，使国共第一次合作失败。面对这样的政治形势，他"悲愤之余，也抱了幻灭感。当时有政治觉醒的同学进一步投入现实斗争；不太懂事的'天真'小青年，也会不安于现实，若不问政治，也总会有所向往"②。作为一名知识青年，他不能不为国家前途担忧。1929 年进入北京大学时，他也抱着矛盾的心理："我对北行的兴趣，好象是矛盾的，一方面因为那里是'五四'运动的发祥地，一方面又因为那里是破旧的故都；实际也是统一的，对二者都象是一种凭吊，一种寄怀。"③ 北京既是"五四"新文化运动的发祥地，也是历朝古都，曾经有过辉煌的历史。而卞之琳前往这里求学，一方面是"凭吊"其过的辉煌，另一方面也是为了寄托对国家的情怀。由此可见，作为一名小资产阶级知识分子，担忧国家、民族的前途，却又找不到出路，由此造成的幻灭感成为无法摆脱的情感。正如卞之琳半世纪后对当时年轻知识分子的描述："30 年代前期，有幸亦不幸得上大学读书机缘的青年，说是非进步青年也可以，受学院教养，非不忧时，可能视野不广，认识不深，亦非贪生怕死，甘于浑浑噩噩，只因感到以行动介入政治既不见立竿见影，亦无能为力的，自也大有人在。"④ 这既是对当时知识分子普遍心态的全景化概括，也是对卞氏本人自己的素描。躲进书舍，进入北大读书，并不能消除他的这种幻灭、迷惘感。"经过一年的呼吸荒凉空气、一年的埋头读书，我终于又安定不下了。说得好听，这也还是不满现实的表

---

① 卞之琳：《卞之琳文集》（中卷），安徽教育出版社 2002 年版，第 418 页。
② 卞之琳：《雕虫纪历》（增订版），人民文学出版社 1984 年版，第 2 页。
③ 同上。
④ 卞之琳：《卞之琳文集》（中卷），安徽教育出版社 2002 年版，第 380 页。

现吧。我彷徨，我苦闷。有一阵我就悄悄发而为诗。"① 祖国式微的严峻社会现实，使这位"小处敏感，大处茫然"的诗人以笔抒发个人的情怀，开始了其创作生涯。

卞之琳这一时期的诗歌，明显受西方早期象征派诗歌的影响。这种影响不仅指象征、隐喻等语言修辞手段的借用，也指创作风格和主题方面。卞之琳本人也自陈受法国象征派的影响："写北平街头灰色景物，显然指得出波德莱尔写巴黎街头穷人、老人以至盲人的启发。"② 而波德莱尔正是卞之琳早期译诗最多的法国诗人。③ 卞之琳的这些早期诗作，表现这位年轻诗人内心的孤寂、"惘然的无可奈何的感觉"。④ 作品有的表现了除"多么沉重的白日梦"外一无所成的青年（《记录》），有的表现无名的孤寂和苦闷，如"身边像丢了件什么东西，/使我更加寂寞了"（《影子》）；"听一串又轻又小的铃声/穿进了黄昏的寂寞"（《远行》）；"他们是昏昏/沉沉的，象已半睡"（《寒夜》）。有的描写彷徨、漫无目标的人生，如"他一个人彷徨/在夜心里的街心"（《夜心里的街心（记梦）》）；"一个手叉在背后的闲人/在街路旁边，深一脚，浅一脚"（《一个闲人》）；"一个年轻人在荒街上沉思"（《几个人》）；"伤了风，黄昏中又从东去，/回东来，凭两条热腿"（《发烧夜》）。有的表现北方古城的荒凉，如"长的是斜斜的淡淡的影子，/枯树的，树下走着的老人的"（《西长安街》）；"走上了长满乱草的城台"（《登城》）。有的表现了对单调停滞生活的厌倦，如"'你替我想想，我哪儿去好呢？'/'真的，你哪儿去好呢？'"（《奈何》）；"厌倦也永远在佛经中蜿蜒"（《一个和尚》）。有的表现了生命的无法把握，如"说不定有人，/小孩儿，曾把你（也不爱也不憎）/好玩的捡起，/像投一块小石头，/向尘世一投"（《投》）；"唉，真掉下了我这颗命运！"（《落》）。有的表现了下层人生活的困窘，如"你来要账，他也来要账！"（《过节》），等等。卞之琳善于通过描写"社会下层平凡人、小人物"（如挑夫、街头小贩、洋车夫、算命先生、更夫），并在诗中引入过去"不入诗"的事物（如小茶馆、酸梅汤、破船片、小茶馆、冰糖葫芦），以表达内忧外患之际国内沉闷、凝滞的氛围，显然受波德莱尔的影响。他的一些诗句，如"啊，你

---

① 卞之琳：《雕虫纪历》（增订版），人民文学出版社 1984 年版，第 2 页。
② 同上书，第 16 页。
③ 张曼仪：《卞之琳著译研究》，香港大学中文系 1989 年版，第 27 页。
④ 卞之琳：《卞之琳文集》（中卷），安徽教育出版社 2002 年版，第 419 页。

瞧，这边那边的墙根/贴着一层深绿，一层深绿，/不是纸啊，是霉痕，是霉痕！"（《噩梦》）；"说不定从一条荒街上走过，/伴着斜斜的淡淡的长影子"（《西长安街》）等，情调低迷、灰暗，不仅让人联想到波德莱尔对巴黎下层人的描述："你衣衫百孔千疮，/显露出你的贫困"（《赠给一个红发女乞丐》）；"突然出现个老头，黄色的破衫/酷似阴雨的天空一样黑压压"（《七个老头》）；"从来见不到他们在沉思凝想，/把沉重的头颅向路面低垂"（《盲人》）。或对日益破败的城市描写："一天早晨，阴郁街道上的房屋，/好似被浓雾拉长得更加高耸"（《七个老头》）；"上天吧黑暗的阴影/向麻木的浊世倾注"（《巴黎的梦》）①。

卞之琳 1931 年发表的《魔鬼的夜歌》，更是带有波德莱尔"战栗"式诗情和表达方式。诗中魔鬼弹着小手琴，对着孤坟里"很美又很多情的"少女歌唱：

起来罢，我底爱！/我给你一面明镜——/这是我觅来的宝，/死水上面的黑冰——

照照看，你现在是/刚在开花的时候：/我爱你蜡样的脸，/我爱你铅样的口！

你要抹粉也可以，/用这一瓶白的雪；/你要涂脂也方便，/用这一杯红的血！

害羞吗？我的面幕——/一方软的蜘蛛网；/那儿有软的坐垫——/一只发肿的死狼：

我们去看月亮/在西天边上病倒，/她死了也不要紧，/我们有磷火照耀。②

"黑冰""蜡样的年""铅样的口""白的雪""红的雪""蜘蛛网""发肿的死狼""磷火"等代表死亡的意象，却巧妙地用以描述"多情而美丽的少女"，丑陋、荒诞、恐怖中带有温情和柔美，正符合波德莱尔"从恶中抽出美"的诗学主张，给读者以新奇的想象。

---

①　此处引例均出自［法］波德莱尔《波德莱尔诗歌精选》，郑克鲁译，北岳文艺出版社 2000 年版。

②　本诗最早发表于 1931 年 4 月 20 日出版的《诗刊》第二期，题为《魔鬼的 Serenade》，Serenade 意为"小夜曲"。陈梦家编选《新月诗选》收入此诗，改为今名。见波德莱尔《魔鬼的歌唱》，卞之琳译，陈梦家《新月诗选》，新月书店 1931 年版，第 180—182 页。

不过，卞氏的诗还是有别于波德莱尔的诗。面对阴暗、污秽的都市，波德莱尔的诗直接或间接表达自己的情感，诗中有呻吟、吼叫、暴跳和哀号（《忧郁之四》），有对撒旦反叛的赞美（《献给撒旦的连祷》）。本雅明曾这样评价波德莱尔的《恶之花》："它的独特之处主要在于：能从安慰的直接无效、热情的直接毁灭和努力的直接失败中获取诗意。"① 而卞氏的诗更倾向冷静与克制，他自陈写诗"在不能自已的时候，却总倾向于克制，仿佛故意要做'冷血动物'。"② 这种更低沉的色调，与中国诗"乐而不淫，哀而不伤"的传统有关，着重意境、含蓄而不肆意渲染情绪。卞之琳的诗，也有别于戴望舒等人的抒情一路，而更多围绕一种意念而写，属于典型的主智诗。他本人也直陈："从消极方面讲，例如我在前期诗的一个阶段居然也出现过晚唐南宋诗词的末世之音，同时也有点近于西方'世纪末'诗歌的情调。"③ 袁可嘉则进一步指出：卞之琳"在他初期作品中，出现过晚唐与宋诗词如李商隐、姜白石等婉约清峻的诗风，感伤怅惘中自有一番温馨和秀丽"④。由此可见，卞之琳一方面接受西方文学的营养，另一方面又扎根于中国传统诗歌，并巧妙地将两者融汇在一起。

前期中间阶段（1933—1935），卞之琳的诗艺日臻成熟。这一时期，正值日本大规模入侵中国前夕的相对平静阶段，也是国人得以"暂时苟安时期"。⑤ 卞之琳与郑振铎、李广田、废名、戴望舒等广泛交往，并赴日本短暂居住，见识了"异国风物"。这些因素使其"诗思、诗风的趋于复杂化。……一方面忧思中有时候增强了悲观的深度，一方面惆怅中有时候出现了开朗以至喜悦的苗头"⑥。"开朗"与"喜悦"，缘于"在一般的儿女交往中有一个异乎寻常的初次结识"⑦，即 1933 年初秋与张充和的相识、相知。这位当年被闻一多称为年轻人中不写情诗的诗人，写下了《无题》这种以爱情为主题的诗。另一种情思则"增强了悲观的深度"，成为这一时期的主调，其中"深度"一词值得探讨。这里的"深度"，与其说是悲观程度

---

① ［德］瓦尔特·本雅明：《波德莱尔——发达资本主义时代的抒情诗人》，王涌译，译林出版社 2014 年版，第 147 页。

② 卞之琳：《雕虫纪历》（增订版），人民文学出版社 1984 年版，第 1 页。

③ 同上书，第 15 页。

④ 袁可嘉：《略论卞之琳对新诗艺术的贡献》，《文艺研究》1990 年第 1 期，第 81 页。

⑤ 卞之琳：《雕虫纪历》（增订版），人民文学出版社 1984 年版，第 5 页。

⑥ 同上书，第 4 页。

⑦ 同上书，第 6 页。

的增加，不如说是表达这种情绪的方式更隐蔽、更晦涩、更复杂。固然，"九一八"事变后，日本加紧对中国的侵略，"中国社会半殖民化"成为作家不得不面对的问题。而国民党政权为维护思想统治，镇压迫害进步文学。在这一充满危机的时期，卞之琳"写出了《春城》这样直接对兵临城下的故都（包括身在其中的自己）所作的冷嘲热讽；也写出了《尺八》这样明白对祖国式微的哀愁"①。不过，作为一位"方向不明，小处敏感，大处茫然"的诗人，在面对国家危难、历史巨变之际，他"不知要表达或如何表达自己的悲喜反应"，转而寻求更深沉、更隐晦的表达方式。"总象是身在幽谷，虽然是心在峰巅"②，正是他这一时期的真实写照。例如，《古镇的梦》中，瞎子算命锣③、更夫梆子发出的声音，映衬"一样的寂寥"、一样的冷清的生活，表现了古镇生活方式的愚昧、封闭、空虚。诗中有一段生病孩子母亲的话："三更了，你听哪，／毛儿的爸爸，／这小子吵得人睡不成觉，／老在梦里哭，／明天替他算算命吧？"这段话没有给寂寥的生活增添活力，反使悲剧气氛更加浓厚：面对苦难的人生、阴惨的世界，人们只能求助于算命先生，听从命运的安排。《古城的心》中，"铺面里无人过问的陈货，／来自东京的，来自上海的，／也哀伤自己的沦落吧？——"，以"无人过问的陈货"表现国家危难之际城市经济的萧条、人气的败落，以更隐晦的表达方式抒发自己的忧思。

这一时期的诗作，卞之琳的诗歌不再囿于个人内心的低迷，而将之延伸到更为广阔的时空场景，思考时间与空间、他人与自我、绝对与相对、宏观与微观、有限与无限、生与死等命题，形而上的思辨色彩更加明显，智性诗特征更加明显。他自陈："30 年代早中期我写诗较趋成熟以后，我最忌滥情发泄，最喜爱用非个人化手法设境构象。"④ 这与其接触、翻译西方现代派作品不无关系。1933 年大学毕业后，他立意"以文学翻译为职业来维系文学创作生活"⑤。他为《大公报》翻译了英美及东西欧现代散文，还

---

① 卞之琳：《雕虫纪历》（增订版），人民文学出版社 1984 年版，第 5 页。

② 同上书，第 3 页。

③ "算命锣"，可能取自冰心《繁星》第七首："醒着的，／只有孤愤的人罢！听声声算命的锣儿，／敲破世人的命运。"卞之琳早年曾阅读这本诗集："还是在一次我从乡下到上海，到商务印书馆看看，从玻璃柜里挑出一本儿童读物《环游地球记》的同时，我还买了'冰心女士著'的《繁星》。这是我生平买的第一本新诗，也是从此我才开始对新诗发生了兴趣。"见卞之琳《人与诗：忆旧说新》（增订本），安徽教育出版社 2007 年版，第 18 页。

④ 卞之琳：《卞之琳文集》（中卷），安徽教育出版社 2002 年版，第 560 页。

⑤ 卞之琳：《卞之琳译文集》（上卷），安徽教育出版社 2000 年版，第 3 页。

翻译了弗吉尼亚·伍尔夫的《论英国人读俄国小说》、波德莱尔《恶之花拾零》诗十首、哈代的诗《倦旅》、T. S. 艾略特的论文《传统与个人才能》、阿左林的小品文等。他自陈这些翻译活动"不仅多少影响了我自己在 30 年代的诗风，而且大致对三四十年代一部分较能经得起时间考验的新诗篇的产生起过一定的作用"①。1936 年出版的译文集《西窗集》，收入波德莱尔、玛拉美、瓦雷里、梅德林克等人的诗作，玛拉美、瓦雷里、福尔、里尔克等人的散文诗，史密士、阿索林的小品文，普鲁斯特、伍尔夫、乔伊斯等人的散文，纪德的《浪子归家》等。在《西窗集》"译者引言"中，他指出这些译作"大多是直接间接和西方'现代主义'文学有点血缘关系或者就是它的第一代"，而诗人的研究兴趣"也早从波德莱尔、玛拉美等转移到瓦雷里和里尔克等的晚期作品，从 1932 年翻译论魏尔伦和象征主义的文章转到 1934 年译 T. S. 艾略特论传统的文章，也可见其中的变化"②。研究兴趣由早期象征主义转向晚期象征主义乃至现代主义，无疑在他的诗歌创作中得到了反映："写《荒原》以及其前短作的托·斯·艾略特对于我前期中间阶段的写法不无关系。"③ 艾略特对"荒原"精神状态的表现、"哲理意象"的运用，普鲁斯特对内心深处的挖掘，瓦雷里探讨生死、永恒等问题的哲理诗，里尔克对内心"体验"的看重，叶芝回避主观情感宣泄、借戏剧性角色表现个人情感的提倡，都影响着卞之琳的创作。其中，艾略特的影响尤其明显。卞之琳曾这样评价艾略特："艾略特和英国同时期的一些新小说、新传记文学，最初一起干的是所谓'拆台'（debunking）工作。这是和社会原因显然有关系。他们在精神上无出路当中产生的消极作品里也多少可以起揭露现实的积极作用。以后艾略特思想上越来越往后转，追根溯源，认祖寻宗，由美国人正式变成了英国人，皈依了英国国教。"④ 不过，卞之琳喜爱的是艾略特早期的诗作，而不是晚期日益消极的艾略特写下的诗。⑤ 这种借鉴，不仅包括艺术形式，也包括诗情诗意。卞之琳的高足赵毅衡也指出："卞之琳 30 年代中期最成功的诗作，除了明显的中国传统（尤其是婉约派姜夔词的清绮娟秀），对接的是他所称的'艾略特诗路'，也就

---

① 卞之琳：《卞之琳文集》（中卷），安徽教育出版社 2002 年版，第 188 页。
② 卞之琳：《卞之琳译文集》（上卷），安徽教育出版社 2000 年版，第 4 页。
③ 卞之琳：《雕虫纪历》（增订版），人民文学出版社 1984 年版，第 16 页。
④ 卞之琳：《卞之琳译文集》（中卷），安徽教育出版社 2000 年版，第 199—200 页。
⑤ 同上。

是某些评家评卜诗时说的'新古典''哲理意象'，我称为'新批评复杂语言诗风'。对此，卜先生从不回避。他说到何其芳早期隐约受到过艾略特影响，'这条路是我熟悉的'；又说他的恩师徐志摩有一首诗标明'仿艾略特'，却断然评判'一点也不像'。可见卜先生对'艾略特诗路'非但了解极深，而且明白只有自己才得其神韵。"①

卜之琳于 1935 年创作的诗歌，有别于前期的作品。"1935 年诗人的一系列作品似乎成了那只成熟的石榴所绽开的'辉煌的裂口'"②，"忽然之间……卜之琳的声音有了很大变化"，"1935 年所写的那几首诗，可以看作他诗作成就的顶点"。③ 这表现为哲理性思辨更为复杂，智性特点更加明显，诗的艺术更为成熟，奠定了其在新诗发展史上的重要地位。如《距离的组织》以其独特的章法、穿梭的时空、跳跃的意象，成为我国现代派诗歌代表性诗作之一。诗人通过快速跳动的时空转换，表达了时空、实体与表象、微观与宏观、存在与觉识之间的相对关系，予读者以诗性的透视。《圆宝盒》中的"一颗晶莹的水银/拥有全世界的色相，/一颗金黄的灯火/笼罩有一场华宴"，特别是最后一行"珍珠——宝石？——星"，透过意象的跳跃、时空的转换、感觉与意识的流动，表现了人世的"小"与"大""远"与"近"的相对关系，使读者体验到超现实的想象世界。刘西渭猜想"圆宝盒象征现时"，而卜之琳以"心得""道""知""悟"等词给以解释，甚至杜撰了一个名词"beauty of intelligence"（智性之美）作为回复。"这首诗道地不过是直觉的展出具体而流动的美感"④，直接指明这首诗的感悟之道、智性之美。《寂寞》以"蝈蝈""夜光表""墓草""枕头边"四个意象串联前后，表现了"乡下孩子"的寂寞和悲凉凄惨生活。乡下—城里，童年—长大后，死了三小时—不曾休止，跳跃性的时空组织，充分赋予"寂寞"一词巨大的张力，给读者以巨大的想象空间。

再以卜氏脍炙人口的《断章》为例：

你站在桥上看风景，

看风景人在楼上看你。

① 赵毅衡：《对岸的诱惑：中西文化交流记》，上海人民出版社 2007 年版，第 94 页。

② 王毅：《中国现代主义诗歌史论（1925—1949）》，西南大学出版社 1998 年版，第 122 页。

③ 蓝棣之：《论卜之琳诗的脉络与潜在趋向》，《文学评论》1990 年第 1 期，第 97 页。

④ 卜之琳：《关于〈鱼目集〉》，刘西渭《咀华集》，花城出版社 1984 年版，第 116—118 页。

明月装饰了你的窗子，

你装饰了别人的梦。①

这首诗的写作灵感，来自卞之琳客居日本京都的经历。1935 年春，为完成中华文化教育基金会翻译《维多利亚女王传》的任务，卞之琳前往日本半年。回国后寓居济南，"也许是倒在不觉中收到了我在日本曾经读到过的周作人译永井荷风译'呜呼，我爱浮世绘'开头的一段话的无端触动，忽然幻现出那么一境，信手拈来了那么四行自由体诗，写得轻松，情调也没有永井荷风那段文字的伤感"②。周作人《关于命运》一文，曾引永井荷风《江户艺术论》一书第五节"浮世绘之鉴赏"的一段话："呜呼，我爱浮世绘。苦海十年为亲卖身的游女的绘姿使我泣。"③ 永井荷风通过浮世绘，看到了日本女性遭受的命运折磨，在周作人这里得到了共鸣。对卞之琳而言，客居京都的生活并不顺利：登陆日本便被便衣警察跟踪，警察半夜传唤并检查行李。耳闻自长安传到日本、"如此陌生，又如此亲切"的"尺八"声，不仅回想起中国古代的繁盛和后来的没落，"可是何其哀也！"④

《断章》一诗，短短 4 行 34 个字，寥寥数笔勾画了一个"浮世绘"式的大千世界。第一行中，"你"是看这一动作的主体，而风景是被看的客体。第二行中，"你"变成了被看的客体，成为别人眼中的一道风景，"看风景人"成了看的主体。诗中的"你""风景"和"看风景人"，因而都不是自足、独立的，共同构成一道关系网络，发人深思。第三、四行亦如此，同一时空范围内，"你"的主、客体地位交错更迭。诗作发表后，李健吾与其发生论辩。李健吾认为此诗的关键在于"装饰"二字，即诗人视人生为"装饰"。卞之琳在回信中指出：自己对"装饰"的意思"不甚着重"，而"着重在'相对'上"，因为"一切都是相对的"。⑤ 具体而言，他"着意在这里形象表现相对相亲、相通相应的人际关系。"⑥ "当然，从明白抒写现实世界相对相应相互依存的人际关系中自然也可以包含男女青年之间的恋

① 卞之琳：《雕虫纪历》（增订版），人民文学出版社 1984 年版，第 40 页。

② 卞之琳：《难忘的尘缘——序秋吉久纪夫编译日本版〈卞之琳诗集〉》，《新文学史料》1991 年第 4 期，第 140 页。

③ 周作人：《周作人文选（1930—1936）》，广州出版社 1995 年版，第 267 页。

④ 卞之琳：《卞之琳文集》（中卷），安徽教育出版社 2002 年版，第 8—9 页。

⑤ 卞之琳：《关于〈鱼化石〉》，刘西渭《咀华集》，花城出版社 1984 年版，第 117—118 页。

⑥ 卞之琳：《卞之琳文集》（中卷），安徽教育出版社 2002 年版，第 208 页。

情。"① 孙玉石曾对这首诗的主题进行精辟的阐述："诗人在隽永的图画里。传达了他智性的思考所获得的人生哲理，即超越诗人情感的诗的经验：在宇宙万物乃至整个人生历程中，一切都是相对的，又都是互相关联的。绝对的事物是没有的。如在感情的结合中，刹那未尝不可以是千古；在玄学领域里，如诗人布莱克（W. Blake）讲的，'一粒砂石一个世界'（佛经也有此语）；在人生与道德的范畴中，生与死，喜与悲，善与怨，美与丑，荣与辱，权势者与普通人……等等，都不是绝对的孤立的存在，都不是永恒不变的，而是相对的，可以互换位置的。诗人大约是想说，人们洞察了这番道理，也就不会被一些世俗的观念所束缚，斤斤计较于是非有无，一时的得失哀乐，而应该透捂人生与世界，获得内在的自由与超越。"② 如果说永井荷风那段话，在周作人那里引发了其对中国女性悲惨命运之哀叹，在卞之琳这里则使他进行了形而上的哲理性思索。这首诗蕴含丰富的哲性思辨色彩，带有强烈的现代气息。

这些诗作，既是"化欧"的结果，也有"化古"的结果。对中国古代诗歌传统营养的吸收，使他的"主智"诗有别于西方后期象征主义乃至现代主义主智诗。正如李怡所言："卞之琳所有的诗的思考都是一刹那的，都是点到即止：而西方现代主义诗歌的思想性可不是点到即止。它往往是一个思想段落的展开。"③ 艾略特的《荒原》，展示了一幅宽阔的西方文明衰落图景，有葬礼仪式、干涸的土地、枯萎的草木、堕落的女性、伦敦城的庸俗生活、放纵情欲的水手、雷霆的震响。而卞之琳的诗往往就像一刹那闪动的火花。如《寄流水》，由秋街败叶中清扫出来的"一张少女的小影"，想象到"古屋中磨损的镜里/认不真的愁容"，再想象若干年后这张照片"放到伦敦多少对碧眼前"，抒发了青春易逝、沧海桑田的感伤。《音尘》由送信的"绿衣人"按响门铃，想到"游过黄海来的鱼""飞过西伯利亚来的雁"（指古时鱼传尺素、飞鸿传书的寄信方式），继而想象寄信人在地图上某一个"小黑点"，那里是"泰山顶"，抑或是"火车站"？"西望夕阳里的咸阳古道"，不禁让人联想到李白《忆秦娥》中的"乐游原上清秋节，咸阳古道音尘绝"，古今寄信方式有变，但不变的是伤离别的情怀。卞之琳的诗正是这样由"点"发散开来，给人无尽的诗味。正如他本人所言："文学

① 卞之琳：《卞之琳文集》（中卷），安徽教育出版社 2002 年版，第 559 页。
② 孙玉石：《中国现代诗歌艺术》，人民文学出版社 1992 年版，第 372—373 页。
③ 李怡：《中国新诗讲稿》，中国人民大学出版社 2014 年版，第 103 页。

创作,用形象思维,总是以点反映面,不能'求全'。"① 他的诗是对稍纵即逝的事物、思想的展示,突出"悟"这一特性,这显然受益于重意境、妙悟、性灵的中国古典诗歌传统。

前期第三阶段(1937),卞之琳南下,在江浙一带生活。在接近停止写诗一年半后,1937 年春他又重拾诗笔。这一时期的诗歌,"风格上较多融会了江南风味;意境和情调上,哀愁中含了一点喜气"②。江浙一带的生活,使他写下了更口语化、更直白的诗句,如"且说你赞成呢还是反对/飞机不得经市空的新禁令?"(《候鸟问题》);"与太阳同起同睡的有福了,/可是我赞美人间第一盏灯"(《第一盏灯》);"你们飞去了什么地方? /喂,你杭州? 你上海? 你天津?"(《睡车》)。事隔三年与张充和"彼此有缘重逢,就发现这竟是彼此无心或有意共同栽培的一粒种子,突然萌发,甚至含苞了",诗人"开始做起了好梦,开始私下深切感受这方面的悲欢"③。这期间,一度被闻一多评为年轻人中不会作情诗的卞之琳,"仿佛作为雪泥鸿爪,留个纪念,就写了《无题》等这种诗"④。诗中透露着诗人少见的喜悦、清新,如"门上一声响,你来得正对!""杨柳枝招人,春风面笑人"(《无题二》);"隔江泥衔到你梁上,/隔院泉挑到你杯里"(《无题四》)。不过,由于诗人的矜持、敏感,他"在希望中预感到无望,预感到这还是不会开花结果",因而他的这些"情诗",有别于其他常见的爱情诗,"在喜悦里还包含着惆怅、无可奈何的命定感"⑤。诗中渗透着淡淡的忧愁,如"门荐有悲哀的印痕,渗墨纸也有"(《无题三》); "昨夜付一片轻喟"(《无题四》);"小楼已有了三面水/可看而不可饮的"(《半岛》)。作为智性诗人,即便是情诗,卞之琳的诗中也不表现浓烈的情感,而是对爱情、生活进行哲理性冷静思考。如《无题四》"付一枝镜花,收一轮水月……""镜花水月"是佛教名词,东晋惠远在《鸠摩罗什法师大乘大义》中有言:"如镜中像,水中月,见如有色,而无触等,则非色也。"⑥ 卞之琳以这一典故喻指世上美好的事物(包括爱情)不可把捉,富有禅味。《无题五》中的"襟眼是有用的,/因为是空的""世界是空的,/因为是有用的",隐含老庄

① 卞之琳:《卞之琳文集》(中卷),安徽教育出版社 2002 年版,第 470 页。
② 卞之琳:《雕虫纪历》(增订版),人民文学出版社 1984 年版,第 6 页。
③ 同上书,第 6—7 页。
④ 同上。
⑤ 同上书,第 7 页。
⑥ 商务印书馆辞书研究中心:《新华成语大词典》,商务印书馆 2013 年版,第 768 页。

哲学的"无之以为用""万物生于有，有生于无"、禅宗的"无念""无相"等观念。

与张充和的"爱情"最后无疾而终。一般认为，这份"爱"只是卞之琳单方面的意愿。① 1937 年，诗人"写下了《装饰集》最后两三首诗，特别是《灯虫》的最后三行——'晓梦后看明窗净几，/待我来把你们吹空，/像风扫满阶的落红'，把这一个悲欢交错都较轻松自在的写诗阶段划了一道终止线，结束了一度迎合朋友当中的特殊一位的柔情与矫情交织的妙趣，而不免在语言表层上故弄禅悟，几乎弄假成真，实际上像玩捉迷藏游戏的作风。现在这一下多少像结束铅华，进一步悲天悯人的消极倾向，从积极方面说，也就为我写诗要求非个人化、小说戏剧化倾向的进一步发展铺平了一点道路"②。这成为卞之琳文学创作的重要转折点：诗人逐渐摆脱了前期描写具体、个人心境的写作，转向"非个人化""小说戏剧化"写作，作品题材和思想更为宽广、深邃。

这一时期成就最突出的诗作，是诗人将抽象哲理思考和象征意象相结合的诗，如《妆台》《白螺壳》《灯虫》《无题五》等。他自述这一时期的诗作，除 T. S. 艾略特的影响外，还受叶慈、里尔克、瓦雷里等人后期诗作的影响。③ 就翻译而言，他这一时期的翻译已由诗歌转向小说、传记文学翻译为主：1936 年，受中华教育文化基金会资助，翻译纪德长篇小说《赝币制造者》；1937 年，受李健吾推荐，译法国贡斯当中篇小说《阿道尔夫》、纪德的《新的食粮》和《窄门》。这一时期虽然诗歌翻译较少，但前期的积累，使其写下了《雨同我》《白螺壳》《灯虫》等精美的诗篇。这些诗显然受瓦雷里、里尔克及晚年叶慈等人诗学主张的影响。瓦雷里等后期象征主义、现代主义诗人的主张可以概括为："诗应当逃避情感、逃避个性，诗是经验的集中，诗是智力的节日，思想的诗歌，思想的知觉化等等。"④ 现代主义诗歌既有别于浪漫主义宣称的强烈感情自然流露，也有别于早期象征

---

① 卞之琳追求张充和达十余年，直至 1955 年 45 岁时才与青林结婚。"多年后，和朋友兼学生苏炜谈到这段'苦恋'时，张充和说：'这完全是一个无中生有的故事。说苦恋都有点勉强。我完全没有和他恋过，所以谈不上苦与不苦。'他精心写给她的那些信，可能有上百封. 她看过就丢了，从来没有回过。她以为这样的态度已经很明确了，可他还是坚持不懈地给她写信。当苏炜问到，你为什么不跟他说清楚呢。充和回答说：'他从来没有说请客。我怎么能说不来。'"参见慕容素衣《时光深处的优雅》，北京十月文艺出版社 2015 年版，第 17 页。

② 卞之琳：《人与诗：忆旧说新》（增订本），安徽教育出版社 2007 年版，第 114—115 页。

③ 卞之琳：《雕虫纪历》（增订版），人民文学出版社 1984 年版，第 16 页。

④ 严家炎：《二十世纪中国文学史》（中），高等教育出版社 2010 年版，第 80 页。

主义诗人对内心真实的挖掘，提倡诗是情感的升华与结晶。在卞之琳看来，西方现代主义诗歌固然存在不足，但"实践证明现代西方诗以至'现代主义'西方诗，至少在艺术形式上也有可供借鉴的一面，哪怕是一点点也罢，一概排斥，并不利于'新诗'的发展"①。这种借鉴，主要是"艺术形式"上，但也不排斥内容方面。中西诗歌固然有不同的传统和发展轨迹，但两者也有许多共性。

里尔克是后期象征派的重要代表，他的诗"贯穿着一种耀眼的精神性。它源自其诗歌情感的纯洁、优美、典雅和高傲；并且在诗歌形式方面，……它的文本特征显得精致、圆润、纯熟，极富艺术感染力"。"诗歌中的精神性集中地体现在对心灵的敏感进行艺术升华的能力上。"② 这些特点，对那些已经厌倦了苍白夸大的浪漫主义自我抒情的诗人而言，极具吸引力。对卞之琳、冯至等具有"心灵的敏感"诗人而言，更是如此。早在 1935 年，卞之琳翻译、发表了里尔克的散文诗《军旗手的爱与死》。他后来这样评价这首诗："表面上里尔克在《旗手》里较近于普通的讲故事，可是他不是在这里塑造几个人物，而本质上却更是抒情——更点触到一种内在的中国所谓的'境界'，一种人生哲学，一种对于爱与死的态度，一些特殊感觉的总和。……对于里尔克后期与宇宙契合，与宇宙息息相关的境界，也就与瓦雷里的名句'全宇宙在我的枝头，颤动，飘摇！'（梁宗岱译文）相似的境界。"③ 这段话较好地总结了里尔克诗歌的特点：诗不是事物或情感的表现，而是对之展开艺术性的凝练和升华，进而上升到哲理层面。

瓦雷里是卞之琳最喜欢的一位西方诗人。④ 1935 年，卞之琳翻译了瓦雷里的十四行诗《失去的美酒》，1936 年发表于天津《大公报》文艺版。瓦雷里继承并发展了玛拉美的"纯诗"理论，使诗歌美学观念向现代化方向迈出了一大步。他的诗作，将智性与感性融于一体，"是一个由不确切性、难以表达性和无限性加以振奋、加以活跃的没有边际的境界，是一种有一道道诗人特设的迷宫式的入口，而由读者的感受而感受、由其想象力

---

① 卞之琳：《卞之琳译文集》（中卷），安徽教育出版社 2000 年版，第 244 页。

② ［奥］里尔克：《里尔克诗选》，臧棣译，人民文学出版社 1996 年版，第 8—9 页。

③ 卞之琳：《卞之琳译文集》（上卷），安徽教育出版社 2000 年版，第 168 页。

④ 有学生问卞之琳最喜欢哪位西方诗人，卞之琳毫不犹豫地回答："Valéry"。参见木令耆《湖光诗色——寄怀卞之琳》，袁可嘉等《卞之琳与诗艺术》，河北教育出版社 1990 年版，第 154 页。

和创造力加以创造的空间"①。卞之琳认为，这些诗不仅形式方面可以提供借鉴，内容方面也可提供参考：

> 瓦雷里的晚期诗里，不管作者自己承认不承认，经常表现了辩证法的对立统一思想，尽管是黑格尔式唯心主义辩证法思想（他自己至少也用过辩证法这个词）。《海滨墓园》的主旨就是建立在"绝对"的静止和人生的变易这两个题旨的对立上，而结论是人生并无智性的纯粹，人死后并无个人的存在，因此肯定现时，肯定介入生活的风云。……
>
> 瓦雷里，不止在《海滨墓园》里，而且在其他短诗里，例如在《失去的美酒》里，常表现寓"得"于"失"的思想。
>
> 瓦雷里不写私生活，而他自认为最带私人性的《海滨墓园》，还是像一般较有意义的抒情诗一样，以特殊的"我"代表一般的"我"。
>
> 瓦雷里在诗中，不止一处，表现天才、灵感出于勤奋、苦功。《石榴》和《风灵》里也有这样的例子。
>
> 而瓦雷里从混乱里追求秩序的建立，则不仅在艺术形式上有一贯的表现，在思想内容上也是如此。②

无论是"对立统一"的辩证思想，"肯定现时，肯定介入"的积极人生态度，还是"大我"的表现，"勤奋、苦功"的强调，"混乱里追求秩序"，等等，都与中国传统思想有相通之处。因此，卞之琳提出："瓦雷里这种后期象征主义诗，亦即'现代主义'诗的一种，论思想内容，对于我们是否也有可以一分为二的地方？我看是有的。"③

《白螺壳》是较有代表性的一首诗作，朱自清将其定义为"情诗"。卞之琳并不同意这种说法，认为它"也象征着人生的理想跟现实"④。该诗的立意构思，受瓦雷里作品《人和螺壳》的直接影响。瓦雷里在《人和螺壳》中"自述如同一位过路者在沙滩捡起一枚灵异的螺壳，从它美丽的斑纹、形状细认造化的神工，因此引起诗人无限的思潮"⑤。《白螺

---

① ［法］瓦雷里：《瓦雷里诗歌全集》，葛雷、梁栋译，人民文学出版社 1996 年版，第 19 页。
② 卞之琳：《卞之琳译文集》（中卷），安徽教育出版社 2000 年版，第 245—246 页。
③ 同上书，第 245 页。
④ 朱自清：《朱自清全集》（第二卷），江苏教育出版社 1996 年版，第 317 页。
⑤ 孙玉石：《中国现代诗歌艺术》，长江文艺出版社 2007 年版，第 298 页。

壳》共分四节，由"空灵""不留纤尘"的白螺壳，想象它落到自己手里会有"一千种感情"。空灵的白螺壳，能包容人生的百般坎坷，万般感受，让人感慨。诗人进而感慨大海的"神工"与"慧心"："你这个洁癖啊，唉！"大海具有大自然鬼斧神工的力量，它创造的白螺壳洁白纯美、一尘不染，是人生完美理想的象征。第二节，诗人由"一湖烟雨"想到"一所小楼"，继而想到楼中的"许多珍本"，即便白螺壳要经过湖水的"浸透"，风、柳絮、燕子"穿过"，历经坎坷而终会消失，"出脱空华不就成！"诗人用"空华"（佛教用语"空花"）喻指人生的虚幻，除非看透世情、灭除妄念，方能得以超脱。第三节以轻松戏谑的口气，写白螺壳宁愿落到没有凡尘世事纠缠的原始人手里，哪怕只"值一只蟠桃"，也不愿落到为世事所扰、多愁善感的"多思人"手里。第四节以檐溜穿阶、绳子锯栏，喻指人即便忍耐人生各种艰难坎坷，理想还是那么遥远，现实终究还是现实。回首往事，只有"柔嫩的蔷薇刺上，/还挂着你的宿泪"，对年少时候的信心和经历而感慨。诗人对理想和现实之间矛盾的顿悟，表现了一种普泛的人生哲理。朱自清认为，诗人的高超之处在于"不显示从感觉生想象的痕迹，看去只是想象中一些感觉"①。的确，诗人的思绪，更多是一种情感的流动。诗人由日常生活中琐碎的事物，创造性地安排在超现实的艺术世界中。这是诗人的艺术追求，也是里尔克、瓦雷里等现代派诗人的艺术追求。1937 年 5 月完成的《灯虫》一诗，是诗人战前诗中"最后一首诗"②，也是"象征着向唯美主义态度告别"③的一首诗。

第二阶段（1938—1939）主要响应政治号召写作"慰劳信"，"基本上在邦家大事的热潮里面对广大人民而写，基本上都用格律体（也和以后一样）写真人真事（和以后又不大相同）"④。这些诗作，后收入 1940 年出版的《慰劳信集》。作者自述"1939 年底过了一个写诗的月份以后，兴趣自觉他移，自感到该有一个段落了"⑤。

而在第三阶段（1950—1958），作者"偶尔写起诗来，除了感性和理性

---

① 朱自清：《朱自清全集》（第二卷），江苏教育出版社 1996 年版，第 330—331 页。
② 卞之琳：《雕虫纪历》（增订版），人民文学出版社 1984 年版，第 7 页。
③ 汉乐逸：《发现卞之琳——一位西方学者的探索之旅》，外语教学与研究出版社 2010 年版，第 51 页。
④ 卞之琳：《雕虫纪历》（增订版），人民文学出版社 1984 年版，第 8 页。
⑤ 卞之琳：《卞之琳文集》（上卷），安徽教育出版社 2002 年版，第 8 页。

认识开始有了质的变化，坚信要为社会主义服务"，因此诗作"由自发而自觉的着重写劳动人民，尤其是工农兵"。这一阶段的诗作包括三部分：1950年抗美援朝开始后创作但后来鄙之"大多数激越而失之粗鄙，通俗而失之庸俗，易懂而不耐人寻味"① 的诗作；1951年参加江浙农业合作化试点后写的"有一点田园风味"、吸收了吴方言谚语的诗作；1958年3月写的《十三陵水库工地杂诗》。总体而言，第二、第三阶段的诗作，受革命运动、政治形势等方面的影响，作者不得不多写一些"真人真事"，语言也不得不相对直白、通俗。相对第一阶段的自由创作而言，文学艺术性有所抑制。诗评家蓝棣之在探讨卞之琳新诗时给予高度评价，但对其1938年后的创作则直接跳过不谈，"因为这些诗的作者是另一个诗人卞之琳"②。袁可嘉则对这些诗作给予正面肯定，认为"为抗战服务的《慰劳信集》（明月社，1940）的诗歌语言呈现了另一种新面目。这是一组新型的政治抒情诗，它避开了当时流行的某些诗作的那种浮夸的英雄腔或标语口号式滥调，而力求从小事情、小场景用压低的调门来歌颂百发百中的神枪手……洗练的口语有平实、爽朗，特别是机智、幽默的特点。有时轻松的笔法和严肃的题材结合到好处，就出现了新诗史上未曾有过的至今少人效法的新型政治抒情诗"③。这一时期的诗作依然能很好地将诗歌艺术性与现实政治性需求相结合。

1938年开始，卞之琳的译作主要为小说及莎剧，包括纪德、衣修伍德等人的小说及莎士比亚"四大悲剧"。以1938年为界，他的诗作也由早期的含蓄深邃转为朴素明快。这一重大转折，出于当时的现实需求，也出于奥登等西方诗人的影响。他自陈1938年的诗作"多少有所借鉴的还有奥登（W. H. Auden）中期的一些诗歌，阿拉贡（Aragon）抵抗运动时期的一些诗歌"④。

卞之琳诗风的转变，与当时的国内政治环境、文学思潮有关。1937年，日本悍然发动"七七事变"，全面侵略中国。在国难当头的危急时刻，诗人们无法再安坐书斋沉浸于个人的缪斯世界。卞之琳自陈"小处敏感，大处

---

① 卞之琳：《雕虫纪历》（增订版），人民文学出版社1984年版，第9页。
② 蓝棣之：《论卞之琳诗的脉络与潜在趋向》，《文学评论》1990年第1期，第96页。
③ 袁可嘉：《略论卞之琳对新诗艺术的贡献》，《文艺研究》1990年第1期，第77—78页。
④ 卞之琳：《雕虫纪历》（增订版），人民文学出版社1984年版，第16页。

茫然",对政治缺乏敏感,① 但在"邦家大事的热潮里",卞之琳的诗歌创作不得不有所调整,使诗笔为民族存亡的大事服务。特别是解放后,由于特殊的政治环境,他只能"面对广大人民而写","要为社会主义服务"。② 为广大人民而写,势必使诗歌从语言到内容进行调整,使其更加平白朴素、清晰易懂。不过,作为一名坚守艺术节操的诗人,卞之琳不愿随波逐流,创作当时常见且广受欢迎的口号式政治诗。在当时的环境下,早先开创浪漫主义一代诗风的郭沫若,写了不少歌颂政治运动、歌颂个人崇拜的诗作,如《三呼万岁》《满江红·一九六三年元旦抒怀》等。在纪念郭沫若的文字中,卞之琳一方面高度赞扬其早期写作,另一方面也直接批评了其晚期写作,认为他"日后公开的应景、表态的诗论、诗议、诗译、诗作,显得他的才华难以为继了",并略带讥讽地引用当时流传的顺口溜"郭老,郭老,写得多,好的少"③。作为对政治运动毫无兴趣的诗人,如何延续自己的智性诗写作习惯又满足政治需要,是摆在卞之琳面前的一道难题。而奥登、阿拉贡等人的诗作,恰好给了他答案。

20 世纪 30 年代的英语诗坛,人称"奥登时代"。30 年代后期,在中国文艺界掀起了一股"奥登"热潮。奥登曾参加西班牙反法西斯内战,其作品经由在清华、西南联大任教的燕卜荪等人介绍进入中国,受到国内学人尤其是西南联大师生的喜爱。奥登当时所写的诗表现了现代社会的弊病,表达了个人的政治热忱、对社会变革的期待,这些主题在当时的知识分子中很容易获得认同。其参加反法西斯战斗的经历,更给当时青年以鼓舞。王佐良后来回忆当时的情形:"我们更喜欢奥登。原因是他的诗更好懂,他的那些掺和了大学才气和当代敏感的警句更容易欣赏,何况我们又知道,

---

① 在《雕虫纪历》"自序"中,卞之琳多次强调自己对政治缺乏敏感:"方向不明,小处敏感,大处茫然,面对历史事件、时代风云,我总不知要表达或如何表达自己的悲喜反应","我自己思想感情上成长较慢",[参见卞之琳《雕虫纪历》(增订版),人民文学出版社 1984 年版,第 1—18 页] 在 1979 年发表的怀念闻一多的文章中,他也写道:"在西南联合大学后期,闻先生政治上日益觉醒,行动上日益积极,我抱愧自己主要仅以有所不为而站在他一边而已。"[参见卞之琳《完成于开端:纪念诗人闻一多八十生辰》,《卞之琳文集》(中卷),安徽教育出版社 2002 年版,第 152 页] 相关论述还可见柳鸣九的回忆:"文化大革命"前夕,外国文学研究所接到中宣部周扬传达的政治任务,编写《二十世纪欧洲文学史》,以对抗日益逼近的"文化大革命",卞之琳为编写组组长。不过,"对此泰山压顶式的重头任务,卞之琳并未敬若神明,仍然是那种'无为而治'的作派,爱理不理"。[参见柳鸣九《蓝调卞之琳》,《柳鸣九文集》(第 11 卷),海天出版社 2015 年版,第 104 页]

② 卞之琳:《雕虫纪历》(增订版),人民文学出版社 1984 年版,第 8—9 页。

③ 卞之琳:《卞之琳文集》(中卷),安徽教育出版社 2002 年版,第 139 页。

他在政治上不同于艾略特，是一个左派，曾经在西班牙内战战场上开过救护车"①。1938 年春，奥登和衣修伍德一起访问中国，途经港、澳到广州，转道武汉，受蒋介石、宋美龄等人接见，后往徐州查看台儿庄战役后的战场，复返武汉。在冯玉祥、洪深、穆木天等政界、文艺界名流为其举办的文艺界招待会上，奥登朗读了他的十四行诗《中国兵》。这一活动被视为中西文化交流的盛会。奥登和衣修伍德被视为支持中国抗战的拜伦式英雄。"新闻界更是把宣传抗战的希望寄托在这两位诗人的身上。《大公报》报道说，'中英文坛的消息，不但因为这个聚会交换了很多，而疯狂的日阀的不人道，残忍的暴行，也会被他俩深切的介绍给英国国民'。"田汉还为《大公报》刊发的《中国兵》手迹及译文写下诗句"并肩共为文明战，横海长征几拜伦?!"② 奥登与衣修伍德合著的《战地行》（*Journey to a War*）次年出版，包括《战时》（*In Time of War*）（《战时》是组诗名称）十四行诗 27首、奥登等人的战地日记等。之后，"奥登"热在中国愈演愈烈，他的诗集、散文集不断在国内翻译和出版。

　　奥登诗作中对现实生活的关怀，对法西斯侵略者的控诉和对和平美好生活的期望，与中国知识分子的追求相一致，因而他的诗受到国人的欢迎。赵毅衡评价奥登诗对卞氏的影响："奥登的《战地行》组诗，想必给卞先生留下深刻印象：一个极端关注语言形式的诗人，如何面对战争年代全民动员的需要。奥登的确开辟了一条新路子：既有政治内容，又保留复杂语言。卞之琳先生此后所有的诗，十四行诗变形的《慰劳信集》，甚至 50 年代的作品，一直在这个方向上努力。……后来白英（Robert Payne）说，卞之琳对奥登'崇敬到让人不安的地步'。"③ 这一分析比较透彻地说明，在国家大事成为作家面临的现实问题之际，如何使自己的诗学追求与政治需要相结合，是他们不得不思考的问题。奥登以艺术化手段表现现实生活的诗作，特别是他以中国题材写的战地组诗，无疑在卞之琳这里得到了共鸣，也成为他后期创作努力的方向。早在 1931 年在北大求学期间，卞之琳修读叶公超所授英诗课："是叶师第一个使我重开了新眼界，开始初识英国 30 年代

---

　　① 　王佐良：《穆旦：由来与归宿》，杜运燮等《一个民族已经起来》，江苏人民出版社 1987年版，第 1—2 页。

　　② 　赵文书：《W. H. 奥登与中国的抗日战争——纪念〈战时〉组诗发表六十周年》，《当代外国文学》1999 年第 4 期，第 165 页。

　　③ 　赵毅衡：《对岸的诱惑：中西文化交流记》，四川文艺出版社 2013 年版，第 74 页。

左倾奥登之流以及已属现代主义范畴的叶芝晚期诗。"① 他本人也在翻译奥登诗作方面也做出了巨大贡献：1943 年翻译奥登《战时》十四行诗 5 首，发表于《明日文艺》第二期，并在译诗前写有"题记"，高度赞扬奥登：

> 熟悉英国现代诗的当然会听说过一九三〇年至一九四〇年的英国诗坛是奥登的天下，当然也知道有些年轻人把他尊为英国当代第一名诗人，这在译者个人看来也不觉得太过分，至少在当代英国诗人中译者最喜欢的也就是他。至于他的"战时作"，与奥登、台·路易士（Day Lewis）齐名，号称三杰的史本特（S. Spender），曾在一九三九年说它们是奥登到当时为止所写的诗中最好的一部分。这些诗确乎大体都亲切而严肃，朴实而崇高，允推诗中上品。奥登写它们的时候，显然受了一点里尔克的影响（即在形式上也看得出，例如他也像里尔克一样的用十四行体而有时不甚严格遵守十四行体的规律），译者还怀疑他也许在笔调上还受了一点中国旧诗的影响。当然在中国一般读者，对于西洋诗的欣赏还止于浪漫派的"夜莺""玫瑰"，顶多还止于象征派的"死叶""银泪"的阶段，读了这些诗一定会鄙夷的说"什么诗？诗在哪里？"这在译者实在也无法解释，因为当然无话可说了，如果你一定说哪儿有什么诗意在这样的一行诗里："而从土地取他的颜色"（《讲"他"，讲中国农民》）。如果你觉得这一行诗好，那你当然也会觉得"山岳挑选了他的子女的母亲"（《还是讲"他"》）有意思了，更不用说"凡是有山，有水，有房子的地方也可以有人"这样的句子了。循这条道路去才可以欣赏这种诗。而循了这条道路去，你又会感叹奥登的一切遣词造句都自然、随便，可是又显然经过了一番炼字炼句的工夫，例如"他们在十八省里建筑了土地"，这里"建筑"一语如何简单明了的表出了中国人开河凿山，运用土地的形象。②

卞之琳明确表达对奥登的喜爱。在他看来，奥登"受了一点里尔克的影响"，也"受了一点中国旧诗的影响"，这和自己何其相似！奥登善于运用"亲切而严肃""朴实而崇高"的语言，"炼字炼句"，创作了一首首表达流畅、内涵深刻的诗歌。这显然正贴合卞之琳这一时期在诗歌艺术方面

---

① 卞之琳：《卞之琳文集》（中卷），安徽教育出版社 2002 年版，第 187 页。
② 卞之琳：《战时在中国作：前记》，《明日文艺》1943 年第 2 期，第 1 页。

的追求。艺术观念、手法和风格方面的相近，使卞之琳引奥登为知音。他不仅翻译了奥登的战时组诗，还翻译了奥登的其他诗作，如《当所有用以报告消息的工具》（1946）、《伏尔泰在斐尔奈》（1947）、《小说家》（1947）等。这些翻译活动，使他与朱维基、杨宪益等人一道，成为 40 年代"翻译奥登诗歌的主力军"①。通过这些翻译，他对奥登的诗学思想有了更深入的认识。他高度评价奥登，认为他"是英国 30 年代最杰出的诗人。有一个时期大有人说英（美）诗坛 20 年代是艾略特称雄，30 年代则是奥登天下。语属夸张，不无一定道理"②。在他看来，奥登在创作方面多才多艺："他不但能写严肃诗，而且能写轻松诗或打油诗，既能写应景作，又能写流行曲，都可以得心应手而别出新意。诗体更是花样繁多。"③

江弱水认为，卞之琳诗作表现的"忍耐"，正与里尔克——瓦雷里——纪德——奥登一脉贯通。④ 卞之琳曾评价奥登的诗《当所有用于报告消息的工具》，认为这首诗"令我们想起我们都熟悉了的关于在挫折、困难的时候，要想到光明，坚定信心这一类话"⑤。《慰劳信集》中有不少诗句，正表现了人们的"忍耐"，如"十里路一歇脚，换上二十对？""出点汗还不是为了省大汗"（《抬铁轨的群众》）；"小雏儿从蛋里啄壳。群星忐忑／似向我电告你们忍受的苦厄"（《一处煤窑的工人》）；"你们辛苦了，血液才畅通，／新中国在那里跃跃欲动"（《筑路工人和铁路的工人》）。

此外，奥登善于从具体事件出发，思考人类的处境。"卞之琳的《慰劳信集》，从题材和主题上就贴近奥登这些有激情又有思辨的诗。"⑥ 这一评价也是合乎事实的。以 1938 年奥登所作《中国兵》为例。这首诗描写了中国战场上一位刚牺牲的战士，后由卞之琳译为汉语，题为《他用命在远离文化中心的场所》。诗中有这样几行："他变泥在中国，为了叫我们的女娃／好热爱大地而不再被委诸群狗，／无端受尽了凌辱；为了叫有山，／有水，有房子地方也可以有人。"⑦ 卞之琳认为，这几句"尽管可以说无非是人道

---

① 张和龙：《英国文学研究在中国：英国作家研究》（下卷），上海外语教育出版社 2015 年版，第 612 页。

② 卞之琳：《卞之琳译文集》（中卷），安徽教育出版社 2000 年版，第 199 页。

③ 同上书，第 201 页。

④ 江弱水：《卞之琳诗艺研究》，安徽教育出版社 2000 年版，第 221 页。

⑤ 卞之琳：《卞之琳译文集》（中卷），安徽教育出版社 2000 年版，第 202 页。

⑥ 江弱水：《卞之琳诗艺研究》，安徽教育出版社 2000 年版，第 221 页。

⑦ 卞之琳：《卞之琳译文集》（中卷），安徽教育出版社 2000 年版，第 172 页。

主义精神，义正词严，可以鲜明对照当年的法西斯分子以及其后还发动侵略的任何战争贩子的暴行"①。对侵略者的控诉、对为国捐躯烈士的赞扬、对和平生活的期盼，在卞之琳其后的诗作中也不难发现，如"叫人家没有地方安居的/活该自己也没有地方睡！/……为什么要人家鸡飞狗跳墙！"（《实行空室清野的农民》）；"当心手榴弹满肚的怒火/按捺不住……踏倒了老庄稼要他赔新苗，/你保证了乡里来日的青青"（《地方武装的新战士》）；"是啊，等大地都收拾干净，/我们又再叫武器变形，/在地上纵横多铺些钢轨"（《抬钢轨的群众》），等等。

对卞之琳而言，他不仅借鉴奥登这一时期诗作中的主题，也借鉴了他通过艺术形式表达政治情怀的方式。张曼仪曾分析卞氏《慰劳信集》与奥登《战时》组诗的关系，认为前者没有直接受到后者影响，"倒是奥登30年代用来写人物的十四行体，跟卞之琳那些全部写人物的十四行体有相近之处"②。如奥登的诗《怀念威廉·巴特勒·叶芝》，穿插叶芝本人几首诗中的意象，凸显了这位诗人的伟大之处。类似的情形，在卞之琳这一时期的诗歌创作中不难发现。如《〈论持久战〉的著者》一诗，以"包围反包围如何打眼？""三阶段：后退，相持，反攻——/你是顺从了，主宰了辩证法""号召了，你自己也实行生产""最难忘你那'打出去'的手势"，高度概括了共产党反"围剿"历史、战略后退—防御—反攻三阶段、军事指挥思想的辩证法、抗日根据地大生产运动，特别是"'打出去'的手势"一句，以毛主席的经典动作表现了他的高瞻远瞩和自信。这种高度典型、高度浓缩的概括性语言，使有限的诗行包含更丰厚的内容。《慰劳信集》中对百发百中的神枪手、闹笑话的新战士、修筑铁路的工人、空军战士、西北开荒者等人的描写，没有任何口号式的语言，而是通过动作、语言细节表现出来。如《前方的神枪手》将军民抗战的热忱表现于"准星"，《地方武装的新战士》通过"草帽""保险盖""石头"等，表现了新战士面对敌人时英勇而忙里出错的情形。《一位用手指探电网的连长》中："你就无视了铁丝毛，/直指到死亡的面额。/勇气抹得杀死亡？　'没有电，我还觉得！'//你又觉得了全生命——/信赖、责任、胜利……/此外，你还该觉得吧/我们都松了一口气"。在后有追兵、大部队即将通过的紧急时刻，意外

---

① 卞之琳：《卞之琳译文集》（中卷），安徽教育出版社2000年版，第202页。
② 张曼仪：《卞之琳与奥登》，《蓝星诗刊（第16号）》，1988年，第46—47页。

发现前有铁丝网挡住去路。为了大部队顺利通行，连长决定冒着生命危险用手探试。诗人没有描写连长如何英勇无畏，而是通过细微的心理描写，通过周围人的紧张心理体现出来。最后一句"我们都松了一口气"，猛然释放了这一紧张情绪，读来别具一番风味。

袁可嘉高度评价了卞之琳《慰劳信集》中的诗作，认为它们是"一种新诗史上未曾有过的至今少人效法的新型政治抒情诗"①。"未曾有过""少人效法"，一方面出于当时特定的国内政治环境，另一方面也与卞之琳对奥登等人诗作的借鉴分不开。

二　写作技法

卞之琳对外国诗歌的借鉴，不仅包括思想内容方面的可取之处，也包括西方诗歌的创作技法。闻一多称戴望舒、卞之琳为"技巧专家"。朱自清也对卞之琳的创作技法给予高度评价："卞先生是最努力创造并输入诗的形式的人，《十年诗草》里存着的自由诗很少，大部分是种种形式的试验，他的试验可以说是成功的。"② 对诗歌形式和技巧的借鉴，使他的诗独具一格，也为中国新诗的发展做出了巨大贡献。

卞之琳认为，在"白话新体诗里所表现的想法和写法上，古今中外颇有不少相通的地方"③。因此，在吸收传统诗歌营养的同时，他也积极借鉴西方诗歌的技法。在《雕虫纪历》"自序"中，他指出对自己产生影响的外国作家波德莱尔、魏尔伦、艾略特、叶慈、里尔克、瓦雷里、奥登、阿拉贡等，这还不包括玛拉美、纪德、阿索林等人。对国外诗学观念、诗歌技巧方法等方面的借鉴，早期象征主义者对暗示、联想、音乐性的强调，艾略特的"客观对应物""非个人化"等观念，后期象征主义的格律思想，在他的诗作中都得到了很好的体现，使他的诗作在现代新诗发展史上别具一格。

（一）象征与暗示

早期象征主义诗歌重视个人抒情，但这种抒情不同于浪漫主义式的直抒胸臆，而是通过象征、暗示等手法，表现个人内心的难以捉摸的隐秘。

---

① 袁可嘉：《略论卞之琳对新诗艺术的贡献》，《文艺研究》1990 年第 1 期，第 78 页。
② 朱自清：《朱自清全集》（第二卷），江苏教育出版社 1996 年版，第 332 页。
③ 卞之琳：《雕虫纪历》（增订版），人民文学出版社 1984 年版，第 15 页。

他们认为，客观世界只是一种表象，而更真实永恒的世界则隐藏很深，只有诗人才有能力感觉并将其表现出来。因此，他们高度重视诗歌的内在音乐性。象征主义先驱者波德莱尔主张"从恶中抽出美"，将"恶"与"丑"升华为艺术的美，为表达现实的"病态社会"、宣泄个人忧愤之情开辟了新的路径。其惊世骇俗的《恶之花》，表现了畸形堕落的巴黎都市的光怪陆离生活，迥异于浪漫主义热衷描写的优美的大自然。波德莱尔还提出"通感"，视世界为"象征的森林"，主张不仅主客观事物之间有某种神秘联系，人的不同感官之间也能相互沟通。象征主义主要代表人物魏尔伦则强调诗的"内在音乐性"，主张通过亲切、暗示方式表达诗人的主观感受。被誉为"象征主义之象征"的玛拉美，提出写诗的目的是达到的"纯粹概念"或曰理念。他反对帕尔纳斯派直接表现事物的做法，认为这还是传统修辞家、哲学家那一套，"直陈其事，这就等于取消了诗歌四分之三的趣味，这种趣味原是要一点儿一点儿去领会它的。暗示，才是我们的理想。……在诗歌中应该永远存在着难解之谜，文学的目的在于召唤事物，而不能有其他目的。"① （着重号为原文所有）采用暗示的方法，召唤事物，实际上是要诗人避免直陈方式，而"以精深的艺术手法，魔术般地使事物得其神似，可望而不可即"，② 因而这种诗歌带有浓厚的神秘色彩。象征派这些主张对"恶"与"丑"的描写，"通感"、暗示等主张，在卞之琳这里产生了共鸣。在评价闻一多的诗歌创作时，卞之琳曾这样写道："波德莱尔自己的《恶之花》也不是用'颓废'一词所能一笔否定得了。像《死水》这整首诗，像《口供》的末行'苍蝇似的思想垃圾桶里爬'之类，所谓'以丑为美'，所谓把不美的事物写进诗里，也未尝不是'化腐朽为神奇'。这在我国诗歌传统里，固然少有，也不是没有。杜甫的名句'朱门酒肉臭，路有冻死骨'，写的是美的事物吗？写出来没有诗意吗，也有'臭'气吗？艺术从生活中出来，成为艺术，就高于生活，和生活并不等同。"③ "以丑为美"不是指将丑的事物直接呈现给读者，而要经过诗人的艺术加工和提炼，以表达内心的真实，这正符合早期象征主义的诗学主张。

　　早在 1932 年，卞之琳翻译了尼柯孙的《魏尔伦与象征主义》一文。这

---

　　① ［法］玛拉美：《谈文学运动》，闻家驷译，黄晋凯等编《象征主义·意象派》，中国人民大学出版社 1989 年版，第 42 页。

　　② 同上。

　　③ 卞之琳：《卞之琳文集》（中卷），安徽教育出版社 2002 年版，第 155 页。

篇文章主要介绍象征主义的两大技巧：亲切与暗示。"亲切"包括"联想法"的运用，以及"把生平偶然的心情和习气说得有趣而动人的手腕"（即语言的音乐性），而"暗示"的目的是"启示无穷"。① 卞之琳在为这篇文章所写说明文字中指出，尼柯孙的这些说法，"搬到中国来，应当是并不新鲜，亲切与暗示，还不是就诗词的长处吗？可是这种长处大概快要——或早已——被当代一般新诗人忘掉了"②。卞之琳本人的抒情诗，也大多"借景抒情，借物抒情，借人抒情，借事抒情"③。

如《记录》一诗，"我喝了一口街上的朦胧""挣脱了多么沉重的白日梦"，以通感、暗喻的方式表达了旧时青年的幻灭感。《一个和尚》中的"苍白的深梦""悲哀的残骸"，以通感手法营造了寂寥、荒芜的气氛，表现了停滞不变的生活。《长途》中"晒得垂头的杨柳，/呕也呕不出忧伤"，以通感表现了无法排遣的疲惫。与《傍晚》中"半空里哇的一声，/一只乌鸦从树顶/飞起来，可是没有话了，/依旧息下了"，以飞起又无言落下的乌鸦，象征生活的无意义，表达了人内心的苦闷。《春城》中"打落一角，/一角琉璃瓦吧？——"，以"琉璃瓦"象征昔日的辉煌。这一象征物被"打落"毁坏，意味着昔日辉煌已经沦落而一去不复返了。《无题一》从"一道小水"到"一片春潮"的发展，象征着诗人爱情的增长。"南村外一夜里开齐了杏花"，以花开喻指沉浸在爱河中的恋人内心的欢愉。类似的这种用法，在卞之琳的其他诗作中十分常见。即使在1937年以后写出的"政治抒情诗"中，这样的例子也不少，如《修筑飞机场的工人》，将工人修机场喻为"母亲给孩子铺床"，比喻奇特，而敌人空袭成了"头顶上降下来毒雾和毒雨"。《〈论持久战〉的著者》一诗中，"最难忘你那'打出去'的手势/常用以指挥感情的洪流/协入一种必然的大节奏"，将毛主席指挥军队抗战比作指挥乐队演奏，凸显了这位伟大军事家的从容和自信。卞之琳通过这些新奇、独特的象征、比喻、通感等手法，为我们构筑了一个朦胧、含蓄而诗意盎然的艺术世界。

值得一提的是，卞之琳的诗作中的通感、象征、暗喻，不仅作为语言层面的修辞技巧被使用，也经常作为思想、情感层面的经营手段得以利用。如《尺八》一诗中，诗人由"尺八"吹奏出来的乐音，想象千年前日本遣

① 卞之琳：《卞之琳文集》（中卷），安徽教育出版社2002年版，第252—263页。
② 同上书，第251—252页。
③ 卞之琳：《雕虫纪历》（增订版），人民文学出版社1984年版，第3页。

唐使前往长安学习，又思及今日被迫流浪在外的国人，感慨祖国的式微。"尺八"在这里富有暗示意味，象征着民族文化的兴盛、流传与衰落，成为古今、中外、盛衰的连接体。《淘气》一诗，朱自清认为"这是情诗，蕴藏在'淘气'这件微琐的事里"①。诗中"淘气的孩子"是"你"，而我治"你""有办法"：让游鱼咬脚，黄鹂啄指甲，野蔷薇牵衣角，白蝴蝶寻访你午睡的口脂，并取笑"你吻了你自己"，这些办法构成了一幅严密紧致的"八阵图"。即便如此，"你还有花样！"那就是在对面墙上写上"我真是淘气"。这场角逐，到底谁是胜利者呢？显然，我的"淘气"倒反被你给治服了。这首诗以活泼、生动的语言，表现了"你"的聪明淘气和"我"的诚挚执着。通篇使用隐喻，使两个年轻人的行动变得天真、活泼、可爱，使这首"情诗"显得格外别致。

（二）戏剧化处境

袁可嘉将卞之琳对新诗艺术的贡献概括为："色素味醇、多有变化的诗歌语言，注重刻画典型的戏剧手法，谨严的格律、活泼的体式，以及融欧化古、承上取下的历史地位。"② 刘祥安的专著《卞之琳：在混乱中寻求秩序》，也专辟一节探讨"戏剧化"问题。卞之琳在《雕虫纪历》"序言"中曾这样总结自己的创作经验："我总喜欢表达我国旧说的'意境'或者西方所说'戏剧性处境'，也可以说是倾向于小说化，典型化，非个人化，甚至偶尔用出了戏拟（parody）。"③ 这些论述，表明了戏剧化手法在卞之琳诗歌创作中的重要地位。

诗歌中的戏剧化手法，最早表现为"戏剧性独白"，由 19 世纪英国诗人罗伯特·勃朗宁开创。早在卞之琳之前，徐志摩、闻一多等现代诗人便尝试以此手法作诗。20 世纪西方诗歌高度重视"非人格化"、戏剧化，"戏剧化独白"恰能满足这种客观冷峻、非个人化、非主观化表达的需要。徐志摩的《一条金色的光痕》、闻一多的《天安门》等诗，都是运用"戏剧性独白"的尝试。卞之琳自陈对戏剧化手法的运用，正是受益于这些前辈："平心而论，只就我而说，我在写诗'技巧'上，除了从古、外直接学来的一部分，从我国新诗人学来的一部分当中，不是最多的就是从《死水》吗？

---

① 朱自清：《朱自清全集》（第二卷），江苏教育出版社 1996 年版，第 328 页。
② 袁可嘉：《略论卞之琳对新诗艺术的贡献》，《文艺研究》1990 年第 1 期，第 75—82 页。
③ 卞之琳：《雕虫纪历》（增订版），人民文学出版社 1984 年版，第 15 页。

例如，我在自己诗创作里常倾向于写戏剧性处境、作戏剧性独白或对话、甚至进行小说化，从西方诗里当然找得到较直接的启迪，从我国旧诗的'意境'说里也多少可以找到得到较间接的领会，从我的上一辈的新诗作者当中呢？好，我现在翻看到闻先生自己的话了，'尽量采取小说戏剧的态度，利用小说戏剧的技巧'等等。"① 如果说卞之琳对波德莱尔、瓦雷里等人的借鉴，个人翻译起了直接的桥梁作用，那么对戏剧化手法的借用，则更多以徐志摩、闻一多等人的间接"翻译"作为桥梁。

卞之琳1930年发表的《奈何》一诗，副标题为"黄昏和一个人的对话"。全诗由戏剧性对话构成，共两节。第一节为"我"对"你"说话："我"看见你"乱转过几十圈的空磨"，做过"尘封座上的菩萨"，"床铺把你当半段身体托住"，最后发问"现在你要干什么呢？"第二节则是被问者的回答：他先到"街路边"，又回到"庭院"，再回到"屋子里"，重新靠近"墙跟前"，最后他自问"我哪儿去好呢？"这首诗通过人物漫无目的的戏剧性动作和形象的戏剧性对话，表现了青年知识分子的内心苦闷和茫然，带有一定的"荒诞"意味，令人想起荒诞剧《等待戈多》中反复出现的"咱们这会儿干什么呢""咱们干什么呢？"等句子。② 诗人通过"黄昏"这个时间点，将全诗笼罩在沉闷、惆怅的氛围中，对人生进行审视、发问，展开深层次的思索。诗题最早为《黄昏》，后改为《奈何》，正表达了生活的无可奈何之感。《过节》一诗，通过店铺老板内心独白，"叫我哪儿还得了这许多，/你来要账，他来要账！/门上一阵响，又一阵响"，表现了穷人在中秋赏月时却被债务所逼的无奈、苦闷和悲哀。《寒夜》一诗中，"一炉火。一屋灯光"，俨然就是戏剧剧本中的舞台说明和场景交代。"老陈捧着个茶杯，/对面坐的是老张。/老张衔着个烟卷。/老陈喝完热水。/他们（眼皮已半掩）"则交代了剧中人物关系、姿势或动作，带有鲜明的戏剧特征。这些小说化的戏剧场景，表现了旧时的北平生活。这是一个寂寥的世界：寒夜对炉枯坐，喝茶的喝茶，抽烟的抽烟，慢慢地昏昏入睡，安详静谧，慵懒单调。突然传来钟声、跑步声和喊叫声"下雪了，真大！"将人们从困倦中惊醒。大雪带来的是惊喜还是厌倦？诗人将读者带入诗的遐思。其他如《西长安街》《水成岩》《道旁》《无题一》《动土问答》等诗，也

----

① 卞之琳：《卞之琳文集》（中卷），安徽教育出版社2002年版，第155页。

② ［英］塞缪尔·贝克特：《等待戈多》，施咸荣译，施咸荣等《荒诞派戏剧集》，上海译文出版社1980年版，第14、16页。

都采用西诗常见的戏剧性独白或对白，营造了或灰暗或明亮的戏剧场景。

卞之琳对戏剧化手法的运用，既来自徐志摩、闻一多等早期诗人，又在此基础上有所发展，丰富了诗歌的表现形式。徐志摩的《一条金色的光痕》，模拟一位借钱的乡下老妇人口吻，以硖石方言写成，十分生动、形象。闻一多的《天安门》①为20年代北平一位车夫的内心独白：晚上车夫拉车经过天安门时，总感觉有"黑漆漆的，没脑袋的，蹶脚的"东西跟在后面，"多可怕"。那是被枪毙的"傻学生们"，现在成了鬼，到处出没。车夫始终无法理解，那些学生"有的喝，有的吃"，为什么还要去送命呢？徐、闻二人对戏剧化的运用，是将其视为一种表现技巧或形式。而卞之琳使用戏剧化手法时，"并不限于戏剧性独白，推而广之，写戏剧性情境，表现戏剧性对话，乃至小说化"②。这种拓展，扩大了戏剧化处理的范围和形式，使诗的经济性与戏剧的趣味性得到结合，表现更加生动、真实、自然。以《酸梅汤》最后几行为例：

> 老李，你也醒了。树荫下
> 睡睡觉可真有趣；你再睡
> 半天，保你有树叶作被。——
> （哪儿去，先生，要车不要？）
> 不理我，谁也不理我！好，
> 走吧。……这儿倒有一大枚，
> 喝掉它！得，老头儿，来一杯。
> 今年再喝一杯酸梅汤，
> 最后一杯了。……啊哟，好凉！③

诗中所有语句都出自一位洋车夫之口。在树荫下乘凉候客间隙，他希望找人聊天。他先后找卖酸梅汤的老头、树下睡觉的"老李"、路过的行人搭话，对方都不理他。在"谁也不理我"的情况下，洋车夫自觉没趣，索性用最后一大枚铜钱买来酸梅汤喝，感叹这是今年"最后一杯了。……啊哟，好凉！"诗人通过洋车夫的自言自语、个人动作展开了一

---

① 谢冕等：《中国新诗总系（1917—1927）》，人民文学出版社2010年版，第488页。
② 刘祥安、卞之琳：《在混乱中寻求秩序》，文津出版社2007年版，第114页。
③ 卞之琳：《雕虫纪历》（增订版），人民文学出版社1984年版，第12—13页。

幅静态素描图：时光易逝，人的头发逐渐变白，不变的是那凋敝停滞、百无聊赖的生活。卞之琳以有限的诗行，构建了逼真的戏剧性场景：卖酸梅汤的老头、"老李"、行路者寂然无声也没有任何动作，但他们的形象、姿势、性格已通过车夫语言表现出来。通过生动、自然的车夫独白语言，人物性格刻画得惟妙惟肖：车夫的乐天派性格①与周围人的漠然沉寂形成鲜明对比。值得一提的是，诗人始终客观、冷静地站在一边作为旁观者，"把'诗'中的我从诗人中分离出来，以车夫的身份在特定情景中与卖酸梅汤的老人对话，超脱了个人主观视野的强行干预，让诗歌情境自己'说话'，因而主题和趣味都比较丰富复杂"②。这一特点，赋予此诗以明显的现代性特征。

（三）客观对应物、非个人化

"客观对应物""非个人化"，是艾略特思想体系中的两个重要概念。艾略特提出，"用艺术形式表现情感的唯一方法是寻找一个客观对应物，换句话说，是用一系列实物、场景，一连串事件来表现某种特定的情感，要做到最终形式必然是感觉经验的外部事实一旦出现，便能立刻唤起那种情感"③。这一主张阐明了艺术表现的途径：诗人不能直接抒发个人的感情，而要通过寻找一组组意象、一个个动作、一件件事件，通过表现这些"外部事件"间接唤起读者的情感反应，使他们理解作者想表达的情感。这种"客观对应物"手法，可以避免诗人情绪的直接宣泄，使诗借助客观场景或实物间接表达个人情感，从而营造艺术的氛围。"非个人化"，指"诗不是放纵情感，而是逃避情感，不是表现个性，而是逃避个性。"④ 艾略特认为，诗人只是一种特殊的工具，没有个性可表现。因而，他们应该放弃个性，将个人的、主观的、直接的经验转化为普遍的、客观的、艺术性的经验。艾略特通过形象的比喻，描述诗人的地位和作用：将氧气和二氧化硫放进瓶子里，只有加入白金丝以后，才能发生化合作用生成硫酸。新的化合物

---

① 黄维樑认为，"洋车夫的乐天派性格，刻画得很成功：别不说话，我说；酸梅汤没有人喝，我喝；在树底下睡觉真有趣，睡久了，保有树叶作被。粤语有谓：'天掉下来，当被子盖。'用以形容乐观的人。卞之琳笔下的洋车夫，正是如此。"参见顾关荣、郭济访《中国新诗鉴赏大辞典》，江苏文艺出版社 1988 年版，第 517 页。

② 王光明：《现代汉诗的百年演变》，河北人民出版社 2003 年版，第 289—290 页。

③ 王恩衷：《艾略特诗学文集》，国际文化出版公司 1989 年版，第 13 页。

④ 卞之琳：《卞之琳译文集》（中卷），安徽教育出版社 2000 年版，第 283 页。

产生，而白金丝未受影响，保持中性不变。"诗人的心灵就是一条白金丝。它可以部分地或全部地在诗人本身的经验上起作用；但艺术家愈是完美，这个感受的人与创作的心灵在他的身上分离得愈是彻底；心灵愈能完善地消化和点化那些它作为材料的激情。"① 由此可见，艾略特强调诗不表现个性，但也不完全排斥诗人的情感、个性因素，只是对后者提出的更高的要求：诗人只有通过高超的艺术手段，将个人的情感与个性"消化或点化"为"非个性"的东西，才能造就理想的诗。转化后的"非个性"诗，似乎没有诗人的痕迹，实际上他的个性和情感已经渗透、融入诗里，并带有更普遍的艺术性意义。"客观对应物"和"非个人化"本身也有相通之处："非个人化"即隐匿诗人的个性和情感，通过高超的艺术手段转化为"非个性"的东西。这一"高超的艺术手段"，既包括隐喻、注释等语言技术手段的运用，也包括"客观对应物"的找寻和利用："非个人化"是"逃避情感""逃避个性化"，而不是完全意义上"无情感""无个性"，情感和个性只是以更隐蔽的形式融化于诗内，却无处不在。

艾略特是后期象征主义的重要代表，他提出的"客观对应物"和"非个人化"，是对前期象征主义挖掘心灵真实的反拨。早在 1934 年卞之琳就翻译了艾略特的著名论文《传统与个人才能》。正是在这篇文章中，艾略特讨论了个人与传统的关系、"非个人化"等问题。卞之琳曾这样评价自己作诗："写《荒原》以及其前期短作的托·斯·艾略特对于我前期中间阶段的写法不无关系。"② 具休表现为"30 年代早、中期我写诗较趋成熟以后，我更最忌滥情发泄，更最喜用非个人化手法设境构象"③。"总倾向于克制，仿佛故意要做'冷血动物'""倾向于小说化，典型化，非个人化，甚至偶尔用出了戏拟（parody）。……极大多数诗里的'我'也可以和'你'或'他'（'她'）互换。"④ 卞之琳的学生裘小龙认为，"可以笼统地说，正是在这种'非个人化'的意义上，艾略特与卞之琳的作品呈现一种不同于浪漫主义传统的现代感性"⑤。

卞之琳的诗作，如《春城》《水成岩》《归》《旧元夜遐思》《雨化石》

① 卞之琳：《卞之琳译文集》（中卷），安徽教育出版社 2000 年版，第 280 页。
② 卞之琳：《雕虫纪历》（增订版），人民文学出版社 1984 年版，第 16 页。
③ 卞之琳：《卞之琳文集》（中卷），安徽教育出版社 2002 年版，第 560 页。
④ 卞之琳：《雕虫纪历》（增订版），人民文学出版社 1984 年版，第 1、3 页。
⑤ 裘小龙：《卞之琳与艾略特》，智量编《比较文学三百篇》，上海文艺出版社 1990 年版，第 532 页。

《白螺壳》等诗作，都巧妙地运用了"客观对应物"和"非个人化"手法。如《无题二》中"窗子在等待嵌你的凭倚，/穿衣镜也怅望，何以安慰?""窗子""穿衣镜"成为等待恋人之"我"的客观对应物，"我"对恋人的思念通过窗子、穿衣镜的"等待"和"怅望"表现出来，赋予无穷的诗意。《半岛》中"半岛是大陆的纤手，/遥望海上的三神山"，伸向海中的半岛是"我"的情感客观化对象，"海上的三神山"，以跃动的大海象征爱情，海上的"三神山"代表爱的目标。诗人以"半岛"和"三神山"之间的"遥望"，表现了恋人之间若即若离的状态；"小楼已有了三面水，/可看而不可饮的"，以爱情之海里的水"可看而不可饮"，表现了希望中又无望之爱。《水成岩》一诗，通过"想在岩上刻几行字迹"的"水边人"，想象"大孩子见小孩子可爱，/问母亲'我从前也是这样吗?'"孩子的提问，勾起了母亲的回忆，她回想起"尘封在旧桌子抽屉里"的"发黄的照片"，以及"藏在窗前干瘪的扁豆荚里"的"一架的玫瑰"，继而感叹时光易逝、流水无情，"悲哀的种子!"小孩子的无忧（童年）——大孩子的疑惑（成年）——母亲的悲哀（老年），人生轮回莫过于此，且代代相传。"水边人"继而变为"沉思人"，他哀叹于"古代人的感情像流水，/积下了层叠的悲哀。"古人已逝，流水仍不停流淌，承载了古代人无尽的悲哀。诗人以"水边人"作为想象主体，一切遐思由他完成。"水边人"可以是"你"，可以是"我"，也可以是"他"。"大孩子"与"母亲"的对话，也可视为"水边人"的自我思索与心灵对话。这种"非个人化"处理方式，使诗人抽离了个人的、主观的情感，使这首诗具有更深层、更复杂的哲理意涵。"发黄的照片""一架的玫瑰""流水"成为寄托情感的"客观对应物"，语言更有诗意，生动别致，也避免了宣泄式情感表达。

被卞之琳称为"戏拟"之作的《鱼化石》一诗，共四行：

> 我要有你的怀抱的形状，
> 我往往溶化于水的线条。
> 你真像镜子一样地爱我呢。
> 你我都远了乃有了鱼化石。

这首诗以"我""你"之间对话的形式展开，诗的副标题为"一条鱼或一个女子说"。诗中的"我"是"鱼"或"女子"，而"你"就是鱼化石么？似乎这是确定的，但卞之琳在为这首诗所写"后记"中说："诗中的

'你'就代表石吗？就代表她的他吗？似不仅如此。还有什么呢？"① 由此可见，诗中的"我"和"你"都是不确定乃至可以互换的：它们既可以是"鱼"，也可以是"女子""石"，抑或"你""我""他"任何一个人。诗人想要表达的不是具体的个人情感，而是对其升华进而进入哲理思考层面。"从盆水里看雨花石，水纹溶溶，花纹也溶溶。"② 是盆水使雨花石看上去溶溶，还是雨花石上的花纹使水看上去溶溶？两者似乎都有可能。因此，"我往往溶化于水的线条"，既可指我因水而融化自身线条，也可指水因我而改变自身形态，两者的相对关系可见一斑。"你真像镜子一样地爱我呢"一句，"你"是"我"的镜子，"我"也是"你"的镜子，这种爱是否能够永恒持久呢？答案是"你我都远了乃有了鱼化石"，陡然从热烈的爱情表达转为冷静思考。原来，"鱼成化石的时候，鱼非原来的鱼，石也非原来的石了。这也是'生生之谓易'。近一点说，往日之我已非今日之我，我们乃珍惜雪泥上的鸿爪，就是纪念。"③ 相爱的激情终究会成为过去，美好的事物终究成为"雪泥上的鸿爪"，诗人由此既赞美了生命之激情，又惋惜于其易逝，人生的哲理由此显现。诗人巧妙地在这首诗中以"鱼""石""镜子"等作为生命、激情的客观对应物，以"非个人化"的表现形式表达了爱情、人生的哲理。

卞之琳也自陈，"小说化""非个人化"等写作技法的借用，有利于其自身"跳出小我，开拓视野，由内向到外向，由片面到全面"④。"非个人化""客观对应物"等手法的使用，使卞之琳的诗作由"小我"之思变为"大我"之思，由具体的情感升华为带普遍意义的哲理思索，范围更为广阔，表达更有深度，具有明显的"现代性"特征。严加炎评价他"总是努力在象征性的意象世界创造中，化情绪为思考，融情趣为理趣，发现并暗示他的哲学思辨，从而使得诗歌不再是一种情感的体验和抒发，而是变成一种诗化的经验，一种情感的思想，一种智慧的晶体"⑤。这一评价是符合事实的。

---

① 卞之琳：《卞之琳文集》（上卷），安徽教育出版社 2002 年版，第 123 页。
② 同上。
③ 同上。
④ 卞之琳：《雕虫纪历》（增订版），人民文学出版社 1984 年版，第 7 页。
⑤ 严家炎：《二十世纪中国文学史》（中），高等教育出版社 2010 年版，第 82 页。

三　意象借鉴

卞之琳对西方文学意象的借鉴，相关研究不少。卞之琳有时也以注释形式，点明诗作对西方诗意象的借用，如《鱼化石》借鉴了保尔·艾吕亚的诗行"她有我的手掌的形状，/她有我的眸子的颜色"，以及瓦雷里的《沐》和玛拉美《冬天的颤抖》中的意象。不过，更多的意象借鉴则以更隐蔽的形式存在。为此，不少评论者对此展开了研究。早在 1942 年，李广田写成长文《诗的艺术——论卞之琳的〈十年诗草〉》，专辟一节探讨"用字与意象"，指出《候鸟问题》"我岂能长如绝望的无线电"一句，令人想起艾略特《普鲁弗洛克的情歌》中的两行："When the evening is spread out a-gainst the sky/Like a patient etherizes upon a table"。① 赵毅衡、张文江认为，《还乡》中"电杆木量日子"，也来自艾略特《普鲁弗洛克的情歌》中"我用咖啡匙量去了一生"，而《雨同我》中"想起天井里盛一只玻璃杯/明朝看天下雨今夜落几寸"，回应了英国诗人布雷克的名句"一砂一世界"。他们总结卞之琳对西方意象的借用，"在大多数情况下，西方意象被诗人改造成崭新的语言和意境，它们往往有中西两个源头"②。王佐良也认为，卞之琳《归》中"伸向黄昏去的路象一段灰心"，与艾略特《普鲁弗洛克的情歌》中下列诗行有一定关联："街连着街，象一场冗长的辩论/带着阴险的意图/要把你引向一个重大的问题。"③ 汉乐逸讨论卞之琳 30 年代的创作时，专辟一节"与西方诗的契合"。在他看来，卞之琳《距离的组织》开篇两行中的"《罗马衰亡史》""罗马灭亡星"等意象，与玛拉美《秋天的哀怨》一文中"那末我可以说我挨过了漫长的日子，独自同我的猫儿，独自同罗马衰亡期的一个末代作家"一句，"也算是一种呼应"。而《秋天的哀怨》中"这种诗的脂粉要比青年的红晕更使我陶醉哩"，与卞诗《秋窗》中"梦想少年的红晕"相关联。④ 汉乐逸还讨论了卞诗《灯虫》与波德莱尔《献给美的颂歌》中小虫扑火意象的关系，以及卞诗《车站》中"听蜜蜂在窗内着急，/活生生钉一只蝴蝶在墙上"对艾略特《普鲁弗洛克的情歌》

① 李广田：《李广田文集》（第三卷），山东文艺出版社 1984 年版，第 52 页。
② 赵毅衡、张文江：《卞之琳：中西诗学的融合》，曾小逸《走向世界文学——中国现代作家与外国文学》，湖南人民出版社 1985 年版，第 499—502 页。
③ 王佐良：《中国新诗中的现代主义——一个回顾》，《文艺研究》1983 年第 4 期，第 30 页。
④ 汉乐逸：《发现卞之琳——一位西方学者的探索之旅》，外语教学与研究出版社 2010 年版，第 50 页。

意象的借鉴。江弱水探讨了《春城》中"琉璃瓦"与艾略特《荒原》中古希腊"白与黄金"等意象的关联,以及卞诗对瓦雷里诗中"水"和"果实"意象的借鉴。① 他在专著《卞之琳诗艺研究》第五章,探讨了卞之琳受魏尔伦、艾略特、瓦雷里、纪德、奥登等人的影响,其中也包括"意象"方面的借鉴。如《成长》一诗的"得""失"思想,与瓦雷里《失去的美酒》中"丢了酒,却醉了波涛"一句有关联,等等。张逸飏探讨了卞之琳对瓦雷里作品中大海、玫瑰、黄昏、果实及蜜蜂等"意象群"的借鉴。② 汪云霞探讨了卞氏对瓦雷里等人诗中"镜子"和"水"意象的借鉴。③ 相关论述较多也较深入,此不赘述。本书仅以"灯虫""蝉声"和"衰亡期的罗马"为例,探讨卞之琳对西诗的借鉴和改造。

波德莱尔《美的赞歌》:"闪光的蜉蝣飞向你这只明烛,/燃着后毕剥响,说:祝福这烛火。"④ 1936 年出版的卞之琳译文集《西窗集》,收有阿索林的短篇小说《飞蛾与火焰》。这篇小说为阿索林小说集《蓝白集》(Blanco en Azul)中的一篇,为卞之琳 1935 年上半年旅居日本京都期间所译。故事主人公为马德里名媛白朗伽·杜蓝,她对 6 年前去过的西班牙列昂古城一个小方场念念不忘,希望重探那"幽寂""恬静"的故地。由于事务繁忙,加之友人相约,她不得不前往巴黎、地中海、瑞士等地。几经周转,女主人公终于到达目的地,实现了自己的愿望。此时的小方场周围部分房子已经拆去,新建房子内设有酒场。酒徒吵架开枪,女主人公身中流弹死在那里。"大约远在星云时代——地球的星云时代——命运就已经注定,一个好涉遐思的、娇美的、柔弱的、风流的女人,得克服千种困难、万般障碍,去寻死,像飞蛾向火焰——去了结在那所古城里,那块充满了幽寂、和平、恬静的小方场。"⑤ 阿索林以飞蛾扑火,喻指人被玄妙、神秘的命运所掌控。这一意象,在一年后卞之琳完成的《灯虫》一诗(1937 年5 月作)中得到了充分利用。《灯虫》第一节为:"可怜以浮华为食品,/小蠓虫在灯下纷坠,/不甘淡如水,还要醉,/而抛下露养的青身。"诗中灯虫"不甘淡如水",追求浮华和醉梦,最后落得灯下纷坠、抛下青身的命运。

① 江弱水:《文本的肉身》,新星出版社 2013 年版,第 138、141—142 页。
② 张逸飏:《在瓦雷里影响下卞之琳诗歌的变构》,《江汉学术》2012 年第 2 期,第 17—21 页。
③ 汪云霞:《知性诗学与中国现代诗歌》,上海书店出版社 2009 年版,第 131—144 页。
④ [法]波德莱尔:《波德莱尔诗歌精选》,郑克鲁译,北岳文艺出版社 2000 年版,第 32 页。
⑤ [西]阿索林:《蓝白集》(第七篇),卞之琳译,[法]夏尔·波德莱尔等《西窗内外:西方现代美文选》,花城出版社 2017 年版,第 115 页。

这种意象的借用是十分明显的。一方面，卞之琳以灯虫扑火，喻指自己与张充和那曾令人向往、最终让人失望的爱情。另一方面，卞氏以客观、冷静的笔法，使自己从具体的、真实的生命体验中超脱，引发对人生现实和理想的哲理性思索。正如卞之琳自言，这首诗一方面把"一个悲欢交错都较轻松自在的写诗阶段划了一道终止线，结束了一度迎合朋友当中的特殊一位的柔情与矫情交织的妙处"，另一方面"为我写诗要求非个人化、小说戏剧化倾向的进一步发展铺平了一点道路"①。诗人在《灯虫》后几节中，分别写勇夺金羊毛的古希腊英雄，下得梦死地终于得成正果的芸芸醉仙，以及"晓梦"后"把你们吹空"如风扫满阶的落红，体现了人生理想和现实之间的张力，给读者留下无尽的遐想空间。由此可见，卞之琳对西方文学作品中意象的借鉴，不是简单的套用，而是将其与中国诗歌传统结合起来，融欧化古，使其成为对生命的哲理性思索。废名评价这首诗"以极浓的一幅画，用了极空的一支笔，是《花间集》的颜色，南宋人的辞藻了"②。的确，诗中"醉仙""晓梦""落红"等，是中国传统诗词中经常出现的意象，如"神仙，瑶池醉暮天"（《花间集·河传二首》）；"赭汗骑骄马，青娥舞醉仙"（白居易《戏和微之答窦七行军之作》）；"庄生晓梦迷蝴蝶，望帝春心托杜鹃"（李商隐《锦瑟》）；"晓梦未离金夹膝，早寒先到石屏风"（温庭筠《晚坐寄友人》）；"碧云笼碾玉成尘，留晓梦，惊破一瓯春"（李清照《小重山·春到长门春草青》）；"惜春长怕花开早，何况落红无数"（辛弃疾《摸鱼儿·更能消几番风雨》）；"不恨此花飞尽，恨西园、落红难缀"（苏轼《水龙吟·次韵章质夫杨花词》）；"落红不是无情物，化作春泥更护花"（龚自珍《己亥杂诗·其五》），等等。而诗中"吹空""佛顶的圆圈"，带有浓厚的佛、道色彩。"空"是佛教重要教义，佛经有"四大皆空""五蕴皆空""色即是空"等语。"佛顶的圆圈"，则见于《摩尼光佛教法仪略》之《形象仪》："摩尼光佛顶圆十二光王胜相，体备大明，无量秘义；妙形特绝，人天无比。"③ 由此可见，卞之琳在借用西方文学意象时主要借用其形式，而其思想意蕴则植根于中国传统诗歌的土壤中。

卞之琳在《雕虫纪历》"自序"中提到，《长途》一诗不仅模仿了魏尔

① 卞之琳：《人与诗：忆旧说新》（增订本），安徽教育出版社 2007 年版，第 115 页。
② 废名：《新诗十二讲》，辽宁教育出版社 2006 年版，第 185 页。
③ 林悟殊：《摩尼教华化补说》，兰州大学出版社 2014 年版，第 519 页。

伦一首无题诗的诗节形式①，"其中'几丝持续的蝉声'更在不觉中想起了瓦雷里《海滨墓园》写到蝉声的名句"②。限于篇幅，仅引两句所在诗节为例：

海滨墓园	长途
人来了，未来却是充满了懒意，	几丝持续的蝉声
干脆的蝉声擦刮着干燥的土地；	牵住了西去的太阳，
一切都烧了，毁了，化为灰烬，	晒得垂头的杨柳
转化为什么样一种纯粹的精华……③	呕也呕不出哀伤。

瓦雷里的《海滨墓园》一诗，探索了生与死、变化与永恒等命题，带有哲理思辨意味。诗人由眼前埋葬逝者的墓园，联想到生命的脆弱和短暂，进而展开生与死的思索。所引第一、二行，正表现了这种思索：美好的事物终将消失，变化是永恒的、无可改变的，死亡是所有生命的最终归宿。有感于生命的短暂和脆弱，诗人想到未来时，也不能不感到懒意和无趣。诗中"干燥的土地"，指埋葬历史和过去的墓地，静谧而永恒。周围那蝉声，无论再喧闹再声嘶力竭，也始终无法重新唤醒历史、回到过去，反而显得那么无力、乏味。诗中"蝉声"，正喻指对过去的记忆和持续呼唤。梁宗岱曾分析这一句的语音特点：其对应法语"L'insecte net gratte la sécheresse"，连用了 t、s、z 等辅音，这是一般法语诗最忌讳的。不过，这种不合惯例的用法，"却有无穷的美妙，这是因为在作者底心灵与海天一般蔚蓝，一般晴明，一般只有思潮微涌，波光微涌，因而构成了宇宙与心灵间一座金光万顷的静底寺院中，忽然来了一阵干脆的蝉声——这蝉声就用几个 T 凑合几个 E响音形容出来。读者虽看不见'蝉'字，只要他稍能领略法文底音乐，便百无一误地听出这是蝉声来。这与实际上我们往往只闻蝉鸣而不见蝉身有多么吻合！"④ 瓦雷里的这种创造性用法，显然符合象征主义追求音乐性的特点，并以音响形式引发读者的联想，进而获得心境、意境上的"感应"。

---

① 魏尔伦这首诗题为《这无穷尽的平原的沉寂》。
② 卞之琳：《雕虫纪历》（增订版），人民文学出版社 1984 年版，第 16 页。
③ 卞之琳：《卞之琳译文集》（中卷），安徽教育出版社 2000 年版，第 223 页。
④ 卞之琳：《卞之琳译文集》（中卷），安徽教育出版社 2000 年版，第 233 页。梁宗岱：《诗与真》，中央编译出版社 2006 年版，第 44—45 页。

卞之琳的《长途》一诗，作于 1931 年。是时，诗人深受象征主义重联想、重暗示技法的影响，诗中引入"蝉声""西去的太阳""垂头的杨柳"等意象。"蝉"是中国传统诗中使用较多的意象之一，不少诗人以其入诗，如宋玉"燕翩翩其辞归兮，蝉寂漠而无声"（《九辩》）；骆宾王"西陆蝉声唱，南冠客思深"（《在狱咏蝉》）；毛文锡"暮蝉声尽落斜阳，银蟾影挂潇湘"（《临江仙·暮蝉声尽落斜阳》）；李商隐"本以高难饱，徒劳恨费声"（《蝉》）；王籍"蝉噪林愈静，鸟鸣山更幽"（《入若耶溪》）；杨万里"落日无情最有情，遍催万树暮蝉鸣"（《初秋行圃》），等等。传统诗歌中的"蝉"，或代表"高洁不俗、清澈远举的品格""叹时惜逝的生命体验""羁旅之愁"，或作为"悲秋主题的情感载体"，或象征"道家生命哲学的超脱"，或"寄寓着人们的长生之梦"。① 显然，卞氏《长途》中"几丝持续的蝉声"，借鉴了瓦雷里诗中的意象，但赋予其中国传统诗歌的味道。《长途》一诗表现了长途行走劳累疲乏、寂寞无聊的感受：那"白热的长途"，伸向遥远的天际，就像"一条重的扁担"压在"挑夫的肩膀"。劳乏、饥饿、口渴，使行人身心疲惫，满是"呕也呕不出"的"哀伤"。"几丝持续的蝉声"，以蝉声的微弱、间断，既表现了行人羁旅之疲乏孤独，更表达了充满疲惫、沉重的生活。这里的"蝉声"，显然具有中国传统诗的志趣，有如项斯诗云："动叶复惊神，声声断续匀。从来同听者，俱是未归人。"（《闻蝉》）音响方面，"几丝持续的蝉声"，通过 s、ch、x、sh 等音的反复，"教读者听到那蝉的声音，而且是倦怠的蝉声"。② 这种双声叠韵音响效果，使人想到姜夔的"一叶夷犹乘兴"的双声叠韵（《湘月》），或使人联想到姜夔咏蝉的诗句："高柳晚蝉，说西风消息"（《惜红衣》），后者以 ch、sh、x 等音"不露痕迹而成功地模拟了嘶嘶蝉声"③。骆宾王"西陆蝉声唱"（《在狱咏蝉》）亦即如此。"几丝持续的蝉声"一句中的双声叠韵、拟声等用法，受瓦雷里使用 t、s、z 等拟声读音的启发，更受中国传统诗歌双声叠韵等用法的影响。卞之琳正是这样将西方现代诗与中国古典诗歌传统结合在一起，形成了其独特的写作风格。

---

① 详见尚永亮、刘磊《意象的文化心理分析：蝉意象的生命体验》，《江海学刊》2000 年第 6 期，第 151—156 页；岳红星《试论蝉意象的文化内涵》，《中国矿业大学学报》2002 年第 3 期，第 120—123 页；吴成国《蝉意象中长生梦的文化探寻》，《武汉大学学报》（人文科学版）2009 年第 5 期，第 534—539 页。

② 李广田：《李广田文集》（第三卷），山东文艺出版社 1984 年版，第 47 页。

③ 王毅：《中国现代主义诗歌史论（1925—1949）》，西南大学出版社 1998 年版，第 134 页。

再如，《距离的组织》中的"想独上高楼读一遍《罗马衰亡史》/忽有罗马灭亡星出现在报上"，明显借鉴了玛拉美的《秋天的哀怨》中"衰亡期的罗马"这一意象：

> 那么我可以说我挨过了漫长的日子，独自同我的猫儿，也独自同罗马衰亡期的一个末代作家。……我灵魂所求、快慰所寄的作品，自然是罗马末日的没落诗篇，只要是它们都不含一点儿蛮人来时的那股返老还童的气息，也都不口吃地学一点儿基督教散文初兴时的那种幼稚的拉丁语。①

卞之琳翻译的《秋天的哀怨》登载于 1933 年 10 月 7 日《大公报·文艺副刊》第 5 期，《距离的组织》完成于 1935 年 1 月 9 日，两者时间较近。玛拉美诗中"罗马衰亡期的一个末代作家""罗马末日的没落诗篇"等句，显然给卞之琳留下了深刻影响。不过，仔细分析两者的含义，可以发现它们既有相同点也有不同点。玛拉美在《秋天的哀怨》中，抒发了妹妹去世留给自己的无尽孤独和感伤，笔调凄婉、细腻、优雅。孤独既然无法排遣，诗人只能细细咀嚼其中的味道。全文笼罩着这样一种孤独、衰颓、悲凉的氛围：在无数个漫长的日子里，陪伴诗人的是一只猫。这只猫在诗人眼里，也成了"罗马衰亡期的一个末代作家"。作者喜欢的种种，就是"衰落"：一年中最喜欢的季节，是盛夏已去、凉秋将至之时；一日中最喜欢的时间，是黄昏时分落日把黄铜色光线照在灰墙上那一刻；最喜欢的文学，是"罗马末日的没落诗篇"，不带"返老还童的气息"，也不带"初兴时的那种幼稚"味道。"罗马衰亡期""罗马末日"等句，显然加强了这种悲凉、低沉的气氛：昔日的罗马帝国在极盛时期，丰饶富足，军威盛壮。但这样一个庞大帝国，最后也不可避免地逐渐没落，在内忧外患中走向灭亡。玛拉美借历史沧桑，抒发了自己深沉而无法消除的孤独凄凉感。卞之琳的《距离的组织》，借鉴了玛拉美诗作中的罗马帝国意象，但又有所创造发挥。卞之琳为此诗注释："整诗并非讲哲理，也不是表达什么玄秘思想，而是沿袭我国诗词的传统，表现一种心情或意境。"② 这一注解为我们理解这首诗提供

---

① ［法］夏尔·波德莱尔等：《西窗内外：西方现代美文选》，卞之琳译，花城出版社 2017 年版，第 4—5 页。

② 卞之琳：《雕虫纪历》（增订版），人民文学出版社 1984 年版，第 37 页。

了线索。具体而言，《罗马衰亡史》"罗马灭亡星"等语一方面体现了衰颓、孤独感；另一方面，则如诗人所言"涉及时空的相对关系"。①后者显然是对前者的突破和升华，构成形而上的理性思索：第一行"想独上高楼读一遍《罗马衰亡史》"，"我"意图改变身体的位置（即改变物理距离）而改变视野，意在登高望远。"独上高楼"一语，令人想起中国传统诗词中的名句，如李白的"金陵夜寂凉风发，独上高楼望吴越"（《金陵城西楼月下吟》）；李德裕的"独上高楼望帝京，鸟飞犹是半年程"（《登崖州城作》）；晏殊的"独上高楼，望尽天涯路"（《蝶恋花·鹊踏枝》），等等。诗人称这首诗"沿袭我国诗词的传统"，由此可证。不过，古人往往借登高望远，抒发自己的去国之情、思乡之意，而诗中的"我"登上高楼，意在阅读"《罗马衰亡史》"，其"衰亡史"以时空距离的沉降与"独上高楼"表现的垂直距离上升构成反差，"史"的过去形态与"我"的现时形态也形成对比。这一对比以"距离"一词"组织"在一起，给人留下无限的想象空间。第二行"忽有罗马灭亡星出现在报上"，将数千年前产生、距离地球1500 光年的星光与现今的报纸联系在一起，以浩瀚宇宙给人超宽广的想象空间，表达了超强度的时空感、宇宙意识，古今、远近的距离都得以打通，实现了同一，时空相对关系得以建立。这两行诗句以高强度的时空跨越，让人对时空的相对性产生丰富联想。诗人自云"整诗并非讲哲理，也不是表达什么玄秘思想"，但这首诗探讨的时空的相对关系、实体与表象的关系、宏观与微观的关系、存在与觉识的关系，正与西方象征主义诗学不谋而合。这些哲理层面的思索，通过具体的意境和人的感知联系在一起。早在 1936 年，朱自清评价此诗："这篇诗是零乱的诗境，可又是一个复杂的有机体，将时间空间的远距离用联想组织在短短的午梦和小小的篇幅里。这是一种解放，一种自由，同时又是一种情思的操练，是艺术给我们的。"②唐湜指出，"这儿的'罗马'不就暗示着当时我们这个老大古国么？这诗写于亡国危机日益迫近的 1935 年，当时的局势叫身处古都危城的诗人不免起

---

① 卞之琳为此句作的注释为："1934 年 12 月 26 日《大公报》国际新闻版伦敦 25 日路透电：两星期前索佛克业余天文学者发现北方大力星座中出现一新星，兹据哈华德观象台纪称，近两日内该星异常光明，估计约距地球一千五百光年，故其爆发而致突然灿烂，当远在罗马帝国倾覆之时，直至今日，其光始传到地球云。"这里涉及时空的相对关系。见卞之琳《雕虫纪历》（增订版），人民文学出版社 1984 年版，第 36 页。
② 朱自清：《朱自清全集》（二），江苏教育出版社 1996 年版，第 325 页。

了深深的衰亡之感"①。由此可见，《距离的组织》虽借鉴了玛拉美《秋天的哀怨》中的意象，但绝非简单的套用，而是将其置于自身的语境中，进行形而上的哲理思索和智性化的审美探索。

卞之琳对西方文学意象的运用，有些借自具体的文本，因而此类借用是明显的。有些借用则并非出自具体文本，而是直接应用西方历史、地理和科学知识，使诗作带有明显的异域风味。这种借鉴，非出自具体的译本，而来自其对西方文化这一"大文本"的解读。如《还乡》一诗，诗人由眼前的火车联想到一系列人物，如改进蒸汽机的瓦特，由落在头上的苹果而发现万有引力的牛顿，以及发现新大陆的哥伦布。这些联想使诗人的思绪在中外、古今间跳跃，使这些人物融合于诗的意境。再如《灯虫》一诗，诗人以古希腊英雄故事构建诗节，使这首诗带有浓郁的异域风味。

> 多少艘艨艟一齐发，
> 白帆篷拜倒于风涛，
> 英雄们求的金羊毛
> 终成了海伦的秀发。
>
> ——《灯虫》

诗人由眼前的灯虫，联想到古希腊神话故事：伊阿宋率阿尔戈等英雄历经艰辛，勇夺金羊毛，并最终娶得国王女儿美狄亚。古代英雄可以通过英勇行为而获得美人心，而灯虫为追求浮华醉梦，落得纷坠灯下的结局。对人而言，何尝不是如此呢？对西方意象的借用，使诗作将中西语言文化融为一体，具有独特的魅力。

卞之琳还善于通过诗作，再现其他文本中的具体场景、思想境界。如诗人 1934 年 6 月翻译英国散文家马丁（E. M. Martin）《道旁的智慧》一文。同年 8 月，他写作《道旁》一诗，明显受前者的影响。在《道旁的智慧》一文中，马丁援引所罗门（Solomon）的箴言："好比照水，面对面影，人应人心"，并分析指出："第一个说这箴言的一定是仆仆风尘的倦行人，傍着一个邂逅的旅伴，休息在一块雄岩的荫下，在饱饮了一顿被炎日所忘掉而不曾被晒干的潭水后；因为到这种意外恬适的难得的境界，人就会对陌生人托出真心，说出心底里的思想，平常甚至于对生身的母亲都不愿意讲

---

① 唐湜：《九叶诗人："中国新诗"的中兴》，上海教育出版社 2003 年版，第 24 页。

呢。这种话就带有了道旁的智慧的真声了。"① 这种"倦行人"与"陌生人"之间的邂逅，几乎被完整地搬进《道旁》一诗：

> 家驮在身上像一只蜗牛，
> 弓了背，弓了手杖，弓了腿，
> 倦行人挨近来问树下人
> （闲看流水里流云的）：
> "请教北安村打哪儿走？"
>
> 骄傲于被问路于自己，
> 异乡人懂得水里的微笑，
> 又后悔不曾开倦行人的话匣
> 像家里的小弟弟检查
> 远方归来的哥哥的行箧。②

《道旁》一诗以拟想方式制造了"倦行人"与"树下人"的"邂逅"。这首诗借鉴了《道旁的智慧》中的场景和素材，但在意境、哲理方面远超前者，耐人寻味。第一节通过"家驮在身上像一只蜗牛"及三个"弓"字，表现了"倦行人"的疲劳，简洁而生动。第二节转向那"闲看流水里流云的"、正在休息的"树下人"。被问路的这位"树下人"，懂得"水里的微笑"（暗合"好比照水，面对面影，人应人心"）。也许他理解"倦行人"的劳累，也许他也是一位"倦行人"。诗人转而写这位"树下人""后悔不曾开倦行人的话匣"，原来他们没有在这一"邂逅"处境中"说出心底里的思想"。这是有幸"邂逅"而又失之交臂的两个人的写照，暗示他们对于心灵交流的期望和惆怅，富含人生哲理。在创作中，卞之琳正是这样借鉴西方题材，并对其改造和升华，用以抒发自己的情感，他的诗因而既清新又富有深意。

卞之琳通过直接或间接的翻译（如阅读西方文学、阅读他人译文），在创作中积极借鉴西方文学意象，并加以改造，以表达自己的情思。正如李

---

① ［法］夏尔·波德莱尔等：《西窗内外：西方现代美文选》，卞之琳译，花城出版社2017年版，第277页。

② 卞之琳：《雕虫纪历》（增订版），人民文学出版社1984年版，第35页。

广田对他的评价："作者是创造的，是主宰，不是因袭的，不是奴隶，有时候是利用，不是一味地模拟。"① 这种有借鉴而不拘泥，有"因袭"而不"一味地模拟"，使他的诗借西方意象表达中国的内容，别具一格，清新别致，在新诗发展史上占有独特的地位。赵毅衡先生曾高度评价卞之琳的诗作："我个人认为，卞之琳30年代的诗作，是中国现代诗歌的最高成就。一是中国传统的继承，二是西方现代诗学之吸收，不仅这两者，而更是这两者——婉约词与玄学诗——美妙的融合，产生了中国特色的现代诗。卞之琳诗在中国现代文学史上是独一无二，无可替代的。能做到让中国文学与世界文学的最佳水平'取齐'，在本世纪上半期，只有两个人：30年代的卞之琳，40年代的张爱玲。"②

四 诗体试验

"五四"以来的新诗发展，一方面表现为对旧体诗的破坏，另一方面表现为对西方诗的借鉴。胡适、刘半农、郭沫若、徐志摩、闻一多、朱湘等探索者，通过对外国诗歌的借鉴，在新诗诗体建构方面做了或成功或失败的尝试。关于新诗对外国诗的借鉴，朱自清曾如此总结："从陆志韦先生起始，有志试验外国种种诗体的，徐、闻二先生外，还该提到梁宗岱先生，卞先生是第五个人。他试验过的诗体大概不比徐志摩少。而因为有前头的人做镜子，他更能融会那些诗体来写自己的诗。"③ 并称其为"最努力创造并输入诗的形式的人"④。

卞之琳高度重视新诗建构对外国诗歌的借鉴。他坦陈自己"写新诗的同时，也在译诗实践中探索新诗格律体的道路"⑤。在他看来，一种语言中的诗对其他语言的诗产生影响，翻译不是唯一途径。而一旦采用翻译方式，则"可能产生意想不到的效果"⑥。以西方诗的形式演变为例，过去格律诗占统治地位，现在发展出变革的格律体乃至自由体，是一个"入而出"的过程。这一演变，与各国之间相互借鉴紧密相关。正是这种借鉴，促成了丰富多彩的西方诗歌形态，促进了西方诗歌的发展。对中国新诗建构而言，

---

① 李广田：《李广田文集》（第三卷），山东文艺出版社1984年版，第50页。
② 赵毅衡：《对岸的诱惑：中西文化交流记》，上海人民出版社2007年版，第99页。
③ 朱自清：《朱自清全集》（第二卷），江苏教育出版社1996年版，第398页。
④ 同上书，第332页。
⑤ 卞之琳：《人与诗：忆旧说新》（增订本），安徽教育出版社2007年版，第69页。
⑥ 卞之琳：《卞之琳文集》（中卷），安徽教育出版社2002年版，第534页。

"'五四'以来，由于西方诗的触媒作用，从旧诗（词、曲）发展出新体的白话诗，是更大的'入而出'，是革命；但是就引进西式而论，是未'入'而'出'"①。"五四"以来的新诗探索，同样得益于西诗翻译，也是一个"入而出"的过程。不过，早期诗人更多借鉴西诗的内容和情感表达方式，对诗体形式的"入而出"还远远不够②。思想内容得到解放，但诗体形式未能很好地借鉴西方诗，导致"半格律诗"、自由诗的泛滥。中国新诗构建要植根于中国传统，这方面我们比西方诗更有优势，因为中国传统上是一个诗歌大国。不过，古代诗歌有其局限性，无法满足现代人的表达需要，我们应积极借鉴西方诗歌的有益成分，经历一个"入而出"的过程。我们要发展的新诗，既不是传统诗歌的现代套用，也不是西方诗歌的全盘照搬，而是集两者之长的"现代化新诗"。这种借鉴，"只能从传统的和外国的格律基础的比较中，通过创作和翻译的实验探索新路"③。

　　卞之琳不仅提倡借鉴西方诗体，也通过个人的翻译和创作进行探索。他自称"几十年来先在实践上后在理论上探索新格律"④。这种探索，即表现为多方借鉴："平心而论，只就我而说，我在写诗'技巧'上，除了从古、外直接学来的一部分，从我国新诗人学来的一部分当中，不是最多的就是从《死水》吗?"⑤ 古代诗歌传统、发展中的新诗以及外国诗歌，成为其新诗诗体构建的三大来源。

　　卞之琳在新诗诗体建构方面的贡献，主要包括节奏、音韵和形式三方面，这些方面直接与其翻译活动有关。

（一）以顿建行

卞之琳主张以"顿"作为新诗建行的基本单位：

　　由一个到几个"顿"或"音组"可以成为一个诗"行"（也象英语格律诗一样，一行超过五个"顿"——相当于五个英语"音步"，一般也就嫌冗长）；有几行划一或对称安排，加上或不加上脚韵安排，就可以成为一个诗"节"；一个诗节也可以独立成为一首诗，几个或许多

---

① 卞之琳：《英国诗选》，商务印书馆 2005 年版，第 6 页。
② 同上。
③ 卞之琳：《卞之琳文集》（中卷），安徽教育出版社 2002 年版，第 540 页。
④ 同上书，第 143 页。
⑤ 同上书，第 155 页。

个诗节划一或对称安排，就可以成为一首短诗或一部长诗。这很简单，可以自由变化，形成多种体式。① （着重号为原文所有）

卞之琳提出"以顿建行"，即要求每"顿"二三字，一般每行不超过四"顿"，"顿"数划一或对称，而字数、平仄不限，不强调脚韵，这给新诗表达以更大的形式自由。在他看来，早期新月派朱湘等人写作不少"豆腐干诗"，失败的原因不在于机械模仿西诗格律，而在于"没有意识到现代口语不是一个字一个字说出来，而是自然分成几个字（最常见是两个或三个字）一组说出来"②。闻一多参考英诗音步建行的规律，提出"音尺"主张并据此写诗，取得了一些成功，但他局限于以轻重音相间的"音步"来写新诗，最后导致水土不服。孙大雨结合翻译实践，提出"音组"作为建行单位，写出了一些质量很好的诗，但不够严谨。在新诗诗体建构经历尝试和挫折后，卞之琳分析前人失败的原因，吸取他们的经验教训，提出了自己的主张。

"顿"，并非西方诗歌传统传入中国的一个新概念，它本是一个本土概念。卞之琳也称："我写诗的格律基础就不是外国的。……我写格律诗以顿为格律基础，是用了土生土长的基础。"③ "以顿建行"的格律主张，有其本土基础，也来自卞之琳对西诗的比较与借鉴，包括他的西诗翻译实践。在1953年完成的《哼唱型节奏（吟调）和说话型节奏（诵调）》讲话稿中，卞之琳深入分析了西诗和汉语诗歌的特点。西方大多数国家诗歌以"节"或"音步"为格律单位，依据轻重音节、长短音划分，形成节奏感。而汉语中轻重音没有那么重要，无论旧诗还是近体诗，都以"顿"为格律基础：前者要求每句顿数一致、顿法一定，后者着重于平仄的运用，而平仄是"顿"的内部问题。两者之间的差异，决定了新诗无法套用英语中的"音步"。因此，正如西方格律诗体无论怎样演变"都离不开'节'或'步'的基础"，汉语中"用顿作为新诗格律的基础是行得通的"④。在《谈诗歌的格律问题》（1959）、《与周策纵谈新诗格律信》（1979）、《今日新诗面临的艺术问题》（1981）、《译诗艺术的成年》（1981）等文章中，卞之琳

---

① 卞之琳：《雕虫纪历》（增订版），人民文学出版社1984年版，第11页。
② 卞之琳：《人与诗：忆旧说新》（增订本），安徽教育出版社2007年版，第326—327页。
③ 卞之琳：《卞之琳文集》（中卷），安徽教育出版社2002年版，第438页。
④ 卞之琳：《人与诗：忆旧说新》（增订本），安徽教育出版社2007年版，第261—269页。

多次阐述"以顿建行"的主张，足见其在卞诗学体系中的重要地位。

"以顿建行"而写的诗，卞之琳称其为"新格律体"或"格律体新诗"，即"音组或顿的适当运用，而不是押韵……占关键性的地位"的诗歌①，以区别于传统的格律诗。"以顿建行"这一主张，与西诗翻译也有紧密联系。卞之琳直接受英语中"音步"建行规律的启发，并经受了其诗歌翻译的反复检验。对其有启发作用的如闻一多提出的"音尺"，就是英语中轻重音组合"feet"（音步）一词的汉译，孙大雨提出的"音组"也出自英诗的节奏单位"metre"（韵律）。卞之琳诗歌翻译理论的重要一点，便是"以顿译诗"。诗歌翻译本身也是一种"创作"行为，翻译中的"以顿译诗"和创作中的"以顿建行"，其关系也就不难理解了。

卞之琳这样总结自己对格律的探索过程："最初主要试用不成熟的格律体，一度主要用自由体，最后几乎全用自以为较熟练的格律体以至指导解放后的新时期。"② 具体而言，1930—1932 年，主要用格律体（如《记录》《一个和尚》《酸梅汤》《望》），偶尔也用自由体（如《影子》《西长安街》）；1933—1935 年，自由诗明显增多（如《古镇的梦》《古城的心》《春城》《道旁》），格律体较少（仅《寂寞》《归》等少量）；1937 年及以后所写的诗，更偏重于格律诗。他的格律诗，也有别于中国传统格律诗，表现为重"顿"而不重"韵"，重内容表达而不重字数工作，正如他本人所言："我在初期写作还没有比较明确格律要怎样以外，还有在写自由诗以外，一般写诗以我国固有的顿数和顿法为格律基础"③。尤其是他后期的格律诗，严格遵循"以顿建行"、不限脚韵的方式，创作了独具风格的"新格律诗"。

江弱水比较了卞之琳在不同阶段的诗作，指出卞自 1930 年开始的头两三年，明显受新月派格律诗影响，表现为以划一的字数谋求诗行、诗节的齐整与匀称，顿数不做要求。其后，他逐渐走出徐志摩、朱湘等新月诗人以固定字数建行的误区，形成自己"以顿建行"的格律主张。④ 这一转变，是否也受其西诗歌翻译的影响呢？我们不妨比较卞之琳前后不同阶段的译本，以揭示两者的关系。

卞之琳发表的最早译诗，是爱尔兰戏剧家约翰·孤沁（John Millington

---

① 卞之琳：《人与诗：忆旧说新》（增订本），安徽教育出版社 2007 年版，第 326—327 页。

② 卞之琳：《雕虫纪历》（增订版），人民文学出版社 1984 年版，第 4 页。

③ 卞之琳：《卞之琳文集》（中卷），安徽教育出版社 2002 年版，第 441 页。

④ 江弱水：《卞之琳诗艺研究》，安徽教育出版社 2000 年版，第 147 页。

Synge）的格律体小诗《冬天》（*Winter*），1930 年 11 月 5 日发表于《华北日报副刊》二九九号：

　　（城里丨人多，丨身边丨钱少）

　　每条丨街上丨都铺着丨雪，
　　我丨走了来丨又丨走了去，
　　女人，丨男人，丨或是丨狗子，
　　那个丨认识我，丨全城里？

　　我认识丨每爿店，丨全认识，
　　这些丨犹太人，丨俄国丨波兰人，
　　为的我丨日里丨夜里丨游荡，
　　想把丨我的丨煤炭囊丨节省。①

　　除第一行副标题外，诗的主体为两个诗节，每节四行。第一诗节每行八字，第二诗节每行九字（第二行 10 个字）。从整体看，结构工整匀称，带有明显的新月派格律诗痕迹。不过，从顿数上看则数量参差不齐，三顿、四顿混杂，且有的一顿四字，有的一顿一字。

　　不过，与诗歌创作相似，两三年后的诗歌翻译中，卞之琳开始重视以"顿"建行。他的译诗，如 1933 年发表波德莱尔的《音乐》《波西米亚人》，1934 年发表哈代的《倦旅》、玛拉美的《海风》等，都体现了"以顿建行"的努力，与早期译诗明显不同。1936 年出版的译文集《西窗集》，收入部分之前已发表作品，也包括部分新译诗作，如瓦雷里的《友爱的林子》、古尔蒙的《死叶》、梅德林克的《歌》等，这些诗作在以"顿"建行方面日益成熟。从时间上看，与其诗歌创作中的格律变化基本一致，由此可见其翻译与创作之间的"相长"关系。

　　以卞氏所译比利时诗人梅德林克的《歌》为例，限于篇幅，仅引前两节：

　　倘若他丨有一天丨回来了，

―――――――――――――――――

　　① ［英］约翰·孤沁：《冬天》，卞之琳译，《华北日报·副刊》1930 年 11 月 5 日（二九九号）。

该对他丨说些丨什么？

——对他说丨有个人丨等待他，

一直丨等待到丨病殁……

他还要丨问东丨问西，

一点丨也不丨认识我？

——和他讲话丨要像个丨妹妹，

也许丨他心里丨难过……①

所引八行，每行字数不等，少则7字，多则9字，但顿数完全相等。这表明，这一阶段的卞之琳，已逐渐走出了新月派以字数建行的格律主张的影响，逐渐确立了自己的"以顿建行"主张。这一主张，与其西诗翻译和新诗创作密不可分，并得到诗歌创作的检验。两种不同形式的文学"写作"中，相互促进，相互借鉴，推动了新诗格律现代化向前发展。

（二）韵式的借鉴

从本质上看，韵不限于诗，散文中也有韵。也有些诗是无韵诗。不过，韵是诗歌音乐性的重要表现，也在诗行之间建立了关联和沟通。沃尔夫冈·凯塞尔将韵划分为尾韵、头韵和半谐韵，其中尾韵主要有四种形式：

1. 成对的韵，上下两行互相押韵（aa bb cc dd…）；
2. 十字韵，四行构成的小组中第一行同第三行，第二行同第四行押韵（abab）；
3. 交叉韵，四行构成的小组中第一行同第四行，第二行同第三行押韵（abba）；
4. 曲线韵，由六行构成的小组中第三行与第六行押韵，同时第一行和第二行以及第四行和第五行成对的押韵（aabccb）。②

这四种脚韵方式，汉语中分别称为"随韵""交韵""抱韵"和"交错

---

① 卞之琳：《西窗集》，商务印书馆1936年版，第18页。
② ［瑞士］沃尔夫冈·凯塞尔：《语言的艺术作品》，陈铨译，上海译文出版社1984年版，第117页。

用韵"。在我国新诗创作中，对西方诗歌韵式的借鉴主要是前三种。这三种韵式，在卞之琳的诗作中经常出现。如《酸梅汤》《寂寞》《落》等诗押随韵，《夜风》《远行》《大车》《无题二》《水分》《给地方武装的新战士》等诗押交韵，《群鸦》《对照》等诗押抱韵。

为了试验新诗可能采取的韵律方式，卞之琳还模仿一些复杂的押韵方式，探索汉语诗歌音乐性的潜能，有力推动了新诗艺术的探索和提高。如《给一处煤窑的工人》《投》，每节韵式为 ababcc，交韵与随韵并用；《几个人》的韵式为 aabbcddccceec，随韵、抱韵穿插；《奈何》的韵式为 aabcc，ddeff，随韵中插入不押韵的一行；《过节》的韵式为 abbaab，交韵与抱韵相交错；《墙头草》的韵式为 abcaa，不押韵诗行与押韵诗行并置。《给放哨的儿童》一诗共十节，第一、三、五、七、九节均为 5 行，第二、四、六、八、十均为 2 行，如果将第一、二行组成一单元，第三、四行组成一单元，以此类推，则每单元的韵式为 aabba ca。《白螺壳》一诗，则模仿了瓦雷里《棕榈》一诗的韵脚。① 这首诗共分四节，每节 10 行，韵式均为 ababc-cdeed，有交韵（abab）、抱韵（deed）、随韵（cc，ee），韵式多变交叉使用。表现了卞之琳丰富新诗表达形式的孜孜追求。卞之琳以自由体所写的诗，有时也会运用一些韵法。如《给一位政治部主任》一诗，整体上看是自由体诗，但第三节韵式为 ded；《给一位夺马的勇士》共两节，每节五行，其中第三、五行押韵，其他行不押韵。

在《雕虫纪历》"序言"中，卞之琳还详细地比较了西诗和汉语诗在韵律上的异同，兹录之：

> 押韵是我国写诗的传统方式，旧说"无韵不成诗"，虽然古代好像也有例外。今日写白话新诗不用脚韵是否行得通，其实关系不大：我国今日既习惯于有韵自由体，也习惯于无韵自由体，和外国一样。……我们听觉习惯改变了，听一韵到底也会感到单调（现代英国诗里有时故意押近似韵或坏韵）。
>
> 阴韵（Feminine rhyme），我国《诗经》里就有（就是连"虚"字"兮"一起押韵，例如"其实七兮"和"迨其吉兮"押韵），后来就少见了。法国格律诗严格要求阴阳韵交替；英国诗里就难做到，偶尔也

① 卞之琳：《雕虫纪历》（增订版），人民文学出版社 1984 年版，第 17 页。

用阴韵，用多了往往引起不严肃以至滑稽的作用，有时候故意用来以求达到这种效果。我们今日在白话新体诗里也可以用阴韵（就是连虚字"的""了"之类一起押韵），但是情况也不同法国诗一样而同英国诗相似。至于由阴韵发展到复合韵，例如我在《叫卖》这首小诗里用的"小玩艺儿，／好玩艺儿"，那是过去从北平街头叫卖人口里如实捡来，我小时候听到家乡"山歌"里也有用"吓杀人"和"削（吴音xia）杀人"押韵，这种情况外国也不是没有。

交错押韵，在我国也是古已有之，只是稀有，后来在旧词里，特别在较早的《花间集》里就常见。今日我们有些人，至少我自己就常用，甚至用很复杂的交错脚韵安排，至于听众能不能听得出来，我看还是我们的听觉习惯能否逐渐改变的问题。应该承认，由于语言本身的性能不同，脚韵交错得太复杂，间隔得太远，在我们新体诗里大致不大行得通。①

这段话可归纳为：第一，押韵固然是我国诗歌的传统方式，但新诗是否押韵"关系并不大"。新诗可以如西方诗一样，既容纳押韵的格律诗，也发展押韵或不押韵的自由体。押韵或不押韵，只是诗的形式问题，不是诗歌的本质内容。卞之琳提倡写作"格律体新诗"，"以顿建行"而不受押韵与否的约束。第二，中外诗歌都可以使用阴韵。法语诗对阴阳韵要求严格，英诗偶尔也用，可以达到某种修辞效果。汉语新诗固然与西方诗歌有差异，但同样可以使用阴韵，而且我国古代诗歌便有这种用法。第三，交错押韵，中外诗歌都可以使用，关键在于语言必须符合表达习惯，不能因为音韵技巧而影响思想内容的传达。

上引"序言"是卞之琳为 1979 年版《雕虫纪历》而写，也是他对 20 世纪 30 年代以来个人新诗创作、西诗翻译经验所作的总结。卞之琳在探讨新诗的押韵问题时，一方面植根于中国古代诗歌传统，另一方面基于个人翻译实践而对西方诗歌有所借鉴。因此，我们完全有理由相信，卞之琳的这些主张的提出，与其诗歌翻译实践密不可分。

卞之琳提出新诗中可以用阴韵、复合韵和跨行，这与其诗歌翻译实践是分不开的，也在他的诗歌创作中得到了实践的检验。以其译作和创作为例：

---

① 卞之琳：《雕虫纪历》（增订版），人民文学出版社 1984 年版，第 12 页。

1930 年，在学习法文一年后，卞之琳开始读起了波德莱尔等人的法语诗。法语格律诗的韵律特点，如大量使用阴韵（即带哑音 e），无疑给他留下深刻印象。这一影响体现于其诗歌创作中。如他这一年发表的诗作《傍晚》，共三节，每节末两行：

> 对望着，想要说什么呢？
> 怎又不说呢？
> ……
> 脚蹄儿敲打着道儿——
> 枯涩的调儿！
> ……
> 飞起来，可是没有话了，
> 依旧息下了。

"么"叶"说"，"道"叶"调"，"话"叶"下"，再加上"呢""儿""了"等虚词，形成十分工整的阴韵。李广田认为，"这些字，这种声调，也就是黄昏的情调"①。同年卞之琳写的另一首诗《寒夜》中，"看着青烟飘荡的/消着，又（象带着醉）/看着煤块黄亮的/烧着，他们是昏昏"等句子中，"荡的"叶"亮的""消着"叶"烧着"，构成两组阴韵。

次年，他发表了《月夜》一诗：

> 月亮已经高了，
> 回去吧，时候
> 真的不早了。
> 摸摸看，石头
> 简直有点潮了，
> 你看，我这手。
>
> 山诗那么淡的，
> 灯又不大亮，
> 看是值得看的，

---

① 李广田：《李广田文集》（第三卷），山东文艺出版社 1984 年版，第 49 页。

小心着了凉，

那我可不管的，

怎么，你尽唱！

　　第一节第一、三、五行中"高""早""潮"相叶，加上虚词"了"构成阴韵，而第二、四、六行中"候""头""手"相叶。第二节亦即如此，第一、三、五行中"淡""看""管"相叶，加上虚词"的"构成阴韵，而二、四、六句中"亮""凉""唱"相叶。法语格律诗的基本规则，就是阴韵、阳韵交错使用。卞之琳这首诗，显然符合法语格律诗的这一规则。这表明，刚走上文坛不久的卞之琳，已经在积极吸收国外诗歌的营养，并化入自己的创作中。

　　这一时期，卞之琳在翻译中也十分看重阴韵的传达。1933 年，卞之琳翻译波德莱尔《恶之花零拾》10 首，其中《音乐》（*La Musique*）一诗第二节原文、译文为：

原文：

　　La poitrine en avant et les poumons gonflés

Comme de la toile

J'escalade le dos des flots amoncelés

Que la nuit me voile；

译文：

　　直挺起胸膛，像两幅帐篷在扩张，

　　膨胀起一双肺儿，

　　我在夜色里爬着一重重波浪，

　　一重重波浪的背儿；①

　　原文"gonflés"和"amoncelés"押阳韵，"toile"和"voile"押阴韵，奇偶行交错押韵。卞译本中"张"叶"浪"，构成尾韵；"肺"叶"背"，加上虚词"儿"，保留了原文的韵式。

　　再如，1957 年卞之琳发表霍斯曼《仙子们停止了跳舞了》的译诗。该诗分两节，每节四行，韵式均为 abab，其中 a 为阴韵。卞之琳对应原文格律，第一、三、五、七行分别为："仙子们停止跳舞了""印度的那一边吐露了""蜡烛火烧到烛台儿"和"年轻人摸摸摸口袋儿"。其中"舞"叶

---

　　①　［法］波德莱尔：《音乐》，卞之琳译，《新月》1933 年第 4 卷第 6 期，第 57 页。

"露"，"台"叶"袋"，再加上虚词"了""儿"，构成两组阴韵。卞之琳为这首译诗写了"译诗随记"，指出："至于译诗里用原诗那样的交韵和阴韵……我们在白话新诗里承袭和吸取，在每行不太长的情况下，前一种办法是完全行得通的；后一种办法只能偶一为之，或者为了特定目的用一用，用多了就会引起并不预期要的不严肃和滑稽感觉"①。由此可见，他努力翻译原文的音韵形式，目的是"承袭和吸取"西诗丰富的格律形式，丰富中国新诗的表达形态，同时尽可能再现原文的表达效果。

阴韵进一步发展，便构成了复合韵。卞之琳的诗作中，间或使用复合韵，如1932年发表的《叫卖》，其中有两行：

> 小玩艺儿，
> 好玩艺儿！……

次年发表的《还乡》中也有：

> 眼底下绿带子不断的抽过去，
> 电杆木量日子一段段溜过去。

两首诗都使用很工整、匀称的复合韵。而卞之琳翻译英国作家萨克令的名作《为什么这样子苍白，憔悴，痴心汉》，同样使用复合韵。以下为该诗原文和译文最后四行：

原文：

This cannot take her;
If of herself she will not love,
Nothing can make her：
The devil take her!②

译文：

这样子你一点也降不了她；
如果她自己一点也并不动情，
随你怎样也勉强不了她：
魔鬼准保放不了她!③

译文中"降""强""放"相叶，加上后面的"不了她"，构成复合韵，很好地再现了原文"take her""make her"形成的复合韵，音韵结构一致，

① 卞之琳：《英国诗选》，商务印书馆2005年版，第240页。
② 同上书，第56页。
③ 同上书，第57页。

读来流畅自然。这种音韵形式的再现，不是偶一为之。译者在为该诗所写"附注"中，详细指明原文使用的"复韵"，并指出自己的译文"基本上相应"。① 这些说明文字，其目的显然是提醒读者留意诗中的复合韵，继而更多了解西方诗的格律特点。

内韵，又称行内韵、腹韵、中间韵，是诗行内一个词与本行最后一个词或其他行中的词之间押韵。这种韵式在中国古诗中应用较少（如王安石《明妃曲》），但在西诗中使用较多。一般而言，内韵通过同一音韵的反复出现，形成一种内在的音乐感，有利于烘托气氛、强化主体。卞之琳有意在诗作中引入这种韵式，如《一个和尚》："晕沉沉的，梦话又沸涌出了嘴，／他的头儿又和木鱼儿应对，头儿木鱼儿一样空，一样重。"诗中"梦""涌""空""重"押"ong（eng）"韵，构成内韵。反复出现的这一音韵，带有沉重、凝滞的情调，形象地表现了和尚乏味、单调的生活。再如，《一个闲人》中"太阳偏在西南的时候，／一个手又在背后的闲人"，"候""手""后"三字押"ou"韵。诗人以反复出现的这一音韵，营造了郁塞、苦闷的情调，表现了诗中"闲人"貌似悠哉实则烦闷的心情。"墙头草长了又黄了"（《墙头草》），"墙""长""黄"押韵，且"长了"和"黄了"构成一组阴韵。此行短短8字，构成如此繁复的韵式，表现了庸人无聊度日、空耗岁月的生活，以及诗人由此而产生的悲哀之情。有些内韵，甚至以跨行押韵形式出现。如"你是我的家，我的坟，／／要看你飞花，飞满城"（《春城》），"家"和"花""坟"和"城"分别押韵，内韵、尾韵同时使用。

（三）诗体的移植

这里所指诗体，就其狭义而言，如汉语诗歌中的四言诗、五言诗、七言诗，西诗中的民谣体、无韵体、十四行体等。自"新文化运动"以来，新诗逐渐摆脱了旧诗的束缚。以何种诗体形式表达新的内容，是摆在新诗建设者们面前的一个严峻问题。刘半农、周作人、徐志摩、闻一多、朱湘、冯至、卞之琳等人，先后加入建构新诗诗体的队伍。

作为"最努力创造并输入诗的形式"的人，卞之琳不仅探索出"以顿建行"的新诗格律之路，也积极移植西方的诗体形式。这方面的努力，主要表现为十四行诗及其变体的写作。

---

① 卞之琳：《英国诗选》，商务印书馆2005年版，第223页。

十四行诗（sonnet，又称"商籁体"）是一种格律严谨的诗体，最早产生于法、意交界的普罗旺斯地区，初为民间诗体。13世纪为西西里派宫廷诗人使用。文艺复兴时期，诗人彼特拉克将其改造为文人诗体，并创作出三百多首十四行诗，确立了其在诗歌世界的地位。16世纪开始，十四行诗开始向英、法、德、葡等国传播，但丁、莎士比亚、弥尔顿、拜伦、雪莱、济慈、波德莱尔、魏尔伦、瓦雷里、歌德、里尔克等一大批诗人，都曾以这种诗体展示自己的才华。在其发展过程中，十四行诗呈现出多种形式，除较典型的意大利式（又谓"彼特拉克式"）、英国式（主要指"莎士比亚式"）外，还有其他一些变体。

十四行体从20世纪20年代开始输入中国。1920年郑伯奇发表《赠台湾的朋友》（《少年中国》第2卷第2期，1920年8月15日），成为国人正式发表的第一首十四行诗。1921年，闻一多发表十四行诗《爱的风波》，并从理论上尝试介绍十四行诗的特点。不过，这一时期正处于"新诗解放"阶段，新诗的主要任务是摆脱旧诗束缚，因而这些早期诗作及介绍未引起广泛关注。20年代中期，新诗逐渐走上了自我发展道路，诗体建构成为新诗人面临的任务，十四行诗进入他们的视野。徐志摩、闻一多、郭沫若、朱湘、戴望舒、孙大雨等人都尝试作十四行诗，闻一多、梁实秋、郭沫若、饶孟侃、陈梦家、王力等人还从理论上尝试十四行诗在中国的移植，推动了十四行诗在中国的发展和成熟。十四行诗本为西方诗体，在其进入中国的过程中，翻译起了很大作用。早期有闻一多翻译白朗宁夫人十四行诗并做说明。30年代新月派诗人翻译不少欧洲十四行诗，并进行理论探讨。30年代后期，更多的十四行诗被翻译，十四行诗逐渐成熟。这些早期诗人，大多通晓一至几门外语，从事翻译兼创作，以翻译加深对十四行诗格律的理解，以创作检验这一体式移植的可能性。

卞之琳以早期诗人探索为基础，结合自己翻译十四行诗的经验，创作了《淘气》《灯虫》《影子》等十四行诗。他自陈：

> 十四行诗，在西方今日似还有生命力，我认为最近于我国的七言律诗体，其中起、承、转、合，用得好，也还可以运用自如。……
> ……
> 实际上我全部直到后期和解放后新时期所写不多，存心用十四行体也颇有几首，只是没有标明是十四行体，而读者也似乎很少看得出。

这可能说明了我在中文里没有达到这样诗体的效果，也可能说明了我还能用得不显眼。我较后的经验是在中文里写十四行体，用每行不超过四"顿"或更短的，可能用的自然，不然就不易成功。①

　　这段话，不但表明卞之琳一直有意尝试十四行诗写作，也表达了他对十四行诗的理解。在他看来，十四行诗和中国传统律诗有共同之处，都讲究"起、承、转、合"②，这决定了新诗可以采用十四行诗的形式。西方十四行诗，无论意大利式还是英国式，诗都分为四节，十四行，所不同的是意大利式包括两节4行、两节3行（即4—4—3—3），而英国式包括三节4行、一节双方对偶句（即4—4—4—2）。四个诗节的安排，有利于诗人对应表达思想和情绪的穿插与翻转，构成思绪的起承转合，符合逻辑顺序和人们的思维习惯，也与中国古代七言律诗相近。莎士比亚式的4—4—4—2分行形式，更具有类似四幕剧的特点：通常第三节为思想、情绪的高潮，最后一节对偶句类似终曲，往往表现为警句、小结或转折。近代律诗每首八行，分四联（即首联、颔联、颈联、尾联），与十四行诗分四节相对应。七律中的四联，正符合起承转合的章法。元代杨载在《诗法家数》中提出："律诗要法，曰起承转合。"由此可见，卞之琳从十四行诗与我国律诗的比较中，概括出两者间的共性，从而肯定了其引入新诗的价值。

　　不过，作为一种西方诗体，十四行诗与中国律诗之间还是有诸多差异，这表现在行数、字数、押韵等方面。如前者每首14行，后者每首8行；前者讲究格与音节数，后者讲究平仄与字数；前者每行4至5音步，后者五律诗每行3顿，七律诗每行4顿；前者严格要求每行脚韵安排（意大利式前两节为abba，abba，后两节cdc，cdc，或者cde，cde，而莎士比亚式一般为abab，cdcd，efef，gg），后者要求第二、四、六、八行最后一个字押韵（七律要求第一行最后一个字也押韵）；③前者的韵式一般有变化，后者一般一韵到底。正是这些差异的存在，汉语的十四行诗便无法照搬西方十四行诗的诗体。早期朱湘以字数对应十四行诗的音节数，最后证明是行不通的。

――――――――――

①　卞之琳：《雕虫纪历》（增订版），人民文学出版社1984年版，第17页。
②　同上。
③　现代十四行诗也有押韵不严甚至不押韵的，如英国诗人约翰·弗里曼（John Freeman）的《无题》，仅最后两句押韵；英国诗人拉塞尔·阿伯克隆（Lascelles Abercrombie）有十四行诗《墓志铭》，抑扬格素体诗（blank verse，无韵诗，白体诗），无脚韵。但总体上看，大多对押韵有严格限制。

孙大雨以"音组"数来满足西方十四行诗对"音步"数的要求，创作了《爱》《诀绝》等十四行诗，最后证明也是有缺陷的。卞之琳所写的十四行诗，以"顿"数满足西方十四行诗的"音步"数要求，可押韵可不押韵，给予汉语十四行诗更大的创作自由。

早在1930年，卞之琳已经阅读了波德莱尔、魏尔伦、玛拉美等人的法文原作。《恶之花》等诗集中的十四行诗，给他留下了深刻印象。1933年，卞之琳发表波德莱尔《恶之花拾零》10首译诗，其中有8首为十四行诗，1935年译瓦雷里十四行诗《失去的美酒》①。这些阅读和翻译活动，使他对十四行诗的格律规则有较深入的了解，也使他走上了有意模仿之路。他自陈："我前期诗中的《一个和尚》是存心戏拟法国十九世纪末期二、三流象征派十四行体诗，只是多重复了两个脚韵，多用 ong（eng）韵，来表现单调的钟声。"②《一个和尚》作于1930年，正是卞之琳正式走上文坛第一年。由此可见，他一开始便有意识地模拟、借鉴西方诗体，创作出反映中国内容的诗歌。如前文所述，1930—1939年是卞之琳写作新诗的高峰时期。笔者统计了这一时期卞之琳所作十四行诗及其变体，结果如下表所示：

作品及写作时间	诗节安排	每行字数	每行顿数	押韵方式
《一个和尚》(1930)	8—6	9—12	4—5	abbaabba，ccbccb
《影子》(1930)	6—6—2	9—12	4—5	不押韵
《望》(1931)	8—6	12	5—6	abbaabba，ccdccd
《音尘》(1935)	不分节	8—11	3—4	不押韵
《淘气》(1937)	4—4—3—3	8	3	abba，cddc，eef，ghg
《灯虫》(1937)	4—4—3—3	8	3	abba，cddc，efe，fgg
《一位政治部主任》(1939)	4—4—3—3	10—11	4	abba，abba，cdc，dee
《〈论持久战〉的著者》(1939)	4—4—3—3	9—11	4	abba，cddc，efe，fgg

---

① 卞之琳1935年译完这首诗，1936年4月15日发表于天津《大公报》文艺版。

② 卞之琳：《雕虫纪历》（增订版），人民文学出版社1984年版，第16—17页。

续　表

作品及写作时间	诗节安排	每行字数	每行顿数	押韵方式
《一位"集团军"总司令》(1939)	4—4—3—3	10—11	4	abba，cbbc，dee，dff
《空军战士》(1939)	4—4—3—3	5	2	abba，abba，cde，dff

　　从押韵方式看，《影子》《音尘》可视作十四行诗变体。很明显，卞之琳 1935 年及之前发表的三首十四行诗，除行数为 14 外，诗节安排与西诗不一，每行顿数也不一致，有押韵也有不押韵。这表明，此时的卞之琳的十四行诗创作还处于初期探索阶段。1937 年及以后的诗，无论在诗节安排还是顿数方面都前后一致，每行字数有统一也有不统一，正符合其"以顿建行"、不限字数的主张。押韵方式方面，虽然与意大利式有所区别，大多数诗前 8 行使用了抱韵，符合意大利十四行诗及其变体的要求。这表明，随着"以顿建行"主张的确立及其对十四行诗格律更深入的了解，卞之琳有意借用十四行诗进行创作，为十四行诗在中国发展做出了自己的贡献。

　　为实现"入而出"的理想，卞之琳通过自己的翻译活动，不断输入新鲜血液。除前面提到的那些译作外，他翻译的十四行诗还有：魏尔伦的《三年以后》、瓦雷里的《风灵》《石榴》、莎士比亚十四行诗 7 首、弥尔顿的《为毕亚德蒙特晚近发生大屠杀抒愤》、罗瑟提的《荒春》《法国兵和西班牙游击队》、奥登的《名人志》《小说家》《他用命在远离文化中心的场所》《当所有用以报告消息的工具》，等等。这些翻译活动，延续了他整个诗歌翻译生涯。不仅如此，他还热衷于诗体形式的"试验"，以"戏拟"、套用的方式摹写新诗。

　　卞之琳不仅借鉴十四行诗这一诗体形式，还有意借鉴其他诗体形式乃至用以构建整个篇章，通过自己的创作试验验证其可行性。他自陈"《长途》这一首写北平郊区的诗，是有意仿照魏尔伦（Paul Verlaine）一首无题诗的整首各节的安排"①。张曼仪求证卞之琳本人，得悉卞氏仿照的是魏尔伦《遗忘之歌》第八首"在连绵不尽的"。② 这首诗见于卞之琳 1934 年翻译的《魏尔伦与象征主义》一文，全诗 6 节，每节 4 行，首尾两节相同，

① 卞之琳：《雕虫纪历》（增订版），人民文学出版社 1984 年版，第 16 页。
② 张曼仪：《卞之琳著译研究》，香港大学中文系 1989 年版，第 23 页。

第二、四节重复，卞诗《长途》亦作此安排。他的诗《夜行》，每隔四行分别使用"不弄得漏星漏月""甘愿来披星戴月""我们来做星做月"和"一夜的明星两月"，这种框架"层次分明，结构严密，前呼后应又向前推进，读来仿佛是以'星'、'月'为主旋律的一曲小小四重奏"①，显然受艾略特组诗《四个四重奏》结构的启发。

卞之琳的《还乡》，与其所译法国诗人古尔蒙的诗《死叶》（*Les Feuilles Mortes*），在形式上也有相合之处。限于篇幅，各引四节：

死叶	还乡
西摩妮，到林中去吧，树叶掉了， 把石头，把青苔，把小径全都罩了。	"漂在海上的不是树枝吗？ 哥伦布，哥伦布？"
西摩妮，你可爱听死叶上的脚步声？	眼底下绿袋子不断的抽过去。
它们的颜色多柔和，色调多庄严， 它们在地上是多么脆弱的残片！	可不是，孩子们窗口的天边 总是那么遥远呵。
西摩妮，你可爱听死叶上的脚步声？②	眼底下绿带子不断的抽过去， 电杆木量日子一段段溜过去。

古尔蒙的原诗为亚历山大体，每行12个音节，诗行间音节数整齐。在诗节排列方面，偶韵双行一节后，伴随单行一节。通过这种形式安排，诗人穿插使用"西摩妮，你可爱听死叶上的脚步声？"这一句，通过重复同一个问句，使全诗节与节之间形成递进关系：树叶飘落成为"脆弱的残片"，由风中哀鸣到被人踩在脚下哭泣，最后由落叶联想到"与死叶同命"的人。因此，诗中单独成节、穿插使用的问句，有利于诗人抒发个人的情感，使前后串联形成一个整体。中国传统诗歌一般要求句式整齐、音律和谐，因而没有类似《死叶》的排列方式。卞之琳在《还乡》中，大胆借用这种形式并加以改造，因而他的诗有三行一节、双行一节和单行一节，"诗行的快速前进模拟着火车的节奏，伴随了诗人意识的流动，'蒙太奇'（montage）

---

① 袁可嘉：《略论卞之琳对新诗艺术的贡献》，《文艺研究》1990年第1期，第78页。
② 卞之琳：《卞之琳译文集》（中卷），安徽教育出版社2000年版，第220页。

一样剪辑拼合"①。而"眼底下绿带子不断的抽过去"一句的反复使用，强化了读者的印象，仿佛自己就坐在车上，看两边树木快速不间断后退。

卞之琳对西方诗歌的借用，还表现在具象（Concrete Poetry）的使用。具象相对抽象而言，指通过作品中的文字组合形式构成一定的图像（非意象），通过具体形象刺激读者的感官知觉，从而呈现一定的意义。早期象征主义诗人波德莱尔、玛拉美等人，都注重诗的形式。波德莱尔指出："现代诗歌同时兼有绘画、音乐、雕塑、装饰艺术、嘲世哲学和分析精神的特点。"② 玛拉美的诗《骰子一掷永远取消不了偶然》，通过文字排列方式、文字大小表达诗的情感。法国现代派诗人阿波利奈尔的《心》《镜子》《献给露丝的诗》等作品，都带有明显的具象性。卞之琳早期翻译过波德莱尔《恶之花拾零》中的《喷泉》，这首诗便具有具象诗的性质。我们将这首诗与卞之琳同一时期的诗作《一块破船片》作对比，以发现两者之间的共性。限于篇幅，《喷泉》一诗仅引前两节：

喷泉

你这双美目疲倦了，怪可怜！
不要张开吧，多宁神休息，
尽这样躺躺吧，这样慵懒，
你本就这样获得了惊喜。
庭心的喷泉专喜欢晓舌，
整天又整夜，不肯停一停，
它今晚轻轻来施布狂热，
把我的爱情在其中沉浸。
水柱一分散，
　万花开，
让月华渲染
　好色彩，
水珠像泪点
洒下来。③

一块破船片

潮来了，浪花捧给他
　一块破船片。
　　　不说话，
她又在崖石上坐定，
让夕阳把她的发影
　描上破船片。
　　　她许久
才又望大海的尽头，
不见了刚才的白矶。
潮退了，她只好送还
　破船片
　　给大海漂去。

① 江弱水：《中西同步与位移：现代诗人丛论》，安徽教育出版社 2003 年版，第 74 页。
② ［法］波德莱尔：《波德莱尔美学论文选》，郭宏安译，人民文学出版社 1987 年版，第135 页。
③ 卞之琳：《卞之琳译文集》（中卷），安徽教育出版社 2000 年版，第 210—211 页。

《喷泉》原诗共 6 节，三节正文后各附一节叠词。正文每节 8 行，每行 8 音节，而叠词节第一、三、五行含 5 音节，第二、四、六行含 4 音节。这种安排，使诗的形式具有立体感，模仿了喷泉水柱下面较窄、上面喷涌的形象，即诗中"水珠一分散，万花开"，产生了一定的视觉效果。同时，这种形式，也符合两诗节表达的情感，上一节以宽体形式表现了"爱情在其中沉浸"的狂热，而下一节以窄体表达"像泪点/洒下来"的悲伤。卞之琳的译本以四顿配正文 8 音节，以两顿配叠词单数行 5 音节，以一顿配叠词双数行，还原了原诗的视觉效果。卞之琳的早期诗作《一块破船片》，也具有明显的具象性。李广田曾对此做过精辟的分析。在他看来，这首诗表现的是"完全的，永久的之面前，流过那残缺的，暂存的"，这一主题通过诗歌排列形式得以强化："这首诗一共九行，每行字数相同，除第九行外，前八行都是每两行一换韵。其中'破船片'共出现三次，而每次出现时那一整行便分成了两个半截，而第一个'破船片'之前有一行，第二个'破船片'之前有两行，第三个之前就有三行。这像什么呢？这正如流水，也正如那流水上浮沉着一块破船片，是整齐的，而整齐中又是差池的。"① 卞之琳正是以这种视觉上的具象性排列，模拟了破船片那"整齐中又是差池的"形象，给读者留下深刻印象。他的其他诗作，如《路》《泪》《血说了话》等，也分别通过诗行文字排列方式，模拟了笔直的大路、滴落的眼泪和流淌的血液形象，具有鲜明的具象性。

五　欧化句法

卞之琳总结自己写诗时的语言使用："语言要丰富。我写新体诗，基本上用口语，但是我也常吸取文言词汇、文言句法（前期有一个阶段最多），解放后新时期也一度试引进个别方言，同时也常用大家也逐渐习惯了的欧化句法。"② 现代口语（包括方言）、古代文言、"欧化句法"，成为其诗歌语言的三大来源。由卞之琳的创作实践看，这里的"欧化句法"，既包括西方语言的句子结构形式，也包括西方语言的词汇借用。

在《新诗和白话诗》一文中，卞之琳提出借鉴西方语言的必要性。这种借鉴，可以"使我们用白话写诗的语言多一点丰富性、伸缩性、精确

---

① 李广田：《李广田文集》（第三卷），山东文艺出版社 1984 年版，第 23 页。

② 卞之琳：《雕虫纪历》（增订版），人民文学出版社 1984 年版，第 15 页。

性"①。旧诗语言表达陈旧，缺乏具体性，沿袭老套缺乏活力，无法表达新的内容。西方语言的借鉴，正可以丰富现代新诗的语言表达。外来语言的使用，实际上涉及本国语与外来语言之间的关系。在这方面，早期新诗探索者有成功也有失败，卞之琳对此进行了总结。在他看来，早期胡适因急于与旧诗根本决裂，以谋求诗体解放，写出了较幼稚的诗。沈尹默、俞平伯等人对西方诗的精神实质掌握不够，写出来的新诗也"不免稚气"。郭沫若受惠特曼的影响，写出了《女神》这样有别于旧诗、"真像'新诗'"的诗作。徐志摩、闻一多等人比较熟悉西方诗，他们的诗写中国题材，可惜"没有超出英美浪漫派诗的格调"。戴望舒融合法国现代诗和中国旧诗，外来语夹杂文言，"有成功也有失败"。② 在卞之琳看来，这些早期探索与借鉴之所以遭受挫折，在于未能处理好本国语言和外国语言之间的关系。引进西方语言表达形式，固然"可以增加我们普通用语的韧性、灵活性。但是有一个条件：必须融洽"。具体而言，在"适当增加祖国语言的丰富性"的同时，要"适当保持祖国语言的纯洁性"。③ 也就是说要寻求两者之间的平衡，确保借鉴、引进的表达方式不损害汉语本身。

对于卞之琳而言，借鉴"欧化句法"，不仅可丰富汉语表达形式，更重要的是可以用来表达丰富、复杂的内容。李广田高度评价卞之琳的诗作，认为"尤其值得特别称赞的是那些多变的形式，那些新鲜的表现方法"，而"作为一个诗人，作者在思维方式上，感觉方式上，不但是承受了中国的，而且也承受了外国的，不但是今日的，而且还有那昨日的。所以，在作品内容上可以说是古今中外，融会贯通的。正因为其内容的丰富与复杂，表现起来自然就有了那变化多端的形式。那形式与内容之不可分性，在这里也许可以看得更清楚些，因为那所谓形式者并不只是外在的形式，而是内在的"④。丰富而复杂的内容，需要采用多变的语言形式表达出来，这便决定了卞之琳既要借助中国古代、现代汉语表达形式，也要借鉴外国语言表达形式。

需要指出的是，卞之琳引入的"欧化句法"，并非以生吞活剥方式采用西方语言表达形式，从而形成不伦不类、让人费解的洋腔洋调。以"的"

---

① 卞之琳：《人与诗：忆旧说新》（增订本），安徽教育出版社 2007 年版，第 334 页。
② 同上书，第 332—334 页。
③ 同上书，第 363 页。
④ 李广田：《李广田文集》（第三卷），山东文艺出版社 1984 年版，第 15—16 页。

字为例，余光中曾专写一文《论的的不休》，指出受西方语言影响而滥用"的"字现象，如"一位衰老的、疯狂的、瞎眼的、被人蔑视的、垂死的君王"① 一类句子，显然属过度欧化，不是卞之琳提倡的"欧化句法"。卞之琳反对翻译中的两种倾向："一种是食西不化，拖泥带水，'的''的'不休；一种是化外走样，四字一句，油嘴滑舌。"② 他提倡的"欧化句法"，是那些从西方语言中吸收、能为汉语包容并有助于汉语发展的句子。

（一）词汇与短语借用

卞之琳对西方语言的借用，首先表现在词汇层面。他的早期诗作，使用了大量来自西方的词汇，如：

> 看汽车掠过长街的柏油道，
> 多"摩登"，多舒服！尽管威风
>
> ——《西长安街》

> 多少个院落多少块蓝天？
> 我岂能长如绝望的无线电
> 空在屋顶上伸着两臂
> 抓不到想要的远方的音波！
>
> ——《候鸟问题》

> 像观察繁星的天文家离开了望远镜，
> 热闹中出来听见了自己的足音。
> 莫非在外层而且脱出了轨道？
> 伸向黄昏的道路像一段灰心。
>
> ——《归》

> 你来画一笔切线，
> 我为你珍惜这空虚的一点，
>
> ——《泪》

---

① 余光中：《翻译乃大道》，外语教学与研究出版社 2014 年版，第 243 页。
② 卞之琳：《人与诗：忆旧说新》（增订本），安徽教育出版社 2007 年版，第 363 页。

"摩登"为英语单词"modern"的音译，"柏油路""无线电""音波""天文家""外层""轨道""切线"等词也都自西方传入中国，涉及交通、天文学、数学等学科。李广田评价："作者确乎喜欢把科学上的道理放进诗里，而且都造成很好的意象。"① 卞之琳以这些词入诗，丰富了诗歌表达形式，给诗赋予清新、明朗的色彩。他以西方词汇表达现代中国人的情感，清新别致。

卞之琳还善于将西方词汇或短语与其他文体形式融合在一起，构成一种奇特的混杂，如：

> 哈哈哈哈，有什么好笑，
> 歇斯底里，真不懂，歇斯底里！
> 悲哉，悲哉！
> 真悲哉，小孩子也学老头子。
> 别看他人小，垃圾堆上放风筝，
> 他也会"想起了当年事……"
> 悲哉，听满城的古木
> 徒然的大呼，
> 呼啊，呼啊，呼啊，
> 归去也，归去也，
> 故都故都奈若何！……

——《春城》

这段话是日军兵临城下、古都已成危城之际一位知识分子的内心表达，不同风格语言混用，有口语（"哈哈哈哈，有什么好笑"），有西语音译（"歇斯底里"），有旧文言（"悲哉，悲哉！"），有京调（"想起了当年事"），有旧词曲［"归去也，归去也/故都故都奈若何"，前者令人想起苏轼"归去来兮，吾归何处"（《满庭芳·归去来兮》）、李煜"樱桃落尽春归去"（《临江仙》）等诗句，后者可能来自项羽《垓下歌》"虞兮虞兮奈若何"］。袁可嘉认为这些语言"可谓五花八门，但你读起来毫无别扭之感"②。这些语言以间接手法，生动表现了中国社会普遍的愚昧、苟

---

① 李广田：《李广田文集》（第三卷），山东文艺出版社 1984 年版，第 53 页。
② 袁可嘉：《略论卞之琳对新诗艺术的贡献》，《文艺研究》1990 年第 1 期，第 77 页。

安、麻木，表达了知识分子的忧世之情和讽世之意。

（二）句法借用

卞之琳对西方语言句法的借用，客观原因在于新诗尚未成熟，处于不断探索阶段；更重要的是，通过这些句法，卞之琳赋予诗独特的语言效果，借以表达特殊的情感。

其一，卞之琳对西语句法的应用，首先表现为状语后置。例如：

一担红萝卜在夕阳里傻笑，
当一个年轻人在荒街上沉思。

——《几个人》

你可以听见自己的脚步声
在晚上七点钟的市场

——《古城的心》

西方语言如英语、法语，一般将状语置于谓语或宾语后，通常位于句尾，而汉语中一般位于主、谓语之间即动词前，有时也放在句首。卞之琳诗作的状语后置，显然受西方语言影响，与其外语学习和翻译经历有关。类似句式在他的译文中经常出现，如"太阳休息在万丈深渊的高空""守望着多沉的安眠在火幕底下"（瓦雷里《海滨墓园》）、"尸身狼藉在阿尔卑斯寒冷的山头"（弥尔顿《为毕亚德蒙特晚近发生大屠杀抒愤》）、"歌唱在流血的树林深处"（艾略特《威尼斯在夜莺群里》），等等。当然这些句子在今天看来带有"翻译腔"，不太符合现代汉语用法。但是，卞之琳创作及翻译这些诗时，新诗冲破旧诗束缚不久，语言表达形式处于摸索、探求阶段。因此，我们不能以今天的语言规范为评判标准，指责这些语言不够地道。实际上，卞之琳以状语后置，传达了独特的感情：《几个人》中状语"悬置"于后，突出强调了年轻人之"沉思"，使其与周围苟安、麻木的老百姓形成对比；《古城的心》中状语后置，突出"你"无聊闲逛之地点：晚上，市场上都是"无人过问的陈货"。店里小伙计也"要打瞌睡了"，而"你"比他们更无聊，只能在冷清、安静的市场闲逛。也许期待以人声的嘈杂排遣内心的孤寂？结果注定是令人失望的。

其二，"欧式句法"表现为"于"字句的使用。例如：

骄傲于被问路于自己，

异乡人懂得水里的微笑；

——《道旁》

听了雁声，动了乡愁，

得了慰藉于邻家的尺八，

——《尺八》

　　李广田认为，这些"于"字句的使用，可以免去"在……之上（之中）"之类的圈套，避免拖泥带水，也有助于气势渲染、音韵协调等方面。因此，"'于'字句有可能恰好地表现出一种有韧性，有弹性，委婉而沉郁的情调"。《道旁》中连用两个"于"，"我们就觉得这个句子特别柔婉而有力，这就传达了诗中人物的一种特殊心情与姿态，一种曲折层叠的境界：他是'异乡人'，人地两生的，然而那'倦行人'竟来向他'问路'了，而且他还是正在那树下看'闲云流水里流云的'"①。《尺八》中的"于"字句，将最重要的信息放在句末，造成强有力的煞句，强调获得"慰藉"的对象。实际上，"于"字句的频繁使用，与卞之琳的翻译实践有关。英语中通常使用"at""for""from"等介词，表原因、方向、方位等。现代汉语一般以"在……之上（中，内，外）""从……中"等结构对应，或借用文言文中经常使用的"于"。这几个"于"字句，带有明显的"欧化"味道，显然受西方语言影响，西方语言一般将表原因、方位等功能的状语置于动词后。卞之琳的译文中，此类用法也不少，如"美也并不产生于抱憾的懊悔"（叶芝《在学童中间》）。

　　其三，"欧化句法"表现为"的"字大量使用，如：

长的是斜斜的淡淡的影子，

枯树的，树下走着的老人的

和老人撑着的手杖的影子，

——《西长安街》

　　如此密集使用"的"，正中了卞之琳半世纪后所批评的"的的不休"

① 李广田：《李广田文集》（第三卷），山东文艺出版社 1984 年版，第 27—28 页。

问题。产生"的的不休"问题的原因，在于将西方语言中的关系词、形容词等一律翻译为"……的"。类似例子也多见于卞译文，如"当冬天的黄昏带了雨降到了我的街上，一种可怕的人生的悲感袭来了我的心上了"（洛庚·史密士《感触》）；"他的感觉力，他的智力，是灵敏的，强烈的，培养得很好的。"（伍尔夫《论英国人读俄国小说》）不过，此例中的"的"字句，能造成连绵不绝的气势，"错杂相续，仿佛在一根很长的绳子上接了无数疙瘩似的"①，与诗的主题相符。

其四，"欧化句式"表现为长句的使用。如：

> 这时候睡眼蒙眬的多思者
> 想起在家乡认一夜的长度
> 于窗槛上一段蜗牛的银迹——
>
> ——《航海》

这一句子共三行，33 个字。一般而言，汉语句子多为短句，较少使用长句，而英、法等西方语言，主句可以附加定语、状语从句，因而句子可长可短。类似的长句，在卞译本中不难发现，如"饥饿、闷热、山头上满目荒凉/再加上冷风刺骨、长途的夜行军，/遭遇的沼泽纵横、雪峰高峻——/通过了这些艰苦和危险的屏障，/游动的西班牙队伍终于被赶上，/被一举冲散了，像水花"（渥兹渥斯《割麦女》）；"或者我应该斥责永不知足的人心，雅致的用岭表的白雪与星光的皎洁来对照我们热切狂乱的生活与愚蠢的怨懑吗?"（洛庚·史密士《大作》)，等等。不过，这些例句中，诗人使用这种长句，传达了深沉、延续、轻柔的情感，与诗的内容一致。

第二节　创作对翻译的影响

卞之琳身兼作家和翻译家，他的翻译和创作活动几乎同时起步，且两者交错贯穿其文学生涯。外国文学翻译，对其创作活动具有重要影响（尤其是诗歌翻译对诗歌创作的影响）。其创作活动，同样对其文学翻译活动产

---

① 李广田：《李广田文集》（第三卷），山东文艺出版社 1984 年版，第 30 页。

生了重要影响。张曼仪称卞之琳"翻译和创作相长"①，即指明了这种双向影响关系。

文学翻译既是一种阐释活动，也是一种创造活动。译者为原作者代言，将原文的内容、风格、意境传达到译文中，成为文本的阐释者。此外，译者对原文的传达，不是简单的语言形式转换乃至文本内容的忠实传递。译者需要在充分理解原文思想内涵基础上，融会贯通，使译文具有原文的审美艺术功能和教育感化功能，翻译成为一种创造性活动。因而，相对原文、原作者而言，译者是读者；相对译文、译文读者而言，译者又是作者。文学翻译的译者在翻译中的中心地位，决定了其除语言能力外，还要具备审美鉴赏能力、艺术创造能力。文学翻译家杨武能曾对此有过精辟的论述：从事文学翻译活动的翻译家，"必须同时是作家。这不只是……就他与译本及其读者的关系而言，也指他的素质、修养、能力等等。文学翻译被公认为一种艺术、一种再创造。文学翻译必须是文学。从事这一艺术和文学再创造的人，他除了毋需像作家似的选取提炼素材、谋篇布局和进行构思以外，工作的性质应该说是与作者差不多的。……为了完成原著的再创造，使它包括'审美意义'在内的种种意义都尽可能等值地重现于译本中，文学翻译家不只需要有作家的文学修养和笔力，还必须有作家一样对人生的体验、对艺术的敏感，必须具备较高的审美鉴赏力和形象思维能力，在最理想的情况下甚至要求有文学家的气质和灵感。……著名诗人兼译诗家卞之琳教授要求他的弟子裘小龙在译诗之前先学写诗，那意思就是译诗者最好同时是诗人。由翻译家而作家，或由作家而翻译家，或同时兼而为之，是我们无数杰出的先辈走过的路"②。卞之琳正是这样一位作家型翻译家。其作家身份和写作经验，对他的翻译思想和实践产生了重要影响，具体表现在原文选材、翻译策略等方面。

一　注重所译作品的艺术价值

原文选材，即选择哪些文本进行翻译，反映了译者的翻译态度和目的。20 世纪 70 年代兴起、由以色列学者埃文 – 佐哈儿首先提出的多元系统理论，将语言、文学、意识形态视为一个有机系统而不是各不相干的

①　张曼仪：《卞之琳著译研究》，香港大学中文系 1989 年版，第 132 页。
②　杨武能：《三叶集：德语文学·文学翻译·比较文学》，巴蜀书社 2005 年版，第 287—288 页。

混合体。这一系统由若干子系统组成，各子系统之间也是相互依存、相互作用。对包括翻译在内的"文学"系统而言，"不能把'文学'单单视为一组文本，或者一个由文本组成的集成体……或者一个形式库。文本的形式库只是文学的一部分表现型，其行为不能用本身的结构来解释，而只能在文学（多元）系统的层次上解释"①。因此，包括原文选材在内的翻译研究，不应局限于文本研究本身，还要结合翻译活动所处的社会、政治、经济、文化等环境。受多元系统理论影响，西方翻译研究在 20 世纪 90 年代经历了"文化转向"。美国学者勒菲弗尔在《翻译、改写以及对文学名声的操纵》一书中，系统论述了翻译所受意识形态、赞助者、诗学等因素的影响。"翻译，当然是原文本的改写。不管意图如何，任何改写都反映了特定的意识形态和诗学，进而操纵文学，使其在特定社会中以特定的方式履行其功能。"② 多元系统学派和文化研究学派将翻译从文本的狭隘世界中解放出来，将翻译活动置于更广泛的政治、经济、文化空间，开拓了人们的视野，促进了现代译学的发展。不过，这种过分强调语言外部因素的解构主义研究，也受到许多学者的批评。吕俊认为，"解构主义思潮一方面破除了语言逻各斯中心，否认了语言规律的决定沦作用，一方面也带来了对语言差异性、离散性、模糊性的强调，也在批判科学主义的负面影响的同时使主体的个人意志过分张扬，结果带来了'什么都行'的混乱局面，语言本身也成了无限衍义，不断延宕，意指永远得不到确证的结果"③。这一批评是有道理的：翻译活动既受意识形态、文化语境等外部因素影响，也与原文选择、译者意图、语言差异等内部因素密不可分。

卞之琳在创作方面十分严谨，这影响了其翻译活动中的原文选材。在《雕虫纪历》"自序"中，卞之琳总结自己的创作："规格本来不大，我偏又喜爱淘洗，喜爱提炼，期待结晶，期待升华，结果当然只

① ［以］伊塔马·埃文－佐哈儿：《多元系统论》，张南峰译，《中国翻译》2002 年第 4 期，第 22 页。

② Susan Bassnett & Andre Lefevere, "General Editors' Preface", Andre Lefevere, *Translation, Rewriting and the Manipulation of Literary Fame*, Shanghai: Shanghai Foreign Language Education Press, 2010, p. Ⅶ.

③ 吕俊：《结构·解构·建构：我国翻译研究的回顾与展望》，《中国翻译》2001 年第 6 期，第 10 页。

能出产一些小玩意儿。"①"小玩意儿"是卞氏自谦之辞，正如他给自己的文集命名《鱼目集》（取"鱼目混珠"意）、《雕虫纪历》（取"雕虫小技"义②）。"淘洗""提炼""结晶""升华"等语，则表现了其对创作所持的审慎态度，也体现了其对艺术性文学精品的追求。他曾自述："我认为写诗应似无所为而为，全身心投入似浅实深的意境，不意识到写诗，只求尽可能恰切传导真挚的感应，深入浅出，力求达到最科学也即最艺术的化境，有可能与正常的一般读者或特定读者共享其成，言志也罢，载道也罢，不流于滥调，不沦为说教，宁取'手挥五弦，目送飞鸿'式，不沾'咄咄书空'气。"③ 他的作品不流于俗套，不哗众取宠，而通过客观、冷峻的笔墨写下智性化、充满哲理的作品，引发读者思考人生、未来等问题，甚至涉及宇宙的时代感、空间的相对性等形而上的问题。以其诗作《古镇的梦》为例，卞之琳 1927 年在上海就读中学时，便阅读了冰心的诗集《繁星》，其中"听声声算命的锣儿，/敲破世人的命运"一句，给他留下深刻印象。1929 年 3 月完成的短篇小说《夜正深》，便有了这样的句子："听到更夫的梆声，她不觉想到算命先生的锣声了。这两种——一在死寂的午夜，一在清冷的下午——清越的声音，她常觉得很可爱；就是这两种人也是怪有趣的，他们老是同样地，好像做着梦，一边走一边敲。——哦，算命先生没有对她说过凯儿的命很好吗？"④ 四年后完成的《古镇的梦》（作于 1933 年8 月 11 日）中，便有这样的诗句："小镇上有两种声音/一样的寂寥：/白天是算命锣，/夜里是梆子。//敲不破别人的梦……"同一情节、同一意念萦绕卞氏心头长达六年，正成为江弱水所称"萦心之念"之一。⑤ 由此可见卞之琳对创作所持审慎态度。

　　类似的例子，见于卞之琳的诗作《水成岩》和散文《成长》。《水成岩》作于 1934 年，展现了人类代代相传的生存境遇：孩童时期的欢悦，长大后的疑惑，老年时期的悲哀。全诗最后一节为："'水哉，水哉！'沉思人

　　① 卞之琳：《雕虫纪历》（增订版），人民文学出版社 1984 年版，第 1 页。
　　② 在《雕虫纪历》"自序"中，卞之琳写道："'人贵有自知之明。'也许我还有点自知：如果说写诗是'雕虫小技'，那么用在我的场合，应是更为恰当。"参见卞之琳《雕虫纪历》（增订版），人民文学出版社 1984 年版，第 1 页。
　　③ 卞之琳：《卞之琳文集》（中卷），安徽教育出版社 2002 年版，第 135 页。
　　④ 卞之琳：《三秋草》，华夏出版社 2011 年版，第 159—160 页。
　　⑤ 江弱水《卞之琳诗艺研究》第一章："从卞之琳诗的意象的运用，来探讨他的主题的变化，以见证诗人萦心之念（obsession）的转移，如何导致他的创作呈现出阶段性的不同。"参见江弱水《卞之琳诗艺研究》，安徽教育出版社 2000 年版，第 15 页。

叹息/古代人的感情像流水，/积下了层叠的悲哀。"① 岁月如不断流逝的水，人世的悲哀并未消减反不断增长，让人想到孔子的名言："逝者如斯夫，不舍昼夜。"卞之琳作于 1936 年的散文《成长》，引庄周梦蝶、孔子周游列国等典故，抒发了他对人生变易、时空相对的理解。文中如下语句，正与《水成岩》遥相呼应："自甘于某一种糊涂的、若愚的而脚踏实地的孔子，在寂寞的长途上，走走自然会到了不舍昼夜而流逝的水边，于是乎未能免俗，做了一个如果旋律的发展起来就是一首诗的，单纯的，平凡的，洁圣的，永古的长叹——'水哉，水哉!'"② 由此可见卞之琳对诗情、诗意、诗思的严肃态度。

在绵亘 70 年的创作生涯中，卞之琳只发表了 170 首诗，③ 为数不多的小说和散文。即便如此，卞之琳还不断审视自己的作品。1941 年诗集《十年诗草》出版，汇总了卞之琳 1930 年至 1939 年的主要诗作。他在所写"出版题记"中，吐露了自己对艺术的"洁癖"：

> 十年是并不短的时间。一个人能有几个十年。何况差不多正是一个 20 岁到 30 岁的十年! 这样的十年过去了，永远在那里想创造些什么的却只得了 70 多首小诗，未免贫乏得可哀了，何况是始终还成为一般人嘲笑对象的新诗，且不说它们的价值如何，值得不值得自己和朋友以外的别人保留。当然从 1930 年到 1939 年的十年里我也不止写了这一点诗，但也不会超过 120 首，发表过、收入过集子的也不过百首。没有自信，一个人不会动手写一首诗的。而写出来以后也总少不了一点完成的喜悦，问题就在于这一点喜悦能维持多久才由或轻或重的失望来接替而已。在我，这一段时间总是很短，虽然很短里也还有长短的出入。在这十年里我也出版过两三个小集子。也就像写诗一样，准备一本集子的出版，我起初也无不高高兴兴而且要讲究这样，讲究那样的，而后来总又头痛得甚至于不愿意听说到它。这也许是由于一种不健康的洁癖。我不断地删弃，自然也总有自己的标准，而后一个标准多少总比前一个高一点，不过时间实在也难免偏袒，一如母亲就往往

---

① 卞之琳：《卞之琳文集》（上卷），安徽教育出版社 2002 年版，第 25 页。
② 卞之琳：《卞之琳文集》（中卷），安徽教育出版社 2002 年版，第 21 页。
③ 江弱水：《卞之琳诗艺研究》，安徽教育出版社 2000 年版，第 10 页。

毫无理由地偏爱最幼小的子或女。①

　　以"多少总比前一个高一点"的标准评价自己的作品，并"不断地删弃"那些自己后来不满意的作品，正体现了卞之琳"一种不健康的洁癖"。这种艺术上的"洁癖"，体现了他对诗歌艺术的严谨态度，以及对作品艺术价值的孜孜追求，贯穿于卞之琳的文学创作和文学翻译整个生涯。即便《十年诗草》这样精选出来的诗集，卞之琳也不很满意："本来我也不想随随便便地拿出来出版，宁愿就束诸高阁"。最终决定出版也是为了"纪念徐志摩先生"。②

　　1979 年诗集《雕虫纪历》首次出版，汇集了诗人 1930—1958 年创作的诗作。诗集由卞之琳本人编选，仅选 70 首。诗人在该书序言中写道："作者整理自己的诗作，自己总还有权否决。所以我在这里整理出来的这么少得可怜的几十首短诗，我也仍当作迄今为止的诗汇集而不是诗选集。……目前我删去一部分，又有了新的尺度。思想感情上太颓唐、太软绵绵、太酸溜溜的，艺术表现得实在晦涩、过分离奇、平庸粗俗、缺少回味，无非是一种情调的'变奏'来得太多的，或者成堆删去，或者删去一部分。相反，个别内容虽无甚意义，手法上还有些特色的，我却加以保留，聊备一格。"③ 1982 年三联书店香港分店出版《雕虫纪历》增订版时增加 30 首，1984 年人民文学出版社出版时又仅增 1 首。李广田盛赞卞之琳"对自己的作品是相当严格的"④，所言不虚。例如，1951 年出版的《翻一个浪头》诗集，共收入 26 首诗，为诗人响应抗美援朝号召而作。而 1979 年出版的《雕虫纪历》及 2000 年出版的《卞之琳文集》，仅从该诗集中录入两首（《金丽娟三献宝》和《谣言教训了神经病》），其他诗作则未收入。因为诗人认为这些应景之作大多缺乏艺术价值，"激越而失之粗鄙，通俗而失之庸俗，易懂而不耐人寻味"，故而任其"烟消云散"。⑤

　　诗人这种严谨的创作态度、对作品艺术价值的孜孜追求，影响着其翻译选材。其译作主要收入《西窗集》《英国诗选》《莎士比亚悲剧四种》，另有衣修伍德、纪德、贡斯当、斯特莱切等人的小说译本。1934 年出版的

　　① 卞之琳：《卞之琳文集》（上卷），安徽教育出版社 2002 年版，第 8 页。

　　② 同上书，第 9 页。

　　③ 卞之琳：《雕虫纪历》，人民文学出版社 1979 年版，第 17—18 页。

　　④ 李广田：《李广田文集》（第三卷），山东文艺出版社 1984 年版，第 15 页。

　　⑤ 卞之琳：《雕虫纪历》（增订版），人民文学出版社 1984 年版，第 9 页。

《西窗集》，收录波德莱尔的《音乐》《波希米人》《喷泉》、玛拉美的《太息》《海风》《秋天的哀怨》和《冬天的颤抖》、古尔蒙的《死叶》、瓦雷里的《友爱的林子》和《年轻的母亲》、里尔克的《军旗手的爱与死》、阿索林小集、普鲁斯特的《追忆似水年华》片段、乔伊斯的《都柏林人》第一章《爱芙林》、伍尔夫的《果园里》，等等。文集中有诗、小品文、小说片段。卞之琳认为，《西窗集》收录的文字，"是从 19 世纪后半期到当代西洋诗文的鳞爪，虽是杂拌儿，读起来也许还可以感觉到一个共通的特色：一点诗的情调"①。波德莱尔是西方象征主义文学的先驱，对现代西方文艺有着巨大影响，《音乐》《波希米人》等诗作出自其代表作《恶之花》；玛拉美、瓦雷里、里尔克等人则是后期象征主义的主要倡导者，一定程度代表象征主义的主要成就；阿索林是 20 世纪最伟大的西班牙作家之一，是"九八年一代"作家中思想激进的先锋，其小品文冷峻中富含智慧；普鲁斯特的《追忆似水年华》、乔伊斯的《都柏林人》、伍尔夫的《果园里》都是现代主义的重要作品，尤其是"意识流"手法运用娴熟。1979 年出版的译诗集《英国诗选》收入莎士比亚十四行诗及戏剧组诗、约翰·多恩的《歌》和《别离辞：节哀》、本·琼孙的《给西丽亚》、托马斯·格雷的《墓畔哀歌》、布雷克《欢笑歌》《扫烟囱的孩子》二首和《老虎》等、华兹华斯的《我们是七个》《露西》《割麦女》、拜伦的《想当年我们俩分手》《滑铁卢前夜》《哀希腊》等、雪莱的《西风颂》《英国人民歌》等、济慈的《希腊古瓮曲》、白朗宁的《夜里的相会》《早上的分别》、阿诺尔德的《多弗海滨》、奥登战时诗四首、波德莱尔的《音乐》《喷泉》、玛拉美的《海风》《收旧衣女人》、魏尔伦的《三年以后》《感伤的对话》、瓦雷里的《风灵》《失去的美酒》《石榴》和《海滨墓园》，等等。显然，卞之琳的译诗广涉浪漫主义、象征主义、现代主义等多个流派，且所译作品多为各流派代表性人物的重要作品。1988 年出版的《莎士比亚悲剧四种》，原作是莎士比亚那个时代的缩影，在西方文学史上具有划时代的意义。小说翻译方面，卞之琳译有斯特莱切的《维多利亚女王传》、衣修伍德的《紫罗兰姑娘》、贡斯当的《阿道尔夫》、纪德的《新的粮食》《浪子回家集》和《窄门》。《维多利亚女王传》的翻译为中华教育文化基金董事会编译委员会所托。这部传记作品一改以往传记篇幅冗长、歌功颂德的传统，"改而用一种带点讽

---

① 卞之琳：《西窗集》，商务印书馆 1936 年版，第 3 页。

刺味道的笔法写显要人物的心理活动，挖掘其秘密的动机，打开了传记文学的新局面"①，成为传记文学名著。卞之琳也认为，"斯特莱切开现代传记文学先河的著作，特别是这部臻于成熟的代表作，必然也会在现代文学史上，以至今后读书人手里，继续放光"②。衣修伍德是 20 世纪 30 年代的英国代表作家，曾与奥登一起访问中国并合著《战地行》。其作品《紫罗兰姑娘》"不同于 19 世纪欧美小说，也不能不说是'现代主义小说'"，作者"能用三笔两笔、三言两语，描写出一个人物"③，成为当时的畅销书。贡斯当的《阿道尔夫》，以爱情故事为主题，十分细腻地描写了主要人物的心理，开现代心理小说之先河。卞之琳翻译最多的当属纪德的小说，曾译过后者的《新的粮食》《浪子回家集》和《窄门》及《赝币制造者》（全稿在抗战中遗失，仅刊出了一个章节）。纪德是玛拉美的门生，是法国文学史上举足轻重的人物，曾于 1947 年获诺贝尔文学奖。其小说"有一种特殊的风格，不落窠臼自出机杼，一般地说，情节都不复杂、出场人物不多，篇幅也不大，往往没有严谨的结构和明确的结局。对话隐晦朦胧，话中有话，仿佛在体现某种深邃的哲理，却又无任何说教意味"④，在法国文学史上占有重要地位。

卞之琳在诗歌创作方面近乎苛刻的"洁癖"，也影响着其翻译过程。他的诗作和译作在反复磨炼中得到"淘洗"和"提炼"，成为文学中的精品。1983 年，译诗集《英国诗选》由湖南人民出版社出版。确定书稿前，他"放下一切，找出旧稿，加以删汰、修订，另补新译，突击一个多月"⑤。在确定选集所录诗作时，他剔除了大量不满意的诗：（1）充满宗教色彩、宗教含义的诗篇（如弥尔顿《失乐园》、T. S. 艾略特后期诗）；（2）内容怪诞的诗（如柯勒律治《忽必烈汗》、济慈《无情美女》）；（3）写隐逸生活和大自然风光但显得幼稚的诗（如弥尔顿早期《快乐人》和《沉思人》，18 世纪一些诗人及华兹华斯的诗）；（4）译得较多、已取得较大影响的 19 世纪浪漫派诗人作品（如济慈《夜莺曲》）；（5）风行一时、打破文法、不加

① 王佐良：《并非舞文弄墨：英国散文名篇新选》，生活·读书·新知三联书店 2015 年版，第 179 页。

② ［英］里敦·莱切斯特：《维多利亚女王传》，卞之琳译，商务印书馆 2015 年版，第 i 页。

③ ［英］克里斯托弗·衣修伍德：《紫罗兰姑娘》，卞之琳译，安徽教育出版社 2007 年版，第 2—4 页。

④ 陈振尧：《法国文学史》，外语教学与研究出版社 1989 年版，第 416 页。

⑤ 卞之琳：《英国诗选》，湖南人民出版社 1983 年版，第 1 页。

标点、犹如梦呓、难于捉摸的诗；（6）自己感觉译出来差强人意的诗。① 由这些改、弃活动，我们可以了解这位诗歌翻译家的严谨态度及其对诗歌艺术的孜孜以求。由此可见，卞之琳的作家身份，给予其独特的艺术感知力，使其在翻译选材中更注重作品的艺术价值。他翻译的作品，多在艺术价值、艺术手法、思想内涵等方面独具自身的特点，在世界文学史上占有一定的地位。

二 选译格律可资借鉴之诗

张曼仪认为，"为了收翻译与创作相长的功效，卞之琳译诗时尤喜选取格律上可作借鉴的诗篇，如韵式和韵脚较为特别的"②。早在 1942 年，李广田便指出《十年诗草》中变化多样的诗歌格律，"在全书七十六首诗中，实在只有很少的诗是不大讲究格律的，而那些格式与韵法的变化又是那么繁富，几乎每一首诗都看出作者在这方面的工夫，也几乎是每一首诗都有它特有的格式与韵法，我们简直很难得把它完全说出"③。他还详尽地列出了卞之琳收入该诗集七十六首诗所用的格式：四行一首者共两首；四行一节的诗共二十首（两节者十首，三节构成者五首，五节构成者两首，六节构成者一首）；五行一节的诗一首；六行一节的诗三首；十行一节的诗两首；十行一节即成一诗者一首；十二行一节即成一诗者两首；五行五节与二行五节相间而成者一首；四十行者一首，并对这些不同形式诗作的韵法进行了汇总，最后发出感慨："他的格式与韵法的变化真够多。"④

作为新诗格律的探索者、试验者，卞之琳在选择译本时，有意选择不同韵式、韵脚的诗作进行翻译，为自己的新诗格律主张和实践提供借鉴。他反对那些片面强调"民族化""本土化"而忽略外国诗歌传统的做法，指出"要真正理解本国的或传统的事物，必须对外国事物有起码的知识，反之亦然"⑤。中国新诗的发展，需要通过中西诗的比较和借鉴。"白话新诗，要写的是诗，不仅'像诗'……应该从说话的自然节奏里提炼出新的诗式诗调以便更能恰当、确切传达新的诗思诗情。这只能从传统的和外国

① 卞之琳：《英国诗选》，湖南人民出版社 1983 年版，第 3 页。
② 张曼仪：《卞之琳著译研究》，香港大学中文系 1989 年版，第 132 页。
③ 李广田：《李广田文集》（第三卷），山东文艺出版社 1984 年版，第 41 页。
④ 同上书，第 44—46 页。
⑤ 卞之琳：《人与诗：忆旧说新》（增订本），安徽教育出版社 2007 年版，第 327 页。

的诗律基础的比较中，通过创作和翻译的试验探索新路。"① 他本人正通过翻译等活动，了解西方格律诗的做法，并将其与中国诗歌传统相结合，探索新诗格律的道路。

在探讨翻译对其创作的影响时，前文在"诗体移植"部分已有较详细论述。以下仅引两例以证。

卞之琳曾直陈自己对瓦雷里十四行诗的借鉴，"我也套用过他曾写过的一首变体短行十四行体诗"②。这首诗即《风灵》，收入 1983 年出版的译诗集《英国诗选》。以下引瓦雷里原作、卞译《风灵》及卞诗《空军战士》：

Le Sylphe	**风灵**	**空军战士**
Ni vu ni connu	无影丨也无踪，	要保卫丨蓝天，
Je suis le parfum	我是股丨芳香，	要保卫丨白云，
Vivant et défunt	活跃丨和消亡，	不让丨打污印，
Dans le vent venu	全凭丨一阵风！	靠你们丨雷电。
Ni vu ni connu	无影丨也无踪，	与大地丨相连，
Hasard ou génie?	神工呢丨碰巧？	自由的丨鸷鹰
À peine venu	别看我丨刚到，	要山河丨干净，
La tâche est finie!	一举丨便成功！	你们丨有敏眼。
Ni lu ni compris?	不识丨也不知？	也轻于丨鸿毛，
Aux meilleurs esprits	超群的丨才智	也重于丨泰山，
Que d'erreurs promises!	盼多少丨偏差！	责任内丨逍遥，
Ni vu ni connu,	无影丨也无踪，	劳苦的丨人仙！
Le temps d'un sein nu	换内衣丨露胸，	五分钟丨生死，
Entre deux chemises!③	两件丨一刹那！④	千万颗丨忧心！

① 卞之琳：《人与诗：忆旧说新》（增订本），安徽教育出版社 2007 年版，第 369 页。

② 卞之琳：《雕虫纪历》（增订版），人民文学出版社 1984 年版，第 17 页。

③ Paul Valery, *Collected Works of Paul Valery*（Vol. 1），David Paul trans. , Princeton：Princeton University Press, 2015, p. 197.

④ 卞之琳：《英国诗选》，湖南人民出版社 1983 年版，第 181—182 页。

《风灵》一诗原文十四行，每行五音节。卞之琳译文每行以五个单音汉字对应原文五个音节，每行两顿，形式工整。原文的韵脚排列 abab，acac，dde，aac，卞译文除第二节韵脚排列调整为 acca，其他各节韵律与原文一致。他的诗作《空军战士》，每行五字分两顿，以字数对应瓦雷里诗的音节数，分节、每行顿数完全一致。押韵方面，《空军战士》韵脚排列为 abba，acca，ded，aec，两者并不一致。显然，卞之琳有意模仿瓦雷里的这首诗。不过，他虽然套用瓦雷里诗的形式，但《空军战士》这首诗的"内容完全是中国的"①，表达了空军战士保家卫国的英勇气概。

卞之琳还结合自己的西诗翻译活动，有意识地借鉴汉语诗歌没有的西诗音韵形式。例如，双韵体是"英国诗歌之父"乔叟创立的诗体形式，要求双行一韵，汉语诗没有这种韵式。基于其翻译实践，卞之琳有意识地将这种韵式引入其诗作中。如他曾翻译魏尔伦的诗《感伤的对话》（*Colloque sentimental*），限于篇幅，仅引原文、译文各两节：

原文：

Ah！les beaux jours de bonheur indicible
Où nous joignions nos bouches！—C'est
possible.

– Qu'il était bleu，le ciel，et grand，l'espoir！
– L'espoir a fui，vaincu，vers le ciel noir. ②

译文：

"啊！幸福无比的日子，
我们的亲嘴多有味！""也许是！"

"当时天多美，希望多高！"
"希望早已向黑天里烟消。"③

原诗为典型的偶韵体，两行一韵。译文也采用偶韵体形式，再现了原文的韵律特点。卞之琳还将这种韵体形式用于其诗歌创作中，以探索中国新诗的诗体形式。如他 1951 年完成的《从冬天到春天》，其开头两节为："鞋头都踢得开了花，/雪堆踢开了见芽。//苹果看起来活鲜鲜，/咬破了才显得真甜。"这首诗采用偶韵体的形式，快速地转换描述对象（鞋头——雪堆——苹果），以轻快的节奏表现了春天来临时内心的欢快和愉悦。这种诗体形式是中国传统诗歌中没有的，显然与卞之琳的翻译不无关联。

---

① 卞之琳：《卞之琳译文集》（中卷），安徽教育出版社 2000 年版，第 245 页。
② Paul Verlaine，*Fêtes Galantes*（http：//www. pitbook. com/textes/pdf/fetes_ galantes. pdf）.
③ 卞之琳：《卞之琳译文集》（中卷），安徽教育出版社 2000 年版，第 218 页。

三　再现原作神韵

非文学翻译与文学翻译的差异，在于前者以信息传达为主要目的，而后者以传达原作风格、意境和神韵为根本，使读者得以领略原作的艺术价值。因此，与从事其他翻译活动的译者相比，从事文学翻译的译者需要更强的艺术鉴别能力和艺术再现能力。正如傅雷对文学翻译的描述："译事虽近舌人，要以艺术修养为根本：无敏感之心灵，无热烈之同情，无适当之鉴赏能力，无相当之社会经验，无充分之常识（即所谓杂学），势难彻底理解原作，即或理解，亦未必能深切领悟。"[①] 卞之琳的诗人身份，使他具有一般译者所不具备的"艺术修养"，包括"敏感之心灵""热烈之同情""适当之鉴赏能力"等。"艺术修养"方面的优势，使其能更深入地理解原文的艺术价值及神韵，并以其诗人的笔墨再现原作的神韵。

以卞氏翻译的英国作家洛根·皮尔索尔·史密斯（Logan Pearsall Smith，1864—1946，卞译为洛庚·史密士）小品文《大作》（*The Great Work*）为例，原文和译文如下：

原文：

Sitting, pen in hand, alone in the stillness of the library, with flies droning behind the sunny blinds, I considered in my thoughts what should be the subject of my great work. Should I complain against the mutability of Fortune, and impugn Fate and the Constellations; or should I reprehend the never – satisfied heart of querulous Man, drawing elegant contrasts between the unsullied snow of mountains, the serene shining of stars, and our hot, feverish lives and foolish repinings? Or should I confine myself to denouncing contemporary Vices, crying "Fie！" on the Age with Hamlet, sternly unmasking its hypocrisies, and riddling through and through its comfortable Optimisms?

Or with Job, should I question the Universe, and puzzle my sad brains about Life——the meaning of Life on this apple – shaped Planet?[②]

---

① 傅雷：《论文学翻译书》，罗新璋编《翻译论集》，商务印书馆 1984 年版，第 695 页。

② Logan P. Smith，*Trivia*（http：//www. gutenberg. org/files/8544/8544 – h/8544 – h. htm）.

译文：

坐着，握着笔独自在图书馆的寂静里，游蜂嗡嗡地响在向阳的窗帘外。我在沉思中考虑我大作的题目应该是什么。我应该控告命运的无常，非难定数与星宿吗？或者我应该斥责永不知足的人心，雅致的用岭表的白雪与星光的皎洁来对照我们热切狂乱的生活与愚蠢的怨懑吗？或者我应该限于排斥当世的恶风，向"时代"学哈姆雷特大喊其"呸！"（"Fie!"）严酷地揭开它虚伪的面具，彻头彻尾地拆穿它安适的乐观吗？

或者学约伯，我应该问天问地，自寻烦恼，穷究人生——人生在这个苹果形的行星上的意义吗？①

原文选自作者的成名作《琐事集》（Trivia），这是一部蜚声世界的散文集。作者通过一篇篇短小精悍的小品文，或诙谐，或机智，或冷静，生动地表现了对生活、大自然、文学的思考，富含哲理，发人警醒。《大作》一文短小精悍，生动地刻画了一位冥思苦想的作家形象："握着笔独自在图书馆"里，他时而思索"命运的无常"，时而思考对"永不知足的人心"进行鞭挞，时而希望像哈姆雷特一样揭开世风恶习那"虚伪的面具"，或像约伯穷究人生的意义。显然，这位生活在现代社会中的作家，无法以实际行动抗争社会从而成为英雄人物，只能以冥思和哀叹接受异化的现代社会，成为乔伊斯笔下的类似"反英雄"。史密斯以戏谑的笔调描写的这位作家，其"大作"虽无法完成，读者从中已领略了"大作"的内涵，对现代社会的异化本质有了深刻的认识。卞之琳的译文十分忠实原文，语言生动形象，简洁明快。"图书馆的寂静"和"游蜂嗡嗡地响"构成对比，以图书馆内外的静与动，映衬了这位作家内心的波澜壮阔和外表的平静，同时也反映了艺术追求与纷纭世界的内外差异；连用四个"我应该……吗？"形象地表现了这位"志存高远"而无力抗争、只能以呻吟和哀叹度日的软弱者形象；"岭表的白雪与星光的皎洁"和"热切狂乱的生活与愚蠢的怨懑"，表现了作家的艺术追求和社会现实之间的冲突；"denouncing contemporary Vices, crying 'Fie!' on the Age with Hamlet"译为"学哈姆雷特大喊其'呸！'"，更以生动的语言表现了现代人的软弱：在面对黑暗丑陋的世界时，出生高

① ［英］洛庚·史密士：《大作》，卞之琳译，《卞之琳译文集》，安徽教育出版社 2000 年版，第 48 页。

贵的丹麦王子哈姆雷特也只能在理想与现实间徘徊、犹豫，生活在现代社会中的普通人可能如哈姆雷特"大喊其'吠!'"吗？"坐着""独自""自寻烦恼"等词，生动地表现了这位脱离大众、孤独的"抗争者"形象。卞之琳以精致、准确、形象的语言，忠实地再现了原文内容和语言风格，生动地表现了这位颇似"多余人"或"零余人"的知识分子形象。

　　就语言结构而言，原文第一句将四个修饰性状语置于主句前，既突出了环境因素，也制造了悬念，令读者好奇这位写作者即将写出怎样的"大作"。译者基本沿用原文的结构形式，将其译为"坐着，握着笔独自在……游蜂嗡嗡地……我在沉思中考虑……"较完整地保留了原文的结构特点和洗练的语言风格，生动地再现了原文的艺术效果。国内另一译者刘婧将此句译为："我手里握着笔，独自一人坐在安静的图书馆里，苍蝇在洒满阳关的百叶窗外嗡嗡作响。我在心中考虑应该以什么作为我伟大作品的主题。"① 相比之下，此译文改变了文本的结构，破坏了原文简洁、洗练的特点，与卞译相比，明显不够生动流畅。原文最后一句"Or with Job，should I question the Universe，and puzzle my sad brains about Life——the meaning of Life on this apple–shaped Planet?"卞译为"或者学约伯，我应该问天问地，自寻烦恼，穷究人生——人生在这个苹果形的行星上的意义吗？"译文生动贴切，与原文结构基本一致，语句短小，语义层层递进，使文中作家的思索和质疑达到了高潮。而刘婧译本将此句译为"或者我应该与约伯一起质疑这个宇宙，苦思冥想在这个苹果状的星球上生活的意义？"② 语句冗长，破坏了原文的节奏，失却了原文的简洁美。刘婧译本将此文标题"Great Work"译为"伟大的作品"，也不及卞译本标题"大作"简洁、凝练。

　　以卞之琳翻译的散文《道旁的智慧》为例，第一段开头部分原文和译文如下：

原文：

There is something，after all，to be said in favour of that greatly abused person，the wayside tramp. He stands as a living protest against the dull，

---

　　① ［英］洛根·皮尔索尔·史密斯：《琐事集》，刘婧译，外语教学与研究出版社2010年版，第25页。

　　② 同上书，第27页。

dead level of our highly civilised and wholly conventional lives, and, even if he does nothing else, is useful as an object – lesson of indolence to an ever active world. There is a grace, even a virtue, in doing nothing, but so unaccustomed are we to its practice, still less its praise, that at first this very old truth sounds like some new thing. We live in an age when every one is clever; so clever, indeed, that by no possibility will they ever learn to be wise. ①

译文：

到底是有几句好话可说的，别看他是个大家瞧不起的人，一个走江湖人。他别树一帜，有声有色，反对我们这种绝顶文明，全盘老套的又死又板的生活，即使他不做事，总是有用的，不妨给长日长年"劳碌奔波"的世界当作一种闲散的榜样吧。其实不做事也自有一种风趣，甚至于自有一种美德。然而要我们实行，尤其是称赞，那可不惯了，因此初听来这种老话倒像是新说的呢。我们生逢今世，人人都聪明；聪明到，真的，无法学明智了。②

《道旁的智慧》（*Wayside Wisdom*）为英国作家马丁（E. M. Martin）所著，被收入同名散文集中。通过"老屋""贫穷之优越""恋爱""独居"等话题，作者描写了日常生活中的普通人和平凡的事，发现生活中的智慧与美德。由文集副标题"为安静者而作"（A Book for Quiet People），以及扉页题词"致 E. H. R. Ll. 他让我写下对普通事物的感思"（To E. H. R. Ll. who asked me to write my "thoughts on Common Things"），我们不难发现这一特点。与主题相一致，这些散文的语言平实无奇，质朴自然，没有华丽的辞藻。李广田十分喜爱这本散文集，认为其中文章"太适合于我的脾胃了"③。他曾这样评价此书："文章都是自然而洒落的，每令人感到他不是在写文章，而是在一座破旧的老屋里，在幽暗的灯光下，当夜深人静的时候，他在低声地同我们诉说前梦，把人们引到了一种和平的空气里，使人深思，忘记了生活的疲倦，和人间的争执，更使人在平庸的事物

---

① E. M. Martin, *Wayside Wisdom*: *A Book for Quiet People*, London, New York, Bombay and Calcutta: Longmans, Green, and Co., 1909, p. 3.

② ［英］马丁：《道旁的智慧》，卞之琳译，夏尔·波德莱尔等《西窗内外：西方现代美文选》，花城出版社 2017 年版，第 273—274 页。

③ 李广田：《李广田文集》（第一卷），山东文艺出版社 1983 年版，第 93 页。

里，找出美与真实。"①

　　将原文和译文对比分析，我们可以发现，译文语言地道，风格自然，贴近原文。如译者将"greatly abused person""the wayside tramp"分别译为"大家瞧不起的人""走江湖人"，语言通俗，活灵活现；将"the dull, dead level of our highly civilised and wholly conventional lives"译为"这种绝顶文明，全盘老套的又死又板的生活"，再现了原文的戏谑语气和批判态度；将"an ever active world"译为"长日长年'劳碌奔波'的世界"，译者在原文基础上进行艺术性的创造发挥，使译文更加生动具体，表现了人们漫无目的的忙碌生活；"so clever, indeed, that by no possibility will they ever learn to be wise"译为"聪明到，真的，无法学明智了"，原文体现了对西方社会自以为是者的嘲讽，译文形象地再现了这种风格。此外，"到底是""别看他""不妨……吧""倒像是……的呢"等日常口语的使用，使译文更富于生活气息，符合文本主题要求和语言特点。卞之琳以高超的笔法、精湛的措辞，准确地再现了原文或富生活气息，或戏谑，或嘲讽的语言风格。

　　再如，《道旁的智慧》一文有这样一段话：

　　　　The East has been more peculiarly the birthland of the proverb；of thosepicturesque odds and ends of wisdom that can be as readily stored in a man's memory as the camels store water for their long, lonely marches across the desert. Where life is leisured, stately and yet simple withal, men have time for meditation；they can look into their own souls and try to learn something of the mystery of the journey from silence to silence that we call life；and so these Eastern proverbs have, for the most part, an unfamiliar sound to our Western ears. To watch the sun, the moon and the stars；to listen to the wind；to hear nature whispering in that still, small voice of hers through the warm scent of the earth, the trembling of leaves, or the lapping of water, is a better education than can be had from all the books that ever were written or ever will be written. ②

---

① 李广田：《李广田文集》（第一卷），山东文艺出版社 1983 年版，第 93 页。
② E. M. Martin, *Wayside Wisdom：A Book for Quiet People*, London, New York, Bombay and Calcutta：Longmans, Green, and Co., 1909, pp. 7 - 8.

卞译为：

> 东方特别是产生格言的地方；那些智慧的吉光片羽，很方便，可以贮藏在人的记忆中，就像骆驼贮藏水，预备做沙漠上又长又寂寞的旅行。在生活悠闲、安定，而且纯朴的地方，人就有沉思的时间了；他们会看到自己灵府的堂奥，而且会想法去参透一些神秘，探究这个从静默至静默的旅程，就是我们所谓人生这回事，所以这些东方人的格言，大多数叫我们西方人的耳朵听起来总不大习惯。仰观日、月、星斗；静聆风声，倾听自然在沉默中低语，它那种纤细的语声透过了大地的温馨，树叶的颤动，流水的清响——这就是一种优良的教育，胜过读所有过去与未来，已经写与将要写的书本。①

这段话与前文所引那段话在语言风格方面有较大差异。如果说前一例中，作者以诙谐、戏谑的语言描写西方社会中一些人的盲目自大心态，这段话则以唯美、诗性的语言歌颂了东方人的智慧。卞之琳以艺术化的诗性语言，再现了原文的语言风格。如"picturesque odds and ends of wisdom"这一短语中，"odds and end"一般指零碎的、杂乱拼凑的东西，卞之琳将其译为"吉光片羽"，褒誉之情显而易见；同样，"look into their own souls"译为"看到自己灵府的堂奥"，以"灵府""堂奥"等词体现了东方人的高度智慧和深邃思想；"仰观日、月、星斗；静聆风声，倾听自然在沉默中低语"，保留了原文的排比结构，节奏和谐，感情洋溢，用词形象生动，表现了东方人对大自然的探索过程；"大地的温馨，树叶的颤动，流水的清响"，以齐整的排比、唯美的措辞，歌颂了东方人纯朴的自然观和天人和谐思想。

由此可见，卞之琳在翻译中十分注重原文风格的再现。这种再现，不是语言层面的简单对应，甚至不是修辞格的简单套用，而是基于译者对原文的细致品读和深入理解，与作者取得某种心灵上的共鸣，并用适当的语言再现原文的意境、旨趣和精神。

四　翻译中的"艺术再创作"

一方面，卞之琳提出"信、似、译"，要求译文全面忠实原文；另一方面，作为诗人，他也突出强调译者自由创造的重要性。在他看来，"有足够

---

① ［英］马丁：《道旁的智慧》，卞之琳译，夏尔·波德莱尔等《西窗内外：西方现代美文选》，花城出版社 2017 年版，第 276 页。

修养的译者就可以在严守本分里充分发挥自己的创造自由，充分运用自己的创作灵感"①。"严守本分"和"创造自由"的结合，体现了文学翻译中变与不变、绝对与相对的辩证关系：一方面，译文来自原文，受原文的约束，应尽可能从形式到内容忠实原文；另一方面，翻译尤其是文学翻译，是一种艺术再创造。译者在这种艺术再创造过程中，应如作家一样，充分运用自己的"创作灵感"，使原作在另外一种语言中获得新的生命。这就要求译者不仅有良好的双语能力，更要有"敏锐、精微的感觉力"②，以洞悉原文的风格、内涵和意境，并在译文中再现原文的风格、神韵和艺术效果。卞之琳诗人兼学者的身份，为他的文学翻译提供了此方面的便利。张曼仪在评价卞之琳的文学翻译时指出："在卞之琳来说，学者加上诗人的身份实在是最理想的结合，印证他的翻译佳作，都是不必依附原著而独立自主的艺术再创作。对原著来说，这是一次再投生，在另一个文学领域中获得新生。"③ 卞之琳本人的译作，无论是诗歌、散文、小说还是戏剧，都很能体现这一要求。如《哈姆雷特》第一幕第五场中老国王的鬼魂对恐怖地狱的描绘：

原文：	卞译：
…, but that I am forbid	……我不能犯禁，
To tell the secrets of my prison – house,	不能泄漏我狱中的任何秘密，
I could a tale unfold whose lightest word	要不然我可以讲讲，轻轻的一句话
Would harrow up thy soul, freeze thy young blood,	就会直穿你灵府，冻结你热血，
Make thy two eyes like stars start from their spheres,	使你的眼睛，像流星，跳出了眶子，
Thy knotted and combined locks to part,	使你纠结的发鬈鬈鬈分开，
And each particular hair to stand an end,	使你每一根发丝丝丝直立，
Like quills upon the fretful porpentine. ④	就像发怒的豪猪身上的毛刺。⑤

① 卞之琳、叶水夫、袁可嘉、陈燊：《十年来的外国文学翻译和研究工作》，《文学评论》1959 年第 5 期，第 56 页。

② 卞之琳：《人与诗：忆旧说新》（增订本），安徽教育出版社 2007 年版，第 359 页。

③ 张曼仪：《谈谈卞之琳的文学翻译》，《外国文学评论》1990 年第 4 期，第 118 页。

④ William Shakespeare, *Hamlet*, John Dover Wilson ed., New York：Cambridge University Press, 2009, p. 27.

⑤ ［英］莎士比亚：《丹麦王子哈姆雷特悲剧》，卞之琳译，《卞之琳译文集》（下卷），安徽教育出版社 2000 年版，第 35—36 页。

在莎士比亚笔下，老国王的鬼魂也出口成诗。卞之琳以诗人的译笔，生动地传达了原文的神韵。如他将诗中 "thy soul"（心灵）、"young blood"（年轻的血）分别译为"灵府""热血"，将"stars"（星辰）译为"流星"，在忠实传达原文基础上有所发挥，译文形象生动，富有诗意。尤其是 "Thy knotted and combined locks to part，/And each particular hair to stand an end" 两句，译为"使你纠结的发鬈鬈鬈分开，使你每一根发丝丝丝直立"，生动地表现了倾听者的极度恐惧状态，体现了译者的艺术创造。译者发挥一定的艺术创造性，文字精练、生动，与译者的诗歌创作经验不无联系。方平高度赞扬卞之琳的这种艺术创造，认为卞氏"精雕细琢，把语言的装饰性、音乐性发挥得淋漓尽致"，"这是神来之笔，是一个译者在充满创作激情的时刻的合理发挥"①。译者以"信、似、译"为翻译的基本原则，谋求译文与原文的"全面的'信'"。在此基础上，译者发挥一定程度的艺术创造性，"正像在激烈的足球赛中，一位执法严明的裁判员不容许发生任何野蛮的行为，但还是认可了'合理冲撞'"②。

再如，卞之琳所译纪德《浪子回家集》中有一篇《纳蕤思解说》，其中一段描述了沉思的纳蕤思，原文、译文为：

原文：

Ainsi le mythe du Narcisse ：Narcisse était parfaitement beau， – et c'est pourquoi il était chaste；il dédaignait les Nymphes – parce qu'il était amoureux de lui – même. Aucun souffle ne troublait la source，où，tranquille et penché，tout le jour il contemplait son image…③

译文：

纳蕤思的神话是如此：纳蕤思是十全的美，——也就因此他是纯洁的；他鄙弃山林川泽的女神们——因为他恋慕自己。没有一丝风搅动泉水，他在那里，宁静的，低着头成天凝对自己的影子……④

---

① 方平：《如闻其声 如见其人：评卞之琳译〈哈姆雷特〉，兼谈诗体和散文体两种翻译的区别》，袁可嘉等《卞之琳与诗艺术》，河北教育出版社 1990 年版，第 191 页。
② 同上书，第 191—192 页。
③ André Gide，*Le Traité du Narcisse*（https：//www.ebooksgratuits.com/pdf/gide_traite_du_narcisse.pdf）.
④ 卞之琳：《卞之琳译文集》（上卷），安徽教育出版社 2000 年版，第 301 页。

卞之琳称《纳蕤思解说》一文为"美文（belles－lettres）或散文诗"。① 上引文段中，纳蕤思成为孤独的沉思者：对水中自己的形象，他只能远观而不能拥有。这临水自鉴，既是自我欣赏和对内心的倾听，也是对理想乐园的向往。原文"parfaitement beau""chaste""aucun souffle""tranquille"等词，营造了一个唯美、纯净的世界，以体现外在的客观环境之宁静、纳蕤思内心世界之平静。卞之琳以朴素、淡雅而充满诗意的文字进行翻译，着意表现原文所表现的艺术境界。在忠实原文的同时，译者也发挥一定程度的艺术创造，如"十全的""没有一丝"等短语，强化了原文所表现的纯粹与静谧。唐湜高度评价了卞之琳的翻译，认为这段译文"多么平静，多么自然，透出了散文深沉的诗意，有一种古典的简约、平朴与纯洁，透明得象一朵时间之花。……这是诗人卞之琳的再创作，新的哲理性的光辉创作，很难有人能超越的，包括晚年的诗人自己"②。

卞之琳的文学创作，十分注重意象的运用、意境的构造，强调文字运用带来的节奏感。在翻译中，他以同样的标准要求自己，注重对词语的深层理解和把握，并凭借诗人的敏感性、艺术鉴别力选择最能再现原文意义和情感的词语。张曼仪评价卞之琳的译文"充分表现出诗人对于文字的敏感性。译本本身有其完整绵密的肌理，是艺术的，可以视为文学作品而毫无愧色"③。翻译方面的艺术"再创造"，与其对文学作品艺术价值的执着追求紧密相连。换言之，文学翻译一定程度上也是一种艺术创作活动。金圣华指出，"我们可以说，学术素养越高、语文能力越强的译者，在翻译文学作品时，他的创作空间就越辽阔。原文虽然是一种规范、一种限制，但有才情的译者，必能在有限的空间中，创造出无限的生机与变化"④。对中国古典诗歌的长期浸润，对中国新诗艺术的不断追求，使卞之琳在文学翻译"有限的空间"内焕发出无限的生命力。

---

① 卞之琳：《卞之琳译文集》（上卷），安徽教育出版社 2000 年版，第 297 页。
② 唐湜：《六十载遨游于诗的王国》，袁可嘉等《卞之琳与诗艺术》，河北教育出版社 1990 年版，第 53 页。
③ 张曼仪：《卞之琳著译研究》，香港大学中文系 1989 年版，第 151 页。
④ 金圣华：《译道行》，湖北教育出版社 2001 年版，第 19 页。

结　语

文学翻译最终是文学创作问题，它不只是在一种母语中对文字的甄别和挑选，而是在两种不同语言之间的比对、协商、挑选。因此，文学翻译最终会涉及文学创作的各个层面。鉴于此，只有最优秀的写作者才能担当文学翻译的重任。卞之琳恰恰是在现代文学史上最有特色和价值的诗人之一，其翻译与创作之间的"相长"关系，正可以解释两者之间的互动关系。一方面，基于文学翻译和文学创作实践，卞之琳提出"信、似、译"的文学翻译思想，实现了对传统"信达雅""形似、神似""直译、意译"等论争的超越，且自成体系，体现了其对文学翻译艺术性本质的追求。这一思想贯穿于其诗歌翻译、戏剧翻译领域，并得到实践的反复检验。其文学翻译活动，对其创作具有直接的影响，体现在作品精神、形式、格调、韵律、意象与修辞等多个层面。这显然有助于他开展各种诗体形式的试验，使其成为现代新诗诗人群中技巧最繁复的诗人。同时，他的诗歌扎根于中国诗词传统，使其诗作成为"化欧化古"的典范，具有独特的魅力。另一方面，作为一名"诗人"翻译家，卞之琳的诗歌创作对诗歌翻译具有重要的影响。他十分注重所译材料的艺术价值。无论是诗歌翻译还是戏剧翻译，他都从诗人的审美出发选择所译材料，植根于个人的诗学观念、诗歌能力领悟原文的精神，并用诗性的语言、诗歌的标准完成文学翻译这一"再创作"过程。因此，翻译家的"诗人"身份，贯穿于其整个翻译活动中，其诗歌翻译、戏剧翻译分别成为另一种语言、另一种文体的"诗歌创作"。

实际上，现代文学的发展，一方面离不开本国文学传统，另一方面也与经由翻译输入的西方文学密切相连。正是在这种中西文学传统的碰撞、融合中，诞生了我国的现代文学。在中国现代文学史上，诗人、作家同时或者先后身兼翻译家者为数不少，最著名的如梁宗岱、徐志摩、冯至、穆旦等。也可以说，几乎所有的作家都多少参与过翻译活动，卞之琳只是他们中的一员，但却是具有独特价值的一员。卞之琳的翻译活动是伴随其创作活动同时展开的，译作涉及诗歌、莎剧、小说、散文等多种文体。以卞氏为案例，揭示其文学创作和文学翻译之间的相互促进、相互影响，也为研究其他现代作家提供了可借鉴的路径。

参考文献

一 专著

A. S. Pushkin, *Eugene Onegin*, Nabokov, V. trans., London: Routledge & Kegan Paul, 1964/1975.

Acton, Harold & Ch'en Shih – hsiang ed. and trans., *Modern Chinese Poetry*, London: Duckworth, 1936.

André Gide, *Le Traité du Narciss*, https://www.ebooksgratuits.com/pdf/gide_ traite_ du_ narcisse. pdf.

Andre Lefevere, *Translation*, *Rewriting and the Manipulation of Literary Fame*, Shanghai: Shanghai Foreign Language Education Press, 2010.

Arthur Quiller – Couch ed., *The Oxford Book of English Verse: 1250 – 1900*, Oxford University Press, 1918.

Authur Waley, *A Hundred and Seventy Chinese Poems*, London: Constable and Company Ltd., 1918.

Bian Zhilin, *The Carving of Insects*, trans. by Mary M. Y. Fung and David Lunde, Hong Kong: Renditions Books, 2006.

Caroline Spurgeon, *Shakespeare's Imagery and What it Tells Us*, New York: Cambridge University Press, 1935.

Douglas Robinson, *The Translator's Turn*, Baltimore, MD: Johns Hopkins University Press, 1991.

Douglas Robinson, *Western Translation Theory: From Herodotus to Nietzsche*, London & New York: Routledge, 2002.

E. M. Martin, *Wayside Wisdom: A Book for Quiet People*, London, New

York, Bombay and Calcutta: Longmans, Green, and Co. , 1909.

Eugene Nida & Charles Taber, *The Theory and Practice of Translation*, Leiden: E. J. Brill, 1969.

Giuseppe Palumbo, *Key Terms in Translation Studies*, London & New York: Continuum International Publishing Group, 2009.

H. Gardner, *The Business of Criticism*, Oxford: Clarendon Press, 1959.

Hsu Kai – yu, *Twentieth Century Chinese Poetry: An Anthology*, Dobleday & Company, Inc. , 1963, Cornell University Press, 1970.

James Joyce, *Dubliners*, Hertfordshire: Wordsworth Editions Limited, 1993.

John Heminges & Henry Condell, *Mr. William Shakespeare: Comdeies, Histories & Tragedies* (http: //firstfolio. bodleian. ox. ac. uk/book. html) .

Lloyd Haft, *Pien Chih – lin: A Study in Modern Chinese Poetry*, Dordrecht, Holland, and Cinnaminson, N. J. : Foris Publications, 1983.

Logan P. Smith, *Trivia*, http: //www. gutenberg. org/files/8544/8544 – h/ 8544 – h. htm.

Lawrence Venuti ed. , *The Translation Studies Reader*, London & New York: Routledge, 2000/2004.

Mona Baker & Gabriela Saldanha ed. , *Routledge Encyclopedia of Translation Studies* (2nd edition) , London & New York: Routledge, 2009/2011.

Michelle Yeh, *Anthology of Modern Chinese Poetry*, New Haven & London: Yale University Press, 1992.

P. Newmark, *Approaches to Translation*, Oxford: Pergamon, 1981.

P. Zlateva ed. , *Translation as Social Action*, London & New York: Routledge, 1993.

Paul Valery, *Collected Works of Paul Valery* (Vol. 1) , David Paul trans. , Princeton: Princeton University Press, 2015.

Paul Verlaine, *Pêtes Galantes*, http: //www. pitbook. com/textes/pdf/ fetes_ galantes. pdf.

Robert M. Hutchins, and Mortimer J. Adler ed. , *Gateway to the Great Books* (*Volume 5*): *Critical Essays*, Toronto: Encyclopædia Britannica, Inc. , 1963.

Robert Payne, *Contemporary Chinese Poetry*, London: George Routledge &

Son，1947.

William Shakespeare，*Hamlet*，John Dover Wilsom ed.，New York：Cambridge University Press，2009.

William Shakespeare，*King Lear*，John Dover Wilsom ed.，New York：Cambridge University Press，2009.

William Shakespeare，*Macbeth*，John Dover Wilson. ed.，New York：Cambridge University Press，2009.

William Shakespeare，*Othello*，John Dover Wilsom ed.，New York：Cambridge University Press，2009.

Wailim Yip，*Lyrics from Shelters：Modern Chinese Poetry，1930 - 1950*，New York：Garland Publishing，Inc.，1992.

Wolfgang Clemen，*The Development of Shakespeare's Imagery*，London：Methuen，1977.

W. J. Craig ed.，*Shakespeare Complete Works*，London，New York & Toronto：Oxford University Press，1905.

［苏］阿尼克斯特：《莎士比亚的创作》，徐克勤译，山东教育出版社1985年版。

［法］波德莱尔：《波德莱尔美学论文选》，郭宏安译，人民文学出版社1987年版。

陈丙莹：《卞之琳评传》，重庆出版社1998年版。

陈福康：《中国译学理论史稿》，上海外语教育出版社1992年版。

陈梦家：《新月诗选》，新月书店1931年版。

陈世骧：《陈世骧文存》，辽宁教育出版社1998年版。

陈思和：《中国当代文学史教程》，复旦大学出版社2006年版。

陈望道：《修辞学发凡》，上海教育出版社1997年版。

陈振尧：《法国文学史》，外语教学与研究出版社1989年版。

杜运燮等：《一个民族已经起来》，江苏人民出版社1987年版。

《翻译通讯》编辑部：《翻译研究论文集（1949—1983）》，外语教学与研究出版社1984年版。

《翻译通》讯编辑部：《翻译研究论文集（1949—1983）》，外语教学与研究出版社1984年版。

废名：《新诗十二讲》，辽宁教育出版社2006年版。

冯至：《冯至全集》（第五卷），河北教育出版社 1999 年版。

傅雷：《傅雷文集·书信卷》（上、下），安徽文艺出版社 1998 年版。

辜正坤：《译学津原》，文心出版社 2005 年版。

顾关荣、郭济访：《中国新诗鉴赏大辞典》，江苏文艺出版社 1988 年版。

郭沫若：《郭沫若论创作》，上海文艺出版社 1983 年版。

郭延礼：《中国近代翻译文学概论》，湖北教育出版社 1998 年版。

海岸编：《中西诗歌翻译百年论集》，上海外语教育出版社 2007 年版。

汉乐逸：《发现卞之琳——一位西方学者的探索之旅》，外语教学与研究出版社 2010 年版。

何其芳：《关于写诗和读诗》，作家出版社 1956 年版。

［英］赫胥黎：《天演论》，严复译，商务印书馆 1981 年版。

胡适：《尝试后集》，安徽教育出版社 1999 年版。

胡适：《尝试集》，人民文学出版社 2000 年版。

胡适：《胡适文集》（第二卷），北京大学出版社 1998 年版。

胡适：《胡适学术文集》，中华书局 1993 年版。

湖南省外国文学研究会：《外国诗歌选》，湖南文艺出版社 1986 年版。

黄建华等：《宗岱的世界·评说》，广东人民出版社 2003 年版。

黄晋凯等：《象征主义·意象派》，中国人民大学出版社 1989 年版。

季羡林：《季羡林谈翻译》，当代中国出版社 2007 年版。

江枫：《江枫论文学翻译及汉语汉字》，华文出版社 2009 年版。

江弱水：《卞之琳诗艺研究》，安徽教育出版社 2000 年版。

江弱水：《文本的肉身》，新星出版社 2013 年版。

江弱水：《中西同步与位移：现代诗人丛论》，安徽教育出版社 2003 年版。

金圣华：《译道行》，湖北教育出版社 2001 年版。

［美］克林斯·布鲁克斯：《精致的瓮：诗歌结构研究》，郭乙瑶等译，上海人民出版社 2008 年版。

［意］克罗齐：《美学原理 美学纲要》，朱光潜译，外国文学出版社 1983 年版。

［英］克里斯托弗·衣修伍德：《紫罗兰姑娘》，卞之琳译，中国工人出版社 1994 年版。

［英］克里斯托弗·衣修伍德：《紫罗兰姑娘》，卞之琳译，安徽教育出版社 2007 年版。

李赐：《鳞爪集》，香港银河出版社 2002 年版。

李广田：《李广田文集》（第一卷），山东文艺出版社 1983 年版。

李广田：《李广田文集》（第三卷），山东文艺出版社 1984 年版。

李健吾：《李健吾文学评论选》，宁夏人民出版社 1983 年版。

李怡：《中国新诗讲稿》，中国人民大学出版社 2014 年版。

李长栓：《非文学翻译理论与实践》，中国对外翻译出版公司 2004 年版。

梁启超：《梁启超全集》（第七册），北京出版社 1999 年版。

梁实秋：《雅舍谈书》，山东画报出版社 2006 年版。

梁宗岱：《诗与真》，中央编译出版社 2006 年版。

林悟殊：《摩尼教华化补说》，兰州大学出版社 2014 年版。

刘西渭：《咀华集》，花城出版社 1984 年版。

刘祥安：《卞之琳：在混乱中寻求秩序》，文津出版社 2007 年版。

刘勰：《文心雕龙》，岳麓书社 2004 年版。

柳鸣九：《柳鸣九文集》（第 11 卷），海天出版社 2015 年版。

鲁迅：《鲁迅全集》（第 10 卷），人民文学出版社 2005 年版。

罗可群、伍方斐：《中外文化名著选读》（上），广东高等教育出版社 1996 年版。

罗新璋：《翻译论集》，商务印书馆 1984 年版。

［奥］里尔克：《里尔克诗选》，臧棣译，中国文学出版社 1996 年版。

［英］里敦·莱切斯特：《维多利亚女王传》，卞之琳译，商务印书馆 2014 年版。

［英］洛根·皮尔索尔·史密斯：《琐事集》，刘婧译，外语教学与研究出版社 2010 年版。

《名作欣赏》编辑部：《外国现当代短篇小说赏析》（一），山西人民出版社 1985 年版。

茅盾：《茅盾选集》第五卷《文论》，四川文艺出版社 1985 年版。

［俄］曼德里施塔姆：《时代的喧嚣——曼德里施塔姆文集》，刘文飞译，云南人民出版社 1998 年版。

［美］M. H. 艾布拉姆斯：《文学术语词典（中英对照）》，吴松江等译，

北京大学出版社 2009 年版。

　　牛仰山、孙鸿霓编：《严复研究资料》，海峡文艺出版社 1990 年版。

　　［美］苏珊·朗格：《艺术问题》，腾守尧、朱疆源译，中国社会科学出版社 1983 年版。

　　［英］莎士比亚：《丹麦王子哈姆雷的悲剧》，林同济译，中国戏剧出版社 1982 年版。

　　［英］莎士比亚：《哈姆雷特》，朱生豪译，吴兴华校，《莎士比亚全集》（五），人民文学出版社 1994 年版。

　　［英］莎士比亚：《黎琊王》（上），孙大雨译，商务印书馆 1948 年版。

　　［英］莎士比亚：《莎士比亚全集》（32），梁实秋译，中国广播电视出版社 2001 年版。

　　［英］莎士比亚：《莎士比亚四大悲剧》，孙大雨译，上海译文出版社 2010 年版。

　　钱理群等：《中国现代文学三十年》（修订版），北京大学出版社 1998 年版。

　　钱锺书：《管锥篇》（第三册），中华书局 1986 年版。

　　［日］秋吉久纪夫：《卞之琳诗集》，土曜美术社 1992 年版。

　　人民文学出版社编辑部：《外国抒情诗》，人民文学出版社 1995 年版。

　　商务印书馆辞书研究中心：《新华成语大词典》，商务印书馆 2013 年版。

　　上海大学等：《中国当代史》，江西人民出版社 1988 年版。

　　沈从文：《沈从文文集》（第十一卷），湖南人民出版社 2013 年版。

　　沈苏儒：《论信达雅：严复翻译理论研究》，商务印书馆 1998 年版。

　　施咸荣等：《荒诞派戏剧集》，上海译文出版社 1980 年版。

　　史美钧：《衍华集》，现代社 1948 年版。

　　孙玉石：《中国现代诗歌艺术》，长江文艺出版社 2007 年版。

　　孙致礼：《翻译：理论与实践探索》，译林出版社 1999 年版。

　　孙致礼：《中国的英美文学翻译（1949—2008）》，译林出版社 2009 年版。

　　谭载喜：《西方翻译简史》，商务印书馆 1991 年版。

　　唐湜：《九叶诗人：“中国新诗”的中兴》，上海教育出版社 2003 年版。

　　童庆炳：《文学理论教程》，高等教育出版社 2004 年版。

屠岸：《屠岸诗文集》（第七卷），人民文学出版社 2016 年版。

［法］夏尔·波德莱尔等：《西窗内外：西方现代美文选》，卞之琳译，花城出版社 2017 年版。

夏丏尊：《夏丏尊自述》，安徽文艺出版社 2014 年版。

谢冕等：《中国新诗总系（1917—1927）》，人民文学出版社 2010 年版。

谢天振：《当代西方翻译理论导读》，南开大学出版社 2008 年版。

谢天振：《译介学》（增订本），译林出版社 2013 年版。

徐志摩：《徐志摩全集》第六卷《书信》，天津人民出版社 2005 年版。

许渊冲：《翻译的艺术》（增订本），五洲传播出版社 2006 年版。

严家炎：《二十世纪中国文学史》（中），高等教育出版社 2010 年版。

燕治国：《渐行渐远的文坛老人：20 世纪末独家专访》，山西人民出版社 2006 年版。

杨昌年：《新诗赏析》，文史哲出版社 1982 年版。

杨武能：《三叶集：德语文学·文学翻译·比较文学》，巴蜀书社 2005 年版。

余光中：《翻译乃大道》，外语教学与研究出版社 2014 年版。

余光中：《余光中谈翻译》，中国对外翻译出版公司 2000 年版。

袁锦翔：《名家翻译研究与赏析》，湖北教育出版社 1990 年版。

袁可嘉：《论新诗现代化》，生活·读书·新知三联书店 1988 年版。

袁可嘉等：《卞之琳与诗艺术》，河北教育出版社 1990 年版。

［法］雨果：《莎士比亚传》，丁世忠译，团结出版社 2005 年版。

《中国翻译》编辑部：《诗词翻译的艺术》，中国对外翻译出版公司 1987 年版。

曾小逸：《走向世界文学——中国现代作家与外国文学》，湖南人民出版社 1985 年版。

查良铮：《英国现代诗选》，湖南人民出版社 1985 年版。

张和龙：《英国文学研究在中国：英国作家研究》（下卷），上海外语教育出版社 2015 年版。

张今、张宁：《文学翻译原理》，清华大学出版社 2005 年版。

张曼仪：《卞之琳著译研究》，香港大学中文系 1989 年版。

赵萝蕤：《读书生活散札》，南京师范大学出版社 2009 年版。

赵毅衡：《对岸的诱惑：中西文化交流记》，上海人民出版社 2007

年版。

赵毅衡:《对岸的诱惑:中西文化交流记》,四川文艺出版社 2013 年版。

郑海凌:《文学翻译学》,文心出版社 2000 年版。

郑永孝:《翻译的技巧与内涵》,桂冠图书公司 1981 年版。

郑振铎:《郑振铎全集》(15 卷),花山文艺出版社 1998 年版。

智量:《比较文学三百篇》,上海文艺出版社 1990 年版。

中国翻译工作者协会《翻译通讯》编辑部:《翻译研究论文集(1949—1983)》,外语教学与研究出版社 1981 年版。

周作人:《周作人文选(1930—1936)》,广州出版社 1995 年版。

朱光潜:《诗论》,生活·读书·新知三联书店 1984 年版。

朱雯、张君川:《莎士比亚辞典》,安徽文艺出版社 1992 年版。

朱熹注:《周易本义》,中国书店 1985 年版。

朱自清:《秋草清华》,延边人民出版社 1996 年版。

朱自清:《新诗杂话》,岳麓书社 2011 年版。

朱自清:《中国新文学大系·诗集》,上海文艺出版社 2003 年版。

朱自清:《朱自清全集》(第二卷),江苏教育出版社 1996 年版。

二 论文

Andrew Deliyannides, "Peter Holland Named General Editor of the Arden Shakespeare", http://english. nd. edu/news/peter – holland – named – general – editor – of – the – arden – shakespeare.

Bonnie S. Mc Dougall, "Pien Chih – lin: A Study in Modern Chinese Poetry by Lloyd Haft", *Modern Chinese Literature*, No. 2, 1985.

Christine M. Liao, *Bian Zhilin and Ai Qing: A Comparative Study with Reference to Topic and Cohesion*, University of Melbourne, 1982.

William Shakespeare, "Sonnet 65", http://www. shakespeares – sonnets. com/sonnet/56.

Woo – kwang Jung, *A Study of 'The Han Garden Collection: New Approaches to Modern Chinese Poetry, 1930 – 1934*, University of Washington, 1997.

柏桦:《现代汉诗的现代性、民族性和语言问题》,《当代作家评论》2010 年第 5 期。

北塔:《卞之琳诗歌的英文自译》,《西南师范大学学报》(人文社会科学版) 2006 年第 3 期。

北塔:《卞之琳先生的情诗与情事》,《新文学史料》2001 年第 3 期。

北塔:《纪德在中国》,《中国比较文学》2004 年第 2 期。

北塔:《论十四行诗式的中国化》,《中国现代文学研究丛刊》2000 年第 4 期。

卞之琳、叶水夫、袁可嘉、陈燊:《十年来的外国文学翻译和研究工作》,《文学评论》1959 年第 5 期。

卞之琳:《〈雕虫纪历(1930—1958)〉自序》,《新文学史料》1979 年第 3 期。

卞之琳:《关于我译的莎士比亚悲剧〈哈姆雷特〉:有书无序》,《外国文学研究》1980 年第 1 期。

卞之琳:《难忘的尘缘——序秋吉久纪夫编译日本版〈卞之琳诗集〉》,《新文学史料》1991 年第 4 期。

卞之琳:《小诗》,《学生文艺丛刊》1926 年第 3 卷第 5 期。

卞之琳:《战时在中国作》,《明日文艺》1943 年第 2 期。

[法] 波德莱尔:《音乐》,卞之琳译,《新月》1933 年第 4 卷第 6 期。

曹万生:《精美的悖论:〈鱼化石〉细读》,《名作欣赏》2006 年第 23 期。

曹万生:《论现代派的知性诗学》,《文学评论》2007 年第 2 期。

曾雪山:《哲理诗的意境营造》,《江西社会科学》1998 年第 4 期。

陈本益:《卞之琳的"顿法"论》,《西南师范大学学报》(哲学社会科学版) 1996 年第 4 期。

陈本益:《格律体新诗的节奏调子》,《兰州大学学报》2006 年第 1 期。

陈丙莹:《卞之琳的诗歌》,《新文学史料》2001 年第 3 期。

陈德锦:《卞之琳抒情诗的距离和组织》,《诗双月刊》(香港) 1990 年第 1 卷第 5 期。

陈国华、段素萍:《从语言学视角看莎剧汉译中的"亦步亦趋"》,《外语教学与研究》2016 年第 6 期。

陈世杰:《中国十四行诗体的形式特征综述》,《中州学刊》1999 年第 3 期。

陈太胜:《翻译对中国新诗产生和发展的作用——以卞之琳为中心的研

究》，《广东社会科学》2017 年第 3 期。

陈卫：《含混与现代汉诗写作：以卞之琳 30 年代诗歌为例》，《中国现代文学研究丛刊》2010 年第 4 期。

陈希、何海巍：《中国现代智性诗的特质——论卞之琳对象征主义的接受与变异》，《中山大学学报》（社会科学版）2005 年第 2 期。

陈旭光：《〈现代〉杂志的"现代"性追求与中国新诗的"现代化"动向》，《文艺理论研究》1998 年第 1 期。

陈旭光：《从象征主义到英美现代主义——论四十年代中国现代主义诗潮的英美现代主义转向》，《山东社会科学》2007 年第 4 期。

陈旭光：《严肃时代的自觉———论四十年代现代主义诗潮对象征主义的反思和超越》，《文学评论》1998 年第 5 期。

程光炜：《何其芳、卞之琳和艾青四十年代的创作心态》，《文学评论》1993 年第 5 期。

程光炜：《闻一多新诗理论探索》，《文学评论》1998 年第 2 期。

董洪川：《叶公超与 T. S. 艾略特在中国的传播与接受》，《外国文学研究》2004 年第 4 期。

杜运通：《三十年代现代诗派观照》，《河南大学学报》（社会科学版）1994 年第 6 期。

方丹：《〈断章〉意象解读》，《语文建设》2007 年第 5 期。

方平：《"亦步亦趋"追求更高的艺术境界——谈卞之琳先生的翻译思想》，《外国文学评论》1990 年第 4 期。

方平：《莎士比亚诗剧全集的召唤》，《中国翻译》1989 年第 6 期。

方平：《戏剧大师翻译的戏剧：谈曹禺译〈柔蜜欧与幽丽叶〉》，《中国翻译》1984 年第 8 期。

方平：《新的知识和追求——谈〈新莎士比亚全集〉的翻译思想》，《英美文学研究论丛》2001 年第 1 期。

冯至：《加强对外国文学的评论》，《外国文学评论》1992 年第 2 期。

高博涵：《论卞之琳 1930—1934 年间的创作心态及其诗歌》，《文艺争鸣》2014 年第 10 期。

高健：《论翻译中一些因素的相对性》，《外国语》1994 年第 2 期。

高健：《我们在翻译上的分歧何在?》，《外国语》1994 年第 5 期。

耿纪永：《欧美象征派诗歌翻译与 30 年代中国现代派诗歌创作》，《中国比较文学》2001 年第 1 期。

辜正坤、鞠方安：《〈阿登版莎士比亚〉与莎士比亚版本略论》，《中华读书报》2008 年 4 月 16 日第 11 版。

古远清：《评张曼仪的〈卞之琳著译研究〉》，《诗探索》1997 年第 3 期。

顾绶昌：《评莎剧〈哈姆雷特〉的三种译本》，《翻译通报》1952 年第 5 期。

贺昌盛：《从"意象"到"象征"：30 年代汉语象征诗学的拓展——以废名、卞之琳、何其芳的诗歌创作为例》，《江苏社会科学》2004 年第 3 期。

贺祥麟：《赞赏、质疑和希望——评朱译莎剧的若干剧本》，《外国文学》1981 年第 7 期。

胡辉杰、汪云霞：《论 20 世纪 50 年代中国现代主义诗人的身份焦虑——以卞之琳、冯至、穆旦为例》，《社会科学家》2004 年第 2 期。

黄觉：《从文化翻译的角度看梁实秋、卞之琳的〈哈姆雷特〉译本》，《文艺理论与批评》2011 年第 4 期。

黄维樑：《雕虫精品——卞之琳诗二首赏析》，《名作欣赏》1992 年第 1 期。

黄维樑：《雕虫精品——卞之琳诗选析》，《八方文艺丛刊》（香港）1981 年第 2 期。

黄瑛：《W. H. 奥登在中国》，《中国文学研究》2006 年第 1 期。

黄瑛：《碰撞、交织、融合——中国现代主义诗人与奥登的历史渊源》，《吉首大学学报》（社会科学版）2009 年第 1 期。

江枫：《以似致信，形神兼备——卞之琳译诗的理论与实践》，《诗探索》2001 年第 Z1 期。

江弱水：《卞之琳与法国象征主义》，《外国文学评论》2000 年第 4 期。

江弱水：《一缕凄凉的古香——论卞之琳诗中的古典主义精神》，《诗双月刊》（香港）1990 年第 5 期。

江锡铨：《何其芳、李广田、卞之琳：动人的汉园交响曲》，《江汉论坛》1993 年第 5 期。

蒋寅：《中国现代诗歌的传统因子》，《文艺理论研究》2006 年第 3 期。

蓝棣之：《论卞之琳诗的脉络与潜在趋向》，《文学评论》1990 年第

4 期。

蓝棣之：《若干重要诗集创作与评价上的理论问题》，《中国现代文学研究丛刊》2002 年第 2 期。

蓝仁哲：《莎剧汉译的形式追求——探讨莎剧素体诗的移植》，《四川外语学院学报》2005 年第 6 期。

蓝仁哲：《莎剧的翻译：从散文体到诗体译本——兼评方平主编〈新莎士比亚全集〉》，《中国翻译》2003 年第 3 期。

黎昌抱：《文学自译研究：回顾与展望》，《外国语》2011 年第 3 期。

李伟民：《百岁存劲节　千载慕高风——论卞之琳的莎学研究思想》，《四川戏剧》2001 年第 2 期。

李文婕：《从〈雁南飞〉翻译的对话模式看自译活动的动态平衡机制》，《中国翻译》2017 年第 3 期。

李怡：《卞之琳与后期象征主义》，《四川外语学院学报》1994 年第 2 期。

李怡：《协畅与拗峭：中国现代新诗的音韵特色——民族文化与中国新诗的本文结构之二》，《中国现代文学研究丛刊》1994 年第 2 期。

李媛：《知性理论与三十年代新诗艺术方向的转变》，《中国现代文学研究丛刊》2002 年第 3 期。

李媛：《知性理论与新诗艺术方向的转变》，《清华大学学报》（哲学社会科学版）2002 年第 2 期。

李章斌：《罗伯特·白英〈当代中国诗选〉的编撰与翻译》，《中国现代文学研究丛刊》2012 年第 3 期。

李振声：《1920—1930 年代，中国现代诗中法国因素的若干侧面》，《文艺争鸣》2010 年第 13 期。

梁玲：《卞之琳的翻译人生》，《兰台世界》2013 年第 10 期。

梁实秋：《我也谈谈"胡适之体"的诗》，《自由评论》1936 年第 12 期。

梁增浩：《抽象诗和卞之琳的"圆宝盒"》，《诗风》（香港）1976 年第 46 期。

刘东：《当纪德进入中国》，《读书》2008 年第 3 期。

刘锋杰、严云受：《象征的接受与阐释》，《文艺理论研究》1995 年第 6 期。

刘际平：《悟性的活动　超然的意味——读卞之琳的〈断章〉》，《名作欣赏》2007 年第 16 期。

刘进才：《阿左林作品在现代中国的传播与接受》，《中国现代文学研究丛刊》2004 年第 4 期。

刘军平：《莎剧翻译的不懈探索者——记著名莎剧翻译家方平》，《中国翻译》1993 年第 5 期。

刘浪：《我们不喜欢这种诗风》，《诗刊》1958 年第 5 期。

刘子琦：《从李商隐到卞之琳：一个千古难圆的梦》，《中国文学研究》2003 年第 4 期。

柳扬：《"花中花"与"花非花"——中西象征诗学比较》，《人文杂志》1992 年第 4 期。

龙清涛：《简论孙大雨的"音组"——对新诗格律史上一个重要概念的辨析》，《中国现代文学研究丛刊》2009 年第 1 期。

龙清涛：《新诗格律探索的历史进程及其遗产》，《中国现代文学研究丛刊》2004 年第 1 期。

龙泉明、汪云霞：《论穆旦诗歌翻译对其后期创作的影响》，《中山大学学报》2003 年第 4 期。

龙泉明：《中国现代主义诗歌在 40 年代的调整与转化》，《文艺理论研究》2002 年第 6 期。

龙泉明：《中国新诗成就估价》，《江汉论坛》1999 年第 2 期。

卢锦淑：《卞之琳诗中水意象与传统思想传承》，《中国文学研究》2015 年第 4 期。

陆红颖：《现代派情诗的古典底蕴》，《文学评论》2006 年第 4 期。

罗小凤：《"亲切与暗示"：卞之琳对古典诗传统的再发现》，《广西社会科学》2015 年第 6 期。

罗小凤：《从"非个人化"到"感觉"——卞之琳对古典诗传统中"感觉"的再发现》，《中国现代文学研究丛刊》2013 年第 4 期。

罗小凤：《诗言"感觉"——20 世纪 30 年代新诗对古典诗传统的再发现》，《文学评论》2013 年第 6 期。

罗振亚：《"纯诗"艺术的理论基石——30 年代现代诗派的诗学思想》，《社会科学辑刊》1999 年第 2 期。

罗振亚：《"反传统"的歌唱——卞之琳诗歌的艺术新质》，《文学评论》2000 年第 2 期。

罗振亚：《卞之琳三十年代诗歌的艺术新质》，《文艺理论研究》1999
年第 1 期。

罗振亚：《新诗解读方法说略》，《求是学刊》2007 年第 1 期。

罗振亚：《寻求隐显适度的朦胧美——三十年代现代诗派的一种诗学思
想》，《文艺理论研究》1999 年第 5 期。

罗振亚：《制作"合适的鞋子"——三十年代现代诗派的艺术创新》，
《中州学刊》1994 年第 3 期。

吕俊：《结构·解构·建构：我国翻译研究的回顾与展望》，《中国翻
译》2001 年第 6 期。

马会娟、管兴忠：《艾克敦和英语世界第一部英译中国新诗选》，《外国
语文》2015 年第 2 期。

[斯洛伐克] 马利安·高利克：《里尔克作品在中国文学和批评中的接
受状况》，杨治宜译，《中国比较文学》2008 年第 3 期。

梅阳春、汤金霞：《卞之琳"信似译"三原则翻译伦理解析》，《北京
工业大学学报》（社会科学版）2013 年第 4 期。

孟宪忠：《"以顿为步"是翻译英语格律诗的光明大道》，《外国文学》
2001 年第 6 期。

木令耆：《湖光诗色——寄怀卞之琳》，《八方文艺丛刊》（香港）1981
年第 4 期。

穆旦：《〈慰劳信集〉——从〈鱼目集〉说起》，《大公报·综合》（香
港版）1940 年 4 月 28 日。

钱理群：《"现代中国知识分子精神史"中的一页——卞之琳〈海与泡
沫〉细读》，《齐鲁学刊》1999 年第 1 期。

[日] 秋吉久纪夫：《卞之琳〈尺八〉一诗的内蕴》，何少贤译，《新文
学史料》1993 年第 4 期。

任湘云：《卞之琳〈雕虫纪历〉版本新探》，《中国现代文学研究丛刊》
2006 年第 6 期。

尚永亮、刘磊：《意象的文化心理分析：蝉意象的生命体验》，《江海学
刊》2000 年第 6 期。

盛琥君：《新时期以来卞之琳研究综述》，《云梦学刊》2010 年第 5 期。

舒建华：《卞之琳诗歌投射型的空间调度》，《文学评论》1993 年第

4 期。

孙大雨：《格律体新诗的起源》，《文艺争鸣》1992 年第 5 期。

孙大雨：《诗歌底格律》（续），《复旦学报》1957 年第 1 期。

孙玉石：《"对话"：互动形态的阐释与解诗》，《文艺研究》2005 年第 8 期。

孙致礼：《也谈神似与形似》，《外国语》1992 年第 1 期。

孙致礼：《亦步亦趋刻意求似——谈卞之琳译〈哈姆雷特〉》，《外语研究》1996 年第 2 期。

汤金霞、梅阳春：《传承、超越——卞之琳"信、似、译"翻译三原则面面观》，《西南交通大学学报》（社会科学版）2013 年第 6 期。

屠岸：《师生情谊四十年——悼卞之琳先生》，《新文学史料》2001 年第 3 期。

汪云霞：《〈鱼化石〉：卞之琳的经典》，《江汉论坛》2014 年第 8 期。

王富仁：《中国现代诗歌的发展》（上篇），《江苏社会科学》2003 年第 1 期。

王富仁：《中国现代诗歌的发展》（下篇），《江苏社会科学》2003 年第 2 期。

王光明：《从感悟与发现看古诗与新诗之别》，《福建论坛》（文史哲版）1992 年第 3 期。

王光明：《形式探索的延续——"格律诗派"以后的诗歌形式试验》，《中国现代文学研究丛刊》2004 年第 1 期。

王宏志：《"毕竟是文章误我，我误文章"：论卞之琳的创作、翻译和政治》，汕头大学新国学研究中心编《新国学研究》（第四辑），人民文学出版社 2006 年版。

王家新：《奥登的翻译与中国现代诗歌》，《中国现代文学研究丛刊》2011 年第 1 期。

王家新：《翻译与中国新诗的语言问题》，《文艺研究》2011 年第 10 期。

王平：《现代文学作品中的超验性与经验性空间变化》，《文艺争鸣》2017 年第 7 期。

王书婷：《寻找"富于暗示的音义凑拍的诗"——论现代派的"纯诗"艺术探索》，《中国现代文学研究丛刊》2008 年第 3 期。

王文彬：《卞之琳的贡献——〈卞之琳文集〉的阅读和思考》，《中国现代文学研究丛刊》2003 年第 3 期。

王雅平：《在传统文化的河床上——卞之琳和现代派诗人》，《求索》2012 年第 12 期。

王毅：《几位现代中国诗人的文学史意义》，《中国现代文学研究丛刊》2001 年第 2 期。

王攸欣：《卞之琳诗作的文化——诗学阐释》，《中国现代文学研究丛刊》2015 年第 3 期。

王泽龙、王晨晨：《卞之琳诗歌与宋诗理趣传统》，《天津社会科学》2013 年第 3 期。

王泽龙、王雪松：《中国现代诗歌节奏研究的历程与困惑》，《武汉大学学报》（人文科学版）2011 年第 2 期。

王泽龙、杨柳：《论卞之琳诗歌的古典语言意识》，《河北学刊》2017 年第 3 期。

王泽龙：《论卞之琳的新智慧诗》，《文艺研究》1996 年第 2 期。

王泽龙：《论中国现代派诗歌意象艺术》，《华中师范大学学报》（人文社会科学版）2004 年第 6 期。

王泽龙：《西方意象诗学对中国现代诗歌的影响》，《文艺研究》2006 年第 9 期。

王佐良：《中国新诗中的现代主义——一个回顾》，《文艺研究》1983 年第 4 期。

巫宁坤：《卞之琳译〈哈姆雷特〉》，《西方语文》1957 年第 1 期。

巫宁坤：《缅怀卞之琳老师》，《东方早报》2014 年 3 月 16 日第 B12 版。

吴成国：《蝉意象中长生梦的文化探寻》，《武汉大学学报》（人文科学版）2009 年第 5 期。

奚密：《卞之琳：创新的继承》，《江苏大学学报》（社会科学版）2008 年第 3 期。

肖曼琼：《卞之琳的诗歌创作与诗歌翻译》，《湖南师范大学社会科学学报》2012 年第 4 期。

肖曼琼：《卞之琳诗歌翻译的文体选择及审美价值》，《外语学刊》2009 年第 3 期。

萧乾、傅光明：《苦难时代的蚀刻——中国现代文学一瞥》，《中国现代文学研究丛刊》1998 年第 3 期。

萧映：《卞之琳与瓦雷里》，《华中理工大学学报》（社会科学版）1998年第 2 期。

徐桑榆：《奥秘越少越好》，《诗刊》1958 年第 5 期。

许宏、王英姿：《亦步亦趋：卞之琳的诗歌翻译思想——从卞译〈哈姆雷特〉谈起》，《解放军外国语学院学报》2010 年第 2 期。

许霆：《百年中国新诗格律体探索史论》，《中国文学研究》2010 年第3 期。

许霆：《论孙大雨对新诗"音组"说创立的贡献》，《文艺理论研究》2002 年第 3 期。

许霆：《闻一多：中国现代诗论的开启者》，《文艺理论研究》2009 年第 1 期。

许霆：《中国诗人移植十四行体格律论》，《中国比较文学》2009 年第4 期。

许霆：《中国诗人移植十四行体论》，《江苏社会科学》2010 年第 3 期。

许霆：《中国戏剧独白体新诗的范例——解读闻一多〈天安门〉和卞之琳〈酸梅汤〉》，《文艺理论研究》1997 年第 4 期。

许渊冲：《新世纪的新译论》，《中国翻译》2000 年第 3 期。

杨景龙、陶文鹏：《论姜夔词对现代诗创作和理论的影响》，《文艺研究》2008 年第 6 期。

［以色列］伊塔马·埃文－佐哈儿：《多元系统论》，张南峰译，《中国翻译》2002 年第 4 期。

游友基：《对三十年代现代派诗歌若干特征的思考》，《福建论坛》（文史哲版）1992 年第 4 期。

元尚：《莎剧故事在中国的早期流播》，《中华读书报》2007 年 9 月 26日第 14 版。

袁可嘉：《卞之琳老师永垂不朽——在卞之琳先生追思会暨学术讨论会上的发言》，《新文学史料》2001 年第 3 期。

袁可嘉：《卞之琳与外国文学》，《外国文学评论》1990 年第 4 期。

袁可嘉：《关于欧美现代派文学》，《外国文学评论》1992 年第 2 期。

袁可嘉：《略论卞之琳对新诗艺术的贡献》，《文艺研究》1990 年第

1 期。

袁可嘉：《西方现代主义文学在中国》，《文学评论》1992 年第 4 期。

袁可嘉：《一位诗人、哲人的散文——读卞之琳散文有感》，《文学评论》2000 年第 6 期。

[爱尔兰] 约翰·孤沁：《冬天》，卞之琳译，《华北日报·副刊》（二九九号）1930 年 11 月 5 日。

岳红星：《试论蝉意象的文化内涵》，《中国矿业大学学报》2002 年第 3 期。

张冲：《诗体和散文的莎士比亚》，《外国语（上海外国语大学学报）》1996 年第 6 期。

张洁宇：《"荒原"与"古城"——30 年代北平诗坛对〈荒原〉的接受和借鉴》，《中国现代文学研究丛刊》2000 年第 1 期。

张洁宇：《现代派诗人对传统诗学的重释》，《新文学史料》2003 年第 4 期。

张军：《"以顿代步"的理论商榷——莎剧诗体汉译两个片段的形式分析》，《西安外国语大学学报》2014 年第 2 期。

张林杰：《卞之琳北平时期诗歌的复杂色调》，《烟台大学学报》（哲学社会科学版）2012 年第 4 期。

张曼仪：《"当一个年轻人在荒街上沉思"——试论卞之琳早期新诗（1930—1937）》，《八方文艺丛刊》（香港）1980 年第 2 期。

张曼仪：《卞之琳论——〈卞之琳（中国现代作家选集）〉编后》，《诗双月刊》（香港）1990 年第 5 期。

张曼仪：《卞之琳与奥登》，《蓝星诗刊》1988 年第 16 号。

张曼仪：《谈谈卞之琳的文学翻译》，《外国文学评论》1990 年第 4 期。

张目：《隐喻：现代主义诗歌的诗性功能》，《文艺争鸣》1997 年第 2 期。

张松建：《T. S. 艾略特诗学新探：四个关键词的研究》，《文艺争鸣》2014 年第 6 期。

张桃洲：《重提新诗的格律问题》，《学术研究》2002 年第 1 期。

张逸飏：《在瓦雷里影响下卞之琳诗歌的变构》，《江汉学术》2012 年第 2 期。

赵军峰：《30 年代翻译标准论战分析》，《外国语》1994 年第 5 期。

赵黎明、朱晓梅：《"新旧之争"与中国新诗文体观的建立》，《文艺争鸣》2013 年第 8 期。

赵文书：《W. H. 奥登与中国的抗日战争——纪念〈战时〉组诗发表六十周年》，《当代外国文学》1999 年第 4 期。

赵彦春：《直译意译本虚妄》，《外语与翻译》2007 年第 2 期。

赵毅衡：《困难中的现代派》，《读书》1993 年第 5 期。

周发祥：《英语世界里的卞之琳》，《汉学研究通讯》2001 年第 4 期。

周锋：《中国现代知性诗学的核心内涵》，《社会科学战线》2016 年第 12 期。

周景雷：《浅谈卞之琳三十年代诗歌的语言特色》，《修辞学习》1999 年第 5 期。

周良沛：《永远的寂寞——痛悼诗人卞之琳》，《文艺理论与批评》2001 年第 2 期。

周兆祥：《诗人传诗剧——卞之琳译〈哈姆雷特〉赏析》，《诗》（双月刊《(香港）1990 年第 5 期。

朱宾忠：《卞之琳的翻译与诗歌创作关系》，《学习与探索》2007 年第 5 期。

朱滨丹：《谈卞之琳诗歌中的小说化》，《学习与探索》2004 年第 5 期。

朱徽：《T. S. 艾略特与中国》，《外国文学评论》1997 年第 1 期。

朱志瑜：《中国传统翻译思想："神化说"（前期)》，《中国翻译》2001 年第 2 期。

后　记

本书以我的博士论文为基础，多次修订、不断完善而成。

岁月如梭，2011 年步入美丽多姿的喻家山校园的情景历历在目。难忘同窗一起聆听大师报告、共享学术盛宴的日子，难忘坐在干净明亮的教室里聆听教诲、任学术思想肆意激荡的日子，更难忘诸师友的启发和鼓励。

首先要衷心感谢我的恩师——华中科技大学中文系王毅先生，谆谆教诲历历在目。先生学识渊博，治学严谨，和善可亲，对学术研究的热忱与执著影响着我们每一位学子。"师也者，教之以事而喻诸德"。无数次在东五楼先生办公室里，或东二区先生的客厅，聆听先生的教诲，学习如何做人、如何作文。博士论文的选题、开题、撰写与修改，每一环节都倾注了先生的心血。在职攻读学位，意味着要付出比常人更多的艰辛。先生勉励我做好本职工作，同时积极追求学术进步。在先生的指引下，遨游于学术殿堂，何其有幸！

感谢华科人文学院何锡章教授、邓晓芒教授、李俊国教授、王乾坤教授、蒋济永教授等诸位先生。在华科学习期间，得到诸位先生的指导和教诲，受益良多，终身难忘。何锡章教授学识渊博，宽和待人，虽事务繁忙，始终关心我们的学业。其对教育事业的热爱，成为诸弟子的楷模。邓晓芒教授、李俊国教授、王乾坤教授、蒋济永教授诸位先生，以及四川大学赵毅衡教授——卞之琳先生的高足，为研究的深入提出了许多宝贵建议。这些真知灼见，凝聚着诸位先生的学识与智慧，使研究在深度、广度上的拓展成为可能。感谢武汉大学涂险峰教授、华中师范大学李遇春教授在论文答辩会上的悉心指导和热情鼓励，为后续研究指明了方向。

感谢中南民族大学外语学院韦应忠书记、张立玉院长及易立新、吕万英副院长等诸位领导，以及学院其他同事。他们始终关心我的学业，勉励我积极奋进，并尽可能提供良好的学习、研究条件。本研究得以顺利完成，离不开他们的鼓励和支持。张院长主持的"英汉语言对比及应用研究"校级学术团队，是一个激荡学术思想、促进学术研究的阵地，本书为该团队阶段性成果一部分。

特别感谢爱妻朱薇，在我读博期间，她用柔弱的肩膀挑起了家庭的重担，使我得以潜心于学业。写作过程中的相互讨论，也给予我许多启发、带来许多灵感。爱子梓腾活泼可爱，聪明好学，他的爱给予我无穷的动力。

最后，感谢中国社会科学出版社的领导、宋燕鹏主任及相关编辑老师为本书付梓出版所作的一切。

人文社会科学研究的道路充满艰辛，也蕴含着许多乐趣，需要积极奋进的决心、水滴石穿的恒心、坚定不移的信心、愚公移山的耐心和甘于寂寞的平常心。"故立志者，为学之心也；为学者，立志之事也"，在此借用王阳明的词句以自勉。

李敏杰

2018 年 6 月于武昌南湖之畔